D1342376

d'aujourd'hui
_____
étranger
collection dirigée par
Jane Sctrick

TOUTES VOILES DEHORS

ALEXANDER KENT

TOUTES VOILES
DEHORS

roman

Traduit de l'anglais par
Alain Bories

PHÉBUS

OUVRAGE PUBLIÉ SUR LES CONSEILS
DE MICHEL LE BRIS

Illustration de couverture :
John Chancellor
Communications (détail)
© Lichfield, Solomon & Whitehead

Titre original de l'ouvrage :
With all Despatch
Première édition : Londres, 1988
© Highseas Authors Ldt

Pour la traduction française :
© Éditions Phébus, Paris, 1993

A ma Dormouse, avec tout mon amour

Or donc, garçons, en avant ! Avec courage, avec audace !
Cœurs nobles façonnés d'or, rompez vos liens,
Et laissant là vos amis inscrivez vos noms au tableau de la flotte.
Ainsi s'accomplira ce dessein.

ANON

I

UN OFFICIER DE MARINE

Près d'une fenêtre, le contre-amiral sir Marcus Drew observait distraitement les embarras de la circulation. Comme toutes les hautes et larges ouvertures de la vaste pièce, celle-ci offrait un bon moyen de distinguer des simples passants les habitués qui tous les jours, à toutes les heures, venaient se presser dans les couloirs de l'Amirauté avec l'espoir d'obtenir un embarquement. C'étaient des officiers, jeunes et moins jeunes, dont les hauts faits avaient défrayé la chronique dans une Angleterre livrée à la guerre, à une époque où tous les espoirs du royaume reposaient sur eux. L'amiral consacrait la majeure partie de son temps à recevoir les candidats les plus opiniâtres ; les autres, il les faisait éconduire par ses subordonnés. Il considéra dans la rue les flaques laissées par la dernière averse, étendues de soie bleue, reflets du ciel d'avril : au-dessus de Londres, les nuages s'éloignaient.

C'était le printemps de 1792 ; l'année s'annonçait pleine d'incertitudes et grosse de dangers venus d'outre-Manche. Ce qui n'empêchait pas les dames de sortir en robes légères aux vives couleurs, accompagnées de cavaliers insouciants vêtus à la dernière mode.

Deux ans plus tôt, l'annonce d'une sanglante révolution en France avait balayé Londres comme une bordée de boulets de gros calibre ; beaucoup avaient redouté les effets de la contagion. Mais l'horreur des foules sanguinaires et des massacres à la guillotine n'avaient pas franchi le pas de Calais. Comme il était naturel, d'autres sujets de Sa Majesté, plus perfides, s'étaient réjouis au spectacle de leur vieil ennemi presque terrassé par les revers de l'Histoire.

L'Angleterre, faisant litière des lois de la guerre, aurait peut-être dû profiter de l'occasion pour attaquer les Français occupés à s'entre-déchirer... Le projet n'avait pas été sérieusement étudié.

Drew se détourna de la fenêtre ; cette journée, le dîner à Saint-James qui allait suivre, la partie de whist enfin, tout cela ne lui disait rien de bon.

Depuis bientôt dix ans, depuis la fin de la révolution américaine, la flotte anglaise pourrissait dans des vasières et des arrière-ports. Leurs Seigneuries de l'Amirauté se berçaient d'illusions si elles croyaient pouvoir redonner rapidement à la Marine son lustre et sa puissance d'autrefois. Des milliers de marins et de fusiliers marins avaient été démobilisés sans autre forme de procès. Beaucoup avaient fait le sacrifice de leur vie, davantage encore se retrouvaient mutilés pour avoir servi le roi, mais la nation n'avait plus besoin d'eux. Même les officiers devaient se contenter d'une demi-solde – dans le meilleur des cas. Certains s'étaient résignés à naviguer au commerce, qui avaient voulu reprendre la mer à tout prix, car c'était la vie qu'ils avaient choisie.

Le contre-amiral Drew, lui, n'était pas fâché de son sort. Il s'était même débrouillé pour faire expédier aux Antilles, en mission de longue durée, un fringant capitaine de corvette dont la très gracieuse épouse n'aurait aucune faveur à lui refuser en l'absence du légitime époux.

Son regard fut arrêté par le tableau monumental, sur le mur en face de lui. Le *Burford*, soixante-dix canons, navire amiral de l'escadre placée sous les ordres de l'amiral Vernon ; petit pavois au vent, il était engagé dans un échange d'artillerie rapproché avec un fort espagnol de Porto Bello, le Château de Fer. Voilà bien la vision romanesque que le commun des terriens se faisait d'un combat naval ! On ne montrait ni le sang, ni l'horreur des amputations ; seulement une bataille grandiose.

Drew s'autorisa un mince sourire. La bataille de Vernon datait déjà d'un demi-siècle, mais les navires n'avaient guère changé depuis. Non, tout bien pesé, son poste à l'Amirauté valait bien tous les embarquements. Ici, à Londres, il pouvait jouir de sa maîtresse et de son élégant hôtel particulier ; le dimanche, naturellement, il ne manquait pas d'aller s'afficher avec femme et enfants sur le banc réservé à sa famille, dans l'église de sa propriété campagnarde du Hampshire.

Il retourna sans entrain s'asseoir à son bureau ouvragé; ses papiers étaient en ordre. Son secrétaire particulier veillait à tout; il était également chargé d'interrompre les entretiens au bout d'un délai convenu à l'avance, car les postulants se succédaient sans interruption.

Les Français n'allaient pas tarder à déclarer la guerre, mais cette brève pause au lendemain de la Terreur était certes la bienvenue; comme d'habitude, l'Angleterre n'était pas prête : il lui fallait des navires et des hommes, toujours plus de navires et d'hommes.

Sur le dessus de la pile, un dossier éreinté par de fréquentes manipulations était marqué du nom de *Richard Bolitho, Esquire;* Drew aurait volontiers cédé pour la journée ses fonctions à un autre. Richard Bolitho s'était distingué pendant la guerre d'indépendance américaine; plus chanceux que tant de ses pairs, il avait obtenu ensuite deux commandements prestigieux, dont celui de la frégate *Tempest* dans les mers du Sud. Sa bataille finale contre le *Narval* et ses goélettes d'escorte était désormais légendaire. Suite au soulèvement de son équipage, le *Narval*, une frégate française, était tombé aux mains du célèbre pirate Tuke. La mutinerie de la *Bounty*, puis les horribles nouvelles de Paris, avaient donné à Tuke la maîtrise de ces îles peu défendues. C'était grâce au navire de Bolitho, et à lui seul, que le pirate s'était vu interdire la mainmise sur la riche route commerciale des Indes.

A présent Bolitho était là; cela faisait plusieurs semaines qu'il passait chaque jour à l'Amirauté. Comme la plupart des officiers de marine, Drew le connaissait bien : d'illustres ancêtres en Cornouailles, la souillure qui avait coûté si cher à sa famille. Hugh, l'unique frère, avait déserté la Marine après avoir tué en duel un officier, ensuite de quoi il était parti chercher fortune en Amérique; pire, en sa qualité d'officier de marine, il avait obtenu le commandement d'une frégate capturée par les révolutionnaires. Courage ni honneur ne suffiraient jamais à effacer cette faute, mais la dette avait été payée, capital et intérêt, songea Drew en feuilletant le dossier. Bolitho avait été grièvement blessé, laissé pour mort, puis, après sa bataille contre le *Narval* de Tuke, il avait été victime des fièvres ; une longue convalescence ; deux ans, à en croire les bruits qui couraient dans les élégants salons de Saint-James, deux ans à côtoyer la mort.

Leurs Seigneuries devaient avoir leurs raisons pour le rétrograder de la sorte, se dit l'amiral. S'il lui restait encore un peu d'ambition, Bolitho ferait peut-être mieux de décliner ce commandement et de tous les envoyer au diable.

Le regard de Drew se durcit ; il se rappela soudain une rumeur concernant une liaison qu'aurait eue Bolitho avec la ravissante épouse d'un haut fonctionnaire. Celle-ci était morte d'épuisement et de fièvre au cours d'une traversée désespérée dans une embarcation non pontée. Drew rabattit son sous-main de cuir sur le dossier : *La ravissante épouse d'un haut fonctionnaire...* Voilà qui allait le changer des visages ternes et sérieux qui se succédaient de l'autre côté de cette table, de tous ces hommes qui, la main sur le cœur, protestaient de leur attachement au roi ou à leur devoir, selon ce qui leur passait par la tête ; il saisit une clochette de laiton et l'agita avec impatience. Passons... Si la France entrait en guerre sans le cadre de la monarchie pour la guider, peut-être n'aurait-on que faire des héros de naguère. Les espions de l'Amirauté en place à Paris avaient signalé que des familles entières de prétendus nobles étaient traînées dans les rues jusqu'à la guillotine ; on n'épargnait même pas les enfants.

Drew songea à la paix qui régnait dans sa propriété du Hampshire et réprima un frisson : rien de tel ne pouvait arriver ici, c'était tout bonnement impensable.

Le secrétaire ouvrit la porte, baissant les yeux comme un acteur consciencieux :

– Le capitaine de frégate Richard Bolitho, sir Marcus !

Sans un mot, Drew désigna à l'arrivant le fauteuil en face de son bureau. Depuis ses premiers galons d'officier supérieur, il s'était appliqué à se montrer impassible, tout en observant avec perspicacité les moindres réactions de ses interlocuteurs.

Richard Bolitho n'accusait pas ses trente-cinq ans. De haute taille, mince, il portait avec élégance son uniforme à revers blancs et galons dorés – un soupçon trop grand pour lui, remarqua Drew. Bolitho prit place dans le fauteuil avec une nonchalance étudiée, mais il était tendu, ce qui n'échappa point à l'amiral. Un grand rayon de soleil qui prenait la pièce en diagonale éclairait son visage et sa chevelure, dont une mèche rebelle descendait sur l'œil droit et cachait une longue balafre : jeune lieutenant, il avait été blessé lors d'une escarmouche pendant qu'il faisait aiguade sur une île. Sa chevelure était aussi noire que l'aile du corbeau, le regard de ses yeux gris perçant et attentif ; leur couleur rappelait à Drew les eaux calmes de l'Atlantique par temps couvert.

L'amiral alla droit au but :

– Ravi de vous voir, Bolitho. Pour toute l'Angleterre, vous êtes un héros. Une sorte d'énigme, aussi.

Les yeux gris ne cillèrent point. Drew ne s'était pas attendu à ce mutisme. Il en conçut quelque agacement : à présent c'était lui, et non Bolitho, qui se trouvait sur la défensive. C'était pourtant bien Bolitho qui réclamait un navire, n'importe quel navire ! L'amiral reprit :

– Êtes-vous à présent complètement rétabli ?

– Bien suffisamment, sir Marcus.

Drew se détendit. Il avait repris la situation en main. Son interlocuteur avait beau afficher une impassible gravité, il n'avait pu cacher un instant d'inquiétude.

– Je ne vous apprendrai rien, Bolitho, en vous disant que nous avons des commandants à n'en savoir que faire, et que nous manquons cruellement de navires. Bien sûr, il y a les transports et les navires de service de la flotte, mais...

Un éclair traversa le regard de Bolitho :

– Je suis commandant d'une frégate, sir Marcus...

L'amiral l'interrompit d'un geste qui déploya en éventail les fronces brodées de ses manchettes. Il corrigea :

– Vous *étiez* commandant d'une frégate, Bolitho.

La remarque avait fait mouche. Les joues maigres de l'officier se creusèrent un peu plus. Allez savoir s'il était vraiment débarrassé de ses fièvres... L'amiral se montra apaisant :

– Oh ! vos états de service sont irréprochables.

Bolitho étreignit la poignée de son vieux sabre à s'en faire blanchir les phalanges. Puis, se penchant au-dessus du bureau :

– Je suis rétabli, sir Marcus. Par le ciel, quand on m'a introduit dans ce bureau, je pensais...

Drew se leva d'un bond et fit quelques pas vers la fenêtre. Tout sentiment de victoire l'avait quitté, et il n'était plus du tout sûr de dominer la conversation. En quelque sorte, il avait honte.

– Il nous faut des hommes, Bolitho, des hommes de mer. Capables de prendre un ris, de tenir la barre et de se battre si nécessaire.

Comme il se tournait, il surprit le regard que Bolitho posait sur sa vieille épée. Une autre histoire, songea-t-il. L'arme était dans la famille depuis des générations ; on l'avait d'abord destinée au frère aîné, dont la trahison et la disgrâce avaient tué leur père aussi sûrement qu'une balle de pistolet.

– Vous êtes nommé dans le Nore, à la tête d'une flottille comportant plusieurs petites unités.

L'amiral eut un geste vague :

– La région est infestée de déserteurs qui préfèrent la contrebande à une carrière dans la marine. C'est plus lucratif. Certains se sont même jetés dans les bras de la Compagnie des Indes Orientales, quoique...

– La Compagnie, coupa froidement Bolitho, a la réputation de traiter ses marins comme des êtres humains, sir Marcus, à la différence de notre marine de guerre.

Drew pivota sur ses talons :

– C'est tout ce que je puis vous offrir. De l'avis de Leurs Seigneuries, vous convenez pour ce poste. Néanmoins...

Bolitho se leva, appuyant fermement son épée contre sa hanche :

– Pardonnez-moi, sir Marcus, ce n'est pas de vous que vient cette décision.

Drew déglutissait avec effort.

– Je vois que nous nous comprenons parfaitement.

Et, essayant de changer de sujet :

– Bien entendu, aucun membre de l'équipage du *Tempest* ne vous suivra. Votre ancienne frégate est rentrée au pays longtemps avant vous. Maintenant, elle fait partie de la flotte de la Manche. Avant le *Tempest*, vous commandiez l'*Unicorn*, non ?

Bolitho voulait conserver son calme à tout prix ; il lança à l'amiral un regard désespéré :

– L'*Undine*, Monsieur.

– Bref, de toute façon...

L'entretien tirait à sa fin.

– Je me contenterai de mon patron d'embarcation, exigea tranquillement Bolitho.

Du coin de l'œil, Drew vit que l'une des poignées dorées de la porte commençait à pivoter : son secrétaire était ponctuel.

– A l'époque, ajouta Bolitho, ce navire, mon navire, était seul sur tout l'océan pour représenter la marine de Sa Majesté, combattre et détruire Tuke. Ces faits sont entrés dans l'histoire. Et à ce titre, on les a peut-être complètement oubliés.

Se détournant, il parut s'absorber dans l'observation de la grande marine accrochée au mur. Il devait entendre le tonnerre de la bataille, souffrir de l'incendie qui ravageait le navire.

– Ce jour-là, poursuivit-il, je suis tombé : c'est alors que la fièvre m'a frappé.

Il fit face à Drew avec un pâle sourire :

– C'est mon patron d'embarcation qui a tué Tuke de ses mains. Dans une certaine mesure, c'est lui qui a sauvé ces îles...

Drew lui tendit la main :

– Bonne chance. Mon secrétaire va rédiger vos ordres. Patience : bientôt l'Angleterre aura besoin de tous ses marins...

L'amiral s'interrompit, agacé :

– Quelque chose vous amuse, Monsieur ?

Bolitho prit son bicorne des mains de l'obséquieux secrétaire :

– Je repensais à feu mon père... Le capitaine James, comme tout le monde l'appelait. Je l'entends encore prononcer des mots très proches de ceux que vous venez de m'adresser à l'instant.

– Tiens donc ! Quand était-ce ?

La question surprit Bolitho, qui ne songeait déjà qu'à son prochain commandement :

– Avant que nous ne perdions l'Amérique, Monsieur.

Drew considéra la porte refermée, d'abord furieux, puis simplement avec mauvaise humeur. Enfin il sourit. C'était vrai, après tout. L'homme et le héros ne faisaient qu'un.

Le commandant Richard Bolitho s'éveilla en sursaut, surpris de constater qu'il s'était assoupi tandis que la voiture, laborieusement, se frayait un passage dans les ornières défoncées.

Il apercevait par la fenêtre tout un camaïeu de verts : les feuilles des arbres et des taillis luisaient encore, lourdes de la dernière averse. C'était le printemps sur le Kent, le jardin de l'Angleterre – un printemps particulièrement tardif, cette année.

Il regarda son compagnon de route assis en face de lui, avachi sur son siège dans une position bizarre : Bryan Ferguson, son valet. Plus qu'aucun autre, c'était lui qui régentait la vie et les affaires de sa maison et de sa propriété de Falmouth. La bataille navale des Saintes l'avait laissé manchot. Comme Allday, il avait été racolé pour se joindre à l'équipage de la *Phalarope ;* depuis, les circonstances de la vie ne les avaient plus séparés. Une alliance indestructible, se dit Bolitho avec un léger sourire. Ferguson avait l'habitude de cacher son infirmité sous une vaste cape de couleur verte : à première vue, nul ne se serait douté qu'il avait perdu le bras gauche. Dans sa botte entrouverte, Bolitho aperçut l'éclat du laiton : un pistolet d'arçon. Ferguson était armé. « On ne sait jamais », avait dit le valet à son maître, comme pour s'excuser.

Il est vrai que les routes du Kent étaient désertes, peut-être même trop peu fréquentées pour attirer des bandits de grand chemin et autres vauriens.

Bolitho s'étira longuement, tous ses os lui faisaient mal ; il ne cessait de redouter un retour de fièvre, en dépit des assurances prodiguées par tous les chirurgiens. Il se remémorait le long relâche qu'il lui avait fallu endurer avant de recouvrer santé et soif de vivre. Des visages émergeaient de sa mémoire embrumée : sa sœur Nancy, et même son prétentieux beau-frère, le châtelain, le roi de Cornouailles, comme on le surnommait dans la région. Et puis la femme de Ferguson, la gouvernante de cette maison grise où, à l'ombre du château de Pendennis, étaient nées tant de générations de Bolitho. Tous avaient pris la mer. Certains n'étaient jamais revenus.

Et puis, plus présent dans sa mémoire que tous les autres, il y avait Allday, son patron d'embarcation. Cet homme qui semblait ne jamais s'accorder de repos, il l'avait toujours trouvé à ses côtés, fidèlement présent dans sa lutte contre les fièvres, toujours disposé à lui procurer ce dont il avait besoin, toujours supportant avec patience les crises de rage hystérique qui, soupçonnait-il, avaient émaillé son délire.

Allday! Un chêne, un roc! Dix ans qu'ils vivaient côte à côte. Depuis que les racoleurs de Cornouailles le lui avaient amené à bord. Il avait beau être devenu un marin hors pair, il avait su conserver son franc-parler, et ces deux qualités le rendaient aussi précieux à Bolitho que l'ancre de miséricorde à bord d'un navire en détresse. Un ami, oui. Et encore, le terme était faible.

Allday était en grande conversation avec le vieux Matthew Corker, le cocher. A l'occasion, se mêlait à leurs échanges la voix flûtée d'un autre Matthew, le jeune, qui se tenait sur son perchoir à l'arrière. Le garçon n'avait que quatorze ans, c'était le petit-fils du cocher, la prunelle de ses yeux, le bébé qu'il avait élevé, une fois le père disparu en mer à bord d'une des célèbres malles de Falmouth. Le vieux Matthew avait toujours espéré voir l'enfant suivre les traces de son père. Le cocher avançait en âge; Bolitho l'avait vu se tromper de route plus d'une fois au long de cet interminable trajet depuis Falmouth. Le bonhomme était familier des petits ports et villages de la région, mais il connaissait mal la route de Londres. A chaque relais, ils avaient changé de chevaux et pris avec eux un nouveau palefrenier; le père Matthew se demandait quand il pourrait enfin descendre de son siège.

C'était Bolitho qui avait eu l'idée de faire le trajet en voiture; il redoutait de tomber malade en cours de route et ne supportait pas l'idée d'un retour des fièvres dans une diligence encombrée. Sa voiture n'était plus toute jeune, c'est son père qui l'avait fait construire. Mais la suspension était souple : les mouvements du véhicule sur ces routes défoncées rappelaient ceux d'un bateau. La voiture, peinte en vert sombre, arborait sur chaque porte les armes des Bolitho, ainsi que la devise familiale : *Pour la liberté de mon pays,* en lettres d'or sur parchemin sculpté.

Il songea vaguement à cette devise, tandis que les bois et les champs se succédaient de chaque côté de la route. Il avait en poche ses ordres écrits, rédigés dans ce langage sec qui lui était si familier.

« Ordre lui est donné de se transporter dans le Nore... » Il connaissait déjà la Medway, ce fleuve majestueux, et les petites villes qui en animaient les rives de kilomètre en kilomètre, de l'arsenal de Chatham jusqu'à l'embouchure.

Quelles allaient être ses responsabilités? Pour autant qu'il pût s'en faire une idée, il allait être placé sous l'autorité directe du commodore Ralph Hoblyn. Un nom qui ne lui était pas inconnu : cet officier s'était distingué en Amérique avant de recevoir une mauvaise blessure pendant la bataille de la Chesapeake en 1781. Encore un laissé-pour-compte...

Ferguson bâilla longuement. Il s'ébroua, puis demanda :

– Plus très loin de Rochester, Monsieur ?

Bolitho tira sa montre de son haut-de-chausses et l'ouvrit en serrant les mâchoires. Viola Raymond : c'est elle qui la lui avait offerte. En remplacement de celle qu'il avait perdue au cours d'une bataille. Viola dont le souvenir s'était présenté des milliers de fois à ses pensées, Viola dont il croyait parfois entendre encore le joli rire cristallin, voir briller les yeux à l'une de ses remarques. Chère, adorable Viola. Parfois, la nuit, s'éveillant tout en sueur, il l'appelait à grands cris : elle s'échappait de ses bras, comme cet horrible jour, à bord du canot. Alors l'étreignait à nouveau le désespoir de cette traversée sous le soleil infernal, quand souffrances et privations poussaient ses hommes aux confins de la folie. Viola avait partagé toutes leurs misères, elle les avait tous portés à bout de bras. La dame du commandant, comme ils disaient. Un moment, elle avait même endossé sa veste d'uniforme, amenant de tristes sourires sur les visages ravagés aux lèvres gercées.

Enfin, le dernier jour, alors que Bolitho savait déjà qu'ils avaient retrouvé le *Tempest*, elle était morte sans un murmure. Avait suivi une scène atroce qu'il revoyait avec une netteté impitoyable : Allday soulevant le frêle cadavre, frappant une élingue autour de sa taille fine, laissant Viola glisser dans la mer, lestée d'une ancre. Cette peau blanche dans l'eau sombre, la mince silhouette qui s'estompait dans les profondeurs... Si Allday n'avait pas été là, Bolitho serait devenu fou ; aujourd'hui encore, l'épisode lui arrachait des larmes.

Il observa la montre dans sa paume, l'inscription gravée qu'il connaissait par cœur :

Conquise, je gis sur ma couche, seule.
Une fois déjà, en rêve, tu m'as rejointe
Mais t'avoir vraiment, et pour longtemps !

– Dans un moment, nous allons voir la Medway.

Quelque chose dans la lassitude de sa voix mit Ferguson mal à l'aise. Le beau visage ténébreux de Bolitho rayonnait toujours d'intelligence, ses yeux si expressifs pouvaient tour à tour briller de gaieté et soudain s'attendrir ; mais un ressort était cassé, peut-être à jamais.

Le cocher lança un ordre au palefrenier à l'avant, et la voiture, lentement, s'arrêta ; ils étaient arrivés au pied d'une petite montée.

Le vieux Matthew répugnait à se faire précéder par un palefrenier ; il était au service des Bolitho depuis l'âge de dix-huit ans et savait parfaitement mener un équipage de quatre, voire six chevaux à lui seul. Mais Falmouth était encore loin, et le relais où il avait laissé ses deux paires de chevaux bais – on chuchotait qu'il les chérissait plus que sa propre épouse.

Bolitho entendit Allday grogner :

– Pas ici, mon vieux. Je n'aime pas la façon dont ce gars-là nous regarde.

La voiture s'ébranla derechef ; les chevaux enfonçaient dans la fange et secouaient leurs harnais comme les clochettes d'un traîneau.

Bolitho baissa sa vitre et comprit ce qui faisait bougonner son patron d'embarcation. C'était un triste carrefour, un endroit désert que se partageaient une pierre portant l'inscription : *Londres, trente milles,* et un gibet grinçant auquel se balançait un pendu aux yeux caves, vêtu de haillons.

Comment croire que ce cadavre noirci avait un jour vécu et aimé comme les autres hommes ? Un criminel de droit commun, peut-être un simple voleur, à qui avait été refusé jusqu'à l'honneur d'une sépulture.

Bolitho descendit de voiture et se mit à frapper des pieds pour se dégourdir les jambes. On sentait l'air marin. Derrière un rideau d'arbres, il aperçut un vaste méandre du fleuve, surface plate et sans vie, pareille à une plaque d'étain.

A travers la boucaille, on distinguait la ville de Rochester et, sur la berge, les ruines d'antiques fortifications. L'agglomération, comme tant d'autres dans cette partie du Kent, vivait de la marine, de ses grands chantiers navals et des longues jetées qui permettaient l'avitaillement des navires. En temps de guerre, les gens de la ville s'enfermaient chez eux à double tour dès le crépuscule, par crainte des groupes de racoleurs qui restaient maîtres de la rue. On commençait par passer au peigne fin auberges et pensions, à la recherche de vrais marins ; mais les batailles moissonnaient les jeunes vies par centaines, et comme l'Amirauté armait sans cesse de nouvelles escadres, les racoleurs devaient faire gibier de tout poil : laboureurs et garçonnets, tailleurs et bourreliers, personne n'était à l'abri.

Plus d'un navire prenait la mer alors qu'au sein de son équipage, deux hommes sur trois n'avaient jamais quitté le plancher des vaches. Battus, menacés, harcelés par les garcettes des seconds maîtres, ils étaient à dure école. Beaucoup étaient blessés ou tués avant le premier engagement avec l'ennemi. L'un tombait d'une vergue dans un grain ; celui-là se fracassait les côtes contre un canon tandis qu'une vague rugissante balayait le pont d'un bord à l'autre ; on pouvait soudainement disparaître par-dessus bord, sans un cri, sans même un témoin pour vous voir.

A présent que les sombres nuages de la guerre s'accumulaient au-dessus de la Manche, les racoleurs étaient de nouveau en maraude : pour le moment, ils étaient à la recherche de déserteurs ou de matelots laissés à terre. Chacun haïssait les racoleurs, mais l'État ne pouvait se passer de leurs services : l'Angleterre avait besoin d'une flotte, cette flotte avait besoin d'hommes. Depuis un siècle, les choses n'avaient pas changé.

Bolitho leva la tête ; un pâle rayon de soleil lui caressa la joue. Seul maître à bord... Rêve autrefois inaccessible, tant est longue la distance entre le carré des officiers et la solitude de la grande cabine. Et il n'était pas facile, pour qui avait eu la charge de commandant, d'accepter de l'avoir perdue.

Sa nouvelle mission le plaçait à la tête de trois cotres à hunier, fins voiliers rapides et maniables utilisés notamment par les garde-côtes. L'un des navires était encore en cale sèche, et à bord des deux autres, on attendait sans doute son arrivée avec une curiosité malveillante : les hommes devaient se demander ce qu'un officier supérieur venait faire dans leur petit monde.

Bolitho, à la recherche du moindre indice permettant de rendre cette nouvelle mission supportable, s'était appliqué à dépouiller tous les rapports disponibles. A l'évidence, le sud-est de l'Angleterre, et l'île de Thanet en particulier, était un véritable panier de crabes. Les garde-côtes pourchassaient les contrebandiers, les racoleurs traquaient les déserteurs et les futures recrues. Mieux armés et équipés que leurs adversaires, les contrebandiers avaient la partie belle.

Bolitho, remontant en voiture, croisa le regard d'Allday, dont la natte dépassait au-dessus du col bleu de sa veste de patron d'embarcation :

– Nous y revoilà, Commandant. Ce n'est peut-être pas une frégate, mais ça flotte. Et sur l'eau, on est chez nous.

– Tu as raison, vieux frère.

Allday s'assit et regarda les chevaux s'arc-bouter pour repartir.

Il vit Bolitho serrer les mâchoires : comme quand les bordées ennemies balayaient les ponts du navire et que ses hommes tombaient à ses côtés, ou comme le jour où il avait finalement accepté la disparition de sa dame, emportée à des centaines de brasses de profondeur, vers un repos qu'il n'avait jamais pu lui offrir. Il avait eu aussi cette expression quand les fièvres avaient relâché leur étreinte et qu'il s'était mis à faire quelques pas devant la vieille demeure grise. Des pas timides, d'abord ; et puis ils avaient poussé ensemble un peu plus loin, toujours plus loin, jusqu'au jour où Bolitho l'avait renvoyé, le priant de lui laisser accomplir sans aide le reste du trajet. Une fois, il était tombé en arrêt devant le promontoire sur lequel la mer brisait sans relâche. Allday entendait encore son cri, sa voix cassée :

– Elle l'aurait aimé, cet endroit, vieux frère !

C'est ensemble qu'ils l'avaient gagnée, cette bataille, la plus dure à laquelle Allday eût jamais participé !

A présent Bolitho était rétabli. Malheur à qui chercherait noise à son commandant ! Allday effleura le lourd sabre d'abordage rangé sous son siège. « Celui-là, sûr qu'il devra d'abord me passer sur le corps. »

Ils n'avaient pas encore atteint les faubourgs de Rochester qu'un incident les arrêta.

La voiture dévalait à bonne allure une petite descente ; Bolitho, des papiers sur les genoux, s'absorbait dans la lecture de ses ordres.

Soudain, Allday s'exclama :

– Sur la route, morbleu ! On dirait une émeute ! Mieux vaudrait tourner bride, père Matthew !

Le cocher cria un ordre au palefrenier et Bolitho crut entendre Allday fouiller dans un coffre à la recherche d'une arme chargée.

– Halte !

Bolitho ouvrit la portière et se leva, agrippé à la main courante sur le toit. La voiture était presque en travers de la route ; les chevaux fumants encensaient, énervés par la rumeur confuse des voix excitées.

Bolitho sortit de son manteau une lorgnette pour observer la scène. Dans la foule houleuse qui s'avançait à leur rencontre, quelques hommes brandissaient des piques et des bâtons, d'autres riaient et buvaient à la bouteille. Deux d'entre eux étaient montés. On n'y voyait pas une seule femme.

Allday posa à plat sur le toit un court tromblon et le couvrit de la pièce de tissu qui protégeait son siège.

– Je n'aime pas ça, Commandant, déclara-t-il sèchement. Ça m'a tout l'air d'un lynchage.

Ferguson arma son petit pistolet et renchérit :

– C'est bien mon avis, Monsieur. Nous ferions mieux de nous retirer. Ils sont une bonne centaine.

Il n'avait pas peur ; depuis les Saintes, il savait garder son sang-froid. Mais il prenait le danger au sérieux.

Bolitho ajusta posément sa lorgnette – opération facile, dans une voiture à l'arrêt. Au milieu de la foule vociférante, il identifia deux silhouettes, la corde au cou ; traînés, bousculés, les mains ligotées, ces hommes s'écorchaient les pieds aux cailloux du chemin. L'un d'eux était torse nu, l'autre portait une chemise déchirée.

– L'un des deux cavaliers m'a l'air bien mis, Commandant.

Ce détail n'avait pas échappé à Bolitho ; il avait repéré cet individu puissant, barbu, qui portait un chapeau élégant et un manteau doublé d'écarlate. Tout indiquait qu'il excitait les émeutiers, mais à cette distance, sa harangue était inaudible.

– Peut-être des voleurs qu'ils ont pris la main dans le sac, Commandant, hasarda Allday.

Il se tourna vers la colline, comme pour tenter d'apercevoir le gibet et le squelette en guenilles.

– En route ! ordonna sèchement Bolitho.

Il toisa Allday, dont l'inquiétude était évidente :

– Des voleurs ? Des voleurs avec des hauts-de-chausses d'officiers de marine ?

– Mais, Commandant... protesta Ferguson. Peut-être que cela n'a rien à voir !

– Quand tu voudras ! lança Bolitho avec un regard appuyé au père Matthew.

La voiture s'ébranla. En dépit du bruit des sabots et des grincements de la suspension, Bolitho commençait à entendre la rumeur des voix furieuses ; ils avançaient droit à la rencontre de la procession.

– Oooh ! lança le père Matthew d'une voix chargée de colère. Restez à bonne distance de mes chevaux, bande de vauriens !

Et la voiture s'immobilisa. Bolitho descendit. Aussitôt le silence retomba. Tous le regardaient, certains congestionnés par l'ivresse ; quelques-uns eurent un haut-le-corps, comme s'ils avaient aperçu le diable en personne.

Il savait que Ferguson le suivait des yeux de son poste, près de la fenêtre, tenant son pistolet hors de vue de la foule. Allday, sur le toit, se ramassait déjà pour sauter. En aurait-il le temps ? Ce fut le jeune Matthew qui rompit le charme : pour aider à calmer les chevaux de tête, il surgit de derrière la voiture. Pour lui, c'était comme si la foule n'existait pas.

Le cavalier barbu éperonna sa monture pour fendre le groupe.

– Tiens, tiens ! Qu'est-ce qui nous arrive ? Mazette ! Un officier du roi !

Il fit mine de s'incliner sur son arçon.

– En route pour prendre le commandement de quelque joli navire à Chatham, je parie ! Pour bien nous protéger des Français, hein, les gars ?

Quelques-uns s'esclaffèrent, mais la plupart observaient Bolitho avec attention, comme flairant un piège.

– Et vous, qui êtes-vous ? coupa Bolitho. Je ne répéterai pas ma question, fit-il en posant la main sur la poignée de son sabre.

Le barbu observa la route derrière eux : peut-être s'attendait-il à voir surgir une escorte. Puis, avec un sourire insouciant, il répliqua :

— Je suis le shérif adjoint de Rochester, Commandant.

— Parfait. Nous savons tous deux à qui nous avons affaire.

A cet instant, un des captifs se laissa tomber à genoux, au bord de suffoquer. Quelqu'un tirait sauvagement sur son nœud coulant. Mais Bolitho n'avait entendu qu'un mot : « lieutenant ». Cela lui suffisait.

— Je vous conseille de relâcher ces deux hommes sur-le-champ. Ce sont des officiers de marine en service commandé.

A la façon dont certains déjà s'écartaient du groupe, comme pour se désolidariser de ce qui se passait, il vit que ses mots avaient porté.

— Maudits soient-ils, tonna le barbu, eux et leurs chiens de racoleurs !

Il se tourna et eut un rictus de satisfaction quand quelques-uns firent chorus. Une curée, songea Bolitho. Et il répéta :

— Détachez-les !

Il adressa un signe de tête au jeune Matthew :

— Vas-y, garçon.

Et au shérif adjoint il lança :

— Quant à vous, descendez de cheval. Tout de suite.

Le lieutenant torse nu, sévèrement marqué par un rude passage à tabac, se remit péniblement debout :

— Ils nous ont pris en embuscade, Commandant.

C'était à peine s'il pouvait parler. Son camarade, beaucoup plus jeune, était sans doute un aspirant. Au moindre signe de panique, les émeutiers allaient les submerger, les tailler en pièces.

Bolitho regarda le barbu descendre de cheval :

— Où sont leurs uniformes ?

L'homme dévisagea Bolitho et éclata d'un rire mauvais :

— Vous alors, on peut dire que vous ne manquez pas de culot, Commandant !

Puis, changeant brusquement de ton :

— Ils sont entrés en ville sans l'accord du maire. On allait leur donner une petite leçon.

Il tenta en vain de soutenir le regard de Bolitho, puis ajouta, confus :

– Une leçon qu'ils n'oublieront pas de si tôt !

Bolitho attendait :

– Leurs uniformes ?

L'homme se tourna vers l'autre cavalier :

– Dis-lui, Jack !

Mal à l'aise, l'autre se tortillait sur sa selle :

– On les a jetés dans une porcherie.

Plus personne ne riait, à présent.

Bolitho arracha son bicorne et le jeta dans la voiture :

– Ce sont des officiers du roi, Monsieur.

– Je le sais fichtre bien ! On allait juste leur donner…

– Vous alliez donc insulter le roi…

– Quoi ?

Sous son chapeau, l'homme écarquillait les yeux, hagard.

– Vous avez le choix. Dégainez donc cette belle lame avec laquelle vous faites le fier-à-bras.

Il effleura sur sa hanche la garde familière.

– Elle est faite pour ça, non ? Vous ne dites rien ? Pas un mot à l'adresse de tous ces héros ?

Un brouillard dansait devant ses yeux : les fièvres ? Non. C'était la même folie sanguinaire qu'il ressentait avant chaque bataille désespérée. D'abord, il avait voulu avoir cet homme à l'estomac ; à présent, il brûlait vraiment d'en découdre. Après des mois de désespoir et d'amertume, après des semaines passées à attendre et à plaider sa cause à l'Amirauté, il se sentait la proie d'une terrible violence.

– Soy… Soyez indulgent, Commandant.

La voix de l'homme n'était plus qu'un souffle. Bolitho le toisa avec mépris :

– Pas d'indulgence pour les lâches !

Il eut un coup d'œil en direction des deux victimes qui tremblaient encore. Les malheureux n'étaient pas passés loin de la corde :

– En voiture, Messieurs.

Puis, revenant au shérif adjoint :

– Votre épée.

Il la lui arracha. L'homme avait deux fois sa stature, mais il était paralysé, il tremblait comme une feuille. Les émeutiers pouvaient encore se déchaîner... Non, il les avait matés. La vue de son uniforme ? La conscience de leur ignominie ? Bolitho coinça la lame étincelante sous la caisse de la voiture et pesa dessus : l'acier céda comme une carotte. Il jeta le moignon aux pieds du barbu.

— Les lâches n'ont pas besoin d'une belle arme. Maintenant, décampez !

La foule qui se fendit sembla se dissoudre dans les champs, de chaque côté de la route. Bolitho se hissa sur le marchepied et adressa un signe de tête à son cocher :

— Il est brave, ton petit, Matthew !

Corker s'essuya le front avec un mouchoir rouge :

— Juste ciel, Commandant ! Vous m'avez fichu une de ces frousses !

Allday libéra en douceur le chien de son tromblon :

— Pour sûr, Commandant, vous ne vous êtes pas fait un ami.

— Bon Dieu, lui non plus !

Et il claqua la portière. La voiture prit de la vitesse. Bolitho croisa les bras et, se tournant courtoisement vers les deux hommes qu'il venait de sauver :

— A présent, Messieurs, si vous le voulez bien, je vous écoute.

Tandis qu'ils parlaient, Bolitho gardait ses bras étroitement croisés pour empêcher ses mains de trembler. L'incident aurait pu mal tourner, mais il savait depuis le début, d'instinct, qu'en rase campagne il jouissait d'un avantage évident.

Dans la glace zébrée de pluie, il adressa un sourire à son reflet. Personne ne s'était attendu à une telle réaction de sa part. « Pas même moi », pensa-t-il.

Ferguson avait surpris ce sourire. Un moment plus tôt, il avait cru que tout était fini ; il comprenait à présent que pour Bolitho, les choses ne faisaient que commencer.

II

UN POSTE DE CONFIANCE

Le commandant Richard Bolitho se tenait au bord de la Medway, observant l'autre rive tandis que ses bottes s'enfonçaient dans le sable humide. Le soleil était haut et clair, mais sur la berge opposée, c'était à peine si on pouvait distinguer les arbres dans la brume. La lumière était sans chaleur, même si toute cette vapeur humide pouvait rappeler une côte tropicale. Bolitho se cala les épaules dans son manteau, désespérant de retrouver jamais un peu de confort. La brise qui remontait la rivière était froide et mouillée.

Il mit de l'ordre dans ses pensées. Après tout, il lui fallait admettre que c'était une journée de printemps tout à fait normale. Il n'avait qu'à s'en prendre à lui-même si ses souvenirs ne cessaient de l'entraîner ailleurs, et vers le passé.

Allday était à quelques pas de là, en retrait un peu plus haut sur la berge :

– Jolie baille, Commandant! observa-t-il, désinvolte. Une bête de race, pour sûr.

Il attendit la réaction du commandant, ne sachant précisément quelle était son humeur depuis leur arrivée. Bolitho hocha la tête et s'abrita les yeux de la main pour étudier les lignes du petit navire mouillé derrière un îlot, au-delà de deux bancs de sable éblouissant. Le *Télémaque*, cotre à hunier de vingt mètres au pont, venait de subir un ragréage dans un chantier en amont.

Bolitho observait la silhouette dépouillée, si différente de celle du navire sous voile. Difficile de se rendre compte que ces cotres, si petits par rapport à une frégate, étaient plus voilés, compte tenu de leur taille, que tous les autres navires à flot. A cause de leur faible longueur de flottaison, ils n'étaient pas les plus rapides mais, quel que fût le temps, ils restaient toujours les plus maniables.

« Une bête de race ». Allday, avec son air de ne pas y toucher, avait percé ses pensées à jour. Il comparait le cotre avec le *Tempest*, il évoquait les mers du Sud, et bien d'autres choses. Il pouvait sans effort se représenter les trois hautes pyramides de toile pâle oscillant sous un ciel sans nuage, les coutures du pont qui adhéraient aux semelles tandis qu'on patrouillait en tous sens, scrutant l'horizon bien net à la recherche d'une voile. Oui, le *Tempest* était un vrai navire, un authentique pur-sang ; oui, Allday le savait et le sentait.

A son arrivée, Bolitho s'était présenté à l'amiral commandant l'arsenal, un homme distant mais affable. L'affaire des deux officiers ligotés et humiliés ? Pour lui, une légère contrariété, rien de plus.

– Passons pour l'aspirant, avait-il conclu. Un vrai gamin. Mais le lieutenant n'aurait jamais dû commencer à fouiller la ville maison par maison, ni arrêter de prétendus déserteurs sans prendre langue avec les autorités locales. Il va de soi qu'elles vont voir de quel bois je me chauffe. Croyez-moi, il y a de l'amende dans l'air, mais…

Il était inutile d'aller plus loin. Pourtant Bolitho s'était obstiné :

– On dit que la même chose est arrivée à Rochester l'an dernier, Monsieur. Le maire en personne, à la tête de la populace, a forcé la maison de sûreté où une poignée de recrues attendaient leur escorte.

L'amiral avait froncé les sourcils :

– C'est vrai. Cet énergumène a même flanqué une lourde amende à nos officiers avant de les relâcher.

Non sans humeur, il enchaîna :

– Mais ce sera une autre chanson quand les Grenouilles[1] recommenceront à se déchaîner ! Nos chers marins par-ci, notre fière marine par-là ! Quand tous ces hypocrites comprendront que leurs maudites carcasses sont en danger, ils seront les premiers à venir pleurnicher dans mon gilet pour être défendus !

Bolitho n'avait pas encore rencontré le commodore Hoblyn, son chef d'escadre. D'après l'amiral, Hoblyn s'occupait à visiter les chantiers navals de la région en vue d'acheter pour l'Amirauté de

---

1. *Frogs*, « grenouilles », c'est-à-dire « Français ». *(NdT)*

petites unités maniables, en prévision de la guerre – une perspective qui l'indisposait :

– Leurs Seigneuries vont leur conférer des lettres de marque, et ils ne manqueront pas d'embaucher quelques assassins de plus au service du roi.

C'est au moment où il prenait congé que l'amiral avait prononcé les phrases décisives qui résonnaient encore aux oreilles de Bolitho :

– Ne vous formalisez pas. On vous a confié trois bons cotres. Vous avez carte blanche, pour autant que vous respectiez vos objectifs.

Plus d'une fois, depuis deux jours qu'il était sur place, Bolitho avait eu l'étrange sensation d'être épié en permanence. En effet, certains détournaient ostensiblement les yeux sur son passage. C'est pourquoi, en dépit de ses protestations, il avait renvoyé Ferguson à Falmouth avec sa voiture, prenant même des dispositions pour qu'une escouade de dragons de la garnison locale l'escortât sur la route de Londres jusqu'à ce qu'il eût quitté le Kent.

Bolitho porta son regard sur la berge ; le jeune Matthew dévorait des yeux le cotre au mouillage, excité, trépignant d'impatience.

C'est cela qui avait été le plus dur, songea-t-il : ce garçon suppliant son grand-père de le laisser partir avec lui en qualité de garçon de cabine, de valet particulier, n'importe…

Le vieux cocher, solennel, s'était mouché avant de se laisser fléchir :

– Vous savez, Monsieur, il est plus gênant qu'il n'en a l'air quand il est dans vos pieds. Un vrai petit chien ! Mais peut-être que la discipline lui fera du bien !

On lisait le déchirement dans ses yeux, on le devinait au son de sa voix ; ce n'est pas de gaieté de cœur que le bonhomme avait consenti.

– Je vais héler le navire, Commandant, murmura Allday.

– D'accord, vas-y.

Il regarda Allday descendre la pente à grandes enjambées pour rejoindre le garçonnet au bord de l'eau. « Il doit penser que je me fais des idées. » C'est la présence de ces mystérieux espions qui avait poussé Bolitho à se faire conduire jusque-là en voiture, au lieu d'embarquer sur le *Télémaque* alors qu'il était encore au chantier.

Ils en savaient déjà trop long, il se devait de leur réserver quelques surprises.

Le *Wakeful* et le *Snapdragon*, les deux autres cotres, étaient déjà mouillés en aval devant Sheerness, au confluent de la Medway et du grand estuaire de la Tamise – de petits navires, certes, mais dont chacun représentait un monde en soi, comme tous les autres bateaux de la flotte.

Il s'abrita de nouveau les yeux. Le *Télémaque* mesurait presque vingt et un mètres entre perpendiculaires, mais il avait un bau étonnamment large : pas moins de sept mètres trente. Il était solidement construit, avec des échantillonnages généreux. Étrave arrondie, arrière effilé se terminant par une voûte gracieuse. Les rides du courant contre sa muraille troublaient son reflet ; on eût dit un jouet plus qu'un navire de guerre. La lumière du soleil animait ses bordés beiges que soulignait une large préceinte noire, juste en dessous des sabords. Allons ! décida Bolitho, c'est avant tout le gréement qui retient l'attention du marin. Le grand mât unique se dressait à l'avant du maître-bau, prolongé en hauteur par un mât de hune effilé. Le long mât de beaupré était presque horizontal. La bôme, portant l'immense grand-voile à bordure libre, dépassait largement le niveau du couronnement, à l'arrière. Avec toute sa toile ferlée, ou carguée sur la vergue de hunier, il avait quelque chose d'inachevé, mais une fois en mer...

Bolitho soupira. L'enthousiasme fuyait son esprit comme la chaleur son corps.

La voix puissante d'Allday retentit sur l'eau. Au bout de quelques secondes, des visages apparurent au-dessus du pavois du *Télémaque*. Bolitho se demanda ce que le commandant allait penser d'une arrivée aussi peu orthodoxe. Il vit une yole doubler l'arrière du cotre. Après que le courant, étonnamment lent, eut suffisamment éloigné l'embarcation du navire, les avirons entrèrent en action. Le pont était noir de monde, à présent. Enfin de la visite, enfin du nouveau.

Bien que le cotre n'atteignît pas les vingt et un mètres de long, pas moins de soixante hommes étaient couchés sur son rôle d'équipage. C'était à se demander où ils trouvaient la place de respirer, dans l'espace exigu de cette fine carène, une fois embarqués les canons, la poudre, les munitions et tout l'avitaillement nécessaire à l'entretien de l'équipage.

Bolitho remarqua qu'Allday fixait la yole d'un air critique.

— Alors ?

Allday remua ses épaules massives :

— Plutôt futé, à première vue. Cependant...

Il jeta un coup d'œil amusé au jeune garçon :

— ...il m'a tout l'air d'avoir encore les deux pieds dans le même sabot.

— Je me demande bien pourquoi il m'a suivi, repartit Bolitho, songeur. Il avait la sécurité... En fait de bêtes féroces, il ne connaît que les chevaux de son grand-père...

Il enveloppa d'un geste la rivière et le navire au mouillage.

— Et il a voulu cela...

Il conclut, amer :

— Ça l'aidera peut-être à devenir un homme...

Allday se détourna. Argumenter ? Monter l'affaire en épingle ? A quoi bon. Le jeune Matthew était en adoration devant Bolitho, tout comme l'avait été son père, quand on lui avait obtenu un embarquement au commerce, sur une malle. Allday secoua la tête : plus tard peut-être... Pour l'instant, le commandant était trop affaibli. Au fond, la bataille n'était pas encore complètement gagnée.

La yole vint racler contre une cale de halage détrempée. Un jeune lieutenant en sauta, se mouillant les bottes. Il s'avança vers Bolitho, stupéfait et consterné à la fois. Ayant ôté son bicorne, il balbutia :

— Lieutenant Triscott, Monsieur. Je suis premier lieutenant du *Télémaque*.

Il jetait autour de lui des regards désespérés.

— Je... J'ignorais complètement que vous étiez attendu, Monsieur, faute de quoi...

Bolitho lui toucha le bras :

— Faute de quoi, monsieur Triscott, vous auriez emprunté la chaloupe d'apparat de l'amiral et recruté une garde d'honneur pour l'occasion, n'est-ce pas ?

Puis, détournant les yeux vers la rivière :

— Mais c'est mieux ainsi. Là-haut, fit-il avec un geste en direction de la route, vous trouverez mon coffre. Soyez assez aimable pour le faire embarquer.

Le lieutenant allait de surprise en surprise.

– Vous embarquez tout de bon, Monsieur ?

– En effet, répondit Bolitho en posant sur lui ses yeux gris, telle est mon intention.

Et il ajouta avec douceur :

– A moins que vous n'y voyiez quelque inconvénient, bien sûr.

Allday se retint de rire. Premier lieutenant! M. Triscott s'était abstenu de préciser que, en dehors du commandant, il était le seul lieutenant du bord.

Bolitho suivait des yeux le jeu cadencé des avirons. Il remarqua que certains nageurs le lorgnaient à la dérobée, tâchant de ne pas se faire remarquer. Tous avaient l'air de matelots de premier brin, bien amarinés.

– Avez-vous un bon équipage, monsieur Triscott ? demanda-t-il tranquillement.

– Oui, Monsieur. Des volontaires, pour la plupart, des pêcheurs et autres…

Sa phrase resta en suspens. Bolitho appuya le menton sur la garde de son épée. Triscott pouvait avoir dix-neuf ans, il semblait plein d'espoir, heureux de servir à bord d'un humble cotre, au lieu de passer à terre ses plus belles années.

Ils se rapprochaient du mât élancé. Belle construction, et soignée. Le nom du navire s'incrivait en lettres dorées sur un parchemin sculpté au tableau. Bolitho remarqua le dauphin en bas-relief qui semblait porter le parchemin. Beau travail, oui.

Puis cela lui revint : Télémaque, le fils d'Ulysse et de Pénélope, qui selon la légende fut sauvé de la noyade par un dauphin. Le cotre n'était pas de taille suffisamment imposante pour mériter une figure de proue à l'avant, néanmoins, un sculpteur inconnu en avait orné le haut de l'étrave.

Ils approchaient des porte-haubans, Bolitho observait les sabords fermés. La muraille du cotre s'ouvrait sur une batterie de quatorze canons, à l'origine des pièces de six livres. On avait monté deux couleuvrines à l'arrière, près de la barre. Deux pièces de six de l'avant avaient été remplacées récemment par de puissantes caronades susceptibles d'infliger des dommages à tout navire qui dériverait sous leur vent au cours d'une bataille.

Plusieurs ordres retentirent au moment où la gaffe de l'embarcation crocha dans les haubans. Bolitho se leva et saisit une petite échelle. En toute autre occasion, il en eût souri : debout dans l'embarcation, il avait presque la tête au niveau de la coupée, près de laquelle se tenait un lieutenant de taille respectable entouré d'un groupe nombreux. L'accueil réglementaire dû à un officier supérieur.

Bolitho enregistra certains détails de la scène, pareils à des fragments d'un tableau en partie effacé : Allday se levant de son banc de nage pour prévenir un faux pas ou un malaise de son commandant, le visage tout rond du jeune Matthew Corker qui rayonnait de plaisir du haut de ses quatorze ans, transfiguré comme au plus beau jour de sa vie. Des ordres criés à tue-tête retentirent de nouveau et Bolitho se retrouva sur le pont. Il leva son bicorne en direction de l'étroite poupe où claquait gaiement le pavillon, l'enseigne blanche de la marine royale. Il dit brièvement :

– Je suis navré de ne pas vous avoir averti.

Le lieutenant Jonas Paice se mordit la moustache avant de répondre avec brusquerie :

– Je pensais, Monsieur, c'est-à-dire que...

C'était un homme puissant à tous égards. Bolitho savait l'essentiel : qu'il était âgé pour son grade (environ deux ans de moins que lui), qu'il avait commandé naguère un charbonnier basé à Sunderland, avant de s'engager au service du roi en qualité de maître principal. C'était assez pour l'instant, mais il comptait bien s'informer en détail sur tous les hommes qui naviguaient à bord de sa petite flottille :

– Vous vous êtes imaginé que j'étais en train de vous épier.

Paice le regarda, éberlué :

– J'ai effectivement cru, Monsieur, que vous aviez eu l'intention de nous surprendre.

– A la bonne heure.

Bolitho leva les yeux au-dessus de l'assemblée silencieuse :

– On aperçoit distinctement le pavillon de Beacon Hill, Commandant. Je vous suggère de lever l'ancre et de faire servir sans désemparer.

Il eut un demi-sourire :

– Je vous promets de faire tout mon possible pour ne pas gêner votre manœuvre.

Paice revint à la charge :

– Vous constaterez que ce navire ne se manœuvre pas comme un bateau de cinquième rang. C'est une brute redoutable si on lui manque d'égards.

Bolitho le dévisagea calmement :

– J'ai servi à bord d'un cotre, jadis. L'*Avenger*, commandant Hugh Bolitho.

Les pensées de Paice lui parurent soudain transparentes : la mémoire brusquement réveillée, la surprise de l'entendre mentionner son frère ; quelque chose comme du soulagement, aussi. On eût dit que Paice était heureux de découvrir, ou de s'imaginer découvrir, la raison pour laquelle Bolitho devait se contenter d'un poste aussi médiocre. D'ailleurs, c'était peut-être exact : mort ou pas, Hugh s'était fait tant d'ennemis qu'il était aussi difficile de l'oublier que de pardonner à sa famille.

Se tournant vers l'avant, Bolitho constata que le pont grouillait de marins ; ils lui en voulaient probablement de son arrivée.

– Nous allons rejoindre sans délai le *Wakeful* et le *Snapdragon*, ordonna-t-il.

Paice considéra Allday, puis le jeune garçon, comme s'il ne parvenait toujours pas à en croire ses yeux :

– Mais, Monsieur, est-ce là toute votre suite ?

Quelques mouettes s'élevèrent, qui se mirent à tournoyer paresseusement autour de la pomme du mât, leurs ailes bien droites, immobiles.

– J'ai tout ce qu'il me faut, merci.

Et s'adressant à Allday, avec un clin d'œil :

– Je crois que la première leçon a commencé.

Tous deux se tournèrent vers le jeune Matthew. En un instant, le visage du garçon avait pris une teinte verdâtre : le mal de mer.

Paice mit ses mains en porte-voix :

– Parés à virer au cabestan, à déraper l'ancre ! Monsieur Hawkins, envoyez-moi du monde dans les hauts, à larguer le hunier.

Bolitho se retira à l'arrière. Tous les matelots se précipitaient à leurs postes en bon ordre. Il perçut vaguement le grincement des poulies. Les hommes s'alignaient pour haler sur les drisses et les bras de vergue. A l'avant, le gaillard résonnait sous le piétinement des pieds nus. Grinçait aussi le grelin ruisselant, comme s'arrachant à un profond sommeil.

C'était comme si la mer l'eût appelé, sans douleur et sans ironie. Quand il ôta son bicorne, le vent humide lui ébouriffa les cheveux.

Lui revint à l'esprit le commentaire acrimonieux du contre-amiral : « Vous *étiez* commandant d'une frégate. »

Une simple réplique de sa part et même ce poste misérable lui aurait échappé. Il serait encore en train de battre la semelle dans les couloirs de l'Amirauté. Ou bien il aurait regagné la maison grise de Falmouth, malade et exténué.

Allday riait de bon cœur :

– Je vais vous conduire jusqu'à votre cabine, Commandant. A Falmouth, même les lapins ont des terriers plus spacieux.

Il regarda Bolitho s'avancer à tâtons jusqu'à la petite descente, près de la barre franche ; un maître principal et deux timoniers occupaient ponctuellement leur poste à la barre.

« Une fois en mer, cela ira mieux », songea-t-il.

Allday entendit le hoquet désespéré du jeune garçon et se hâta de partir à sa recherche. S'arrêtant un instant, le menton juste au niveau du hiloire de pont, il regarda défiler le paysage : l'ancre était dérapée et le cotre abattait rapidement.

Les voiles claquaient, furieuses, dans une bruyante confusion. L'ombre immense de la grand-voile bômée lui passa au-dessus de la tête comme une bannière.

Ils en avaient assez de vivre à terre. Ici, ils étaient à leur place. C'était bien.

Allday frappa discrètement à la porte de la cabine, il devait presque se casser en deux pour jeter un coup d'œil à l'intérieur. Il aperçut Bolitho assis, adossé à la cloison. Les trois commandants des cotres au mouillage s'entassaient comme ils pouvaient autour de la table.

– Tout est arrimé, Commandant.

Ils ne firent qu'échanger un regard, mais Bolitho comprit qu'Allday allait rester devant la porte : personne n'entendrait cette conversation, dont la teneur ne devait être connue que des seuls officiers. Allday le savait d'expérience, les petits navires ont de grandes oreilles, et Bolitho tenait beaucoup à n'être pas dérangé au cours de cette première conférence.

Avant de se retirer, Allday remarqua que le commandant portait son vieil habit de mer aux boutons ternis, sans épaulettes, un habit tant de fois réparé et recousu que sa sœur Nancy, consternée au moment de le ressortir, avait voulu le convaincre de s'en débarrasser. Jamais Allday ne s'était senti aussi proche de la famille que ce jour-là.

Il revoyait Nancy l'aidant à entasser dans deux coffres de mer les effets de Bolitho en vue d'un voyage à Londres pour chercher un embarquement. Durant la longue maladie, affrontée à deux, Allday avait toujours gardé la maîtrise de soi, sachant que Bolitho comptait sur sa force. Mais la vue de cet habit, de ce simple habit, avait brisé ses défenses et il s'était laissé surprendre, comme un navire attaqué de nuit à l'abordage :

– Non, madame Nancy ! On le garde !

Puis, baissant les yeux, il avait expliqué d'une voix qui se brisait :

– C'est l'habit que portait la dame du commandant dans le canot avant de...

Il n'avait pu achever sa phrase. Jeter cet habit ? Pas de son vivant, en tout cas.

La porte se referma et Bolitho dévisagea ses trois interlocuteurs.

Pendant le court trajet jusqu'au mouillage des deux autres cotres, il s'était entretenu avec Paice, sans pourtant le déranger dans ses devoirs. L'homme était grand, imposant, il haussait rarement le ton pour donner ses ordres. Apparemment, il n'avait nul besoin de le faire. Dans le carré des officiers, qui servait aussi de cabine, la hauteur sous barrots était si faible que l'on ne pouvait s'y tenir debout, sauf sous la claire-voie ; même là, Paice devait baisser la tête.

C'était un excellent marin, doté d'une intuition extraordinaire des vents et des courants. Il percevait les réactions de son puissant esquif avant même les timoniers qui se tenaient de chaque côté de la longue barre franche. Jamais il ne répondait à une question sans en avoir mûrement pesé la réponse – non qu'il fût aigri, mais par simple prudence. Il semblait toujours à l'affût de critiques possibles, non pas contre lui-même mais contre son *Télémaque*.

Une soirée exquise, après tout. Des nuages roses survolaient les promontoires qui abritaient leur mouillage, et où s'allumèrent les premiers feux, comme des lucioles dans les demeures de Queenborough.

Aux yeux d'un terrien, les trois cotres devaient se ressembler comme trois gouttes d'eau, mais Bolitho avait déjà relevé certaines différences mineures, dont la moindre n'était pas leurs commandants respectifs. Le lieutenant Charles Queely, du *Wakeful*, vingt-cinq ans environ, souffrait d'un nez crochu; ses yeux noirs, profondément enfoncés, semblaient toujours en éveil comme ceux d'un oiseau de proie. Il avait le visage d'un homme d'études, peut-être d'un ecclésiastique. Ce n'est que quand il parlait, et au vu de son uniforme, que l'on pouvait deviner en lui l'officier de marine. Natif de l'île de Man, il descendait de plusieurs générations de marins au long cours. Le blond lieutenant Hector Vatass, du *Snapdragon*, n'aurait pu moins lui ressembler : un visage ordinaire, des yeux bleus où se lisait la plus droite franchise, bref, l'image même de l'éternel marin anglais. Agé lui aussi de vingt-cinq ans, il avait eu un premier embarquement, à bord d'une frégate; et puis elle avait été désarmée.

– Vous pouvez allumer vos pipes, si vous le désirez, dit Bolitho. Je suis sûr que le *Télémaque* ne manque pas de réserves de tabac.

Lui répondirent quelques sourires polis, mais personne ne bougea. La confiance viendrait peu à peu.

– Le *Snapdragon* va passer en cale sèche dans quelques jours, annonça Bolitho.

Vatass, surpris, tressaillit :

– Euh... Oui, Monsieur.

– Profitez-en de votre mieux. Selon toute vraisemblance, l'occasion ne se représentera pas de sitôt, et j'ai besoin – non, je veux – une flottille prête à tout...

Vatass saisit la balle au bond :

– La guerre, Monsieur ?

Sans laisser à Bolitho le temps de répondre, Queely rétorqua avec humeur :

– Sûrement pas ! Les Grenouilles ont jeté leur roi et leur reine en prison, mais ils auront tôt fait de les en sortir, dès que cette Convention nationale sanguinaire comprendra à quel point elle a besoin d'eux.

– Je ne suis pas de cet avis, trancha Bolitho. Je pense que la guerre va être déclarée, et sans tarder. Ce ne serait pas la première fois qu'on verrait un pays exsangue, préparé ou non à la guerre, se lancer dans un conflit, ne serait-ce que pour masquer ses propres échecs. Quant à l'Angleterre, ajouta-t-il en durcissant le ton, elle y est encore moins préparée.

Paice croisa les bras :

– Mais quel est notre rôle, Monsieur ?

– Nous patrouillons pour arraisonner et fouiller certains navires en provenance de l'étranger et, à l'occasion, identifier quelques déserteurs au sein de leur équipage. Nous offrons également notre appui aux gardes-côtes quand ils nous le demandent...

– Ce qui n'arrive pas souvent... interrompit Queely avec malice.

Paice leva les yeux vers la claire-voie fermée :

– Il fait un tantinet trop chaud, Monsieur. Puis-je...

Bolitho eut un nouveau sourire :

– Je ne crois pas. Je n'ai pas besoin d'un auditoire plus nombreux.

Il vit Paice se raidir, tout de suite sur la défensive, et ajouta sans ménagement :

– Nous ne pouvons avoir confiance en personne. Le plus patriote de nos matelots aurait du mal à refuser quelques pièces d'or en échange de ce qu'il pourrait considérer comme des informations anodines.

– Mais, demanda Vatass, perplexe, que savons-nous au juste, Monsieur ?

Bolitho les dévisagea tour à tour :

– Dans la région, la contrebande fait rage, notamment sur l'île de Thanet. Du Nore jusqu'aux Downs, les mouvements des navires de commerce ne sont pratiquement jamais contrôlés ; d'ailleurs, les gardes-côtes n'ont pas suffisamment de navires pour le faire.

Posant les mains à plat sur la table, il ajouta :

– D'après ce que j'ai déjà vu et entendu, j'ai la certitude que la contrebande est tolérée, voire encouragée, par quelqu'un de haut placé. Ce lieutenant que l'on a déshabillé et rossé, et que j'ai trouvé sur la route de Londres, n'avait pas obéi à ce qui était expressément spécifié dans son ordre de mission. Il aurait dû demander la permission des autorités municipales avant de fouiller les maisons et d'arrêter les déserteurs. Que ces hommes soient bons ou mauvais, la flotte a besoin d'eux, d'urgence.

Il vit que ses mots portaient :

– Pourquoi n'a-t-il pas sollicité cette autorisation ? Pourquoi a-t-il délibérément ignoré ses ordres de mission ?

Il leva les mains et les abattit brutalement sur la table :

– Il savait que ces mêmes autorités s'empresseraient d'avertir ou de cacher les déserteurs. Je vous fiche mon billet qu'à l'heure où je vous parle, nombreux sont les matelots bien amarinés qui gagnent leur vie de cette façon.

Queely s'éclaircit la gorge :

– Sauf votre respect, Monsieur, nous avons jadis déployé de grands efforts pour traquer les contrebandiers. Mais sans vouloir vous blesser, car je connais votre réputation d'officier, vous avez été longtemps absent... Les Antilles, les mers du Sud... Peut-être avez-vous quelque peu...

Il hésita. Le regard du commandant ne le lâchait pas.

– Perdu le contact ? suggéra Bolitho avec un sourire triste. Est-ce bien là votre pensée ?

Paice intervint d'une voix bourrue :

– Moi aussi, je hais cette engeance, Monsieur. Mais nous sommes à un contre dix. Puisque vous parlez net, j'en fais autant, avec votre permission.

Bolitho opina : la glace était rompue. Il s'était adressé à eux comme à des camarades de combat, non comme à des inférieurs. Sans doute n'étaient-ils que de simples lieutenants, mais tous avaient un commandement, et le droit d'être écoutés.

Paice ne mâcha pas ses mots :

– Les choses sont bien telles que Charles Queely les décrit.

Il eut comme un prudent sourire :

– Vous êtes de Cornouailles, Monsieur, vous en savez long sur la contrebande et ceux qui s'y adonnent. Mais, sauf votre respect, ce n'est rien par rapport à ce qui se passe ici. Et, comme vous l'avez observé, Monsieur, on dirait qu'il y a davantage de criminels en dehors des prisons qu'à l'intérieur.

Tous approuvèrent.

– Les douaniers, précisa Vatass, sont souvent en infériorité écrasante, tant en nombre qu'en puissance de feu. Beaucoup de leurs commandants répugnent à s'aventurer trop près des côtes de peur de s'échouer et de voir piller leurs navires. A terre, leurs patrouilles montées sont en danger de mort à chaque gros coup des contrebandiers. Ces gens font régner la terreur. Les délateurs sont égorgés comme des porcs. Même les agents du fisc ne sont pas à l'abri.

– De quelles informations disposons-nous ? questionna Bolitho.

– Il arrive que les gardes-côtes nous glissent un renseignement, répondit Paice. Et les douaniers, s'ils en ont le temps.

Bolitho se leva et, violemment, se cogna la tête contre un barrot ; il regarda Paice avec un piteux sourire :

– Vous avez raison, rien à voir avec un vaisseau de cinquième rang !

Cette fois, tous éclatèrent de rire. C'était un bon début.

– A chaque fois, continua-t-il, nous sommes pris de vitesse. Les contrebandiers ont l'avantage de la surprise. Si on fait appel aux dragons, il n'y aura plus personne sur la plage à l'heure où une estafette sera parvenue à donner l'alarme.

– Si tant est que le malheureux, murmura Queely d'un air mauvais, ne se soit pas fait trancher la gorge...

– Et ces salauds surveillent nos mouillages ! renchérit Paice. En ce moment même, on nous espionne. Et notre « protecteur » a un bon cheval rapide caché tout près d'ici. Il nous faudrait cinquante cotres, et même alors...

Bolitho se leva de nouveau pour ouvrir un des panneaux de la claire-voie et sentit sur ses lèvres le goût de l'air salé.

– Dans ce cas, c'est en mer que nous nous battrons, Messieurs. Ce sera peut-être une façon de mettre le feu aux poudres, mais au moins obtiendrons-nous des résultats. Plus nous leur causerons d'ennuis, moins ils nous gêneront dans notre travail. Nous avons ordre de trouver des hommes pour la flotte, eh bien ! nous en trouverons.

Face au soleil couchant, ses yeux semblaient lancer des éclairs :
– Pas question pour la marine royale de s'incliner devant des pirates. Oui ! j'ai bien dit des pirates ! Nous les enrôlerons de force, nous les traînerons devant les tribunaux, mais d'abord nous passerons à l'action sur notre propre terrain.

Il donna bruyamment du poing contre la porte ; au bout de quelques minutes, le jeune Matthew s'introduisait dans la cabine, portant un plateau avec des verres et une bouteille de vin :
– Une bonne bouteille de ma cave de Falmouth, expliqua Bolitho en regardant Paice. Pour autant que je sache, il ne s'agit pas de contrebande.

Après tout, le *Télémaque* était sous le commandement de Paice. Il pouvait sembler cavalier d'offrir à boire sans même un mot d'excuse pour le maître des lieux.

Bolitho regarda un instant le jeune garçon : son visage était redevenu à peu près normal, les joues avaient repris leurs bonnes couleurs – deux jolies petites pommes du Devon. Mais son regard était un peu vitreux, et nul ne l'avait aperçu pendant la descente du fleuve. Allday lui avait sans doute administré un de ses remèdes de bonne femme, par exemple un biscuit de mer réduit en poudre et trempé d'une bonne lampée de rhum... On en meurt ou on en guérit, comme il disait. Chaque heure qui passait apportait son lot de découvertes pour le jeune Matthew.

– Il va de soi, conclut Bolitho, que cette conversation doit rester strictement entre nous. Le moment venu, nous frapperons.

Il leva son verre, quelque chose lui dit qu'Allday était appuyé contre la porte.

– Au risque de vous surprendre, annonça crânement Bolitho, je bois non seulement à nos trois navires mais aussi à tous ceux qui, de l'autre côté de la Manche, sont victimes d'une terreur qu'ils n'ont pas méritée.

Comme il s'y était attendu, il vit un éclair de surprise briller dans les yeux de Queely ; mais cela ne les empêcha pas de boire de bon cœur. Une forte odeur de rhum alourdissait l'air : l'haleine du garçon qui remplissait les verres.

Le vin du Rhin était excellent, frappé à point. Rafraîchi à fond de cale, il était aussi frais qu'un torrent de Cornouailles. Sous l'autorité vigilante de Mme Ferguson, le jeune Matthew avait déjà servi à table, et tout indiquait qu'il avait profité de cet apprentissage.

Bolitho leva de nouveau son verre et dit simplement :

– A Sa Majesté ! Malheur à ses ennemis !

Cette nuit-là, tandis que le *Télémaque* évitait doucement sur son ancre, Bolitho dormit d'un sommeil sans rêve. Son cauchemar habituel le laissa en paix. Pourtant, il lui fallait se contenter d'une étroite bannette destinée à un simple lieutenant. Près de sa couchette, sur un coffre de marin, était plié son vieil habit. La montre de Viola était dans la poche de son gilet. Avec son souvenir, il ne serait plus jamais seul.

III

L'APPAT

Debout sur ses jambes écartées, le lieutenant Jonas Paice observait le long beaupré du *Télémaque*, lance acérée montant bravement à la vague avant d'enfourner sauvagement. Lame après lame, le cotre forçait sa route contre un clapot de plus en plus creux.

Bien loin au-dessus du mât, des lambeaux de nuages défilaient, poussés par une forte brise de nord-est, dans un ciel plus automnal que printanier.

La journée tirait à sa fin. Le voilier accusa un coup de gîte. Paice changea légèrement de position, mais sans vaciller. Le navire faisait route sous foc, trinquette et grand-voile bordée serré, remontant dans le vent à bonne vitesse ; comme pour confirmer leur grisante impression de vitesse, le timonier hurla :

– Près et plein, Monsieur ! Nord-quart-ouest !

Pour une fois, le plaisir d'une brutale chevauchée au près serré ne lui faisait pas bouillir le sang. C'était leur troisième jour de patrouille ; ils tiraient bordée sur bordée dans un vaste triangle de la mer du Nord, aux atterrages nord-est du Kent.

Peut-être aurait-il dû tenir sa langue et attendre paisiblement que le commandant Bolitho, las de pourchasser les contrebandiers, résolût d'aller se reposer à terre, comme le commodore du quartier général. Mais Paice avait reçu d'importantes nouvelles : un informateur, qui avait sa confiance de longue date, lui avait annoncé qu'un « coup » se préparait quelque part sur la côte du Deal, pour la veille au soir ou le soir même. Paice avait été pris de court par l'intérêt qu'avait soudain manifesté Bolitho, et frappé par la rapidité de sa réaction. Sans désemparer, le capitaine de frégate avait donné au *Télémaque* ordre d'appareiller, tandis que lui-même embarquait avec Queely sur le *Wakeful*. Ils étaient convenus d'un point de rendez-vous, où Bolitho avait changé de bord.

Pour le moment, Bolitho était en bas, penché sur les cartes, comparant ses notes avec celles du cotre. « Il a l'air à bout de forces », songea Paice. Il entendit Erasmus Chesshyre, le maître par intérim, donner ses ordres au timonier puis, traînant sur le pont ses bottes de mer, venir le rejoindre près du pavois.

Côte à côte, ils regardèrent un instant les puissantes lames d'un vert grisâtre monter jusqu'à la préceinte, et les vastes gerbes d'embruns se déployer en éventail au-dessus des sabords bien fermés. Le cotre, vibrant dans la brise, prenait des coups de gîte spectaculaires. Chesshyre était maître principal, avec sous ses ordres un autre officier marinier. Mais on l'appréciait depuis longtemps ; avec un peu de chance, il ne tarderait pas à être promu maître de manœuvre ; et si la guerre éclatait, on ne le laisserait pas moisir à bord du *Télémaque*, il irait présider aux manœuvres et à la navigation côtière de quelque gracieuse frégate.

Paice fronça les sourcils. Si Bolitho ne racolait pas davantage de déserteurs au bénéfice de la flotte, celle-ci embaucherait en priorité les équipages de ses cotres. C'était aussi injuste qu'inévitable. Les cotres représentaient une marine dans la Marine. Leurs équipages se composaient en majorité de volontaires venus des hameaux et villages côtiers où l'on ne pêchait plus. C'étaient donc des marins confirmés qui avaient cherché à s'embarquer sur des unités de la Marine. Nombre de matelots se connaissaient depuis longtemps, avant même d'être enrôlés. La discipline n'exigeait pas qu'on se montrât particulièrement féroce, et on appréciait les qualités de meneur d'hommes plus que les galons dorés. Chesshyre jugea que le moment était venu :

– A partir de cette nuit, Monsieur…

Paice l'interrompit en se tournant vers lui :

– Nous continuerons jusqu'à recevoir l'ordre contraire.

– A vos ordres, Monsieur, opina Chesshyre d'un air maussade.

Le pont sembla se dérober sous leurs pieds et un déluge d'embruns, monté très haut dans la mâture, emplit d'un coup la yole ruisselante solidement saisie sur le pont depuis le début du quart. Au-delà de la lisse de couronnement, loin sur l'arrière, s'étirait la côte du Kent, complètement cachée par la boucaille. La nuit venue, on n'y verrait pas plus clair que dans une botte.

– Quel temps de chien ! s'exclama Paice. Tu te rends compte ?

Chesshyre haussa les épaules. Il ne savait que dire.

– Oui, Monsieur. Un temps idéal pour faire un gros coup. On pourrait passer à les frôler sans les voir.

– Saloperie !

Paice pensa aux précautions méticuleuses prises par Bolitho pour cacher leurs mouvements, et notamment à l'idée qu'il avait eue de changer de bord. Un espion basé à terre qui l'aurait vu embarquer sur le *Wakeful* ne pouvait deviner qu'il se trouvait à présent à bord du *Télémaque*. Paice repensa à son jeune collègue, Vatass : bien tranquille en cale sèche avec son *Snapdragon*, le veinard restait complètement en dehors des actions en cours.

Paice jeta un coup d'œil à ses hommes, qui courbaient le dos sous la bourrasque. Tous des matelots bien amarinés : point n'était besoin de leur dire quand il fallait épisser une manœuvre usée par le ragage, ou quand on devait prendre un tour supplémentaire pour tourner une drisse au cabillot. Les rares fois où le *Télémaque* restait au mouillage, on allait jusqu'à les autoriser à descendre à terre. Jamais on ne les aurait traités ainsi sur de plus grands vaisseaux, qu'on fût en paix ou en guerre.

Il apercevait les deux vigies agrippées à la vergue de hunier – deux singes dégouttants, ruisselants d'embruns. Le *Télémaque* faisait route au près serré avec son hunier soigneusement ferlé : il avait une bonne chance d'apercevoir une autre voile avant d'être lui-même découvert.

Depuis leur appareillage, ils avaient écumé des eaux pratiquement désertes ; à croire que les navires de bornage et de commerce naviguant en Manche hésitaient à faire voile sans une escorte de navires de guerre. La France était tapie de l'autre côté de la mer, tel un fauve furieux occupé tantôt à lécher ses plaies, tantôt à cracher du feu sur tout ce qui bougeait. Chat échaudé craint l'eau froide : bien peu d'hommes de mer expérimentés étaient disposés à entreprendre la traversée.

– Tout le monde sait, Monsieur, insista Chesshyre, que le Kent grouille de contrebandiers.

Le regard que Paice lui lança lui cloua le bec, et il pensa qu'il aurait mieux fait de se mordre la langue que de raviver chez son commandant une plaie ouverte.

En embarquant sur le *Télémaque*, il s'était demandé ce qui avait bien pu pousser le capitaine armateur d'un brick charbonnier, seul maître après Dieu de son affaire et de son destin, à s'enrôler dans la marine de guerre en qualité de simple maître principal. Et peu à peu, tout en s'intégrant au petit équipage du *Télémaque*, il en avait appris davantage sur le surprenant itinéraire de ce grand gaillard de lieutenant.

Paice avait été marié peu de temps à une femme qu'il connaissait depuis de longues années. Un jour qu'elle rentrait chez elle, après une visite chez ses parents, elle avait dû assister, à sa grande horreur, à l'attaque d'un agent du fisc par une douzaine de contrebandiers notoires. Une simple correction, au début, mais qui s'était soldée par la mise à mort du douanier, sous les regards indifférents ou craintifs de nombreuses personnes. La femme de Paice avait conjuré les témoins de s'interposer, mais voyant qu'ils préféraient rester passifs, elle s'en était prise aux mécréants. Le douanier à ce moment-là était déjà mort. C'est alors qu'un contrebandier, levant son pistolet, l'avait abattue sans autre forme de procès. A bon entendeur, salut : pour la foule des présents, l'avertissement avait plus de portée encore que l'exécution de l'agent des douanes.

– Je... Je suis confus, Monsieur, bafouilla Chesshyre en se détournant. J'avais oublié...

– Ne vous excusez pas ! Ni maintenant ni plus tard. Pas tant que vous servirez à mon bord.

On entendit des pas dans la descente et Bolitho se hissa jusqu'à eux. Il était tête nue, le vent ébouriffait sa chevelure noire. D'un coup d'œil, il s'assurait du bon réglage des écoutes et de la force de la mer qui écumait sous le vent. Comme l'avait fait son frère à bord du cotre l'*Avenger*, il y avait si longtemps. Le maître par intérim le salua en portant la main à son front :

– Je vais relever le timonier, Monsieur.

Il allait s'éloigner vers l'arrière quand Bolitho l'interpella :

– Es-tu du Kent ?

– Oui, Monsieur.

Chesshyre le dévisageait, circonspect, oubliant un instant l'éclat de Paice :

– De Maidstone, Monsieur.

Bolitho acquiesça ; c'est la voix de l'officier marinier, et l'accent un peu traînant du Kent, qui lui avaient vivement rappelé Thomas Herrick, son second pendant tant de mois et surtout son indéfectible ami. Chesshyre avait d'ailleurs le même regard bleu pâle. Combien de fois avait-il vu les yeux de Herrick changer au gré de son humeur, trahissant tour à tour l'obstination, le tourment, la douleur ? En ces sentiments s'étaient bien souvent reflétées les propres pensées de Bolitho. Les deux hommes s'étaient quittés quand le *Tempest* avait appareillé pour l'Angleterre, après une dernière bataille sauvage contre les navires de Tuke.

Bolitho était resté longtemps entre la vie et la mort, en proie à ses fièvres, avant de rentrer plus tranquillement à bord d'un gros transport de la Compagnie des Indes. Où était Herrick, à présent ? Quelque part sur la mer, songeant de son côté à ce qu'ils avaient souffert et réussi ensemble. Bolitho s'aperçut qu'il fixait toujours le maître par intérim :

– Vous me rappelez un ami. Avez-vous jamais rencontré le lieutenant Herrick ?

Un bref instant, Bolitho vit que l'homme baissait la garde, prêt à dévoiler ses sentiments intimes ; mais le moment de grâce ne dura pas :

– Non, Monsieur, coupa-t-il.

– Nous pourrons virer de bord dans deux heures, proposa Paice.

Et, levant les yeux vers le ciel :

– Après, il fera trop sombre pour rien y voir.

Bolitho considéra le profil volontaire du lieutenant :

– Vous pensez que j'ai tort ?

Il n'avait point attendu de réponse, d'ailleurs elle ne vint pas. Inutile d'espérer de Paice une réaction spontanée. Bolitho eut un mince sourire :

– Vous devez vous dire que je suis fou.

Paice le regarda un instant, mais le tourmentaient encore d'autres pensées : pourrait-il jamais oublier comment sa femme avait péri ?

– D'autres que moi, Monsieur, vous demanderaient peut-être pourquoi vous prenez les choses tellement à cœur.

Bolitho s'essuya le visage avec la manche de son vieil habit :

– A mon avis, la contrebande représente une tentation irrésistible, et ce n'est pas de sitôt que les choses changeront. Tous les contrebandiers savent qu'ils risquent de finir pendus, mais dans certaines paroisses, on vous passe la corde au cou pour le vol d'un poulet. Et les profits sont loin d'être les mêmes. Alors...

Il frissonna sous un nuage d'embruns qui s'abattait sur ses épaules :

– La Marine manque de bras. Contrebandiers ou pas, la discipline aura tôt fait de les remettre sur le droit chemin.

Lors de son bref passage à bord du *Wakeful*, son commandant, l'homme au profil de faucon, s'était ouvert à Bolitho et lui avait révélé l'histoire de la femme de Paice. Au moment de quitter sa cabine, Bolitho avait surpris la dernière phrase de Paice, inintelligible pour qui ignorait le contexte.

– Comme moi, hasarda-t-il, vous êtes en deuil. Il ne manque pas de gens pour penser que cela nous rend vulnérables.

Le cotre eut un coup de roulis et Bolitho se rattrapa à une couleuvrine montée sur le pavois. Il ajouta brusquement :

– Mais à mon sens, cela nous rend plus... sensibles, comme on dit.

Paice déglutit avec effort. Il avait le sentiment de se retrouver nu, sans défense. Comment le capitaine de frégate était-il au courant ? Et quel secret le torturait ?

– N'ayez crainte, Monsieur, répondit-il d'un ton bourru, je suis avec vous.

Bolitho lui effleura le bras et se détourna. Les paroles de l'amiral étaient encore présentes à son esprit : « Vous avez carte blanche, pour autant que vous respectiez vos objectifs. » Des mots. Rien d'écrit noir sur blanc. Une phrase sans valeur si les choses venaient à tourner mal.

– Peut-être l'avenir vous fera-t-il regretter ces paroles, monsieur Paice, mais je vous en remercie.

Allday surgit de la descente et attendit un instant, cafetière au poing, que le pont revînt plus ou moins à l'horizontale.

Il tendit une tasse de café à Bolitho en jetant un coup d'œil à ceux qui se trouvaient là : le maître Chesshyre et son adjoint Dench, sur le point de relever les timoniers, et le monumental maître d'équipage Luke Hawkins. On avait de la peine à retrouver en lui la tendresse du mousse s'embarquant pour la première fois à l'âge de sept ans. Le *Télémaque*, plus petit qu'un navire de cinquième rang, n'avait pas de commissaire ; c'était l'écrivain, Percivale Godsalve, petit homme pâle à la voix flûtée, qui en tenait lieu. Les mois passés en mer n'avaient pas réussi à lui tanner le teint, qu'il avait toujours blafard. Evans, un chef de pièce au caractère raboteux, avait prévenu Allday :

– Pas de passagers sur ce navire, mon pote ! Chacun met la main à tout !

Quant à la présence à bord de Bolitho, Allday savait à peu près à quoi s'en tenir : les matelots le considéraient avant tout comme une menace, un émissaire de cette autre marine dont ils savaient si peu de chose. Seuls une poignée d'officiers mariniers en avaient une expérience plus ou moins directe. Allday était convaincu que Bolitho avait tort de se donner tant de mal. Pourtant, lui-même avait déjà risqué sa vie pour sauver celle de son chef, et il aurait recommencé sans hésiter une seconde. « Il a mérité mille fois de se la couler douce, nom de Dieu ! » Aux autres de courir les risques et de risquer les blâmes – ennuis distribués à l'aveuglette, contrairement aux parts de prise. N'eût-ce été pour suivre son chef, Allday n'aurait jamais embarqué à nouveau. Mais Bolitho aimait la marine, c'était toute sa vie. Cet amour, Allday ne l'avait vu chanceler qu'une seule fois, mais la dame du commandant était morte, à présent, la mer avait eu raison de sa seule rivale. Il regarda Bolitho super avec délectation son café fumant ; ils en avaient tant vu ensemble ! Par-dessus le pavois, la crête des vagues écumait. Et voilà qu'ils étaient de nouveau réunis en mer. Si seulement...

– Holà, du pont ! Voile en vue !

Revenant à lui, Paice leva un visage tendu vers les deux vigies qui gesticulaient :

– Sous le vent, par la hanche bâbord ! claqua encore la voix de la vigie.

Bolitho constata que le lieutenant ne perdait pas une seconde.

Raflant au passage une longue-vue, il s'élança dans les enfléchures au vent avec une agilité féline.

Bolitho essayait de maîtriser l'onde d'excitation qui le secouait tout entier, comme la gifle d'un seau d'eau glacée.

Peut-être n'était-ce rien du tout, un navire isolé qui courait se mettre à l'abri avant le crépuscule. La nuit, les eaux de la Manche étaient traîtresses : avec le coup de chien qui se préparait, aucun bruit ne valait le plongeon de l'ancre dans un mouillage sûr.

Bolitho songea aux efforts désespérés que lui coûtait la moindre ascension dans la mâture. Combien de fois ne s'était-il pas contraint à se hisser sur les enfléchures déchaînées, s'agrippant à un étai et tâchant de ne pas regarder, en dessous, le pont et la surface affolée de la mer ?

Paice n'avait pas ce genre de souci. Il eut tôt fait de revenir sur le pont. Son visage, aux dernières lueurs du soleil couchant, ressemblait à un masque de pierre ; de retour à l'arrière, il s'était complètement ressaisi :

– C'est le *Loyal Chieftain*, Monsieur, annonça-t-il, de Deal. Je le connais bien. Mais ce nom de *Loyal*, cracha-t-il, lui va comme des besicles à un goret !

Mais ce n'était pas le moment de discuter. D'un instant à l'autre, le nouveau venu allait apercevoir les voiles du *Télémaque*.

– Virez de bord, monsieur Paice ! ordonna Bolitho. Aussi vite que vous pouvez.

– A larguer le hunier !

– Pare à virer vent devant !

Des pieds nus martelaient le pont au pas de course ; d'autres silhouettes jaillirent de l'entrepont, répondant aux coups de sifflet stridents des quartiers-maîtres.

– Largue et borde !

A l'appel tonitruant de Hawkins, des hommes s'alignèrent au palan de grande écoute pour border la bôme bien serré.

– Dessous la barre ! Envoyez !

Bolitho agrippa une batayole et regarda les voiles qui claquaient comme des bannières en folie. Les deux timoniers, assistés de deux matelots en renfort, avaient mis la barre dessous ; le cotre venait rapidement dans le vent. Soudain, ils se retrouvèrent sous leurs nouvelles amures; continuant à abattre, ils poursuivirent sur leur erre au grand largue, courant avec les déferlantes tandis que l'étrave se frayait un chemin entre deux gerbes d'embruns. Ce navire avait des ailes !

Paice s'épongea la figure. Le hunier s'emplit d'un coup avec un bruit de tonnerre : il semblait aussi rigide qu'une cuirasse. Élevant la voix pour dominer le tumulte, Paice lança :

– Une minute de plus et ce gredin passait derrière nous !

Voyant l'expression de Bolitho, il ajouta :

– Son capitaine s'appelle Henry Delaval. Un contrebandier bien connu, mais on ne l'a jamais pris la main dans le sac. Que Dieu le maudisse ! Il commande un brick bien armé, dans tous les sens du terme !

La rancœur à nouveau s'emparait de lui :

– Et ça, ce n'est pas un crime, comme ils disent !

– Le voilà, Monsieur, par le bossoir bâbord !

C'était le lieutenant Triscott qui se disposait à prendre son quart ; il s'était rué sur le pont en catastrophe, il avait encore sur les manchettes des traces de beurre et des miettes.

Paice croisa brusquement ses grosses mains dans son dos. Ses yeux en disaient long ; pourtant il se contenta de grommeler :

– On le tient !

Bolitho se cala la hanche contre le capot de descente et tenta de braquer sa lorgnette sur l'autre navire.

Au-dessus des crêtes dansantes échevelées çà et là par une survente, il aperçut les huniers du brick, couleur de cuivre sous les derniers rayons du couchant. La coque n'était pas encore visible, et il se dit que Paice ne l'avait identifié qu'après être grimpé dans les hauts. Jamais encore il n'avait vu Paice montrer une telle émotion, ni une telle haine. Pour le commandant du cotre, le souvenir de Delaval devait être associé à celui de sa jeune femme.

– Il envoie sa trinquette, Monsieur ! beugla Hawkins.

Bolitho approuva de la tête, oubliant les embruns qui le trempaient des cheveux aux semelles. Profitant du vent disponible, le brick lui aussi avait laissé porter ; au-dessus des vagues déchaînées, ses deux mâts avaient l'air de s'être rapprochés ; maintenant, ils étaient presque alignés.

Paice regarda Bolitho. L'anxiété lui creusait les yeux :

– Monsieur ?

On voyait qu'il avait envie d'en découdre. Bolitho baissa sa lorgnette :

– Accordé ! Arraisonnez-le !

Il allait ajouter que le capitaine du brick avait peut-être pris le *Télémaque* pour un corsaire français, et qu'il fuyait pour tenter de se mettre en sûreté. Mais devant le zèle de Paice, il avait vite renoncé à avancer l'hypothèse. Paice connaissait son homme, et Delaval, en retour, avait dû les identifier avec certitude.

– Laissez porter, monsieur Chesshyre ! Abattez de deux quarts : gouvernez au sud-ouest quart-ouest !

Les matelots se précipitèrent vers le palan de grande écoute et la retenue de bôme, afin de déborder celle-ci un peu plus loin au-dessus de l'eau. Le maître principal, Dench, gardait le nez contre l'habitacle du compas, les cheveux lui collant au front, tandis que les timoniers se battaient avec la lourde barre franche.

L'un d'eux glissa sur le pont sous l'effet d'un coup de roulis, mais un autre prit sa place, ses orteils nus se recroquevillant sur les bordés pour garder leur prise.

– Sud-ouest quart-ouest !

– Il se défile, ce chien, Commandant, observa Allday avec un calme olympien.

Le ton de sa voix ne trahissait qu'un intérêt très professionnel pour les huniers zébrés d'embruns de l'autre navire. Mais Bolitho connaissait trop bien Allday : la remarque n'était pas anodine. « Il est comme moi. » Son patron d'embarcation cachait ses sentiments et montrait un masque impassible à ceux qui tentaient d'y lire leurs propres espoirs ou craintes. Paice, qui avait entendu le commentaire d'Allday, rétorqua sèchement :

– Par Dieu, je ne vais pas le laisser filer, ce gredin !

– Faites tirer un coup de semonce devant son étrave, monsieur Paice ! ordonna Bolitho.

Paice, qui ne connaissait d'autre méthode que la sienne, lui lança un regard de surprise :

– Nous sommes censés ouvrir le feu à bonne distance, comme un simple signal.

Bolitho eut un bref sourire.

– Tirez aussi près que votre pointeur en est capable. S'il refuse de mettre en panne, il disparaîtra à la faveur de la nuit, non ?

Du coin de l'œil, il surprit le sourire d'un matelot qui donna un coup de coude à son camarade. Le prenaient-ils pour un fou, ou venaient-ils seulement de comprendre que leur cotre, après tout, était un navire de guerre ?

George Davy, l'armurier, veillait personnellement au chargement et au réglage de la pièce de six la plus à l'avant, sa main calleuse posée sur l'épaule du chef de pièce. Les servants jouaient de l'anspect et ajustaient les bragues de leur mieux.

Paice mit ses mains en porte-voix :

– Chargez aussi la caronade bâbord, monsieur Davy !

Bolitho serrait fébrilement les poings pour essayer de ne pas trembler. Paice avait pris la situation en main. Si le brick se disposait à combattre, ne fût-ce que pour infliger des avaries irréparables au gréement ou aux voiles du *Télémaque*, il était judicieux de charger la redoutable pièce de vingt-quatre, qui pouvait prendre en enfilade l'arrière du navire ennemi.

– Feu !

Bolitho était à terre depuis bien longtemps, et depuis plus longtemps encore il n'avait pas été exposé au formidable tonnerre d'une bordée de frégate ; la détonation d'une pièce de six suffisait à lui faire mal aux tympans :

– Misérable petite pétoire ! grogna Allday.

Bolitho aperçut le jeune Matthew Corker à genoux près d'un canon, à l'arrière, agrippé des deux mains à un seau de sable et regardant les servants de la pièce de six en train de recharger ; en présence de l'officier supérieur debout aux côtés de leur commandant, il valait mieux respecter les procédures à la lettre.

– Baisse-toi, mon garçon ! ordonna sèchement Bolitho.

Le garçonnet leva vers lui des yeux candides : il n'avait pas peur. L'ignorance. « D'ailleurs, est-ce que j'en sais plus long que lui ? » se demanda sombrement Bolitho.

La mer, trop agitée, empêchait que l'on pût repérer la gerbe au point d'impact du boulet, mais l'angle formé par les mâts et les huniers du *Loyal Chieftain* ne changea pas d'un degré ; le brick poursuivait sa course plein vent arrière.

– Un coup au but, cette fois, je vous prie, ordonna Bolitho à Paice qui l'interrogeait du regard.

De nouveau, un recul brutal secoua la pièce de six sur ses palans de bragues. Bolitho leva sa lorgnette juste à temps pour voir le grand hunier du brick accuser une violente secousse, avant de se déchirer de l'envergure à la bordure ; le vent se mit à fouailler sauvagement la perforation et bientôt toute la voile ne fut plus que rubans déchiquetés flottant au vent. Quelqu'un lança une huée sarcastique, Hawkins eut un grand cri :

– Le voilà qui vient au vent, Monsieur !

– Même s'il met à la cape, monsieur Triscott, avertit Paice, gardez l'avantage du vent. Est-ce bien compris ?

Sa voix tremblait sous le sentiment de l'urgence.

Bolitho s'écarta pour laisser passer Paice qui allait et venait à grands pas, très à l'aise en dépit de sa grande carcasse, de la présence des matelots et du fouillis de cordages et d'outils qui jonchaient le pont.

– Chargez les pièces bâbord, monsieur Triscott, mais ne mettez pas en batterie.

Il pivota sur ses talons :

– Réduisez la toile, monsieur Hawkins. Affalez la trinquette !

Ses yeux tombèrent sur Bolitho comme par hasard :

– Si cela vous convient, Monsieur ? ajouta-t-il pour se rattraper.

Le brick, trinquette basse, se vautrait lourdement à la cape sous foc et petit hunier. Les deux navires étaient à présent à moins d'une encablure l'un de l'autre. Les mâts et le gréement de leur proie avaient de chauds reflets cuivrés.

On ne remarquait guère de gabiers sur ses vergues, ni d'ailleurs de matelots sur le pont. Mais le navire manœuvrait avec aisance. A bord du *Télémaque*, les chefs de pièce se tournaient l'un après l'autre vers l'arrière, poing levé pour signaler qu'ils étaient prêts à faire feu. Bolitho savait que, sur un signe de lui, le brick serait balayé par la mitraille avant de pouvoir leur porter le moindre coup.

Paice détacha le poignard qu'il portait au côté et ordonna :

– Mettez la yole à l'eau, monsieur Hawkins, avec vos meilleurs nageurs. Il va falloir souquer dur, avec cette mer !

– J'aimerais vous accompagner, hasarda Bolitho en le fixant du regard. J'imagine que vous y allez vous-même...

Paice approuva de la tête :

– Mon second, répondit Paice en hochant la tête, peut parfaitement assurer le commandement en mon absence, Monsieur.

– Ce n'est pas ce que je vous demandais.

– C'est mon privilège, Monsieur, insista Paice en haussant les épaules.

– Très bien.

Il éprouvait la volonté du lieutenant comme quelque chose de physique, de difficile à maîtriser. Il ajouta :

– Il vaut mieux que je vous accompagne, pour vous comme pour moi, n'est-ce pas ?

Le calme dont il faisait preuve aidait Paice à brider ses émotions, même si Bolitho se sentait lui-même un peu débordé par les siennes. Sûr que si ce Delaval était pris la main dans le sac avec à bord des produits de contrebande, Paice le tuerait. Et en qualité de supérieur d'un meurtrier, Bolitho risquait d'être accusé de l'avoir couvert.

Bolitho regarda la yole qui se balançait vertigineusement à ses palans tandis qu'on la mettait à l'eau. L'équipage du brick allait peut-être prendre la fuite dès qu'il se serait assuré de leurs personnes :

– Monsieur Triscott, lança Bolitho, s'ils tentent de faire servir, ouvrez le feu !

Il précisa d'un ton cassant :

– Sans égards pour nous !

Triscott sembla soudain bien jeune et vulnérable, son regard allait de Paice à Bolitho.

– Bien, Monsieur, balbutia-t-il, si tels sont vos ordres.

– Oui, renchérit Paice, et je les approuve !

Des bras vigoureux rangèrent la yole le long de la muraille. De nouveau, Bolitho fut frappé par la sûreté de la manœuvre : les ordres étaient rares, brefs, précis ; jamais le moindre coup de garcette. Il se demanda si tous les cotres étaient aussi bien menés. Il jeta un regard à Paice qui prenait lourdement place à ses côtés dans la chambre de l'embarcation. Peut-être le mérite de la discipline en revenait-il à cet homme impénétrable, égaré par ses fantômes...

– Hors les avirons ! Suivez le chef de nage !

La voix tonnante d'Allday fit sursauter quelques matelots de l'équipage de la yole. Mais le patron d'embarcation de Bolitho n'avait nulle intention de rester simple spectateur : il était là à son affaire, et Bolitho n'allait sûrement pas le laisser à l'écart, après tout ce qu'ils avaient connu ensemble.

L'embarcation monta vivement à la lame et plongea brutalement dans le creux suivant. Habile au gouvernail, Allday la dégagea du clapot qui se réfléchissait sur la voûte du cotre. Bolitho aperçut l'enseigne blanche qui claquait à la corne de grand-voile, au-dessus de sa tête, et soudain il songea à feu son frère Hugh. Quel gâchis ! Tout cela pour rien ! Il tourna son attention : les mâts de flèche du brick détachaient leurs spirales sur le ciel d'orage. Inconsciemment, il serrait fortement son épée contre sa cuisse. Hugh s'était montré indigne d'elle. A présent, elle était de nouveau exposée : dans quelques minutes, le seul qui fût capable de la porter avec honneur aurait peut-être vécu.

Quelques visages dépourvus d'expression apparurent au-dessus du pavois. Les hommes du brick gardaient le silence, n'affichant ni crainte ni défi.

Paice empoigna son porte-voix :

– Nous montons à bord ! Pas de résistance !

– Maintenant ou jamais ! fit Allday à mi-voix. Une décharge de mitraille, pour sûr, et ils nous réduiraient en brouet !

Coupant court à ces considérations, il haussa brusquement le ton :

– Holà, brigadier ! Tu dors ? Pare à aborder !

Il donna un coup de barre et vit jaillir le grappin du brigadier ; le crochet fit le tour du hauban, résonna contre la muraille et remonta se bloquer solidement sous le porte-hauban :

– Rentrez les avirons !

Allday empoigna le bras de Bolitho qui s'accroupit, prêt à quitter la yole qui dansait sur les vagues.

– Je suis avec vous, Commandant, souffla-t-il.

Et il ajouta avec un petit rire guttural :

– Comme au bon vieux temps.

Chacun à son tour, ils prirent leur élan pour sauter de l'embarcation et se hisser jusqu'à la petite coupée. Bolitho jeta un bref coup d'œil autour de lui et identifia le capitaine, petite silhouette nerveuse près de la barre ; sanglé dans un habit bleu impeccable, l'homme affectait un air détaché. Paice n'avait pas encore ouvert la bouche, mais Bolitho savait déjà que c'était Delaval.

Paice dégaina son poignard et se dirigea vers l'arrière à grands pas ; sa voix puissante dominait aisément les claquements de la toile et le tumulte des vagues derrière les pavois.

– Que personne ne bouge !

– Tiens, c'est vous ? riposta Delaval. Mais de quel droit ?

Paice fit un geste impérieux à l'adresse du timonier, dont le sabre d'abordage tomba sur le pont avec un tintement clair.

– De quel droit ? Au nom de Sa Majesté ! Et fermez-la.

D'un signe il s'adressa à l'officier marinier qui l'avait accompagné dans la yole, et qui se hâta de distribuer des ordres ; il ignorait les matelots du brick, ils n'existaient pas. Paice annonça :

– J'ai l'intention de perquisitionner votre navire. Après quoi...

– Vous perdez votre temps. Pire, vous me faites perdre le mien.

Ses yeux noirs jaugèrent Bolitho en un éclair : l'uniforme bleu tout simple, l'épée démodée encore au fourreau.

– J'élèverai les plus vives protestations en haut lieu. Tout ce que je fais est parfaitement légal.

– Quelle est votre cargaison ? coupa Bolitho.

Un éclair de triomphe flamboya dans les yeux de Delaval :

– Rien. Je navigue sur lest, comme vos zélés matelots ne tarderont pas à le constater.

Il ricana sans la moindre gêne :

– Mon intention était de me rendre à Amsterdam. J'ai des affaires régulières là-bas. Vous pouvez vérifier sur mon journal de bord...

Bolitho sentait monter la colère et l'impatience de Paice ; il demanda calmement :

– Et vous avez changé d'avis ?

– Pour différentes raisons. Le mauvais temps, les mauvaises nouvelles de France...

L'officier marinier était de retour. Il vint se placer près de Paice, tournant le dos à Delaval. Il déglutit avec effort :

– Rien, Commandant. Du lest, rien que du lest.

Il avait l'air presque effrayé de sa découverte :

— Qu'est-ce que je vous avais dit ? intervint Delaval.

Levant le menton, il défia Paice du regard :

— Vous me le paierez.

D'un geste brusque du bras, il désigna sur le pont une silhouette inerte couverte d'un morceau de toile à voile, et poursuivit d'un ton presque caressant :

— Vous avez ouvert le feu sur mon navire.

— Vous tentiez de fuir, vous refusiez de mettre à la cape ! Et bon Dieu, n'essayez pas de me tenir tête !

Un matelot ayant écarté la toile, Bolitho aperçut un cadavre en tenue de marin. Une lourde poulie, dont une joue était maculée de sang et de cheveux, était posée à côté du mort. Le front et le crâne de l'homme avaient éclaté, mais le visage était intact.

— Je n'ai pas tenté de fuir. Mais comme vous pouvez le constater, mon équipage n'est pas assez nombreux : j'ai des hommes sur un autre bateau. Voilà pourquoi il m'a fallu du temps pour venir au vent et mettre à la cape.

Il hocha la tête plusieurs fois :

— Je ne manquerai pas de préciser tous ces détails dans mon rapport aux autorités compétentes !

Bolitho appuya derechef son épée contre sa jambe. Pas de chance. Le boulet avait coupé plusieurs manœuvres, et cette poulie avait tué l'homme en tombant. Le genre d'accident qui pouvait arriver à bord de n'importe quel navire. Mais le moment était on ne peut plus mal choisi.

— Monsieur Paice, conclut Bolitho, nous retournons à bord du *Télémaque*.

Même un corps à corps sanglant aurait été mieux que ça, pensa-t-il. Mais Dame Chance, comme l'appelait toujours Thomas, était contre eux depuis le début de cette affaire. Il regarda Paice, qui semblait avoir recouvré tout son sang-froid : nulle trace de colère sur son visage. Tandis qu'ils dégringolaient comme ils pouvaient dans leur yole, personne à bord du brick ne souffla mot, ni ne lança la moindre remarque désobligeante : Delaval n'allait pas gâcher sa victoire par un faux pas de dernière minute.

La yole n'était pas encore saisie sur le pont du cotre que Bolitho s'enfermait déjà dans sa cabine. Il se laissa distraire par les bruits du navire qui reprenait de l'erre : le grincement des drosses à l'arrière, la chute bruyante d'une coupe tombant d'une table au moment où le cotre reprenait de la gîte. Après s'être assuré que la yole était convenablement arrimée, Allday s'était remis en faction à la porte de la cabine. Pauvre Allday! Comment réagirait-il si son maître venait à tomber en disgrâce? Bolitho se mordit la lèvre : il en connaissait plus d'un qui ne seraient pas mécontents de le voir renvoyé à Falmouth.

Paice se coula dans la cabine. Son uniforme était encore noir d'embruns. Bien qu'il fût maître à son bord, il attendit pour s'asseoir d'y être invité par Bolitho. Il semblait fatigué, tendu – un autre homme.

– Je suis navré, attaqua Bolitho sans perdre de temps. C'est vous qui aviez raison et moi qui ai eu tort. Je veillerai à ce qu'aucun reproche ne vous soit fait. C'est moi qui ai donné l'ordre d'arraisonnement.

Il leva lourdement le bras, comme si sa manche était emplie de grenaille de plomb :

– Non, écoutez-moi! C'est moi qui vous ai donné ordre d'ouvrir le feu. Peut-être ai-je encore pensé...

Paice attendit un instant avant de repartir :

– Non, Monsieur, vous ne vous êtes pas trompé. Si quelqu'un doit être blâmé, c'est moi. Pour avoir cru, ne fût-ce qu'un moment, que Delaval était assez sot pour se laisser surprendre si facilement.

Bolitho laissa son regard errer un instant dans la petite cabine où s'agitaient des ombres folles sous les mouvements de la lanterne.

– Eh bien, dites-moi ce qui vous a fait changer d'avis.

– Delaval savait, précisa calmement Paice, que nous étions à sa recherche. Il a voulu nous prouver qu'il avait déjoué nos plans.

– Vous voulez dire que tout était prévu?

– Pas tout à fait.

Paice serra et desserra à plusieurs reprises ses poings velus, comme si son calme apparent ne s'étendait pas jusqu'à l'extrémité de ses membres.

– Ce cadavre... Le matelot n'a pas été tué par la chute d'une poulie. Voilà pourquoi ce scélérat a tenu à me montrer son visage.

– Vous le connaissiez ?

– C'était mon informateur, celui qui m'avait annoncé le coup.

– Eh bien, nous n'y pouvons pas grand-chose.

– Delaval, poursuivit Paice avec un profond soupir, est originaire des îles anglo-normandes. On prétend qu'il a été forcé de quitter Jersey. A cause de sa cruauté, quand il commandait un corsaire, là-bas.

S'imposa à Bolitho l'image de l'épaule nue de Viola, sauvagement marquée par Tuke alors qu'elle était sa captive. Le souvenir était toujours aussi net. Il croyait entendre encore les ricanements de Tuke, quand ils tournaient l'un autour de l'autre sur le pont ensanglanté du *Narval*, cherchant l'ouverture à la pointe de l'épée.

– J'ai déjà rencontré un monstre de cette espèce, finit-il par articuler.

Paice le dévisagea plusieurs secondes :

– Il a dû le torturer après avoir découvert qu'il nous renseignait. Puis il l'a achevé. Qui sait s'il n'échangeait pas aussi des renseignements avec les autres ? De toute façon, ils en ont fini avec lui, et nous ne pouvons rien prouver.

Il prit une longue et profonde inspiration et se détendit jusqu'à la pointe des orteils :

– Ainsi, Monsieur, vous aviez raison : le *Loyal Chieftain* nous a servi d'appât. Et Delaval n'a pas pu résister au plaisir de signer de sa griffe toute cette mise en scène – ceci à mon intention. Mais un de ces jours...

La phrase resta en suspens : il n'avait pas besoin d'en dire davantage.

Il se leva et se pencha pour franchir la porte :

– Souhaitez-vous que nous retrouvions le *Wakeful?*

Bolitho le fixa, comme frappé d'étonnement :

– Le *Wakeful?* Mais bien sûr, parbleu ! Seul le *Wakeful* savait que j'étais à votre bord.

Paice se frotta furieusement le menton, toujours cassé en deux pour sortir de la cabine :

– Vous n'allez tout de même pas imaginer...

Bolitho sentit un violent frisson lui monter le long de l'échine :

– Je ne connais pas Delaval, mais croyez-moi, je sais comment raisonnent les gens de son espèce. Il ne s'est pas intéressé à moi une seconde. Pas la moindre curiosité. C'est vous qu'il voulait humilier et terrifier. Non ?

– Je crains bien que si, Monsieur, opina sombrement Paice.

– Prenons un verre ensemble avant de virer de bord.

Il eut un geste pour étreindre le bras massif du lieutenant :

– Tout n'est pas dit. Mais gare aux dégâts quand le combat sera terminé !

Allday remarqua que la voix de Bolitho avait changé ; il aurait presque pu le voir redresser à nouveau les épaules.

– Eh bien, tournons la page pour l'instant.

Allday ne put retenir un sourire.

IV

FIDÈLES ET TRAITRES

La demeure occupée par le commodore Ralph Hoblyn, et qui lui servait de logement personnel, était une élégante maison de brique rouge, de forme cubique, ornée d'un portique de pierre pâle.

Bolitho serra la bride à son cheval et se donna une bonne minute pour observer la maison. Ce n'était pas un bâtiment ancien, et l'allée pavée qui y conduisait, depuis l'entrée à colonnes, était bien tenue ; pas un brin d'herbe n'en venait déparer l'aspect. Néanmoins il régnait sur ces lieux une atmosphère de vague négligence, comme si trop de gens les avaient occupés pour que personne ait pu veiller à leur entretien. Bolitho entendait derrière lui la deuxième monture racler le sol du sabot. Il pouvait presque éprouver l'excitation du jeune Matthew, tant le garçon était fier du privilège qui lui était échu d'accompagner Bolitho par cette belle et paisible soirée.

Il songea au coup de vent de sa dernière sortie, à la voile du brick déchiquetée. Tout cela aurait pu se passer aux antipodes. Ici, l'air était chargé de parfums qui se mêlaient à d'autres senteurs venues de la mer toute proche.

La maison était à moins d'un mille de l'arsenal de Sheerness, où les deux cotres étaient revenus dans la matinée. Un lieutenant y avait apporté une invitation à l'intention de Bolitho – un ordre plutôt qu'un désir, s'était dit Bolitho avec humeur. Il entrevit un éclat métallique ; parurent les uniformes de deux fusiliers marins qui descendaient l'allée, alertés par le bruit des chevaux.

En chemin, Bolitho et son jeune compagnon avaient rencontré plusieurs sentinelles en faction ; à croire que c'était la Marine qui subissait un siège, non les contrebandiers et autres hors-la-loi de la région ! Bolitho pinça les lèvres. Il allait essayer de changer tout cela, pourvu que le commodore Hoblyn ne lui donne pas congé.

Il essaya de se remémorer tout ce qu'il savait de cet homme. Un peu plus âgé que lui, Hoblyn était déjà capitaine de frégate au temps de la révolution américaine. C'était lui qui commandait le *Léonidas* pendant la bataille décisive de la Chesapeake, quand l'amiral Graves avait tenté, en vain, d'encercler l'escadre de l'amiral de Grasse.

Hoblyn avait essuyé un engagement à deux contre un, face à une frégate française et un navire corsaire. Il avait réussi à coincer le français, qui s'était échoué, mais au moment d'approcher le corsaire, son propre navire s'était embrasé. Hoblyn n'en avait pas moins poursuivi le combat, montant à l'abordage et s'emparant du corsaire juste avant de voir sombrer son propre navire.

On racontait que l'ennemi avait été frappé de terreur au spectacle de Hoblyn entraînant ses hommes au combat : son uniforme avait pris feu, une manche s'était embrasée comme un arbre dans un incendie de forêt. Bolitho ne l'avait rencontré qu'une seule fois depuis la guerre, lors d'une visite à l'Amirauté où il venait briguer un embarquement. C'est tout juste si l'autre l'avait reconnu. Hoblyn avait un bras en écharpe et il gardait relevé le col de son uniforme pour cacher les affreuses brûlures. Un fantôme échappé du champ de bataille. A ce qu'on disait, Hoblyn n'avait plus jamais obtenu d'embarquement.

Bolitho éperonna sa monture.

– Allons, Matthew, occupe-toi des chevaux. Je te ferai porter à manger.

Il ne vit pas l'inquiétude qui se peignit sur le visage du garçon devant cette responsabilité nouvelle. Il songeait à Allday. Son vieil ami ne lui avait pas demandé la permission de l'accompagner, et cela lui ressemblait si peu ! A terre, il était toujours sur ses gardes, et il détestait être séparé de son maître, même pour peu de temps. Remâchait-il encore leur échec avec les contrebandiers ? Bolitho fronça les sourcils. Allons, le temps n'était pas encore venu, mais il viendrait tôt ou tard.

Avant de quitter Sheerness, il s'était entretenu avec le lieutenant Queely, à bord du *Wakeful*, là où se trouvait la pièce manquante du puzzle. Sur le *Wakeful*, on n'avait rien vu, et les douaniers n'avaient pas eu vent du moindre coup. Est-ce qu'on essayait de le mettre à l'épreuve? C'était comme cette comédie autour du cadavre de l'informateur. Quelqu'un jouait avec lui au chat et à la souris.

A la porte, le caporal des fusiliers marins lui adressa un salut réglementaire, sa paume claqua contre la crosse de son arme, un peu de poussière s'éleva dans l'air calme. Bolitho lui rendit son salut d'un signe du menton. Il avait bien fait de refuser une voiture, ainsi le trajet solitaire à cheval lui avait laissé le temps de réfléchir, sinon de tracer des plans. Il eut un sourire piteux : depuis combien de temps n'avait-il pas monté à cheval? Le jeune Matthew prit les bêtes par la bride et attendit qu'un palefrenier vînt les emmener aux écuries, derrière la maison.

Bolitho gravit les marches de pierre et aperçut l'ancre surjalée aux chapiteaux des colonnes : l'emblème de l'Amirauté. Comme par magie, la double porte s'ouvrit sans bruit vers l'intérieur. Un laquais vêtu de noir le débarrassa de son bicorne et de son caban – un habit couvert de poussière : ils avaient soutenu un petit galop pendant une bonne partie du trajet.

– Le commodore va vous recevoir dans un instant, Monsieur.

L'homme se retira, silencieux, tenant bicorne et caban avec la plus grande précaution, comme s'ils fussent sortis tout brûlants d'un four.

Bolitho se mit à faire les cent pas dans le hall, une pièce également ment décorée de colonnes. Un large escalier tournant s'élevait jusqu'à la galerie du premier étage. Mais contrairement aux demeures qu'il avait pu admirer à Londres, celle-ci avait un style austère. Nul tableau, peu de meubles. Une installation *provisoire*, songea-t-il, voilà le mot. Est-ce que l'autorité de Hoblyn en ces lieux l'était aussi? Par une fenêtre, il vit un reflet du couchant sur la mer. Un doute l'effleura quant au caractère définitif de sa propre mission. Il s'appliqua à ne pas penser à Queely : si lui était innocent, alors un de ses subordonnés avait vendu la mèche aux contrebandiers; les nouvelles ne voyageaient pas toutes seules.

C'était comme se retrouver dans une pièce obscure en compagnie d'un aveugle. Que signifiaient son uniforme et son autorité en la circonstance? La nature du combat était mal définie. En mer, il pouvait exiger obéissance et efficacité, par la discipline et par l'exemple, car l'ennemi était bien visible, et l'affrontement direct, jusqu'à la dernière bordée où l'un des adversaires se voyait contraint d'amener son pavillon. Ici, tout n'était que ruses, trahisons, assassinats.

Enfant, Bolitho avait souvent entendu de vieilles histoires à propos des contrebandiers de Cornouailles. A la différence des naufrageurs qui sévissaient le long de cette côte cruelle, on les considérait plus ou moins comme des héros, tout au moins comme des audacieux : ils volaient les riches pour donner aux pauvres. Mais dans la Marine, c'était un autre son de cloche : les contrebandiers n'étaient pas si différents des naufrageurs qui attiraient les navires sur des écueils pour piller leurs cargaisons et trancher la gorge aux malheureux rescapés. Abîmé dans ses pensées, il étreignit la garde de son épée, si fort que ce fut la douleur qui apaisa cette montée de colère.

Sentant que l'on ouvrait silencieusement une porte derrière lui, il se tourna et découvrit une mince silhouette, devant une fenêtre, de l'autre côté de la pièce. Il crut d'abord avoir vu une svelte jeune fille, puis l'apparition parla, d'une voix douce et respectueuse, mais dépourvue de servilité. Le jeune homme portait une livrée pastel avec des passements aux manchettes et des brandebourgs sur la poitrine. Ses bas blancs et ses chaussures à boucles faisaient songer à un majordome en miniature.

– Si vous voulez bien me suivre, commandant Bolitho.

Sa petite perruque bouclée, toute blanche, mettait en valeur les traits de son visage et ses yeux probablement noisette où les rayons du soleil, filtrés par les rideaux, instillaient des reflets verts – un regard qui rappelait la paisible méfiance du chat.

Ils traversèrent une vaste salle avant d'accéder à une pièce plus intime : du sol au plafond, des rayonnages couverts de livres. En dépit de la tiédeur du soir, un feu de bois crépitait dans la cheminée, sous une immense toile représentant un combat naval. Il y avait des tables, des fauteuils. Un bureau imposant occupait un emplacement stratégique dans un angle de la pièce. Bolitho eut l'intuition que tout ce que la maison comptait comme objets de valeur était rassemblé dans cette bibliothèque.

Il entendit le jeune valet de pied, si telle était bien sa fonction, arranger le feu en déplaçant une grosse bûche. Pas de trace du commodore.

Le jeune homme se tourna vers Bolitho.

— Il ne tardera pas, Monsieur.

Puis il resta debout près de la cheminée, les mains derrière le dos.

Une porte dérobée s'ouvrit sur le commodore qui entra d'un pas vif et se glissa aussitôt derrière son bureau, ayant à peine adressé un coup d'œil à son hôte.

Il avait l'air de mettre de l'ordre dans ses vêtements avec des gestes, songea Bolitho, qui trahissaient une longue pratique.

Il n'y avait entre eux que peu d'années d'écart, mais la différence était cruelle pour le commodore, dont le visage carré était marqué de rides profondes, et qui tenait la tête continuellement penchée sur le côté, comme un homme en proie à une douleur permanente. Il posa sur le bureau son bras gauche ; sa main était revêtue d'un gant blanc, sans doigts, destiné peut-être à cacher une prothèse, ou les horribles blessures qui le torturaient.

— Je suis heureux de vous voir, Bolitho.

Toujours ce ton brusque, saccadé.

— Asseyez-vous sur ce siège, si vous voulez bien, que je vous voie mieux.

Bolitho obéit et remarqua que les cheveux de Hoblyn étaient tout gris, et exagérément longs pour la mode de l'époque. Nul doute qu'il cherchait ainsi à dissimuler les cicatrices visibles malgré le col à galon doré.

Le jeune laquais évolua sans bruit autour du bureau et y posa une carafe ciselée et deux coupes.

— Du bordeaux.

Les yeux de Hoblyn étaient bruns mais sans chaleur.

— J'ai pensé que vous aimeriez.

Il eut un geste vague du bras :

— Nous souperons plus tard.

C'était un ordre. Ils burent en silence. Bolitho vit les fenêtres se teinter de rose. L'après-midi tirait à sa fin. Hoblyn regarda le jeune homme remplir les coupes :

— Vous avez eu plus de chance que bien d'autres : deux commandements depuis cette maudite guerre. Tandis que...

Il laissa sa phrase en suspens, portant les yeux sur la vaste marine. Sa dernière bataille, dans laquelle il avait perdu le *Léonidas* et s'était vu cruellement défiguré.

– J'ai entendu parler, ajouta Hoblyn, de vos, euh... aventures dans les mers du Sud.

Et il poursuivit sans ciller :

– Une femme admirable, à ce qu'on m'a dit. Toutes mes condoléances.

Bolitho essaya de garder son calme :

– A propos de ma mission...

Hoblyn l'interrompit d'un geste imperceptible de sa main difforme :

– Nous allons y venir.

Et à brûle-pourpoint :

– Ainsi donc, c'est comme cela qu'ils nous traitent ? Comme des vestiges du passé ?

Ne s'attendant à aucune réponse, il poursuivit comme par-devers lui :

– Il m'arrive de m'apitoyer sur mon sort. Alors j'essaie de penser à ceux qui n'ont rien reçu, après avoir tout donné.

Bolitho attendit. Hoblyn reprenait :

– Une mission sans espoir, à première vue. Nos supérieurs pleurnichent et se lamentent à propos de la contrebande, mais ils ne sont pas les derniers à tirer les marrons du feu. Leurs Seigneuries exigent toujours plus d'hommes pour la flotte, alors que ce sont eux qui l'ont laissée pourrir en débarquant ces mêmes marins, sans leur donner le moindre moyen de subsister ! Qu'ils aillent au diable ! Vous pouvez être sûr que, quand la guerre éclatera, et cela ne saurait tarder, on m'écartera pour offrir gentiment la place au cousin de quelque amiral.

Il attendit que sa coupe fût remplie :

– Mais j'aime ce pays qui traite si mal ses enfants. Vous connaissez les Français aussi bien que moi. Vous les voyez s'arrêter en si bon chemin ?

Il eut un rire grinçant :

– Quand ils vont nous tomber dessus, nous n'aurons plus qu'à prier pour que ces gredins aient décapité leurs meilleurs officiers de marine. Autrement, nous n'avons pas une chance.

Bolitho avait perdu le compte de ses coupes de bordeaux ; le vin et la chaleur lui embrumaient l'esprit. Il fit une tentative :

– Il faut, Monsieur, que je vous parle du *Loyal Chieftain*.

– Delaval ? lança Hoblyn en laissant retomber la tête de façon acrobatique. Je sais ce qui s'est passé. Pour le meurtre aussi, je suis au courant.

Il se pencha sur son bureau, les dentelles de sa fine chemise bouffèrent au-dessus des revers de son uniforme. Ce n'était plus l'ancien combattant loqueteux que Bolitho avait aperçu quelques années plus tôt en se rendant à l'Amirauté.

Hoblyn baissa le ton, sa voix n'était plus qu'un grognement rauque :

– On a incendié la maisonnette de cet homme tandis que vous étiez en mer. Sa femme et ses enfants se sont évaporés.

Il se renversa sur son dossier, Bolitho vit la sueur couler sur son visage :

– Assassinés ?

Ce simple mot courut comme un frisson glacé dans l'atmosphère surchauffée de la bibliothèque.

– Nous n'en saurons probablement jamais rien.

Il tendit la main pour reprendre sa coupe, mais la heurta ; le bordeaux se renversa sur le bureau, pareil à du sang.

– Qu'ils aillent tous au diable ! soupira Hoblyn.

Il suivit d'un œil trouble les gestes du valet de pied qui essuyait adroitement le vin et remplaçait la coupe.

– Enfin, la vie offre quelques consolations…

Le temps d'un éclair, Bolitho eut l'intuition d'une connivence entre eux. Le jeune homme ne s'était pas permis un sourire, pourtant on les sentait complices.

Sans cérémonie, Hoblyn changea de sujet :

– Votre *Snapdragon* est au chantier de Chatham ?

Bolitho reprit ses esprits : peut-être s'était-il trompé, après tout. Il eut un regard vers les yeux pâles du jeune homme : ils restaient impassibles.

– Oui, Monsieur, j'ai songé qu'il valait mieux…

– Sage précaution ! Plus tard, vous n'aurez guère le temps. Nos seigneurs et maîtres veulent des résultats, il faut leur en donner.

Pour la première fois, il esquissa un sourire :

– Vous avez cru que j'allais vous passer un savon ? Bon Dieu, Bolitho, c'est des hommes comme vous qu'il me faut, non pas des blancs-becs qui n'ont jamais entendu tirer une bordée !

Bolitho se renfonça dans son fauteuil. Il y avait chez Hoblyn quelque chose de déconcertant, mais l'amertume et les fanfaronnades cachaient un esprit plus acéré et perspicace que jamais. S'il se comportait de la même façon avec tous ses visiteurs, le gracieux valet devait être informé de bien des secrets. Méritait-il pareille confiance ?

– Les grands navires de la Compagnie des Indes, poursuivit Hoblyn, représentent le point le plus faible de notre dispositif. Ils remontent la Manche après des mois de mer et rencontrent au large des contrebandiers avant même d'avoir touché un port. Vous le saviez ?

Bolitho secoua la tête, confessant son ignorance.

– Et pourquoi ces rendez-vous, Monsieur ?

– Les capitaines de la Compagnie, comme s'ils n'étaient pas assez payés, ne répugnent pas à de petits à-côtés. En vendant du thé et des soieries aux contrebandiers, ils évitent de payer des droits de douane. Le fisc n'apprécie guère le stratagème mais comment avoir raison de ce trafic, avec si peu de cotres pour patrouiller toute la Manche, et au-delà ?

Il dévisagea calmement Bolitho :

– Pour le vin et le cognac, c'est une autre affaire : les trajets sont courts, cela nous laisse d'autant moins de chance d'intercepter ces crapules. Mais le thé, par exemple, a une valeur considérable par unité de poids. Et chaque ballot est de bonne taille.

Il se tapota le nez avec le petit sac blanc qui lui tenait lieu de main :

– Pas si facile, hein ?

Bolitho ne dit mot, il ignorait à quoi il devait s'attendre.

– On m'a communiqué des renseignements...

Il remarqua la moue dubitative de Bolitho.

– Ma source est fiable, insista-t-il, ce n'est pas un sale renégat.

Il fit un effort pour poursuivre :

– Une cargaison. Qui sera débarquée à Whitstable dans dix jours.

Il se renfonça dans son fauteuil pour mieux observer les réactions de son hôte :

– Une opération considérable, et qui exige d'innombrables complicités.

Le jeune valet plaça sur le bureau un chandelier d'argent qui alluma une lueur dansante dans les yeux du commodore.

– Nous pourrions faire main basse sur pas mal de marchandise, et surtout nous emparer des hommes : la Marine pour les uns, la potence pour les autres. Pas besoin de chercher midi à quatorze heures. Et cette fois, les contrebandiers comprendront que nous prenons l'offensive.

Les pensées de Bolitho tourbillonnaient dans sa tête. Si ce renseignement était véridique, Hoblyn avait raison : leur présence dans la région commencerait à se faire sentir. Il se représenta mentalement Whitstable sur la carte : un petit port de pêche, près de l'embouchure de la Swale. Le choix de ce port de débarquement prouvait que l'audace des contrebandiers dépassait désormais les bornes de l'insolence. Whitstable ne devait pas être à plus de dix milles de cette bibliothèque.

– Vous pouvez compter sur moi, Monsieur.

– C'est bien ce que je pensais. Rien de tel qu'une petite humiliation pour vous donner du cœur au ventre, n'est-il pas vrai ?

Une horloge égrena son carillon. Hoblyn continua :

– C'est l'heure de souper. Le reste peut attendre. Je sais que vous tiendrez votre langue. C'est un autre de nos points communs, je crois.

Avec un petit rire étouffé, il se leva péniblement et fit le tour du bureau ; le jeune homme attendait pour les précéder dans la pièce suivante.

Au moment où le commodore quittait son fauteuil, Bolitho aperçut les cicatrices livides au-dessus de son col. Tout le corps devait être ainsi, affreusement marqué, comme celui d'un rescapé de l'enfer. Ils traversèrent à nouveau le vestibule. Un domestique attendait devant une autre porte double ; les accueillirent des odeurs de fine cuisine. Bolitho remarqua également la coupe et le tissu des vêtements de Hoblyn : il y avait apparence que le commodore était dorénavant à l'abri du besoin.

Bolitho s'apprêtait à demander qu'un repas fût servi au jeune Matthew quand il surprit un geste troublant du commodore : il avait caressé au passage la main de son valet de pied. Dégoût et pitié se partagèrent ses pensées. Mais comme l'avait dit Hoblyn, le reste pouvait attendre.

Bolitho s'éveilla en sursaut, et si mal en point que pendant plusieurs mortelles secondes, il crut être à nouveau la proie des fièvres. Des coups résonnaient dans son crâne comme des marteaux sur une enclume, et quand il voulut parler, il lui sembla que la langue lui restait collée au palais. Puis il reconnut le visage rond du jeune Matthew qui l'observait dans la pénombre. Sous la pâle lueur qui tombait de la claire-voie, seuls ses yeux semblaient avoir une couleur.

– Qu'est-ce que c'est ?

A peine si Bolitho reconnaissait sa propre voix.

– Quelle heure ?

Recouvrant peu à peu ses esprits, il s'aperçut avec quelque répugnance qu'il avait dormi tout habillé dans son plus bel uniforme, après avoir jeté bicorne et épée sur la table, près de sa couchette.

– Vous dormiez, Monsieur, répondit Matthew dans un chuchotement rauque.

Bolitho se mit en appui sur ses coudes. Le cotre évitait paresseusement avec le courant, on entendait des bruits de pas sur le pont. L'aube, songea-t-il vaguement. Mais le *Télémaque* dormait encore.

– Du café, Matthew.

Il posa les pieds sur le pont et étouffa un gémissement. De fugitives images lui traversaient l'esprit : la table somptueuse, les bougies éclairant le visage congestionné de Hoblyn, le mouvement des domestiques, la longue succession des plats raffinés et copieux, et puis le vin. Ce dernier souvenir lui arracha une plainte : il avait cru ne jamais voir la fin de ce banquet. Le garçon s'accroupit à côté de lui :

– M. Paice est sur le pont, Monsieur.

Il se souvint des révélations de Hoblyn, et des renseignements que le commodore avait glanés à propos du débarquement de Whitstable. Il fallait garder tout cela secret. Comment diable était-il revenu à bord du *Télémaque ?* Il n'en avait pas le moindre souvenir. Il finit par se ressaisir :

— C'est toi qui m'as ramené ?

— Ce n'est rien, Monsieur.

Pour une fois, il cachait bien son excitation, ou quelque timide fierté.

Bolitho lui empoigna le bras :

— Qu'y a-t-il ? Dis-moi, Matthew.

L'enfant baissa les yeux :

— C'est Allday, Monsieur.

Soudain, les pensées de Bolitho furent aussi limpides qu'un cristal de glace :

— Que s'est-il passé ?

De nouvelles images s'imposaient vivement à lui : Allday, jovial, dur à la peine, toujours présent quand on avait besoin de lui ; Allday au-dessus de lui, brandissant un sabre d'abordage et pourfendant quiconque approchait.

— Il est parti, Monsieur, souffla l'enfant.

— Parti ?

La porte de la cabine s'entrouvrit. Paice entra, voûtant ses larges épaules :

— J'ai pensé que vous aimeriez être mis au courant, Monsieur.

Lui revint un peu cette attitude méfiante qu'il avait affichée lors de leur rencontre :

— Il ne figure pas sur notre rôle d'équipage, Commandant. S'il y figurait…

— A moi de me débrouiller ? C'est bien ce que vous voulez dire ?

Malgré la pénombre, Paice avait dû lire l'accablement sur les traits de Bolitho.

— Je me suis laissé dire, Monsieur, que votre patron d'embarcation a jadis été enrôlé de force…

Bolitho cherchait à reprendre ses esprits, il se passa la main dans les cheveux :

— Exact. Mais c'était il y a longtemps. Depuis, il m'a servi. Et fidèlement. Pendant dix ans. Ce n'est pas un déserteur.

Il secoua la tête. Il lui sembla que ses propres paroles le transperçaient comme une lame.

– Jamais Allday ne m'aurait quitté.

Paice se tut. De quelle aide pouvait-il être ? Les mots qu'il aurait fallu prononcer ne lui venaient pas.

– Je transmettrai le message à terre, Monsieur. Pour le cas où il rencontrerait une escouade de racoleurs. D'ailleurs il faut que j'en touche un mot au lieutenant chargé du racolage : qu'il prenne toute mesure propre à éviter des ennuis à votre patron d'embarcation.

Il hésita, soucieux de ne pas pousser la franchise jusqu'à l'irrévérence :

– Ainsi qu'à vous même, si vous permettez, Monsieur.

Bolitho toucha l'épaule du garçonnet et la sentit frémir.

– Va donc me chercher de l'eau, et prépare-moi du café.

Il était enroué, son esprit se grippait. Et si Allday avait décidé de partir tout de bon ? Bolitho se rappela sa surprise, quand son patron d'embarcation ne s'était pas proposé de l'accompagner chez le commodore. Cela lui revenait, à présent. Bolitho glissa la main dans sa poche intérieure : ses ordres écrits étaient toujours à leur place. C'était merveille, songea-t-il misérablement, qu'il ne les eût pas perdus en chemin, lors du retour jusqu'au cotre.

Peut-être Allday s'était-il mal remis de l'affaire du *Loyal Chieftain*. Dieu sait qu'il en avait vu de toutes les couleurs depuis plusieurs mois ! Et après tout, comment l'avait-il récompensé de sa fidélité, de son dévouement sans faille ?

Parti. Rentré au pays, sûrement – ce pays dont les racoleurs de Bolitho l'avaient arraché il y avait si longtemps : des années pleines de péril et d'héroïsme, de tristesse et d'échecs. Allday avait toujours été là. Allday était le chêne, le roc sur lequel il avait pris l'habitude de se reposer.

– Il n'a laissé aucun message, Monsieur, dit Paice.

Bolitho leva les yeux :

– Il ne sait pas écrire.

Lui revint sa première impression, lorsqu'il avait rencontré Allday à bord de la *Phalarope* : s'il avait fait des études, Allday serait sans aucun doute devenu quelqu'un. Aujourd'hui, avec ce souvenir en tête, il avait l'air d'un idiot.

Le sifflet d'un bosco retentit quelque part, comme le cri d'un merle réveillé en sursaut.

– Quels sont les ordres, Monsieur ? demanda Paice sans autre cérémonie.

Bolitho eut un petit mouvement de la tête : les marteaux recommencèrent à cogner. Il lui arrivait rarement de manger ou boire à l'excès. Allday avait attendu son heure, et mis son plan à exécution au bon moment...

– Nous lèverons l'ancre à midi. Veuillez faire transmettre cet ordre au *Wakeful*. Ou plutôt faites-le personnellement, je vous prie, précisa-t-il en s'efforçant de garder un ton neutre. Ne mettez rien par écrit.

Leurs regards se croisèrent :

– Tout au moins pas encore !

– Branle-bas ! Branle-bas ! A rouler les hamacs !

Toute la charpente frémit, des dizaines de pieds sautaient sur le pont. Un nouveau jour commençait.

– Puis-je savoir quand, Monsieur ?

Bolitho entendit revenir le garçon ; il comprit qu'il allait devoir se raser lui-même.

– Une grosse livraison est annoncée.

Paice le croyait-il ? Il s'en moquait, après tout.

– Le commodore a un plan. Je vous l'expliquerai, ainsi qu'à l'équipage, quand nous serons en mer. Les cotres de la douane n'interviendront pas, ils sont retenus ailleurs.

Comme le projet avait paru simple, autour de la table si bien garnie ! Le joli jeune homme en perruque blanche avait tout écouté, tout entendu. Paice reprit :

– J'ai envoyé mon second à terre, Monsieur, pour aller y chercher deux matelots. On les a trouvés dans un estaminet, soûls.

Il se força à sourire.

– J'ai pensé qu'il valait mieux l'éloigner, jusqu'à ce que nous ayons parlé vous et moi.

Le jeune garçon posa une cafetière sur la table et se mit à fouiller les équipets à la recherche d'une moque.

– Vous avez bien fait, monsieur Paice.

Paice haussa les épaules.

– Je crois que nos pensées se rejoignent, Monsieur.

Bolitho se leva avec précaution et, d'une poussée de la main, ouvrit la claire-voie. L'air du matin était frais, chargé des doux effluves de la terre. Bolitho se demanda s'il était encore un marin, et si Allday ne s'était pas, lui aussi, posé la question.

Baissant les yeux, il constata que Matthew venait de trouver un petit rouleau de toile à voile sur la couchette. Paice se retirait.

– Il faut que j'aille au rassemblement, Monsieur. Quoi qu'il arrive aux hommes, le bateau, lui, n'attend pas. Il réclame son dû à chaque instant.

Bolitho n'entendit pas la porte se refermer.

– Qu'est-ce que c'est que ce paquet, Matthew ?

Le garçon haussa les épaules, l'air confus :

– Je pense que c'était à Allday, Monsieur.

Il semblait effrayé, comme s'il partageait la culpabilité du fugitif.

Bolitho lui prit le rouleau et l'ouvrit avec précaution sur la couchette où il était tombé comme un ivrogne.

C'étaient de petits couteaux, des outils que, pour la plupart, Allday avait confectionnés de ses propres mains. Il y avait aussi quelques bricoles recueillies avec discernement : des morceaux de cuivre et de laiton, du fil de caret, et quelques espars miniatures tout neufs.

Bolitho s'accroupit, et avec un soin religieux entreprit de défaire un petit paquet qui se trouvait à l'intérieur. Il en vida le contenu sur la couchette. Ses mains tremblaient.

De navire en navire, Allday n'avait jamais emporté grand-chose avec lui, il n'accordait guère d'importance à ce qu'il possédait. Tout ce qui comptait pour lui, c'étaient ses maquettes de bateaux. Il en avait toujours une en chantier, qu'il fignolait avec amour, et avec l'expérience acquise au cours de ses années de mer.

Le jeune garçon eut un haut-le-corps :

– Comme c'est joli, Monsieur !

Bolitho effleura la petite maquette et sentit les larmes lui piquer les yeux. Le bois était encore nu, mais on reconnaissait aisément les formes gracieuses d'une frégate. Les sabords n'avaient pas encore reçu les minuscules canons qui restaient à fabriquer, les mâts et le gréement n'existaient encore que dans l'esprit d'Allday. Les doigts de Bolitho s'attardèrent sur la petite figure de proue délicieusement ciselée dont il avait gardé le souvenir précis. Le modèle réduit évoquait une sculpture qui lui était familière : cette fille aux yeux sauvages, aux cheveux gonflés par le vent, soufflant dans une corne en forme de coquillage.

– C'est une frégate ? demanda le jeune Matthew.

Bolitho fixait si fort la maquette des yeux que sa vue se brouilla. Ce n'était pas n'importe quelle frégate. Pour Allday, chaque navire avait une âme propre.

– C'est le dernier navire que j'ai commandé. C'est mon *Tempest*.

Le garçon reprit dans un souffle :

– Je me demande pourquoi il l'a laissé, Monsieur.

Bolitho abattit sa main sur l'épaule du garçon et serra jusqu'à lui faire mal :

– Tu ne comprends donc pas, Matthew ? Il ne pouvait s'ouvrir à personne de ses intentions, pas plus qu'il ne pouvait mettre quelques lignes par écrit pour apaiser mes inquiétudes.

Il regarda de nouveau la maquette inachevée :

– Pour lui, c'était le meilleur moyen de me prévenir. Ce bateau voulait dire tant de choses, pour mille raisons. Jamais il ne l'aurait laissé.

Le jeune Matthew regarda Bolitho se redresser sous la claire-voie. Il n'avait pas tout compris, mais il savait qu'il détenait un secret que Bolitho n'avait confié à personne d'autre.

– Maudite tête de mule ! grinça lentement Bolitho.

Il étreignit des deux mains le rebord de la claire-voie :

– Et que Dieu te protège, vieux frère. Jusqu'à ton retour.

En rangs par deux, l'escouade de presse dévalait une rue étroite. Les chaussures cloutées des racoleurs résonnaient sur le pavé, leurs yeux furetaient partout, jusqu'au moindre recoin.

A leur tête, un lieutenant aux lèvres minces avançait à grandes enjambées, poignard au clair. Quelques pas derrière, venait un aspirant.

Les vieux immeubles en encorbellement s'élevaient jusqu'à paraître se toucher. Le lieutenant, méfiant, surveillait les fenêtres sombres, surtout celles qui donnaient directement au-dessus de leurs têtes. Il n'était pas rare, pendant ces patrouilles ingrates, de recevoir des étages un seau d'immondices.

Tout le service local de recrutement avait eu vent de l'affaire des deux officiers déshabillés, battus et humiliés en présence de nombreux spectateurs : personne n'avait pris leur défense. L'arrivée miraculeuse d'un officier supérieur, et surtout son extraordinaire courage, avaient sauvé les deux hommes d'une fin horrible.

C'est pourquoi le lieutenant avait pris ses précautions et annoncé aux autorités compétentes que, conformément aux ordres reçus, il allait se mettre en quête d'hommes de mer pour la flotte. En étouffant un juron, il pourfendit une ombre d'un coup de poignard. Tant qu'on y était, pourquoi ne pas le crier sur les toits ? Le résultat était là : quelques rares malchanceux, des abrutis que l'on avait poussés dans les bras des racoleurs, un pauvre garçon dont l'employeur voulait se débarrasser, un godelureau trop entreprenant avec la fille d'un riche propriétaire, un valet de pied qui avait eu pour sa maîtresse des prévenances dépassant le cadre de ses fonctions. Quant à trouver des matelots de premier brin... La prétention aurait été risible, si l'enjeu n'avait pas été aussi grave.

– Serrez les rangs, derrière ! ordonna sèchement le lieutenant.

L'ordre était superflu : il n'y avait jamais de traînards dans les escouades de presse. Ses hommes lui en voulurent de ce zèle inutile. Il s'agrippaient à leurs gourdins et à leurs sabres d'abordage, prêts à repousser une attaque, d'où qu'elle vînt. Ils haïssaient ce travail, ils avaient hâte d'embarquer.

On avait peur de cette guerre. Les imbéciles se tordaient les mains, les ecclésiastiques priaient pour qu'elle fût évitée. Des ignorants. La guerre était nécessaire. La guerre était une aubaine.

Le lieutenant sursauta à un bruit de verre brisé : une bouteille qui s'écrasait sur les pavés ? Il leva son poignard. Il entendait souffler ses hommes derrière lui, comme des renards flairant leur proie :

– Dans cette impasse, Monsieur ! hasarda l'aspirant.

– Je sais !

Il attendit que sa troupe se fût rassemblée. Elle comptait un maître artilleur, un vieux baroudeur.

– Tu as entendu, Benzie ?

– Il y a une taverne, par là, grogna le maître. Fermée à cette heure, bien sûr. C'est la seule issue.

Le lieutenant fronça les sourcils. Cet idiot avait gardé le plus important pour la fin. Ravalant sa répugnance, il ordonna à mi-voix :

– Prends deux hommes et...

Le maître artilleur s'approcha et lui souffla dans la figure :

– Inutile, Monsieur, quelqu'un vient.

Le lieutenant se détourna. L'haleine du maître était plus corrompue que la souillarde d'un vaisseau de premier rang – un remugle de vieille chique, de rhum et de caries.

– Qui va là ?

A l'entrée de l'étroite impasse, le lieutenant maudissait intérieurement Leurs Seigneuries pour cette situation absurde. Une affreuse silhouette avançait en traînant les pieds. Sûrement un estropié, ou un vieillard contemporain de Neptune. D'ailleurs, à quoi bon perdre du temps pour un seul homme ?

Mais l'ombre se détachait des ombres. Le lieutenant s'impatienta :

– Au nom du roi ! Sors de là ! Montre-toi !

Le maître artilleur poussa un soupir et étreignit son lourd gourdin. La Marine avait bien changé. En d'autres temps, on commençait par frapper, on posait les questions après. Le pauvre diable se serait vu assommé et embarqué sur un navire de guerre poussant au large. Il pouvait s'écouler des mois, parfois des années, avant qu'un homme racolé ne revît l'Angleterre. D'ailleurs, qui s'en souciait ? Le maître artilleur avait même vu une fois un fiancé enlevé sur les marches de l'église, le jour de ses noces.

A présent, avec tous ces règlements embarrassants et la pénurie de navires prêts à prendre la mer, mieux valait respecter les procédures de l'Amirauté.

– Du calme, mon gars !

Un coup d'œil lui avait suffi pour déceler une force évidente chez cet individu solidement charpenté. La pâle lumière de l'aube révéla des épaules larges, et une natte dans son dos quand l'homme se tourna pour observer l'escouade des racoleurs.

– Ton navire ? demanda sèchement le lieutenant.

La nervosité modifiait le timbre de sa voix.

– Parle, ou tu vas le regretter !

Le maître artilleur intervint :

– On est trop nombreux pour toi, mon gars.

Et levant son gourdin :
– Réponds au lieutenant.

Allday le regarda d'un air mauvais. Quand il avait entendu l'escouade s'approcher avec prudence, son plan déjà si vague avait commencé à lui apparaître irréalisable. Si ses projets n'avaient pas été aussi dangereux, ils l'auraient fait sourire, fût-ce par-devers lui, comme toutes les fois où il avait échappé à la presse détestable, en Cornouailles – jusqu'au jour où la *Phalarope*, frégate de Sa Majesté britannique, avait mouillé dans le port. Le commandant était de Cornouailles, il connaissait les cachettes où allaient se terrer tous les hommes en âge d'être racolés dès qu'un navire du roi franchissait l'horizon. A y réfléchir, il y avait paradoxe. Un français se fût-il approché de la côte, tous les hommes valides auraient pris les armes pour défendre leurs maisons et leur pays face à l'ennemi. Mais devant un navire du roi, c'était la fuite.

– Je n'ai pas de navire, Monsieur, balbutia Allday d'une voix rauque.

Il avait imbibé ses vêtements de rhum. Ce répugnant gâchis était-il convaincant ?

– Ne mens pas, répliqua le lieutenant, glacial. Je vais te dire ce qui va t'arriver si...

– Ne fais pas l'imbécile, intervint le maître artilleur avec un nouveau geste de menace.

– Le *London*, Monsieur, répondit Allday en baissant la tête.

– Un navire de deuxième rang ! s'exclama le lieutenant. Alors comme ça, tu es un matelot qualifié, hein ?

Les derniers mots, presque criés, avaient résonné comme un coup de fouet dans la petite impasse.

– En quelque sorte, Monsieur, en quelque sorte...

– Arrête de te foutre de moi. Ton nom ?

Allday le toisa sans ciller. Un instant, l'idée le démangea de donner du poing dans ces gencives. Même Bolitho aurait été capable de plier un tel gringalet sur son genou.

– Spencer, Monsieur.

Ayant négligé de prévoir un nom, il avait hésité un peu. Ce qui eut l'air de plaire à l'officier : ce type-là n'avait pas la conscience tranquille.

– Eh bien, tu es enrôlé. Ou tu nous suis sans faire d'histoire, ou on t'enchaîne. A toi de choisir.

Les racoleurs s'écartèrent pour laisser Allday prendre place au milieu d'eux. On les devinait soulagés de déguerpir de ce coupe-gorge.

– Ne t'en fais pas, vieux, lui souffla un matelot, il aurait pu t'arriver pire.

Quelque part dans le lointain, l'air matinal vibra au son d'une trompette. Allday eut l'air d'hésiter, mais les autres ne manifestèrent aucune appréhension. Les dés étaient jetés. A ce moment, Bolitho était peut-être en train d'examiner sa maquette du *Tempest*. Comprendrait-il le message ? Allday sentit une bouffée de désespoir l'envahir : et s'il n'allait voir dans son geste qu'une banale désertion, une trahison personnelle ?

Il redressa les épaules.

– Je suis prêt.

Le lieutenant pressa le pas. Quelqu'un tambourinait sur un seau avec un morceau de ferraille. Est-ce qu'une horde d'émeutiers n'allait pas leur tomber dessus pour libérer le captif ?

Du moins la patrouille ne rentrait-elle pas bredouille. Un seul homme, mais à l'évidence un vieux loup de mer. Et ce gars-là n'avait rien tenté à la dernière minute, pas plus qu'il n'avait brandi un de ces maudits sauf-conduits que l'honorable Compagnie des Indes orientales fournissait à ses apprentis ou matelots.

– Quelle est ta spécialité, Spencer ? demanda le maître canonnier.

Cette fois, Allday avait une réponse toute prête :

– Voilier.

Un risque soigneusement évalué. Se fût-il déclaré sans spécialité qu'on ne l'aurait pas cru ; en revanche, s'il s'était attribué un grade trop élevé, on l'aurait renvoyé au *London*, navire sur lequel il n'avait jamais mis les pieds.

Le maître approuva de la tête, très satisfait. Mettre la main sur un voilier : une rare aubaine. Ils arrivèrent au sommet d'une côte et, de là, Allday put apercevoir les mâts et les vergues de plusieurs navires de guerre, difficiles à identifier individuellement car il faisait encore sombre. Bolitho était quelque part en bas. Le retrouverait-il un jour ?

« Si je ne le revois pas, c'est que je serai mort. » Curieusement, cette pensée le rasséréna.

V

DE LA BOUCHE DES NOURRISSONS

Le *Télémaque*, qui torchait de la toile, remontait une bonne brise de nordet bien établie, tout l'avant ruisselant d'embruns. Le cotre fit une embardée et Bolitho se rattrapa de la main au pivot d'une couleuvrine montée sur le pavois au vent. Huit coups de cloche venaient de résonner sur le gaillard : comme sur tout navire de guerre, grand ou petit, le changement de quart donnait lieu à un ballet compliqué, parfaitement réglé.

Le lieutenant Triscott salua Paice en portant la main à son bicorne :

– Le quart montant est rassemblé à l'arrière, Monsieur.

Bolitho le sentait tendu, chose surprenante de la part d'un officier si jeune et d'habitude si plein d'allant.

– Relevez le timonier, je vous prie.

– Ouest-nord-ouest ! Près et plein ! récita le timonier.

Les hommes du petit quart se hâtaient vers l'écoutille, bientôt remplacés par leur relève. On vérifiait tout le gréement courant, les amarrages de la drome et des canons alignés de chaque bord.

Le second, songea Bolitho, n'était pas le seul à accuser une certaine fatigue. Même dans les meilleures conditions, la vie n'était jamais facile dans une coque si petite et tellement surpeuplée. On pouvait comprendre la mauvaise humeur de l'équipage, qui jour après jour tirait bordée sur bordée, sans cesse en vue du *Wakeful* dont la station était à quelques nautiques sous leur vent. La région qu'ils patrouillaient avait été choisie après des calculs approfondis, mais à partir de rumeurs que beaucoup considéraient comme sans fondement.

Bolitho se sentait responsable de cette grogne. Certes, c'était Paice qui commandait l'unité, mais lui-même avait l'œil à tout, et se multipliait afin de pouvoir parer à toute éventualité.

Paice n'avait pour ainsi dire pas eu de contact direct avec le commodore Hoblyn et il ne tenait nullement à se prononcer sur la valeur de ses renseignements. Peut-être remâchait-il encore le meurtre de son informateur et l'arrogance calculée avec laquelle Delaval avait fait étalage du cadavre. Peut-être aussi rangeait-il Hoblyn au rang des officiers supérieurs qui étaient restés à terre trop longtemps pour saisir les ruses et les finesses de ce genre de travail.

Chaque fois qu'il s'allongeait sur sa couchette, Bolitho se trouvait incapable de s'absorber dans ses projets. Le souvenir d'Allday l'obsédait. Il se tournait et se retournait jusqu'à céder à l'épuisement, sans avoir mis fin à ses angoisses. Il remarqua que ni Paice ni Triscott ne citaient le nom d'Allday en sa présence : ils craignaient sans doute de lui déplaire, ou bien ils étaient convaincus, en bons marins, qu'Allday était déjà mort.

Paice traversa l'étroite poupe et salua, le regard perdu dans la clarté du soir.

– On pourrait bien avoir de la brume un peu plus tard, Monsieur.

Il observait le profil de Bolitho : de quelle humeur était le capitaine de frégate ?

– Mais nous pouvons encore garder le contact avec le *Wakeful* pendant quelques heures. Après quoi nous leur signifierons de se rapprocher pour la nuit.

Bolitho leva les yeux vers le mât qui vibrait. Les vigies, qui se cramponnaient à la vergue de hunier, ne perdaient pas de vue l'autre cotre, tandis que du pont, la mer semblait vide. Par deux fois, ils avaient mis en panne pour recevoir des dépêches d'un lougre de la douane. D'abord, il ne s'était agi que d'un message du commodore confirmant la validité du renseignement reçu. La deuxième fois, le lougre avait apporté des nouvelles plus inquiétantes : il semblait que des livraisons audacieuses avaient eu lieu sur le littoral sud, jusqu'à Penzance, en Cornouailles, et Lyme Bay, dans le Dorset. Un cotre de la douane avait donné la chasse à une goélette jusqu'à l'île de Whight, devant laquelle les contrebandiers étaient parvenus à s'esquiver à la faveur d'un grain.

Paice avait eu ce commentaire :

– On dirait que le bal a lieu sans nous, Monsieur.

Était-ce une critique de sa stratégie ? De fait, les deux cotres se trouvaient aussi loin que possible des débarquements en question. L'administration des douanes avait pris l'affaire très au sérieux et réquisitionné tous les navires disponibles pour arraisonner ou détruire le ou les bateaux susceptibles de débarquer des marchandises de contrebande. Dans la Marine, on était allé jusqu'à mettre à la disposition des douanes une frégate de trente-deux canons. Celle-ci, basée à Plymouth, pourrait venir à la rescousse des bateaux du fisc, si ces derniers manquaient de puissance de feu ou étaient acculés, par la force des armes, au vent d'une côte dangereuse.

– C'est demain le premier mai, Monsieur, fit remarquer Paice.

Bolitho se tourna vivement et répondit :

– Je sais, figurez-vous. Je vous autorise à assurer vos hommes que cette patrouille sera terminée sous quarante-huit heures.

Paice, soutenant son regard, revint à la charge :

– Notre confiance en vous est intacte, Monsieur. Mais il se pourrait que les renseignements parvenus au commodore, sauf le respect que je lui dois pour sa bravoure en tant qu'officier – que les renseignements soient faux. La réputation d'un responsable n'est jamais à l'abri en cas d'échec.

Bolitho vit des poissons plonger dans une vague abrupte, sous l'étambot ruisselant du *Télémaque :*

– Vous croyez que le commodore pourrait avoir reçu l'ordre de retirer nos cotres ?

– Cela m'a effleuré, Monsieur. Nous sommes loin, au-delà du pas de Calais. Pourquoi ? Si c'est d'une ruse qu'il s'agit, nous sommes bien trop éloignés pour pouvoir intervenir à temps.

– Est-ce là l'opinion de tout votre équipage ? demanda Bolitho d'un ton tranchant.

Paice haussa violemment les épaules :

– C'est *mon* opinion, Monsieur. Je ne cherche pas à savoir ce que pensent mes subordonnés.

– Heureux de l'apprendre, monsieur Paice.

Cette idée lui était peut-être venue en même temps qu'aux autres hommes du bord. Sur un navire de guerre, personne n'avait d'endroit où s'isoler, de jour comme de nuit. Seules les vigies en tête de mât jouissaient d'une relative intimité.

Bolitho le savait : après un échec aussi lamentable, il ne lui resterait plus qu'à débarquer pour installer son quartier général à terre, comme Hoblyn ; et Allday ne serait pas là pour rendre la disgrâce supportable. Il donna un coup de poing sur la gueule humide de la couleuvrine. Où était-il maintenant, celui-là ? Arrivait-il à se débrouiller ? Qui sait si une escouade de presse ne l'avait pas déjà traîné jusqu'à Chatham, embarqué sur un navire où ses explications ne pourraient convaincre personne ? Que diable avait-il cru pouvoir réussir ? Sempiternelles questions sans réponse qui déferlaient dans son esprit comme des vagues envahissant une caverne.

Il orienta ses pensées sur Hoblyn tandis que Paice s'écartait pour échanger quelques mots avec Scrope, le capitaine d'armes, qui rôdait depuis quelques minutes du côté de la barre, essayant d'attirer l'attention de son commandant. Comment Paice avait-il pris le silence soudain de Bolitho ? Un moment, il avait cru voir une porte s'ouvrir entre eux, mais elle venait de lui claquer au nez.

« Que penser de Hoblyn ? » Il ne venait certes pas d'une famille aisée, ni même d'une longue dynastie d'officiers de marine. Autant que Bolitho pût le savoir, il était le premier de sa lignée à s'être enrôlé dans la Marine ; il l'avait servie sans ménager sa peine jusqu'au jour terrible qui l'avait brisé, faisant de lui *une ruine*, selon sa propre expression. Officiellement, Hoblyn était sous les ordres de l'officier supérieur commandant le Nore ; mais tout comme à Bolitho, on lui laissait une large initiative. Son travail consistait en partie à répertorier les navires qui, en cas de guerre, pourraient être rachetés par la Marine aux compagnies de navigation. Sa liste comprenait également tous les navires en construction dans les chantiers du Suffolk et du Kent.

Les occasions ne devaient pas lui manquer de recevoir de jolis dessous de table. Les moyens de se faire de l'argent ne manquaient pas : l'armateur n'avait qu'à convaincre l'officier supérieur de forcer la facture, pour leur profit à tous les deux. Certains navires avaient changé de mains plusieurs fois, que l'on fût en paix ou en guerre. C'était le cas, par exemple, de l'infortunée *Bounty*, dont les ventes successives avaient rapporté gros.

Si Hoblyn ne touchait que sa solde de commodore, alors il vivait très au-dessus de ses moyens. Sa maison était le genre de logement spartiate fourni par l'Amirauté, mais ce qu'il avait bu et mangé chez lui était digne d'un chef d'état-major.

Les chantiers visités par Hoblyn étaient eux aussi bien connus de l'amicale des contrebandiers. Bolitho aurait voulu y voir plus clair.

Tourné face au vent, il laissa une gifle d'embruns lui rafraîchir le visage. Il avait eu ce geste le matin où Allday avait disparu. Allons ! son imagination s'emballait. Il voyait des traîtres partout.

A sa façon, Hoblyn avait tenté de le prévenir, et de même l'amiral, à Chatham : « Laissez les responsabilités aux autres, et contentez-vous de votre sort en attendant des jours meilleurs. »

Mais il prenait sa tâche trop à cœur. A l'Amirauté, on lui avait laissé entendre qu'il avait été choisi à cause de ses brillants états de service : il pouvait éveiller des vocations chez des jeunes gens qui décideraient alors d'endosser l'uniforme du roi pour servir à ses côtés. Amère consolation.

Dans les agglomérations du Nore et de la Medway, on avait la réputation d'être peu réceptif à la prose martiale des affiches de recrutement. Les guerres précédentes avaient vidé les villages et les ports de la région de tous les hommes en âge de combattre ; les uns, fièrement, s'étaient portés volontaires, les autres avaient été arrachés à leurs familles par les escouades de racolage. La fin des hostilités avait laissé trop d'estropiés et de disparus pour encourager les autres à suivre l'exemple.

Une ruine. Le mot hantait Bolitho.

Il regarda quelques gabiers se hisser sur les enfléchures au vent pour aller épisser des manœuvres. Elles s'étaient rompues, ce qui n'avait pas échappé à l'œil d'aigle du bosco.

C'était leur navire, leur univers. Tout ce qu'ils attendaient, c'était d'être débarrassés de cet officier qui avait naguère commandé une frégate.

Un bruit de pas traînants sur le pont : Matthew Corker. Il s'avançait, l'œil fixe, tout à sa tâche, tenant à deux mains une moque fumante.

– Votre café, Commandant.

Il eut un sourire timide.

– Hélas, elle est à moitié vide, Commandant.

Bolitho essaya de lui rendre son sourire. Le garçon s'efforçait de lui plaire, il s'appliquait à prendre modèle sur Allday. Il lui donnait même du Commandant, comme Allday, qui était jaloux de cette prérogative. Et puis il s'était à peu près délivré de son mal de mer.

– Tu veux toujours devenir marin, Matthew ?

Le café était bon, les forces lui revenaient.

– Oui, Commandant, plus que jamais.

Qu'allait penser de tout cela son grand-père, le vieux Matthew ? Le soleil rouge posa sur le mât un rayon qui attira un instant le regard de Bolitho. La grand-voile faseyait, grondant au vent. Encore quelques heures et cette comédie serait terminée.

Oubliée sa réputation de commandant de frégate ! Désormais, il passerait aux yeux de tous pour l'homme qui considérait un cotre comme un cotre. *Une ruine.*

– J'ai oublié de vous dire quelque chose, Commandant, lui lança le garçon avec un regard suppliant. Nous avons tant à faire, et tant de souci.

Cette fois, Bolitho lui adressa un franc sourire. Le garçon avait dit « nous », et cela n'avait pas dû être facile pour lui. Ce navire surchargé, le langage cru des gens de mer, les rumeurs qui circulaient au sein de l'équipage… Il avait eu à Falmouth une vie protégée, qu'est-ce qu'il pouvait comprendre à tout cela ?

– Quoi donc ?

– Quand je suis allé chercher les chevaux dans l'écurie, chez le commodore, j'ai jeté un coup d'œil. Je voulais voir les autres montures et tout ça.

Matthew eut une grimace appliquée, comme s'il essayait de bien se représenter la scène pour ne rien oublier.

– Il y avait une jolie voiture. Mon grand-père m'en avait montré une pareille autrefois. Quand j'étais tout jeune, Commandant.

Bolitho le taquina :

– Cela devait être il y a bien longtemps.

Mais l'ironie de la remarque échappa au garçon :

– Elle avait un type de suspension particulier, voyez-vous, Commandant. Je n'en ai jamais vu d'autre jusqu'à cette nuit-là.

Bolitho attendait :

– Et alors ?

– C'est une voiture française, Commandant, une berline, tout comme celle que j'avais vue à Falmouth. Elle appartenait à un gentilhomme qui était venu avec sa dame.

Bolitho le prit par le bras et l'entraîna jusqu'au pavois, de sorte qu'ils tournaient maintenant le dos aux timoniers et autres témoins :

– Tu en es sûr ?

– Oh ! oui, Commandant ! approuva-t-il, emphatique. Et puis les portières étaient fraîchement repeintes. Mais avec ma lanterne, j'ai pu voir le motif.

Bolitho essayait de rester patient :

– Quel motif ?

Matthew fit la moue.

– J'ai oublié comment ça s'appelle, Commandant. Une espèce de fleur, avec un écusson.

Pendant plusieurs secondes, Bolitho fixa l'horizon de biais. Puis il hasarda calmement :

– La *fleur de lys* ?*

Les joues du garçon s'épanouirent comme deux pommes :

– Oui ! c'est comme ça que mon grand-père l'appelait !

Bolitho le fixa un moment, rêveur. Lui revenaient les paroles du psaume : *C'est par la bouche des nourrissons...* Il sourit gentiment.

– Tu en as parlé à quelqu'un ? Ou est-ce strictement entre nous ?

– Je n'ai rien dit, Commandant, mais j'ai trouvé ça bizarre.

Le temps semblait s'être arrêté sur l'expression joyeuse du garçon et sa description de la belle voiture quand retentit sur le pont la voix de la vigie :

– Voile en vue, Commandant ! Par la hanche au vent !

Paice et Bolitho échangèrent un regard.

– Eh bien ! monsieur Paice, s'exclama Bolitho d'un ton facétieux, cette fois, nous savons que ce n'est pas le *Loyal Chieftain*.

L'autre approuva avec lenteur :

– Nous savons aussi qu'entre ce navire et la terre, il n'y a...

Bolitho lui coupa la parole et regarda le garçon :

---

* En français dans le texte, comme toutes les expressions en italiques suivies d'un astérisque.

– Il n'y a que nous, monsieur Paice !

– Oui, Monsieur !

Puis, brandissant son porte-voix :

– Holà, la vigie ! Quel gréement ?

– Une goélette, Commandant ! Et pas une petite, morbleu !

Paice se rapprocha de Bolitho en se frottant vigoureusement le menton :

– Elle n'aura pas de mal à nous prendre l'avantage du vent. Même avec le *Télémaque*, il nous faut deux bonnes heures de louvoyage pour remonter à son vent.

Il jeta vers le ciel un regard entendu :

– Et le temps va nous manquer.

Une poignée de matelots oisifs qui s'approchaient pour surprendre la conversation attirèrent l'attention de Bolitho.

– C'est vrai, approuva-t-il. De surcroît, s'il craint de se faire arraisonner, il virera peut-être de bord dès qu'il aura aperçu le *Télémaque*; il tentera de fuir...

– Dois-je transmettre un ordre au *Wakeful?*

De nouveau, il avait parlé avec hésitation.

– Je ne pense pas. Le *Wakeful* est sous notre vent : il sera mieux placé si la goélette décide de laisser porter pour embouquer le pas de Calais.

Paice eut un mince sourire :

– C'est bien ce que je dis, Monsieur, vous n'en démordez pas.

– Après cela, répondit Bolitho en détournant modestement les yeux, j'espère que d'autres s'en souviendront.

Paice adressa un signe à son second :

– Fais monter les deux bordées, Andrew...

Après un regard inquiet à Bolitho, il se reprit :

– Je veux dire : faites monter les deux bordées, monsieur Triscott ! Faites faire branle-bas de combat, mais ne chargez pas les pièces, ne les mettez pas en batterie.

Bolitho les dévisagea un moment, puis expliqua :

– Le *Télémaque* est un fin voilier, et ses qualités de marche au près serré vont nous donner un avantage. Cela nous mettra également en bonne position pour tirer le meilleur de notre petite batterie, s'il faut faire parler la poudre.

Il traversa le pont jusqu'au pavois sous le vent et observa un instant l'écume du sillage. Vivre l'instant présent. Ne pas penser plus loin, surtout pas à Allday ni au fait que ce navire pouvait être armé par une compagnie de navigation tout à fait honorable. Si tel était le cas, il ne donnait pas cher de son nom à l'avenir.

– Que dois-je faire, Commandant ? demanda le jeune Matthew.

Bolitho le regarda, l'enfant baissa les yeux.

– Va me chercher mon épée.

« Et prie. » se retint-il d'ajouter. Il précisa simplement :

– Et reste à côté de moi.

Des coups de sifflet retentissaient de tous côtés, même s'ils n'étaient pas indispensables : le *Télémaque* ne mesurait que vingt et un mètres de long.

– Tout le monde sur le pont ! Branle-bas de combat !

Le lendemain était le premier mai : de quoi cette journée serait-elle faite ?

Bolitho baissa sa lorgnette et demanda par-dessus son épaule :

– Quelle est notre position estimée, monsieur Chesshyre ?

Le maître principal répliqua :

– Une dizaine de nautiques au nord de Foreness Point, Monsieur.

Bolitho essuya sa lorgnette avec sa manche ; il réfléchissait à cette réponse. Foreness Point représentait l'extrémité nord-est de l'île de Thanet, sur la côte du Kent. Le nom de ce cap, ainsi que l'accent de Chesshyre, lui rappelèrent un instant Herrick.

– S'il s'agit bien d'un contrebandier, Monsieur, intervint Paice d'une voix rauque, il aura du mal à virer de bord maintenant.

Bolitho braqua de nouveau sa longue-vue sur les grandes voiles sombres de la goélette, ailes de chauve-souris dominant la mer. Paice avait raison. Avec ce nordet qui fraîchissait, il serait difficile, peut-être dangereux, de tenter de doubler le promontoire. Les vigies, juchées à vingt mètres du pont, l'avaient probablement en vue, mais de là où se trouvait Bolitho, on aurait pu croire que les deux navires avaient l'océan pour eux seuls.

Il consulta le ciel : toujours pas le moindre nuage. Mais la mer était plus sombre. Tôt ou tard l'un des navires devrait abattre ses cartes. Il se représenta le dessin de la côte : ils faisaient route en direction du vieux mouillage de Sheerness, mais Whitstable se trouvait sur le chemin. S'ils conservaient leur cap et leur vitesse, les deux bâtiments étaient en route de collision, ils se rapprochaient l'un de l'autre, inéluctablement, comme deux lignes sur la carte.

– Il va bientôt devoir laisser porter, observa Paice, s'il ne veut pas faire côte du côté de Sheppey.

Bolitho jeta un coup d'œil sur le pont. Les servants des pièces d'artillerie étaient accroupis ou allongés derrière les sabords fermés. Chaque chef de pièce avait déjà choisi son meilleur boulet dans les équipets pour la première bordée.

Bolitho avait connu bien des engagements, et il n'était pas dupe de la fausse désinvolture des matelots, qui avaient l'air d'observer avec un intérêt professionnel l'approche régulière de la goélette. Avec Allday, c'était différent. Combien de ces hommes avaient l'expérience d'une bataille navale ? Quelques-uns avaient eu leur baptême du feu lors d'un embarquement précédent mais, comme le lui avait expliqué Paice, la plupart étaient des pêcheurs, ou des terriens qui avaient perdu leur emploi.

– Vous pouvez faire charger, à présent, monsieur Paice ! dit Bolitho.

Il attendit que le lieutenant se fût tourné vers lui pour continuer :

– Il ne va pas prendre la fuite maintenant. Vous le savez, n'est-ce pas ?

Paice avala sa salive.

– Je ne vois pas ce que...

– Exécution, monsieur Paice ! Veillez à ce que les maîtres artilleurs s'occupent personnellement de chaque pièce. Faites charger à double charge, mais je ne veux pas courir le risque de faire éclater un fût.

– A charger les pièces de six ! hurla Paice. A double charge !

Quelques servants intrigués lancèrent des regards dubitatifs vers la lisse de couronnement où se trouvait Bolitho, mais celui-ci n'en avait cure. Il braqua de nouveau sa lorgnette. On voyait de mieux en mieux les grandes voiles sombres. On commençait même à apercevoir des silhouettes humaines près du pavois et dans le gréement. Il se demanda ce que les hommes de la goélette pouvaient bien penser de l'approche du *Télémaque*. Pourquoi un cotre s'interposait-il entre eux et la terre, un petit navire maniable dont les canons étaient encore cachés par les volets des sabords ?

– Vous connaissez ce navire ?

Bolitho, abaissant sa lorgnette, s'aperçut que le jeune Matthew le dévorait des yeux, comme s'il craignait de manquer quelque chose.

– Il n'est pas d'ici, Monsieur, répondit Paice en secouant la tête.

Bolitho se tourna vers le maître principal :

– Et à vous, il vous dit quelque chose ?

Chesshyre haussa les épaules :

– Jamais vu de ma vie.

Bolitho serra les poings. C'était donc probablement le navire qu'ils cherchaient. Il jeta un coup d'œil rapide par le travers. Le jour tirait à sa fin, la brume qui flottait au-dessus de la terre invisible commençait à voiler les rayons du soleil.

– Serrez le vent de deux quarts, monsieur Paice !

Les hommes se précipitèrent à leurs postes de manœuvre. Les poulies grincèrent. La grand-voile grondait sur sa longue bôme avec des claquements de tonnerre.

– En route au nord-ouest, Commandant !

– Hissez le pavillon !

Bolitho cessa d'observer la goélette pour regarder de nouveau les servants ; quelques-uns, encore sur leurs jambes, fixaient bouche bée l'autre navire. Les claquements de la grande enseigne résonnaient sur le pont.

– Faites tirer une pièce bâbord, monsieur Paice ! cria Bolitho.

Paice ouvrit la bouche pour demander des explications, puis se contenta de hocher la tête. En effet, tirer le coup de semonce avec une pièce bâbord permettait de garder battante toute la batterie tribord. Quelques instants plus tard, la détonation retentit : la pièce de six la plus à l'avant avait ouvert le feu. Les servants n'avaient pas encore écouvillonné le fût que la fumée s'était dispersée.

Bolitho croisa les bras et regarda la goélette, imité en cela par le jeune Matthew qui n'osait même pas battre des cils.

– Il ignore notre signal, Monsieur ! s'exclama Paice, abasourdi. Il est peut-être…

Bolitho ne sut jamais ce que Paice avait eu l'intention de lui dire, car au même instant un long éclair illumina le gaillard de la goélette. Il y eut un toupet de fumée. Un boulet survola les crêtes des vagues et fit voler en éclats le pavois du *Télémaque* avant de pulvériser une pièce de six. Des éclisses de bois et des éclats de métal jaillirent en miaulant dans toutes les directions. Dès que le bruit de la détonation se fut estompé, retentit un chœur de hurlements atroces.

Un des marins, à genoux, se frottait le visage et la poitrine de ses doigts sanglants, tandis que son cri se muait en plainte suraiguë, comme celui d'une femme en proie aux douleurs ; puis il tomba sur le côté ; son sang jaillissait par saccades et coulait jusque dans les dalots ; la vie s'échappait par ses blessures béantes. Quelques matelots en restèrent pétrifiés d'horreur ; puis d'autres hurlements s'élevèrent quand un second boulet, traversant le pavois, fit jaillir une nouvelle gerbe d'éclisses mortelles.

– Ouvrez les sabords ! Mettez en batterie !

La silhouette massive de Paice se découpa sur les vagues qui défilaient le long du bord. Son visage était aussi impassible que la pierre. Des hommes qui gémissaient en rampant sur le pont éventré laissaient derrière eux une traînée de sang.

– Faites feu au coup de roulis, monsieur Paice ! avertit Bolitho. A cette distance, c'est notre seul espoir.

Ainsi, tout se passait comme Hoblyn l'avait annoncé… Mais ses pensées se dispersèrent quand Triscott, abaissant son poignard d'un grand geste du bras, déchaîna le feu des six pièces tribord qui tonnèrent à l'unisson. La caronade ne pouvait être utilisée qu'à bout portant, le capitaine de la goélette ne devait pas l'ignorer. Bolitho vit frémir les voiles au-dessus du pont, quelques poulies et manœuvres arrachées tombèrent par-dessus bord et se mirent à traîner dans l'eau comme des plantes.

– A recharger ! Mettez en batterie !

Triscott criait ses ordres d'une voix aiguë. Il abaissa de nouveau son poignard.

– Feu !

Bolitho surprit plusieurs matelots en train de dévisager leurs camarades tombés. Combien avaient-ils déjà d'hommes hors de combat, morts ou blessés ? Impossible à dire. Mais après ce qu'ils venaient d'essuyer, l'angoisse et la terreur soudaines cédaient déjà devant la fureur.

– Toi, là-bas ! hurla Chesshyre. Relève Quin !

Le timonier en question, touché à la tête, s'était effondré en travers du timon : personne ne l'avait entendu ni vu tomber. Il avait le visage tourné vers le pont, les yeux fixes.

Chesshyre croisa le regard de Bolitho et s'excusa :

– Ils ont encore des progrès à faire, Monsieur, mais vous pouvez compter sur eux.

On aurait cru l'entendre commenter une régate. Bolitho approuva :

– Il nous faut toucher ses mâts et son gréement.

Il attendit un instant de silence pour hurler :

– Chefs de pièce ! Visez les hauts ! Une guinée pour la première voile !

– Feu !

– Sauf erreur, gronda Paice, ce salaud arme des pièces de neuf.

Il s'interrompit avec un hoquet : un boulet venait de frapper la carène sous la flottaison, soulevant une haute gerbe loin au-dessus du pavois.

Bolitho découvrit son expression au moment où les hommes se précipitaient aux pompes. Une expression de détresse. Comme si c'était lui qui avait été touché, et non le cotre.

Retentirent alors de sauvages cris de victoire ; Bolitho pivota à temps pour voir la misaine de la goélette éclater. Devenu brusquement le jouet du vent, le navire avait le plus grand mal à corriger au gouvernail les assauts des vagues.

Bolitho se mordit les lèvres. Un autre boulet traversa en rugissant le gréement du cotre, sectionnant une drisse qui s'abattit sur le pont en tournoyant comme un serpent blessé. Cela ne pouvait pas durer. Un boulet dans l'unique mât du *Télémaque*, et ils étaient immobilisés.

– La hausse de ses pièces de neuf est à bout de course, Monsieur ! lança triomphalement Paice.

Bolitho regarda l'ennemi en silence. Paice avait une bonne expérience de ce type de navire, il savait les difficultés qu'il y avait à installer des pièces à fût long sur le pont d'un navire de commerce.

– Il essaie de virer de bord !

Triscott fit signe aux artilleurs :

– Des coups au but, garçons !

Il attendit que tous les poings noircis des chefs de pièce fussent levés, montrant qu'ils étaient prêts :

– Feu !

– Dieu du ciel ! soupira Paice.

Coup de chance ? Adresse d'un pointeur ? Bolitho vit le beaupré de la goélette voler en éclats ; le gaillard se couvrit de toiles frémissantes et d'étais enchevêtrés.

Dans la fumée qui se dissipait, Paice cherchait du regard son bosco.

– Monsieur Hawkins ! Préparez-vous à distribuer les armes !

Il dégaina son propre poignard et jeta un regard furieux à la goélette :

– Par le ciel ! Ils vont me le payer !

La distance entre les deux navires diminuait rapidement ; Bolitho vit que la goélette lofait irrésistiblement. Son regard se fit plus aigu. Il entendit vaguement un feu de mousqueterie, et le bruit des balles s'écrasant sur la coque du *Télémaque*. De combien de temps disposait-il encore ? Il eut un geste précipité :

– Pouvez-vous déplacer l'autre caronade sur tribord ?

Paice acquiesça vivement, ses yeux étincelaient.

– Arrimez la batterie bâbord, monsieur Triscott ! Roulez la caronade sur tribord et mettez en batterie !

Il se tourna vers Bolitho et ajouta :

– Pour l'instant, ils sont plus nombreux que nous, mais cela ne va pas durer !

Bolitho regarda les voiles de la goélette s'élever au-dessus du cotre comme pour l'étouffer, l'enfoncer au profond de la mer. Plus que cinquante mètres. Plus que vingt mètres. Ici, un homme s'effondrait en crachant du sang, plus loin, un autre tombait à genoux comme en prière, s'étreignant la poitrine à deux mains. Bolitho poussa le jeune Matthew à l'écart près de la descente :

– Reste là !

Il dégaina son épée et imagina Allday présent à ses côtés, le sabre d'abordage à la main.

– Parés à monter à l'abordage !

Certains marins brûlaient de se ruer à l'assaut, d'autres étaient terrifiés par la proximité de l'ennemi, qui se trouvait maintenant le long du bord. On entendait l'équipage de la goélette hurler et tirer, vomir des imprécations dans l'attente du choc.

Bolitho s'avança derrière les marins accroupis, tenant mollement son épée à la main.

Quelques-uns, remarquant son ombre au-dessus d'eux, se retournèrent pour le regarder, horrifiés, incrédules : il s'exposait délibérément aux tireurs d'élite de la goélette.

– Prêts ?

Bolitho eut une petite grimace : une balle venait de traverser les basques de son habit.

– Maintenant !

Les deux caronades firent feu à l'instant même de deux sabords contigus, ébranlant la structure du cotre du talon de la quille à la pomme du mât. Un énorme nuage de fumée grasse balayé vers l'intérieur du *Télémaque* déclencha chez tous les matelots des quintes de toux en rafale et des nausées.

Bolitho vit que tout un côté du gaillard de la goélette avait été arraché. La horde des marins qui attendaient les abordeurs formait un tas sanglant, un enchevêtrement de membres qu'agitaient des spasmes convulsifs; on eût dit les organes d'un géant démembré. La décharge de mitraille tirée par la couleuvrine de poupe avait transformé le pont en charnier. Bolitho s'agrippa aux haubans et hurla :

– A moi, garçons ! Envoyez les grappins !

Il entendit les grappins résonner contre les pavois de la goélette et aperçut un homme accroupi à côté d'un canon renversé; il avait l'air d'attendre l'attaque, en fait il était décapité.

Les deux coques s'écrasèrent l'une contre l'autre, puis s'écartèrent d'une embardée; enfin, elles répondirent lourdement aux efforts des hommes halant sur les grappins, assurant l'étreinte mortelle.

– A l'abordage !

Bolitho se trouva entraîné sur le pont de la goélette. Dans leur hâte d'en découdre, les hommes le dépassaient en le bousculant. Des silhouettes s'écroulaient dans des hurlements d'agonie. Sous ses yeux, la fureur et la jubilation de l'équipage du *Télémaque* dégénéraient en fièvre immonde. Les hommes s'acharnaient sur l'ennemi à coups de sabres d'abordage et de piques, à coups de baïonnettes, et même à mains nues, avec une férocité que nul n'aurait pu prédire une heure plus tôt.

– Halte au feu! hurla Bolitho.

De la pointe de son épée, il dévia le sabre d'abordage d'un matelot qui se disposait à empaler un jeune blessé sur les bordés pleins de sang. Paice hurlait également à ses hommes de cesser le combat. Hawkins, le bosco, et une équipe choisie de gabiers s'occupaient des drisses et des bras, afin d'empêcher les deux coques de se détruire mutuellement sous la pression des vagues.

Les vainqueurs ramassaient les sabres d'abordage. L'équipage de la goélette se regroupa en troupeau, laissant ses blessés se débrouiller.

– Envoyez une équipe en bas, ordonna Bolitho, hors d'haleine. Il ne faudrait pas qu'un héros fasse sauter la sainte-barbe.

Lui parvinrent d'autres ordres, quelques acclamations confuses. Triscott, de la poupe du *Télémaque*, agitait victorieusement son bicorne. Près de lui, le jeune Matthew, tentait en vain de pousser des cris de victoire, car il s'étouffait dans ses sanglots à la vue de la dévastation provoquée par les monstrueuses caronades.

Glissant dans les flaques de sang, trébuchant sur les morceaux de chair humaine, Hawkins jetait ses ordres; quand il vint faire son rapport à son commandant, il avait des bottes de boucher :

– Tout est clair, Commandant.

Et se tournant vers Bolitho, il ajouta curieusement :

– Certains d'entre nous ne vous ont pas servi à grand-chose, Monsieur. Mais vous aviez raison.

Il leva son pouce noir de goudron.

– Les cales sont remplies jusqu'aux barrots de marchandises de contrebande : du thé, des épices, des soieries. D'origine hollandaise, à première vue.

Il baissa la voix et considéra un contrebandier durement blessé qui passait en rampant près de ses bottes.

– J'ai posté des sentinelles armées devant la cale arrière, Monsieur. Elle est pleine de tonneaux d'alcool, du genièvre de Hollande, je parie, et d'autres choses encore.

Paice s'épongea le visage d'un revers de manche.

– Alors, c'est bien un hollandais ?

Hawkins secoua la tête :

– Seulement la cargaison, Monsieur. Le capitaine est, ou plutôt était, du Norfolk. Presque tous les autres sont anglais, ajouta-t-il avec une moue dégoûtée. Je vous pendrais tout ce beau monde sans faire de tri !

Bolitho rengaina sa vieille épée. Là aussi, Hoblyn avait vu juste : la cargaison, qui devait être débarquée à Whitstable, avait probablement commencé son voyage dans les cales d'un navire de la Compagnie hollandaise des Indes orientales. Avec promesse de profits vertigineux.

Il observa un instant les morts et les mourants, puis le *Télémaque*, marqué lui aussi par des taches de sang. Pour ce qui les concernait, ils n'avaient pas de grands bénéfices à attendre de cette opération.

– Vous vous sentez bien, Monsieur ? demanda Paice, inquiet.

Il le dévisageait attentivement :

– Vous n'êtes pas blessé ?

Bolitho secoua la tête. Il était en train de penser à Allday, qui avait toujours été à ses côtés lors d'engagements comme celui-ci : combien d'épreuves n'avaient-ils pas affrontées ensemble ?

– C'est comme si j'avais perdu mon bras droit.

Il se secoua :

– Faites fouiller le navire avant la nuit. Puis nous gagnerons un mouillage. Nous y resterons jusqu'à ce que nous puissions réparer nos avaries.

Deux matelots qui avaient ceinturé un des chefs des contrebandiers l'entraînaient sans ménagement :

– Très bien. Isolez-les. Ils ont beaucoup de choses à nous raconter.

– Mon bosco a exprimé ce que nous ressentons tous, Monsieur, dit simplement Paice. Nous nous sommes mal battus parce que nous n'avions pas de cœur au ventre. Mais vous, vous êtes un guerrier. A présent, nous le savons.

Bolitho s'écarta jusqu'au pavois. Tout son être se révulsait au spectacle et dans l'odeur de la mort.

Hoblyn serait ravi, ainsi que Leurs Seigneuries de l'Amirauté. Après réparations, cette jolie goélette pourrait être vendue aux enchères devant le tribunal des prises, ou incorporée directement dans la Marine. Sa cargaison illégale ne laissait aucune chance à l'équipage : plusieurs seraient bientôt pendus pour servir d'exemple aux autres.

Bolitho considéra rêveusement le groupe des prisonniers pelotonnés les uns contre les autres. Quelques-uns seraient enrôlés de force, comme leur navire, à condition qu'ils n'aient pas tué.

Tout était accompli. Un matelot, lui offrant sa main calleuse, l'aida à franchir le pavois pour regagner le pont du *Télémaque*. C'était bien la victoire qu'il avait espérée. Mais tout à coup, elle lui paraissait décevante.

VI

LA CONFRÉRIE

John Allday était assis sur un banc de pierre, le dos au mur. Sa petite cellule humide ne comportait qu'un vasistas exigu, trop haut pour que l'on pût voir dehors. Il n'avait pas fermé l'œil depuis qu'il s'était rendu à l'escouade des racoleurs. Et il savait que cette maison d'arrêt improvisée se trouvait quelque part sur la route de Sheerness. Ils étaient passés devant une petite caserne de cavalerie, simple avant-poste abritant une poignée de dragons, mais suffisante, semblait-il, pour permettre aux racoleurs d'aller et venir sans crainte d'être attaqués par des émeutiers cherchant à libérer leurs captifs.

Allday estima qu'il était à peu près midi. Convaincu désormais d'avoir agi à la légère et couru au-devant de graves ennuis, il cherchait à dissiper son malaise. Ses compagnons de détention, au nombre de cinq seulement, lui inspiraient une vague pitié. Des déserteurs, sans doute, mais qui ne devaient pas représenter de grosses pertes pour les navires qu'ils avaient quittés.

Un bruit de pas résonna sur les pavés ; quelque part un homme riait. Il y avait une auberge à deux pas de la maison d'arrêt ; au moment où on l'avait enfermé, il avait aperçu deux jolies filles sur le perron de l'estaminet. Soudain le visita le souvenir de l'auberge de Falmouth, et il se sentit seul, vulnérable. Il songea aussi au temps où il avait été racolé par l'escouade de Bolitho en Cornouailles. Il essayait alors de s'en sortir avec des mensonges quand un canonnier avait aperçu le tatouage sur son bras : canons et pavillons entrecroisés, vestige de son passage à bord d'un vieux vaisseau de soixante-quatorze canons, le *Resolution*.

Si les choses étaient bien telles qu'il les avait imaginées, ce même tatouage l'aiderait, cette fois, dans la réalisation de ses projets, pourtant peu élaborés. Dans le cas contraire, il risquait de se retrouver sur un navire en partance pour l'autre bout du monde, sans la moindre chance de faire entendre ses raisons; et même alors, un commandant à court d'hommes risquait fort de faire la sourde oreille.

Et Bolitho, qu'allait-il devenir, sans lui? Il haussa les sourcils en signe d'ignorance. A chaque nouvel obstacle, il avait supporté le désespoir de son chef. Mais après l'affaire du *Loyal Chieftain*, c'en était trop : il fallait agir.

Une clef grinça dans la serrure; la porte s'entrebâilla sur le maître canonnier à l'haleine infecte; l'officier marinier les regarda et eut avec sa clef un geste définitif :

– Dehors! Allez vous laver! Il y a du pain et du fromage, et même de la bière si vous êtes sages.

Il regarda Allday droit dans les yeux :

– Sauf toi. On a à causer, tous les deux.

Allday ne répondit rien. Obéissants, les autres se ruèrent dehors. Le maître canonnier le retardait-il sans raison particulière, ou sa remarque avait-elle vraiment un sens?

Un homme pénétra dans la pièce humide. Allday le reconnut : c'était un autre racoleur de son escouade, celui qui lui avait adressé la parole en chemin.

– Alors, Spencer?

L'homme s'appuya à la paroi et le regarda d'un air sombre :

– On s'est mis dans une sacrée panade, pas vrai?

– J'ai déjà déserté, répondit Allday en haussant les épaules, je recommencerai.

– Ouais, ouais! fit l'homme, dubitatif.

Il releva son chapeau pour mieux entendre les chevaux qui passaient sur la route au petit trot :

– Avec ces sacrés dragons à tes trousses, tu n'iras pas loin, mon gars!

– Alors, c'est qu'il n'y a plus rien à faire.

Allday baissa la tête. Il voulait réfléchir. Il voulait cacher son regard. Il y avait chez lui quelque chose comme un sixième sens animal, un instinct qui en plus d'une occasion lui avait sauvé la vie, une faculté que Bolitho admirait et respectait, comme il le lui avait souvent répété.

– Voilier, tu as dit ? reprit l'homme.

Allday acquiesça. Pas de problème sur ce point. Il savait jouer de l'aiguille et de la paumelle avant d'avoir eu dix-huit ans. D'ailleurs, il n'y avait pas grand-chose à bord d'un navire qu'il ne sût faire.

– En quoi ça te regarde ?

– Écoute, mon gars, ne le prends pas sur ce ton avec moi !

Allday soupira.

– Allez, tu sais ce que c'est.

L'autre eut du mal à cacher son soulagement. Un instant, il ne s'était pas senti très vaillant, quand il avait vu monter la colère chez son puissant interlocuteur.

– J'aime mieux ça. Il y a peut-être une solution. J'en connais qui cherchent des gars de ta trempe.

Il eut un geste de mépris en direction de la porte.

– C'est pas comme ces rats de cale ! Ça, c'est du gibier de potence ! Du premier au dernier, ils vendraient père et mère !

S'approchant d'Allday, il baissa la voix :

– On part ce soir. Alors à toi de choisir. Tu veux aller croupir sur un autre vaisseau de ligne ou tu préfères qu'on te trouve un embarquement un peu plus...

Il frotta son pouce contre son index.

– ...intéressant ?

Allday sentit des sueurs froides lui couler sur la poitrine.

– C'est possible ?

– Pas de question ! Mais oui, c'est possible.

Il rit.

– Alors, ça marche ?

Allday, en ramassant sa vieille veste, s'arrangea pour que l'autre remarque le tatouage.

– J'en ai marre d'être enfermé.

– Tu as bien raison ! Mais pas de bêtise, hein ? Si tu trahis ceux qui t'ont aidé, tu regretteras de ne pas avoir été pendu. J'en ai vu qui...

Il se redressa :

– Crois-moi sur parole. Vu ?

Allday repensa au cadavre, sur le pont du *Loyal Chieftain*, et aux bruits qui avaient couru dans l'équipage du *Télémaque* : toute la famille de la victime avait purement et simplement disparu. Pas besoin d'être sorcier pour deviner ce qui leur était arrivé.

La porte s'ouvrit sur le maître canonnier.

– Tu peux aller bouffer maintenant, euh... Spencer.

Allday était à l'affût d'un geste de connivence entre eux, mais il ne remarqua rien de tel. C'était un jeu où personne ne se fiait à personne. Était-ce lui, le maître canonnier, qui tirait les ficelles de cet étrange commerce ?

Aucun doute que n'importe quel déserteur aurait accepté de se laisser « aider » ainsi, quand bien même cela l'obligeait à rejoindre une bande de contrebandiers. Rattrapé par une escouade de presse, il pouvait au mieux espérer une vie identique à celle qu'il avait fuie, au pire il écoperait d'un embarquement disciplinaire, avec une centaine de coups de fouet à la clef, pour l'exemple.

Le maître canonnier l'accompagna jusqu'à une longue table en bois nu autour de laquelle les autres dévoraient leur pain et leur fromage comme s'il s'agissait de leur dernier repas sur cette terre.

– Naviguer, Spencer, il n'y a que ça de vrai. Tu ne fais pas partie de cette racaille.

Allday se saisit de l'occasion :

– Tu voulais causer, tu as dit ?

Le maître canonnier empoigna une chope et attendit qu'un matelot la lui remplisse de bière.

– Plus d'importance, maintenant. Ton navire, le *London*, a déjà appareillé pour les Antilles. Il va falloir que tu te contentes de ce qu'on va te donner.

Quand Allday avait été emmené à bord de la *Phalarope*, la frégate de Bolitho, il n'y avait pas eu tant de palabres. En quelques heures il était passé d'une petite route tranquille de Cornouailles au poste d'équipage d'un vaisseau de guerre. Il eut un sourire sombre. Tout cela, il l'avait fait avec Ferguson, qui devait plus tard perdre un bras à la bataille des Saintes. Désormais, tous deux étaient attachés à leur maître, par amour plus que par devoir.

Il jeta un regard circulaire dans la cour. On rassemblait les hommes par petits groupes. Le lieutenant faisait l'appel, assisté de plusieurs autres racoleurs.

Il ne put réprimer un sentiment de pitié : pas un seul vrai marin parmi tous ces malheureux... Puis il eut envie de rire : sa propre vie était en danger, et il prenait encore à cœur les intérêts de la flotte !

Oui, quelqu'un tirait les ficelles dans cette histoire. Et si ce n'était pas le maître canonnier, alors qui ? Racoleur ou non, ça ne pouvait être un simple matelot isolé, car sa vie alors n'aurait pas valu un liard : une cour martiale expéditive, quelques prières marmonnées sur l'embelle d'un navire et le bougre se serait vite retrouvé en train de gigoter au bout de la fusée de basse vergue. Non, il y avait des complicités en haut lieu.

Il dévisagea le lieutenant, celui-là même qui lui avait ordonné de sortir de l'impasse pour se montrer. Si Allday s'y connaissait en navires, il s'y connaissait aussi en officiers : ce lieutenant-là était trop bête pour être malhonnête.

– Garde-à-vous ! hurla l'officier. Je ne le répéterai pas.

Le silence s'abattit sur les rangs mal alignés.

– Vu la situation, commença-t-il, vous partirez pour Sheerness à la nuit tombée. Par petits groupes. Et tâchez d'obéir. Je veillerai personnellement à ce que tout désordre soit traité comme une mutinerie.

Il balaya sa troupe du regard.

– Est-ce que je me suis fait comprendre ?

Allday entendit quelqu'un chuchoter :

– Sheerness, au bout de la route ? Par le Christ, Tom, on aura embarqué avant la fin de la semaine !

Une grande silhouette vêtue d'un uniforme à revers blancs sortit d'une des dépendances.

Allday sentit son cœur s'accélérer. Cet aspirant était bien vieux pour son grade. Du même âge à peu près que le lieutenant Triscott, du *Télémaque*, il était affligé d'un pâle visage maussade et d'une bouche aigre dont les commissures tombaient avec une moue de découragement. Sa nomination au grade de lieutenant avait dû être ajournée plus d'une fois. La haine d'un de ses supérieurs, sans doute. On avait le choix entre des douzaines d'explications.

Allday tendit le bras pour reprendre du fromage et vit l'aspirant lui lancer un regard en biais, ainsi que le matelot qui lui avait fait cette offre.

Eux, bien sûr ! Allday essaya de mettre calmement de l'ordre dans ses pensées, mais il manqua de s'étouffer avec une grosse bouchée de fromage.

Il fallait qu'un officier fût compromis dans l'affaire, même un simple aspirant laissé de côté à chaque promotion.

– Voici M. l'aspirant Fenwick, dit le maître canonnier. C'est lui qui accompagne ton groupe.

Et il ajouta en lui lançant un étrange regard :

– Entre nous, c'est une peau de vache. Fais gaffe où tu mets les pieds !

– Je me souviendrai, répondit Allday en se tournant vers lui.

Regagnant la petite pièce qui tenait lieu de cellule, il réfléchissait déjà au prochain bord à tirer. Si jamais Bolitho avait vent de tout ce qui se tramait, ce serait plutôt à la peau de vache en question de devoir faire gaffe...

Allday eut un large sourire : pas d'erreur sur ce point.

Le commodore Ralph Hoblyn remonta de la cabine de la goélette en s'appuyant lourdement sur sa canne d'ébène et jeta un regard circulaire sur le pont supérieur. Bolitho cherchait à lire dans ses pensées. La goélette, de construction hollandaise, avait été rebaptisée *Four Brothers*; d'après ses papiers, elle était immatriculée au port de Newcastle comme navire de bornage. Son capitaine et son armateur ne faisaient qu'un : un homme répondant au nom de Darley, qui avait laissé la vie dans le bref et sauvage engagement contre le *Télémaque*.

A présent, la goélette était mouillée devant Sheerness, un détachement de fusiliers marins avait été assigné à bord pour protéger la cargaison et décourager tout chapardage. Les uniformes écarlates étaient bien visibles sur le gaillard et la poupe.

Hoblyn considérait la grande tache sombre qui souillait le pont du navire des contrebandiers : elle avait résisté à toutes les tentatives de briquage. Les cadavres des hommes mis en pièces par le feu des caronades avaient été jetés par-dessus bord sans autre cérémonie ; mais la tache de sang ainsi que les bordés éventrés témoignaient encore de la violence de la bataille.

Hoblyn s'essuya la bouche avec son mouchoir. Bolitho avait remarqué que le commodore se fatiguait vite : était-ce parce qu'il n'était plus amariné, ou parce que le pont de cette goélette lui rappelait de façon cruelle son précédent commandement ?

– Je suis extrêmement satisfait, Bolitho, fit-il. Une cargaison intacte, et un fin voilier par-dessus le marché.

Il eut un regard pour le gréement dont les matelots de Paice avaient épissé nombre de manœuvres pendant la traversée jusqu'à Sheerness.

– Je pense qu'il ira chercher un bon prix devant le tribunal des prises. Naturellement, un petit coup de peinture à l'arsenal avant la vente ne lui ferait pas de mal.

– Vous comptez l'intégrer dans la flotte, Monsieur ? demanda Bolitho.

Hoblyn haussa les épaules en grimaçant :

– Il va de soi je serais ravi de me porter acquéreur au nom de Leurs Seigneuries, Bolitho, mais l'argent, c'est l'argent. Que ce soit celui de l'Amirauté ou celui de quelqu'un d'autre...

Il se tourna vers lui :

– ...pas de passe-droit !

Hoblyn s'avança jusqu'à la barre du navire et y posa la main d'un air pensif.

– Il faut que je les avertisse sans tarder, ainsi que l'administration des douanes.

– Y a-t-il eu des arrestations à Whitstable, Monsieur ?

Bolitho étudia avec attention l'effet de sa question sur Hoblyn : si elle l'embarrassait, il cachait bien son jeu.

Deux contrebandiers seulement avaient été surpris sur le rivage par une patrouille de dragons qu'Hoblyn avait prévenue de l'éventualité d'un débarquement. Tués dans l'escarmouche, tous les deux.

– Eh oui, c'est bien dommage. Mais vous avez saisi le *Four Brothers*, et cela fera réfléchir ces voyous. Ils ne recommenceront pas de sitôt.

Il conclut avec un demi-sourire :

– Je crains que vous ne puissiez pas recruter grand monde parmi les prisonniers.

Bolitho regarda, un peu plus loin sur le plan d'eau, le cotre au mouillage. Jamais il n'avait vu pareil changement au sein d'un équipage : tous les hommes étaient en état de choc, ils n'arrivaient pas à surmonter les événements qu'ils venaient de subir. Cinq matelots morts dans la bataille, trois autres qui ne se remettraient probablement jamais de leurs blessures... Dans cet espace confiné, dans cette promiscuité de tous les jours, ces pertes avaient causé un vide que de nouvelles recrues auraient de la peine à combler. De toutes les morts, c'était celle du timonier Quin qui laissait le plus de regrets. Ironie du sort : Quin était natif de Newcastle, port d'attache du *Four Brothers*.

– Si nous avions pu nous en emparer au cours d'une simple visite de routine, alors...

Hoblyn fit mine de lui toucher le bras mais retira sa main : c'était là une autre réminiscence ineffaçable.

– Pour rien au monde ! s'écria-t-il. Ils avaient ouvert le feu sur un navire du roi. Pas un juge du royaume n'aurait pu leur éviter l'échafaud, et c'est tant mieux.

Recouvrant un peu de sang-froid, il ajouta :

– Patience, Bolitho ! On vous les trouvera, les hommes dont vous avez besoin. Ils sont là, quelque part...

Il pointait sa canne vers le rivage.

– Tous !

Songeant de nouveau à Allday, Bolitho se détourna. Ce n'était pourtant pas la première fois qu'il devait se débrouiller seul, mais cette fois c'était différent. L'ennemi n'arborait nul pavillon, les traîtres pouvaient être partout. Il regarda Hoblyn gagner en boitant une autre écoutille, près de laquelle des hommes gréaient des palans pour hisser des colis à bord, et songea à la révélation du jeune Matthew Corker : la berline cachée dans les écuries. Le commodore était venu au chantier dans une superbe voiture personnelle, ce qui prouvait une fois de plus quel homme riche il était devenu. Mais il ne pouvait y avoir de lien direct entre lui et la goélette : trop dangereux ; n'importe quel membre de l'équipage aurait volontiers témoigné contre ses complices sous promesse de pardon, et personne n'aurait été à l'abri de ce genre de révélation.

– Je vous suggère, conseilla Hoblyn, de faire de votre mieux pour sortir votre *Snapdragon* au plus tôt. Quelque chose me dit que vous allez avoir besoin de lui. Après vos exploits avec cette goélette, Leurs Seigneuries seront peut-être amenées à dispenser les gardes-côtes de quelques patrouilles, à seule fin de vous les confier...

Il poursuivit en clignant des yeux au soleil :

– Qui sait ? Peut-être aurai-je bientôt d'autres renseignements pour vous...

Il s'abrita le visage de sa main difforme. Sa voiture s'avançait lentement sur le quai.

Bolitho suivit son regard et crut un instant apercevoir dans la voiture la charmante perruque poudrée du valet. Quand Hoblyn s'avança avec précaution vers la coupée, le lieutenant de quart héla le canot amarré le long du bord. Le commodore marqua une pause et regarda une fois encore les bordés de pont éventrés :

– Parlez aux gens de Paice, Bolitho. Je préfère que cela vienne de vous.

Il le dévisagea avec insistance :

– Votre patron d'embarcation, il n'a rien ? Je sais la valeur que vous attachez à ses services.

Une remarque au hasard ?

– Il est à terre pour faire des courses, Monsieur.

Quand Hoblyn descendit enfin dans le canot, Bolitho se sentit délivré d'un grand poids.

« Je donnerais cher pour savoir ce qu'il combine. »

Le lieutenant des fusiliers marins le regardait, impassible. Il annonça :

– Un canot de garde fera des rondes jusqu'à ce que toute la cargaison soit déchargée, Monsieur.

Bolitho le fixa à son tour. Un visage jeune, pas encore marqué. Les mots de Paice lui revinrent en mémoire : *Vous, vous êtes un guerrier !* Était-ce donc là l'opinion qu'ils avaient de lui ?

– Bien. Et veillez, je vous prie, à ce que vos hommes n'en profitent pas.

Le jeune homme eut un sursaut indigné.

– Vous savez, on dit que même les fusiliers marins ont le gosier en pente.

Il vit le canot du *Télémaque* se ranger sous les porte-haubans :

— Je compte sur vous, Lieutenant.

Pendant le court trajet jusqu'au cotre au mouillage, il remarqua que les nageurs l'observaient à la dérobée. Pourquoi ne le regardaient-ils pas en face ? Était-ce crainte ou respect ? Ou bien ils le prenaient pour modèle, afin de calquer leur conduite sur la sienne. Paice l'accueillit à la coupée et le salua en portant la main à son bicorne :

— Tous les blessés ont été évacués, Monsieur. Malheureusement, l'un d'eux venait juste de mourir.

Le lieutenant se dandinait d'un pied sur l'autre, mal à l'aise :

— Un certain Whichelo, mais ce nom ne vous dira rien.

— Whichelo ? Mais si, parbleu ! C'est lui qui se tenait à découvert à côté de son canon ! Cela me fait de la peine qu'il ait payé la leçon de sa vie.

Bolitho s'avançait vers la descente.

— Puis-je disposer un moment de votre écrivain, ou bien est-il retenu par ses fonctions de commissaire ?

D'habitude, Allday se trouvait là, attentif et disponible, au pied de la descente.

Bolitho se tourna pour descendre à reculons. Il avait le soleil dans les yeux.

— Après quoi nous lèverons l'ancre, monsieur Paice.

Paice demeura perplexe quelques instants. Comment Bolitho pouvait-il rester si serein après ce qui venait de se passer ? Il n'était avec eux que depuis quelques jours et il avait déjà retenu le nom d'un simple matelot ! Paice serra ses énormes poings. Il venait de recevoir une leçon – mieux : un avertissement. Était-il entré trop jeune dans la Marine ? Tout ce qu'il avait vu et fait depuis son premier embarquement en qualité d'aspirant, à l'âge de douze ans, avait émoussé sa sensibilité et sa pitié.

Paice fendit les groupes de marins occupés aux réparations pour aller chercher Godsalve, l'écrivain. Il ne se doutait pas que l'officier supérieur qui venait de le troubler de la sorte était à genoux dans sa petite cabine, tenant à la main, comme un talisman, l'ébauche d'une maquette.

Un *guerrier*, vraiment ?

Allday fit le tour d'un appentis en bois, à la recherche d'un objet quelconque qui pût lui servir d'arme.

Tout l'après-midi, les six prisonniers avaient marché sous escorte armée sur la route de Sheerness. Au crépuscule, l'aspirant Fenwick, qui commandait le détachement, avait ordonné une halte dans une petite auberge où on l'avait reçu sans chaleur, mais comme un habitué. Les cinq autres prisonniers avaient été escortés vers une dépendance et enchaînés, pour plus de précaution. Quant à Allday, on l'avait mis à part, sûrement à cause de sa qualité de voilier.

Il revint s'asseoir sur une caisse. « Les dés sont jetés », songeat-il vaguement. Il avait entendu l'aspirant expliquer aux racoleurs, un peu trop fort peut-être, pourquoi il le séparait des autres.

Plus tard, l'homme qui avait tout manigancé vint le trouver avec de l'eau et un quignon de pain.

– C'est tout ?

Allday avait remarqué que l'homme sentait le rhum, et rien n'aurait pu le réconforter davantage qu'une petite rasade.

Cette réclamation fit sourire le maître :

– Les autres n'ont rien eu du tout !

Allday risqua quelques questions au sujet de sa prétendue fuite : comment l'aspirant allait-il s'en expliquer avec ses supérieurs ? Le canonnier leva sa lanterne pour l'examiner de plus près :

– T'occupe ! Tu causes trop. Rappelle-toi simplement ce que je t'ai dit !

Si seulement il pouvait mettre la main sur un poignard ou un sabre d'abordage… Qui sait s'ils n'avaient pas percé à jour son fragile stratagème ? Il craignait même d'avoir été reconnu. Dans ce cas, on l'isolait pour le supprimer une fois la nuit tombée.

En mer, Allday pouvait estimer l'heure à d'infimes indices, comme l'angle de gîte de la coque. Il avait aussi appris à se repérer à terre, d'après la position des étoiles et de la lune : c'est un berger de Cornouailles qui lui avait transmis ce savoir, tout en veillant sur ses moutons, la nuit.

Mais comment mesurer le temps, enfermé dans cette hutte obscure ? Il se sentait de plus en plus mal à l'aise.

Il se demanda à quoi Bolitho s'occupait. Il s'inquiétait pour lui :

arrivait-il à se débrouiller? Mais agir était devenu nécessaire. Il entendit un frôlement dehors et se leva d'un bond.

Le moment de vérité? Son cœur cognait dans sa poitrine, il essayait de maîtriser sa respiration.

S'ils étaient venus l'assassiner, il se jura de ne pas faire seul le voyage. Par la fente de la porte, il aperçut la lumière d'une lanterne. On tira le verrou, puis un matelot entrebâilla la porte. Derrière la lanterne, Allday aperçut les revers blancs de l'uniforme de l'aspirant. Il ressentit la tension qui régnait tout à coup. Même le matelot n'avait pas l'air dans son assiette.

– Prêt?

Allday sortit et manqua de tomber quand on aveugla la lanterne.

– Restez ensemble, chuchota l'aspirant.

Puis, s'adressant à Allday :

– Quant à toi, un geste de travers et je t'embroche, par le ciel!

Allday suivit l'aspirant, les yeux fixés sur ses bas blancs. Ce n'était sûrement pas la première fois qu'il était mêlé à ce genre d'expédition. Ils coupèrent par un terrain accidenté à travers taillis et broussailles; on sentait l'odeur des vaches dans un pré tout proche. Ayant escaladé un muret de pierres sèches, ils approchèrent de la masse compacte d'un bosquet obscur qui se découpait sur le firmament. Allday n'avait entendu aucun racoleur les suivre. Soudain il se raidit; il avait mal au dos à force d'attendre la pointe de l'épée qui le transpercerait. Ce n'était que le matelot qui avait trébuché. L'homme étouffa un juron et ils continuèrent leur marche dans l'obscurité, s'enfonçant entre les arbres comme dans une armée de géants silencieux.

Le souffle de l'aspirant se fit plus saccadé; il devait se sentir coupable, ce qui aggravait encore ses appréhensions.

– On est allés assez loin! déclara l'aspirant Fenwick en levant le bras. C'est ici!

Allday vit qu'il s'était arrêté près d'une souche à demi carbonisée. Le point de rendez-vous. Combien d'hommes avaient déjà été vendus là? Le matelot cracha par terre; un pistolet brillait à sa ceinture; il tenait aussi un sabre d'abordage au poing, prêt à intervenir. Allday tendit l'oreille. Il croyait entendre le grincement d'un harnais, c'est donc que l'on avait pris soin d'emmitoufler les sabots des chevaux. Où était-ce ? Il écarquillait les yeux, cherchant à percer l'obscurité. Il eut la surprise d'entendre une voix à quelques pas :

— Tiens, tiens, monsieur Fenwick ! De nouveau de sortie ?

Allday tendait l'oreille. Le ton ironique et la douceur de la voix révélaient une certaine éducation. Pas d'accent reconnaissable, pourtant, et Dieu sait qu'il en avait entendu dans les différents postes d'équipage qu'il avait hantés.

— J'ai envoyé un message, balbutia Fenwick.

— Je l'ai reçu. Un voilier, disiez-vous ?

— Oui, un voilier, répéta Fenwick.

Un écolier qui tremblait devant le maître.

— Pas de bêtise, hein ?

— Juste un détail...

Fenwick claquait si fort des dents que c'était à peine si on comprenait ses paroles. L'inconnu prit un ton cinglant :

— Quoi ? Vous montez les prix ? Grave erreur... Je dirais même : votre dernière erreur !

Fenwick ne trouvait plus la force de rien dire.

Allday regardait les ombres. Il s'amusait. L'aspirant avait-il des dettes de jeu, ou était-il victime d'un chantage ? Soudain il se raidit, ses cheveux se hérissèrent sur sa nuque. Quelqu'un avait trébuché, quelque part sur sa gauche : le bruit d'une chaussure raclant le gravier. Il ne pouvait voir personne, mais il sentait qu'ils étaient cernés par une troupe nombreuse cachée au milieu des arbres. Fenwick avait dû s'en apercevoir, lui aussi, car tout à coup il s'écria :

— A l'aide ! C'est lui !

Allday se ramassa, prêt à bondir. Puis il comprit que Fenwick désignait le matelot en armes.

— Qu'a-t-il fait ?

La voix était cassante, à présent.

— Il... Il trafique dans son coin, il n'en réfère pas à moi. Je me suis souvenu de ce que vous aviez dit, de la façon dont c'était organisé...

Il ne contrôlait plus le flot de ses paroles.

— Jetez vos armes, tous les deux ! ordonna l'homme.

Aucun des deux ne bougea, mais Allday entendit le cliquetis des chiens que l'on armait. En face, deux ombres se détachèrent, armées de poignards ou de sabres d'abordage.

Le marin jeta son épée par terre, puis son pistolet :

— Il ment! grogna-t-il. Ah! le beau gentilhomme! Ne croyez pas ce qu'il raconte!

Allday attendait. Dans la voix du marin, l'angoisse le disputait à l'insolence.

— Et toi, Spencer, interrogea la voix, si tel est bien ton nom, que fais-tu ici?

— Je rembourserai ma désertion en travaillant, Monsieur.

— Monsieur Fenwick, quelle situation avez-vous laissée derrière vous, à l'auberge?

Fenwick sembla pris de court par le changement de ton. Son interlocuteur invisible semblait à présent détendu, presque jovial :

— Je... Je pensais que nous pourrions dire que Spencer s'était enfui...

— Qu'est-ce que je vous disais? intervint le matelot, écœuré.

— J'ai une meilleure idée.

On entendit un grincement, comme si l'homme se penchait à la fenêtre d'une voiture :

— Pour que la fuite de ce prétendu voilier soit crédible, il nous faut une victime, n'est-ce pas? Par exemple le cadavre d'un pauvre marin qui aurait essayé de s'interposer...

Deux ombres bondirent en avant. Le matelot gémit de douleur tandis qu'on le forçait à tomber à genoux.

— Tiens!

Allday sentit qu'on lui fourrait dans la main la froide poignée d'un sabre d'abordage.

— Spencer, déclara l'homme calmement, tu vas prouver ta loyauté vis-à-vis de la Confrérie. Ainsi, vous serez plus liés que jamais à nos affaires, toi et le fringant aspirant que voilà.

Allday regarda la silhouette agenouillée. Les autres s'écartaient. Le sabre d'abordage, au bout de son bras, semblait peser une tonne, et sa bouche était toute sèche :

— Tue-le!

Allday s'avança d'un pas. A cet instant, le matelot se jeta de côté, cherchant à attraper le pistolet qu'il avait jeté à terre. Une détonation retentit, suivie d'un éclair qui, comme dans un cauchemar, illumina les silhouettes réunies près de la souche calcinée. Tout s'était déroulé en quelques secondes. Allday grinça des dents en voyant le pistolet retomber sur le sol : la main de celui qui avait tiré était toujours serrée sur la crosse, mais tranchée d'un coup de sabre au niveau du poignet. L'homme continuait à se rouler sur l'herbe en hurlant. Son agresseur leva de nouveau son arme et le cloua au sol avec une telle force qu'on entendit la lame se ficher en terre après avoir traversé le torse.

Le silence retomba. Les chevaux, énervés par ce remue-ménage, frappaient le sol de leurs sabots emmitouflés. Dans le lointain, un chien de ferme aboya. Quelque part, des roues de fer s'avançaient sur un chemin charretier.

Près du cadavre, l'homme se pencha pour ramasser le sabre d'abordage, mais il ne toucha ni au pistolet ni à la main coupée.

Il regarda Allday, qui ne pouvait voir l'expression de son visage :

– Ton tour viendra. Et vous, ajouta-t-il à l'adresse de Fenwick. Voici une bourse pour votre table de jeu.

La voix était chargée de mépris.

– Vous pouvez donner l'alarme dans une heure. A moins qu'une sentinelle n'ait entendu le coup de feu de cet imbécile. On ne sait jamais.

Fenwick vomissait, appuyé à un arbre. L'homme enchaîna avec douceur :

– Je l'aurais bien achevé moi-même, mais…

Laissant sa phrase en suspens, il regarda Fenwick ramasser les armes et la bourse. Puis il ajouta :

– Nous ferions mieux de partir à présent.

Peut-être souriait-il.

– Garde donc ce sabre d'abordage, tu risques d'en avoir besoin.

Allday jeta un dernier coup d'œil au cadavre. Fenwick serait-il la prochaine victime ? Il suivit l'homme à travers le bosquet. Les autres ombres s'étaient déjà mises en mouvement.

Allday avait déjà tué à plusieurs reprises, sous l'effet de la colère, dans la fureur de la bataille, ou encore pour prendre la défense de quelqu'un. Pourquoi les choses, cette fois, avaient-elles été si différentes ? Serait-il vraiment allé jusqu'au meurtre de ce matelot pour prouver sa bonne foi, si l'autre ne l'avait devancé ?

Il ne savait pas. Il décida d'attendre pour examiner la question que tout danger fût écarté.

Comme la roue du destin tournait vite. Tout à l'heure, l'aspirant s'apprêtait à donner l'alarme, bientôt on découvrirait le cadavre. Un simple matelot assassiné par un déserteur en fuite, du nom de Spencer.

Allday repensa à l'invisible inconnu dans sa voiture. Si seulement il pouvait découvrir son nom ! Il s'ébroua comme un chien. Une chose à la fois. Pour l'instant, il était encore en vie. Et la roue tournait vite.

VII

REPOS EN BONNE COMPAGNIE

Le lieutenant Charles Queely dégringola la descente du *Wakeful* et, après une courte hésitation, ouvrit à la volée la porte de la cabine. Bolitho lisait le journal de bord, assis à la table, le menton dans la main.

Il leva les yeux :

– Bonjour, monsieur Queely.

Queely s'efforça de cacher sa surprise : il s'était attendu à trouver Bolitho endormi, non pas occupé à vérifier ses livres et à examiner les cartes.

– Je... Je vous prie de m'excuser, Monsieur. Je descendais vous informer que l'aube approche.

Il fit du regard le tour de la cabine, cherchant d'éventuels changements. Bolitho s'étira :

– Je ne refuserais pas une goutte de café, puisque vous insistez.

Queely se demanda par-devers lui comment Bolitho n'était pas plus fatigué. Il s'était accordé un bref moment de repos à bord du *Télémaque* puis, quand celui-ci était arrivé en vue de l'autre cotre, il avait organisé son transbordement sans délai ni explication.

D'habitude, Queely savait garder pour lui ses sentiments et, malgré son jeune âge, jouer avec aisance son rôle de commandant. Mais l'arrivée inattendue de Bolitho l'avait pris au dépourvu, ainsi que le spectacle du *Télémaque* à la cape, maculé de traînées de poudre et montrant les taches claires des bordés que ses charpentiers s'occupaient à remplacer.

– Vont-ils retourner en cale sèche, Monsieur ? avait demandé Queely.

– Je ne le pense pas. Comme je l'ai dit au lieutenant Paice, il vaut mieux effectuer les réparations avec les moyens du bord, même si les morts et les blessés n'ont toujours pas été remplacés. Ce genre d'expérience a le mérite de souder l'équipage ; ainsi les hommes n'ont pas le temps de se lamenter.

Queely avait été choqué par l'étendue des dégâts. Aussitôt il poursuivit :

– Je n'étais pas du tout au courant, Monsieur. J'ai effectué ma patrouille conformément à vos ordres et, une fois hors de portée de vos signaux, j'ai décidé de rester à ma station.

C'était hier. Aujourd'hui, après toute une nuit de voile et en dépit des bordées tirées contre le vent, ils avaient été dépalés vers le sud-est. Ainsi Queely n'avait rien su de leur engagement rapproché contre le *Four Brothers*... Tout à fait possible, en effet. Avec sa physionomie studieuse, son nez crochu et ses yeux enfoncés, il semblait homme à se faire aisément une idée personnelle de la situation, et à s'y tenir. *J'ai décidé de rester à ma station.* A sa place, Bolitho aurait fait de même.

Comme Queely ouvrait la porte pour demander du café, Bolitho jeta de nouveau un coup d'œil autour de lui. Le *Télémaque* et le *Wakeful* avaient été construits dans le même chantier à quelques années d'intervalle : pourquoi étaient-ils à ce point différents ? Même dans la cabine régnait une impression de désordre délibéré, ou d'occupation provisoire. Apparemment, Queely considérait le *Wakeful* comme un outil de guerre, rien de plus. Les uniformes suspendus à des crochets se balançaient au rythme du roulis. Épées et armes de poing s'entassaient pêle-mêle dans un coffre entrouvert. Seul le sextant de Queely était en bonne place, soigneusement coincé à l'angle de sa bannette : quel que fût le temps, il ne risquait pas de tomber.

Lui revinrent les protestations muettes de Paice, quand il lui avait ordonné de reprendre la mer sans délai, après la première bataille du *Télémaque*. Bolitho avait-il donné cet ordre pour la raison expliquée à Queely ou de crainte que l'équipage en bordée à terre n'allât se montrer bavard au sujet d'Allday ?

En admettant qu'Allday fût toujours en vie... Il se passa les doigts dans les cheveux avec un sentiment de paix et de désespoir. Oui, il était vivant. Il fallait qu'il fût vivant.

La porte de la cabine s'ouvrit sur le jeune Matthew qui portait une cafetière. Son visage rond avait de nouveau perdu ses belles couleurs, sa peau semblait moite et pâle. Les mouvements du navire le rendaient toujours malade. C'était d'ailleurs une autre différence notable entre les deux cotres : Paice menait son *Télémaque* en marin avisé, tandis que Queely forçait sa monture avec impatience, conformément à son caractère.

Bolitho songea au second de Queely, un frêle lieutenant du nom de Kempthorne. L'homme descendait d'une longue lignée d'officiers de marine; son propre père avait fini contre-amiral. Bolitho soupçonnait Kempthorne de s'être enrôlé dans la Marine par obéissance aux traditions familiales plus que par choix personnel. Queely et lui, c'était le jour et la nuit : on aurait eu de la peine à trouver le moindre point commun entre les deux officiers.

Et tous ces livres ! Bolitho n'en avait jamais vu autant, et à ce point usés, ailleurs que dans une bibliothèque publique. Les titres lui apprirent que Queely se passionnait pour une foule de disciplines qui allaient de la médecine tropicale à l'astronomie, des religions orientales à la poésie médiévale. Un introverti, Queely. Un homme indépendant. Il ne serait pas inutile d'en apprendre plus long sur son compte.

Bolitho dévisagea le garçon par-dessus le bord de sa moque :

– Tu te sens un peu mieux, Matthew ?

Le jeune garçon déglutit et s'agrippa à la table. Une vague déferlant sur le pont arracha de furieux éclats de voix aux hommes de quart près de la barre.

– Un peu, Monsieur.

Au désespoir, il regarda Bolitho boire son café :

– Je... Je fais ce que je peux.

Se détournant brusquement, il s'enfuit de la cabine. Bolitho poussa un soupir et endossa son vieux caban, dont il tripota un instant la manche défraîchie et les boutons ternis. Il revit les épaules de Viola, brûlées par le soleil, son joli corps appuyé contre le sien dans la chambre d'embarcation. Et après...

Un coup de roulis manqua le faire tomber. Son crâne cogna contre un barrot, mais c'est à peine s'il remarqua la douleur. Il sentait la colère monter en lui comme une vague furieuse. « Cette obsession ne me quittera donc jamais ? »

Apercevant dans l'encadrement de la porte le visage inquiet de Queely, il détourna les yeux :

– Oui ?

Avait-il crié le prénom de Viola ? Elle ne pouvait plus l'entendre. Des images le hantaient : le cadavre soulevé par Allday et glissant par-dessus le plat-bord sous le regard incrédule des autres, leurs traits décomposés par la douleur, comme si cette mort avait arraché à chacun une part de lui-même. Et maintenant, Allday aussi avait disparu.

– Terre en vue, Monsieur, annonça Queely.

Ils escaladèrent les marches. La descente ruisselait d'embruns chaque fois que le *Wakeful* enfournait jusqu'à l'étrave son beaupré dans une vague.

Bolitho empoigna une batayole et attendit : ses yeux allaient s'accoutumer à la pénombre. Le ciel presque dégagé annonçait une belle journée. Les hommes de quart au travail compensaient sans effort par l'inclinaison de leur corps les coups de roulis et de tangage. Certains portaient des cirés improvisés en toile à bâche, d'autres étaient torse nu, dont la peau brillait comme du marbre. Les durs à cuire de l'équipage, les vieux bat-la-houle. Il y en avait sur tous les navires.

Bolitho se demanda un instant ce que ces hommes pensaient du *Four Brothers*. Ils n'avaient pas eu de contact avec le *Télémaque* jusqu'à la veille, mais lui savait par expérience que, dans la Marine, les nouvelles circulaient à leur façon. Le vrai et le faux se transmettaient d'un navire à l'autre en moins de temps qu'il n'en fallait pour apercevoir un pavillon une fois qu'il était hissé aux drisses d'un navire amiral.

– Pouvez-vous vous fier à vos vigies ?

Queely, qui se trouvait à deux pas en arrière, lui lança un regard glacé :

– Oui, Monsieur.

– Envoyez quelqu'un dans les hauts avec une longue-vue, je vous prie.

Bolitho ignora le coup d'œil furieux de Queely à son second et s'empara d'une lorgnette dans l'équipet, à côté du compas. Il en essuya méticuleusement les lentilles avec un mouchoir déjà trempé d'embruns et précisa :

– Je voudrais qu'ils ouvrent l'œil, ce matin.

Inutile de se répandre en éclaircissements. Cela suffisait pour donner à réfléchir au commandant.

Il attendit qu'une série de vagues plus escarpées fût passée sous la coque du cotre et, bien en appui sur ses jambes écartées, il braqua sa longue-vue au-delà des haubans. Il aperçut d'abord une ombre, puis il vit une silhouette se dessiner quand la coque se souleva : c'était la terre. Il s'essuya la bouche et tendit la longue-vue à Kempthorne.

La France.

Si proche. Le vieil ennemi. Apparemment la même sous la faible lueur de l'aurore, et pourtant si différente, ensanglantée par la Terreur. Il entendit le maître soupirer :

– Nous sommes un peu près.

Queely empoigna son porte-voix et s'adressa à la vigie :

– Tu vois quelque chose ? Réveille-toi, mon gaillard !

Il devait considérer comme un gâchis le fait d'envoyer une précieuse longue-vue en tête de mât, d'où elle risquait de redescendre au plus vite.

– Rien, Monsieur !

Queely regarda Bolitho :

– Je ne m'attends guère à trouver de navire par ici, Monsieur. Les Grenouilles font des patrouilles de la frontière hollandaise jusqu'au Havre. La plupart des capitaines évitent d'attirer leur attention. C'est plus prudent.

Bolitho s'avança jusqu'au pavois, songeant à Delaval et au capitaine du *Four Brothers,* mort à présent. Les patrouilles n'avaient pas l'air d'empêcher les contrebandiers de circuler.

– Les Français, expliqua Queely, ont pour politique d'arraisonner les navires, Monsieur. Ils les fouillent et les mettent sous séquestre. On a signalé comme ça la disparition de plusieurs bateaux, et ce n'est pas Paris qui vous fournira des explications...

Hochant la tête, il ajouta :

– Je ne voudrais pas vivre là-bas. Pour tout l'or du monde.

Bolitho répondit calmement :

– Alors, nous devons faire en sorte que cela ne puisse arriver ici, n'est-ce pas, monsieur Queely ?

– Sauf votre respect, Monsieur, je dois dire que ce ne sont pas nos efforts qui vont empêcher les contrebandiers de dormir. A moins qu'on ne mette de nouvelles unités à notre disposition. Nos bateaux se comptent pratiquement sur les doigts d'une main. Maintenant qu'ils savent ce que rapporte la contrebande, les matelots qualifiés deviennent presque introuvables.

Bolitho passa près du timon vibrant où trois timoniers s'arc-boutaient. A côté d'eux, un maître principal ne quittait des yeux le compas que pour surveiller le faseyement de la grand-voile sous le pic.

– Voilà pourquoi nos trois cotres doivent sortir de conserve.

Bolitho vit le jeune Matthew descendre comme une flèche jusqu'au pavois sous le vent et s'affaler sur la lisse pour vomir. Il avait pourtant l'estomac vide depuis longtemps. Un matelot qui passait se mit à rire, l'attrapa par la ceinture et le réprimanda :

– Attention, bébé ! C'est profond par ici !

Bolitho les regardait sans les voir, il pensait au *Télémaque* :

– Vous êtes tous uniques. Votre confiance et le dévouement de vos hommes sont un exemple pour tous les autres.

Queely le regarda et dit :

– Vous avez jeté un coup d'œil au journal de bord, Monsieur ?

– Est-ce une question ?

Bolitho sentait qu'un peu d'eau de mer s'infiltrait par le col de sa chemise, il gardait les yeux fixés sur la côte à peine visible.

– Chaque fois que j'ai eu l'honneur de prendre le commandement d'un navire, j'ai commencé par consulter en détail le registre des punitions. Cela me donne une idée assez précise des méthodes de mon prédécesseur et de l'état d'esprit de mon équipage. Vous pouvez vous féliciter. Vos hommes obéissent. Vous n'avez pas besoin de sévir.

Queely hocha la tête, perplexe :

– Bien sûr, Monsieur.

Bolitho ne tourna pas les yeux vers lui. Il savait que l'appréciation avait pris Queely de court.

Quelques matelots bavardaient en lovant des drisses.

– Silence ! hurla Queely.

Il leva le bras :

– Écoutez, morbleu !

Bolitho se croisa les mains dans le dos. On entendait de petites détonations sèches, comme des coups de masse sur une enclume. Des pièces d'artillerie de petit calibre, mais un feu roulant.

– Ça vient d'où ?

– De l'arrière, par la hanche tribord ! répondit aussitôt le maître principal.

Les autres le toisèrent, incrédules. Il s'énerva :

– J'en mets ma main à couper, Monsieur !

– La mienne aussi ! approuva Bolitho.

Queely se hâta vers le compas :

– Que dois-je faire, Monsieur ?

Bolitho tourna un peu la tête pour entendre une nouvelle série de détonations dont l'écho se répercuta sur l'eau.

– A virer de bord vent devant !

Il rejoignit Queely près du compas.

– Avec ce vent, nous pouvons faire route directe au sud-ouest.

Il réfléchissait tout haut : il avait de nouveau l'impression d'être à bord du *Télémaque*. Personne n'avait élevé d'objection, personne non plus ne comprenait le bien-fondé de sa décision.

– A ce cap, observa Queely, nous ne tarderons pas à entrer dans les eaux territoriales françaises.

Bolitho regarda la grand-voile bien tendue, et la façon dont la longue bôme oscillait au-dessus de l'eau, comme habitée par une vie propre :

– Peut-être bien. Nous verrons.

Leurs regards se croisèrent. Il ajouta :

– Après tout, il semble bien que nous ne soyons pas seuls sur l'eau, ce matin, n'est-ce pas ?

Queely serra les mâchoires puis lança un ordre sec :

– Tout le monde sur le pont, monsieur Kempthorne ! Pare à virer vent devant !

Il défia du regard le maître principal, comme si celui-ci lui avait causé une contrariété :

– Nous ferons route au sud-ouest.

– A vos ordres, Commandant ! acquiesça l'autre sur le ton le plus neutre.

Bolitho se dit que Kempthorne devait avoir l'habitude des sautes d'humeur de Queely.

– Pare partout !

– Dessous la barre !

Bolitho se rattrapa au hiloire de la descente pour garder l'équilibre. On larguait les écoutes des voiles d'avant. Foc et trinquette claquaient dans un désordre sauvage. Le *Wakeful* vint dans le vent et retomba sous les amures opposées.

– A border la grande écoute !

Bolitho essuya les embruns qui lui avaient arrosé le visage et les cheveux. Il aurait juré que le long mât de flèche ployait d'un bord et de l'autre comme le fouet d'un cocher.

L'impatience de Queely n'avait d'égale que la susceptibilité de Paice :

– Rencontrez ! Comme ça ! Comme ça, j'ai dit, Nom de Dieu !

Le *Wakeful* se cala à la gîte sous ses nouvelles amures, répondant parfaitement au vent et à la barre. La bonne brise de nord-est gonflait ses voiles comme un blindage. Le cotre courait plein vent arrière, ses mouvements se firent plus doux.

– Sud-ouest ! Sud-ouest, Monsieur !

Tout raide, Bolitho s'avança jusqu'au pavois bâbord. Les premiers rayons du soleil venaient d'effleurer la terre. On aurait cru pouvoir la toucher : une illusion due au jeu de la lumière et des couleurs, fréquente en navigation côtière.

Bolitho tentait d'ouvrir une lorgnette quand la voix de la vigie retentit :

– Holà ! du pont ! Voiles en vue par la joue bâbord !

L'homme était hors d'haleine, comme si la violence de la manœuvre avait failli le précipiter en bas.

Bolitho braqua sa lorgnette dans la direction annoncée : rien. Rien que les crêtes des vagues. Puis il aperçut de petits navires, trois probablement. Un seul utilisait son artillerie. Porté par l'eau, le bruit des détonations lui parvenait à travers les bordés de pont, sous ses pieds, ébranlant la carène du cotre comme des chocs répétés contre des bois flottants.

– Holà, du pont ! C'est une chasse, Monsieur ! Ils font route au sud-ouest.

Bolitho essayait de se représenter la scène. Une chasse... Ils avaient le même vent, ce vent qui gonflait les voiles du *Wakeful* avec un bruit de tonnerre. Quels pouvaient être ces navires ?

– Laissez porter de deux quarts, monsieur Queely. Faites route au sud-sud-ouest.

Il ignora délibérément la grogne muette de Queely :

– Envoyez toute la toile que le vent permet ! Je veux les rattraper !

Queely ouvrit la bouche, puis la referma sans mot dire. Ensuite, il fit signe à Kempthorne :

– Larguez le hunier !

Sous la pression de cette nouvelle voile, le cotre bondit, faisant éclater les courtes crêtes des vagues. Le bateau était superbe à cette allure. Bolitho eut une pensée fugitive pour son frère défunt : il était bien normal qu'il se fût attaché à son cotre, l'*Avenger;* si tant est qu'il se fût jamais attaché à rien... L'image s'estompa.

Bolitho regarda dans les hauts. Les rayons du soleil touchaient les voiles une à une ; la toile gorgée d'eau fumait à cette douce chaleur.

Les tirs continuaient. Quand il braqua de nouveau sa lorgnette, Bolitho vit que les voiles des trois bateaux accusaient une gîte plus prononcée : le navire poursuivi n'avait pas d'issue, il se rabattait vers la terre, quand sa destination initiale était le grand large. Un mouton effrayé serré de près par les chiens. Aucune chance.

– On les rattrape main sur main, Ted ! s'exclama une voix.

– Ils ne nous ont pas encore vus, renchérit une autre.

Les délinéaments de la côte se précisaient. On apercevait çà et là l'éclat d'une fenêtre ; un promontoire passait rapidement du violet au vert clair.

– Holà ! du pont !

Chacun avait oublié la vigie :

– Ce sont deux chasse-marée français ! Je ne suis pas sûr pour l'autre, mais il est en mauvaise situation. Des voiles perforées, le mât de flèche abattu !

Bolitho se mit à faire les cent pas. Deux chasse-marée. Peut-être à la poursuite d'un contrebandier :

– Si les Français le rattrapent, nous ne trouverons rien.

Il vit que les autres le regardaient :

– Faites force de voiles, monsieur Queely. Je veux m'interposer entre eux.

Queely adressa un signe de tête au maître principal et murmura, furieux :

– On va se retrouver dans leurs eaux territoriales avant une demi-heure ! Ça risque de ne pas leur plaire.

Et il abattit sa dernière carte :

– Pas plus qu'à l'amiral, j'imagine...

Bolitho regarda les gabiers se précipiter dans les enfléchures ; leurs pieds calleux dansaient comme des pagaies sur les échelons tremblants :

– Fort heureusement, monsieur Queely, l'amiral est à Chatham.

Il lança un regard circulaire sur la mer. De nouvelles détonations retentissaient sur les vagues :

– Tandis que nous, nous sommes ici.

– Je suis en droit d'élever une protestation, Monsieur.

– Et vous avez le devoir de combattre si nécessaire, sans arrière-pensée.

Et il tourna les talons, furieux que Queely l'eût contraint à faire usage de son autorité quand il n'attendait de lui qu'une collaboration amicale.

– L'un d'eux nous a aperçus, Monsieur !

Un des chasse-marée, qui avait lofé, bordait toutes ses écoutes pour remonter au vent en direction du *Wakeful*.

Queely observa sa manœuvre d'un œil glacial :

– Branle-bas de combat !

Kempthorne quitta le pied du grand mât et accourut à l'arrière pour prendre ses ordres :

– Monsieur ?

– Préparez-vous à réduire la toile.

Bolitho le toisa de l'autre côté du pont ; il sentait ses réticences, sa résistance :

– Envoyez-moi votre canonnier à l'arrière, je désire lui parler.

Quelqu'un toucha son uniforme par derrière. Se retournant, il vit le garçon qui le regardait, lui tendant à deux mains sa vieille épée. Bolitho le saisit par l'épaule :

– Bravo, Matthew !

L'enfant cligna des yeux et observa les hommes qui se préparaient activement à la bataille, larguant les bragues des pièces d'artillerie sans gêner les gabiers qui halaient sur les drisses et les bras. Il ne s'étonnait plus de grand-chose à bord et n'était plus excité comme au début. Ses lèvres tremblaient. Bolitho devinait que c'était de peur, et pourquoi. Mais il avait la voix suffisamment assurée. Bolitho était le seul à savoir ce qu'il lui en coûtait. L'enfant l'aida à mettre son ceinturon et expliqua :

– C'est lui qui aurait dû le faire, Monsieur. C'est ce qu'il aurait attendu de moi.

De nouveau, l'ombre d'Allday.

Luke Teach, le canonnier du *Wakeful*, attendait patiemment que Bolitho en eût fini avec ses explications. C'était un homme trapu, d'aspect féroce, originaire du port de Bristol. Il se vantait, disait-on, de descendre en ligne directe d'Edward Teach, alias Barbe Noire. Ce dernier, également natif de Bristol, avait commencé une brillante carrière de corsaire avant de se lancer dans la piraterie.

Bolitho n'avait aucun mal à croire à cette hérédité : avec des joues aussi noires, et pour peu que le règlement de la Marine ne s'y fût point opposé, le canonnier aurait pu se laisser pousser une barbe propre à faire oublier celle de son redoutable ancêtre.

– J'ai l'intention, annonça Bolitho, de venir entre les chasse-marée et le navire qu'ils poursuivent. Il se peut que les Français nous laissent faire, mais dans le cas contraire…

Teach le salua en touchant de la main son chapeau goudronné :

– Je m'occuperai d'eux, Monsieur.

Et il tourna les talons, appelant des hommes à tue-tête. Mieux que quiconque, il connaissait leurs aptitudes respectives.

– Ce bateau est en mauvaise posture, Monsieur, dit Queely.

Il ne quittait pas des yeux les servants qui s'activaient en préparatifs autour des caronades.

– Je crains que nous n'arrivions trop tard.

Bolitho braqua derechef sa lorgnette sur les trois navires. Les chasse-marée ne devaient pas être rassurés de voir approcher ce cotre anglais. Ils avaient beau faire partie de la marine de guerre française et maîtriser la manœuvre à la perfection, ils n'avaient guère l'expérience des engagements rapprochés. Leurs équipages devaient être recrutés localement, comme celui du *Wakeful*. Bolitho observa le chasse-marée le plus proche, qui louvoyait en gîtant bas, tout dessus. Sur ses voiles tannées se détachait le nouveau pavillon français qui claquait à la corne de grand-voile : identique au pavillon traditionnel tout blanc, mais avec dans un angle un petit pavillon tricolore, moins connu.

Bolitho jeta un coup d'œil en l'air : Queely avait déjà montré ses couleurs. Le français, se dit-il, ne devait pas avoir eu besoin de voir le pavillon anglais pour identifier le cotre et sa mission.

Le bateau poursuivi avait perdu plusieurs espars et n'avait pratiquement plus d'erre. Il tirait en remorque des pièces de gréement et un canot renversé qui tendaient à le faire lofer. Un simple bateau de pêche, apparemment. Peu importait qu'il fût français ou anglais. Un contrebandier, à première vue. Bien peu d'agents du fisc osaient s'introduire dans le cercle très fermé des pêcheurs.

– Juste ciel ! s'exclama Kempthorne. Il est sévèrement touché.

Il était monté sur la grande écoutille pour mieux voir. Les coups au but se succédaient, certains touchant la coque, d'autres fracassant le gréement et déchirant les voiles.

– Mettez en batterie, monsieur Queely ! lança Bolitho, la main posée sur la garde de son épée.

Il regarda les servants des pièces rouler les affûts de manière à faire sortir les gueules des canons par les sabords ouverts. Ainsi le chasse-marée français comprendrait leurs intentions : le *Wakeful* montrait les dents, c'était on ne peut plus clair. Le chasse-marée vira de bord et laissa porter pour se rapprocher de sa conserve.

Teach, le canonnier, passait de pièce en pièce, à moitié accroupi comme un crabe. A chaque sabord, il se penchait pour mieux voir, donnant ses instructions au chef de pièce, déplaçant un anspect, bordant un palan de brague. Le *Wakeful* n'était pas un vaisseau de cinquième rang, mais il était prêt au combat.

– Les Grenouilles rompent le contact ! s'exclama Queely.

Bolitho croyait savoir pourquoi mais il ne dit mot. Soudain, une explosion violente, inattendue, secoua le bateau de pêche. Une longue flamme jaillit sur le pont; en quelques secondes, toutes ses voiles furent en cendres, tandis que brûlaient le gréement et les superstructures. Une embarcation s'éloignait de lui à force d'avirons : elle devait être précédemment remorquée à couple, du bord opposé à celui du *Wakeful*. Un chasse-marée fit feu de nouveau; le boulet passa juste au-dessus du petit canot pour aller s'abîmer en soulevant une haute gerbe.

Queely avait les yeux brillants de colère :

– Devons-nous ouvrir le feu, Monsieur?

Bolitho montra le bateau de pêche :

– Approchez-vous autant que possible. Je ne pense pas que...

La fin de sa phrase fut couverte par une nouvelle explosion : un boulet prit de plein fouet le canot en fuite. Quand les débris eurent fini de retomber, il n'y eut plus rien à voir.

– Les salauds ! lâcha Queely en se frappant la paume de la main.

– Réduisez la toile, je vous prie.

Bolitho orienta sa longue-vue vers le bateau de pêche qui coulait. Il aurait dû être déjà par le fond mais, par quelque mystérieuse exception au principe d'Archimède, il flottait encore, en dépit de l'incendie et des voies d'eau.

– S'il se produit une nouvelle explosion, souffla Kempthorne, nous courons les pires dangers.

– Je pense que nous savons tous cela, rétorqua Queely.

Et avec un regard mauvais à Bolitho :

– Moi, tout au moins.

Une détonation assourdie résonna dans le lointain, et une éternité plus tard, sur la surface de la mer, une imposante gerbe jaillit avant de retomber lentement, en pluie, autour de la coque qui sombrait. Un boulet, tiré à la limite de portée par une batterie côtière. De là, on devait suivre le drame avec de puissantes longues-vues. Probablement une pièce de trente-deux, canon d'une extrême précision, le plus gros calibre qui pût armer un navire de guerre. La portée de cette pièce servait des deux côtés de la Manche à déterminer la limite des eaux territoriales.

A la distance où se trouvait le *Wakeful*, un coup au but ne pouvait être que l'effet de la chance, mais un seul de ces énormes boulets de fer, même tout à fait en fin de course, aurait suffi pour démâter le navire ou éventrer ses œuvres vives comme un énorme bélier.

Voilà pourquoi les chasse-marée avaient rompu le contact : ce n'était pas seulement pour éviter le feu des caronades du cotre.

– Nous n'avons pas le temps de mettre le canot à l'eau, dit Bolitho. Préparez des grappins.

Il regarda les hommes qui n'étaient pas au service des pièces d'artillerie :

– Des volontaires pour se rendre sur l'épave.

Personne ne bougea. Puis un marin à moitié nu s'avança d'un pas :

– J'en suis, Monsieur !

Un autre se détacha du groupe :

– Moi aussi, Monsieur !

Une douzaine de mains se levèrent, dont celles de quelques servants.

Bolitho se racla la gorge : Allday aurait peut-être obtenu des volontaires en plus grand nombre, mais il n'était pas fâché de son modeste succès auprès de marins qu'il ne connaissait pas.

– A filer le pic !

Queely, les mains sur les hanches, se triturait furieusement la taille pour maîtriser son agitation :

– Sous hunier et foc à contre, monsieur Kempthorne, nous aurons suffisamment de toile !

Bolitho fendit le groupe des volontaires qui se préparaient. Ils lovaient les plets de leurs lignes et les amarraient aux grappins.

Le premier volontaire le regarda :

– Que devons-nous chercher, Monsieur ?

Le visage marqué d'un lutteur de foire. Ce gars-là rappelait à Bolitho le fidèle Stockdale, son premier patron d'embarcation, mort en couvrant ses arrières à la bataille des Saintes.

– Je n'en sais fichtre rien, aussi vrai que Dieu me voit.

Il se haussa sur le pavois et regarda l'épave, dangereusement proche. La mer alentour était couverte de poissons morts, de tonneaux éventrés, de débris carbonisés, d'épaves.

De nouveau une détonation étouffée. Un autre boulet fit un énorme plongeon à quelques mètres du naufrage. Une cible idéale pour le réglage du tir de l'invisible batterie côtière, ce bateau de pêche! Un arbre au milieu d'un champ de bataille!

L'impact du lourd boulet fit frémir l'épave. Bolitho entendit l'eau se ruer par les coutures des bordés ouverts par le choc.

– A vos grappins!

Quatre grappins crochèrent à différents niveaux de l'épave; en quelques secondes, les volontaires changèrent de bord, encouragés par leurs camarades. Tout le monde avait oublié les chasse-marée, sauf Teach et ses artilleurs triés sur le volet.

La batterie côtière fit feu derechef; une nouvelle gerbe arrosa le bateau de pêche qui enfonçait. Les matelots se regardaient, alarmés.

– D'un instant à l'autre, Monsieur, ils vont mettre un coup au but, fit Queely d'une voix rauque.

Le câblot d'un des grappins cassa avec un claquement de pistolet. L'épave enfonçait encore. Situation dangereuse, qu'il n'y avait pas lieu de prolonger.

– Larguez tout! Rappelez les hommes!

L'homme au visage marqué poussa un cri. Bolitho se tourna :

– Ici, Monsieur!

Il s'engagea en titubant dans la descente : l'eau qui envahissait la carène miroitait à l'intérieur comme du verre noir; si le bateau sombrait, rien ne pourrait empêcher le matelot d'être entraîné avec lui dans les profondeurs.

– Rappelez-le!

Bolitho retint sa respiration. L'homme ne tarda pas à réapparaître, transportant un corps inanimé sur son épaule nue – sans effort, apparemment.

– Nom de Dieu, souffla Queely, c'est une femme.

Des mains se tendirent pour les hisser vigoureusement à bord; l'épave enfonçait toujours. Un nouveau câblot cassa.

– Faites servir, monsieur Queely. Mettons ce bateau à l'abri du danger.

Un autre boulet arriva en vrombissant et toucha l'épave sous la surface de l'eau.

– A étarquer la drisse de pic! Du monde dans les hauts!

Le *Wakeful* reprit de l'erre, écartant épaves et poissons morts sous son long beaupré.

Quand Bolitho regarda de nouveau en arrière, le bateau de pêche avait disparu. Il s'avança lentement entre les matelots silencieux, puis reçut un choc en découvrant la femme qui gisait sur le pont. Ce n'était qu'une jeune fille, vêtue de lourds habits rustiques, un châle grossier noué sous ses longs cheveux. Elle avait un pied nu, l'autre encore enfoncé dans un sabot de bois.

Personne ne disait mot. Queely s'approcha. Ayant d'un regard interrogé Bolitho, il s'agenouilla près d'elle.

– Elle est morte, Monsieur, dit l'homme qui l'avait ramenée à bord.

Il semblait en état de choc. Il devait se dire qu'il s'était exposé en vain. Bolitho examina l'expression de la jeune fille. L'eau de mer qui s'échappait de ses yeux fermés faisait songer à des larmes ; elle semblait endormie, en proie à un affreux cauchemar. Sûrement la fille d'un malheureux pêcheur surprise dans un affrontement qui ne la concernait en rien. Bolitho, qui regardait toujours pensivement les traits pâles de son visage, songeait au moment où le corps de Viola avait été confié à la mer.

Queely déboutonna le chemisier de la jeune fille et fourragea autour de son sein gauche.

On n'entendait d'autre bruit à bord que le souffle du vent.

Queely retira sa main et remit avec précaution de l'ordre dans les vêtements humides.

– Elle est bien morte, Monsieur.

Il leva la tête d'un air chargé d'ennui :

– Dois-je la faire passer par-dessus bord ?

Bolitho s'avança d'un pas ; il gardait les mains serrées si fort dans son dos que ses articulations craquaient :

– Non. Pas encore.

Il considéra tous les visages tournés vers lui.

– Faites-la coudre dans un morceau de toile à voile.

Accroupi sur le pont, il toucha les cheveux trempés. Ils lui firent penser à des algues. Puis, notant le pied nu qui dépassait de la robe :

– Qu'est-ce que c'est que ça ?

Queely se retourna vers lui. Il était occupé à vérifier le réglage des voiles et le cap suivi par les timoniers, tout en s'assurant qu'il n'y avait plus de chasse en cours, ni de menace venant de la batterie côtière.

– Pardon, Monsieur ?

Bolitho avec effort se saisit de la fine cheville, froide comme de la glace. La peau de la jeune fille portait des ecchymoses, la chair était à vif. On eût dit des marques laissées par des fers.

– C'est à cause des sabots de bois, Monsieur, expliqua Queely. Ça marque le talon. Regardez l'autre pied.

– Oui, je vois.

Bolitho avait envie de cacher sous un drap les souffrances de cette malheureuse. Puis il leva les yeux vers le lieutenant, de l'autre côté du cadavre :

– J'aurais dû le comprendre.

Sans tenir compte de la surprise de Queely, il prit le pied nu entre ses doigts. C'était tout ce qu'il pouvait faire pour se retenir de pleurer au souvenir qui le traversait.

Le pied était souple ; ce n'était pas là la cheville d'une personne vivant en mer. La peau était trop fine pour avoir connu la rude chaussure de bois. On songeait plutôt à des temps heureux, à des rires et des danses. Il pencha la tête, presque jusqu'à frôler celle de la fille :

– Approchez.

Queely s'agenouilla.

– Sentez.

Après un instant d'hésitation, Queely s'exécuta :

– Oui, Monsieur, vous avez raison, il y a quelque chose.

Il écarta les cheveux mouillés du visage de la fille ; on se serait attendu à la voir s'éveiller à ce geste, ouvrir les yeux...

– C'est bien du parfum, Monsieur.

Bolitho examina les petites mains qui commençaient à se raidir malgré la chaleur des premiers rayons de soleil ; des mains sales mais douces, aux ongles soignés.

– Sûrement pas une fille de pêcheur, Monsieur.

Bolitho se releva et, se retenant à un pataras, jeta un coup d'œil par le travers : les chasse-marée commençaient à disparaître derrière la brume légère, tandis que la côte n'était plus qu'une tache indéfinissable.

Il vit Queely entreprendre un examen du corps, mais il préféra garder les yeux fixés au loin. Quand Queely se releva, il montrait un mouchoir brodé dans un angle duquel était brodée l'initiale *H*. Le mouchoir dégoulinait d'eau de mer mais était parfaitement propre : peut-être le dernier lien de la fille avec une vie qui l'avait rejetée.

– C'est tout, Monsieur, conclut lourdement Queely.

– Un jour, qui sait... commença Bolitho.

Mais il ne put achever sa phrase.

Un peu plus tard, le petit corps cousu dans une toile fut hissé sur un caillebotis que l'on avait posé sur le pavois sous le vent.

Le lieutenant Kempthorne avait demandé s'il fallait lui rendre les honneurs du pavillon, à quoi Bolitho avait répliqué d'un ton définitif :

– C'est son pavillon qui l'a détruite, le nôtre ne peut rien faire de plus pour elle.

Tête nue, les matelots assistèrent debout à l'immersion.

Bolitho se raidit, puis se détourna quand Queely, écrasant son bicorne sous son bras, prononça quelques mots en français. Et il répéta aux hommes qui se trouvaient près de lui :

– Nous ne pouvons nous agenouiller devant sa tombe, mais nous la confions à la mer, d'où elle est venue.

Il y eut un rapide bruit de glissade, un plongeon le long du bord. Par groupes de deux ou trois, les hommes rompirent les rangs pour retourner à leurs postes.

– Eh bien, Monsieur ? demanda Queely en remettant son bicorne.

– Étrange. C'est une jeune Française, une inconnue qui devient notre première alliée dans cette sombre affaire.

Il déploya le mouchoir dans la brise qui se réchauffait :

– Nous nous souviendrons d'elle.

Et en lançant un regard en arrière, sur le sillage écumant du *Wakeful* :

– Elle repose, à présent, et en bonne compagnie.

VIII

APPAREILLAGE CLANDESTIN

Les trois chevaux quittèrent le chemin et s'engagèrent sur une lande de bruyère qui étouffait le claquement de leurs sabots; l'herbe était encore tout emperlée de la pluie nocturne. Bolitho poussa son cheval des genoux et regarda les arbres, les quelques fermes qui apparaissaient avec le lever du soleil. Les détails surgissaient l'un après l'autre, comme le matin où ils avaient aperçu le bateau de pêcheur traqué par les chasse-marée français.

Le *Wakeful* avait jeté l'ancre avant l'aube; moins d'une heure plus tard, Bolitho était en selle, suivi de près par le jeune Matthew. Ils étaient venus directement jusque-là.

Dans le soleil matinal, il vit le dragon à cheval s'arrêter pour les attendre; son uniforme écarlate et sa cartouchière blanche ressortaient vivement entre les arbres d'un vert intense.

Le dragon les avait attendus toute la nuit, prêt à les escorter dès l'arrivée du *Wakeful*. L'aide de camp du commodore avait envoyé une convocation, mais Bolitho n'avait pas reçu le moindre éclaircissement sur la raison pour laquelle on l'attendait; Hoblyn, semblait-il, était de nouveau parti visiter des chantiers.

Derrière Bolitho, le jeune garçon bâilla bruyamment; il dormait presque, assommé par ce tourbillon d'événements; manifestement, il n'était pas fâché de retrouver la terre ferme.

– On s' ra bientôt rendus, Monsieur! lança le dragon.

Il regarda curieusement Bolitho :

– Est-ce que j'irais trop vite pour vous, des fois ?

– Je suis de Cornouailles, riposta Bolitho d'un ton cinglant, inhabituel chez lui. Je sais monter à cheval.

Le dragon se retint de sourire :

– Moi, Monsieur, j' suis de Portsmouth. Et j'y connais rien en bateaux !

Il éperonna son cheval qui prit le trot. Bolitho remarqua que le cavalier portait sa courte carabine réglementaire en travers de la selle, comme un tirailleur en territoire ennemi. Cette précaution lui parut étrange en des lieux aussi pacifiques.

Bolitho était obsédé par le souvenir de la jeune morte. Il n'avait que ce seul indice en sa possession, et il ne savait toujours pas comment l'exploiter. Il revoyait le masque de souffrance sur le visage figé dans la mort, l'expression de terreur qui avait marqué la jeune fille au moment où elle avait compris qu'il ne lui restait que quelques secondes à vivre. Il sentait toujours sur sa paume le contact glacé de sa cheville. Viola... A qui pouvait-il se fier ? Qui le croirait ? Pire, qui voudrait le croire ?

– On y est, Monsieur.

Bolitho s'étonna : ils avaient pris le galop dans une futaie bien dégagée. Ils parvinrent à une clairière presque circulaire au centre de laquelle se dressait une souche calcinée. Le rendez-vous idéal pour un duel, songea-t-il sombrement.

Entre les arbres se découpaient des silhouettes en uniforme, on entendait parfois le coup de fouet nerveux d'un cheval remuant la queue – un endroit sinistre, dangereux peut-être.

Un officier avait pris place sur un petit tabouret, son ordonnance debout à ses côtés, attentif. Il buvait dans une chope d'argent quand il aperçut Bolitho ; il remit le récipient à l'ordonnance et se leva.

L'uniforme, quoique bien coupé, ne parvenait pas à cacher un léger embonpoint. Un homme qui vivait bien, se dit Bolitho, en dépit de ses charges. L'officier souleva son chapeau avec un sourire :

– Major Philip Craven, du 30ème régiment de dragons.

Il s'inclina.

– Que diriez-vous d'une chope ?

Le ton était agréable, détendu ; Bolitho ne s'était pas attendu à trouver un officier si jeune, mais il nota que, malgré sa bonhomie, son interlocuteur avait l'air sur le qui-vive : il ne cessait de surveiller ses hommes, leurs chevaux et le chemin qu'ils empruntaient.

– Avec plaisir, répondit Bolitho.

Il s'était surpris lui-même : il ne se sentait pas toujours très à son aise en compagnie d'officiers de l'armée, fantassins ou cavaliers.

L'ordonnance entreprit de fouiller dans un panier posé à même le sol. Bolitho nota aussi la présence de deux officiers de marine : un lieutenant et un grand aspirant au visage livide.

– Deux officiers du racolage, déclara le major avec un geste du bras.

Bolitho prit la chope qu'on lui présentait et constata avec soulagement qu'il ne tremblait pas. « Est-ce que c'était Allday ? »

– Vous m'avez fait demander ? fit-il.

– J'ai entendu parler de vos – euh – exploits, bien entendu. En l'absence du commodore, j'essaie de tenir la Marine et les autorités civiles au courant de la situation.

Il fronça les sourcils :

– Bon Dieu ! il y a des jours où on se croirait dans une armée d'occupation.

Il ordonna d'un signe à son ordonnance de remplir les chopes et poursuivit :

– Un marin a été assassiné ici cette nuit. Il essayait de rattraper un homme qui leur avait échappé.

Bolitho supa son vin. Un bordeaux hors de prix, pensa-t-il.

– L'aspirant, expliquait le major, était présent lui aussi. Mais ils ont été assaillis par une troupe nombreuse. Et son marin s'est fait tuer.

Il s'avança à pas lents jusqu'à un coin de la clairière où l'herbe était foulée :

– C'est exactement ici que l'on a trouvé sa main coupée, elle tenait encore son pistolet. Il venait de faire feu. Il a peut-être touché un brigand. Mais les empreintes ne nous donnent aucune garantie de ce côté-là. Par le Dieu tout-puissant, ajouta-t-il avec humeur, ils commencent à avoir l'habitude de tout cela, croyez-moi ! Mais nous n'avons rien trouvé. D'ailleurs, le contraire m'aurait étonné.

Il interrogea les arbres d'un coup d'œil circulaire et reprit :

– Je vois bien ce que vous en pensez. L'endroit a mauvaise réputation, plus personne n'y vient. Sauf, corrigea-t-il avec une lueur soudaine dans les yeux, sauf une voiture qui est passée ici tout récemment. Mais nous avons perdu sa trace à l'orée du boqueteau.

– Un notable de la région, peut-être ?

Le major lui lança un regard entendu :

– J'ai ma petite idée là-dessus, mais que puis-je faire ? Dans un an peut-être, je recevrai l'ordre d'emmener mes dragons – il indiqua vaguement la mer – à la rencontre de l'envahisseur français pour protéger des menteurs, des tricheurs, des gens qui assassinent quiconque se met en travers de leur route !

– La situation est vraiment aussi mauvaise ?

Le major sourit :

– Mon colonel serait enchanté, à l'occasion, de vous raconter ce qui lui est arrivé à Thanet. Il n'était alors que capitaine. Il avait reçu l'ordre de faire mouvement en direction de Deal, à la tête d'une troupe de cinquante dragons, pour réduire une bande de contrebandiers et brûler leurs bateaux.

Son expression se fit plus dure, comme s'il s'imaginait à la place de son chef :

– Les voilà pris à partie par une bande armée de plus d'un millier d'hommes, et bientôt cernés. Par une chance inouïe, le 38ème de chasseurs à pied est arrivé à marche forcée de Canterbury pour leur prêter main-forte. Ils tombaient à pic. Sans eux, les hommes du colonel auraient été taillés en pièces. Je suis soldat. Comme vous, j'ai déjà vu des choses pas très belles. Mais ce genre de travail me dégoûte.

Bolitho voyait le jeune Matthew traîner les chevaux par la bride en direction des arbres ; un dragon l'arrêta en levant le bras et secouant la tête.

– Personne ne vient plus ici, dites-vous ? Et pourquoi ?

Le major haussa les épaules :

– Vous voyez cet arbre calciné ? Un jour, une bande de contrebandiers a surpris un traître d'un village voisin. L'homme les espionnait, et il y a apparence que tout le monde le savait. On disait qu'il avait vendu des renseignements à des agents du fisc, et même à l'armée.

– Ils l'ont tué ? demanda Bolitho en enveloppant toute la clairière d'un regard.

– Non. Ils ont mis le feu à cet arbre. Et ils lui ont crevé les yeux avec des tisons. Un avertissement pour les autres… Comme si c'était nécessaire !

Bolitho sentait sa chemise humide lui coller au corps.

– Merci de me faire part de tout cela.

D'un signe, il appela les deux officiers de marine qui les regardaient.

– Je n'en ai pas pour longtemps.

– Je ne demande qu'à me battre à visage découvert, insista le major en souriant. Mais ici, je préférerais qu'ils fassent donner l'infanterie !

Le lieutenant salua en portant la main à son bicorne. Il était à la tête d'une escouade de racoleurs, expliqua-t-il, et il avait donné ordre à son aspirant d'escorter des prisonniers jusqu'à Sheerness...

Bolitho l'interrompit sèchement :

– Je m'occuperai de ce point précis tout à l'heure.

A l'évidence, le lieutenant cherchait à faire peser sur les épaules de son subordonné la responsabilité du fiasco.

– Qui êtes-vous ? demanda Bolitho à l'aspirant au visage blême, qui pâlit encore. Que s'est-il passé ? Donnez-moi des détails.

– Aspirant Fenwick, Monsieur, répondit-il en fuyant le regard de Bolitho. Je... J'avais fait halte avec mon groupe dans une petite auberge, comme il est d'usage, Monsieur. Au moment de ma ronde, j'ai constaté qu'un des hommes qui m'étaient confiés s'était enfui. Faute de temps pour alerter la garde, j'ai décidé de le poursuivre moi-même avec...

Il jetait des regards égarés sur l'herbe piétinée :

– Nous étions à vingt contre un, il y en avait partout...

– Il faisait nuit, commandant Bolitho, précisa doucement le major.

– Je vois.

Bolitho considéra les mains de l'aspirant, dont les doigts s'ouvraient et se refermaient nerveusement. Avait-il affaire à un vieillard ou à un jeune officier en début de carrière ? D'ailleurs celui-là aurait dû être promu lieutenant depuis longtemps. Avait-il raté l'examen ? Il avait encore toutes ses chances, alors que pour d'autres, tout était fini.

– Qui est l'homme qui s'est échappé ? demanda Bolitho.

– Un... Un voilier, Monsieur. Nous l'avions isolé des autres parce que...

Sa voix se brisa, puis il s'exclama :

– J'ai fait de mon mieux, Monsieur !

Le lieutenant le coupa en regardant Bolitho :

– C'était justement la bêtise à ne pas faire, Monsieur. Le seul marin qualifié sur lequel nous ayons pu mettre la main : un déserteur du *London*. Et cet imbécile le laisse échapper !

– Je vous en prie, dit Bolitho. Taisez-vous.

Et, tourné derechef vers l'aspirant :

– Pouvez-vous vous souvenir du nom de ce voilier ?

Il avait posé la question à tout hasard, comme devinant qu'il y avait anguille sous roche. L'aspirant avait l'air de cacher quelque chose ; il s'était peut-être enfui, laissant le marin se faire massacrer seul. Le remords le poursuivrait jusqu'à son dernier soupir.

L'aspirant plissa les yeux :

– Je... Je...

Puis il hocha la tête :

– Oui, Monsieur. Spencer. Ça me revient, maintenant.

– Il doit déjà être en mer, intervint le major. Sur quelque navire de contrebandiers.

Bolitho se détourna : il ne voulait pas montrer ses sentiments. Il s'éloigna de quelques pas, sentant qu'ils le suivaient des yeux. Allday ne savait ni lire ni écrire, mais il aimait les animaux, et tout particulièrement le vieux chien de berger qu'il gardait dans la grande maison grise de Falmouth. Un vieux chien baptisé Spencer. Pivotant sur ses talons, il interpella le lieutenant :

– Mettez-moi cet aspirant aux arrêts simples, et restez avec lui à l'arsenal jusqu'à la conclusion de l'enquête.

Le lieutenant parut consterné, Fenwick ne put retenir un haut-le-corps. Bolitho refusa d'y prêter attention. S'ils étaient compromis, mieux valait les garder sous la main. De toute façon, ils risquaient gros : soit la cour martiale et la pendaison en bout de vergue, soit – il regarda une fois de plus la souche calcinée – bien pire si leurs complices découvraient qu'ils avaient été démasqués.

Le major l'accompagna jusqu'aux chevaux.

– Bravo ! fit-il d'un ton admiratif.

Bolitho le remercia d'un coup d'œil et sourit brièvement. Si le major connaissait les vraies raisons de son succès, peut-être aurait-il moins envie d'applaudir. Il leva sa botte jusqu'à l'étrier et vit que le jeune Matthew le regardait, déjà en selle.

Allday était vivant. Une fois de plus, il risquait sa vie pour lui. Il avait de la peine à parler d'une voix normale :

– A présent, Major, je vais me rendre à la résidence du commodore. Il est peut-être de retour.

– Dans ce cas, je vous escorte, Monsieur.

Le major n'était pas fâché de quitter ces lieux.

Tandis qu'ils sortaient du couvert pour rejoindre un soleil bienvenu, les dragons s'alignaient en rangs par deux derrière leur officier. Bolitho se retourna sur sa selle, embrassant d'un dernier coup d'œil le sinistre boqueteau. Des freux tournaient en cercles au-dessus des arbres, brisant le silence de leurs appels rauques, sarcastiques. Oui, les gens devaient éviter cet endroit, et cela n'avait rien d'étonnant.

Il serra les mâchoires, pensant de nouveau au visage de la jeune Française morte.

Avait-elle péri lors de l'explosion du bateau de pêche ? D'instinct, il écartait cette hypothèse : il revoyait la petite embarcation s'éloigner à force d'avirons avant que tout ne fût détruit. Ces hommes si pressés de quitter leur bord devaient y avoir enfermé la fille avant d'allumer une mèche. Tout cela avait été prévu à l'avance, en cas d'arraisonnement par une patouille de navires français.

Ce bateau n'avait peut-être à son bord qu'une poignée de fugitifs épouvantés. Ils devaient avoir été des centaines à fuir la Terreur, à vendre tous leurs biens, et même leurs propres personnes, en échange d'une possibilité de fuir.

Des contrebandiers ? Des esclavagistes, plutôt. Et encore, le terme était trop doux.

Le *Wakeful* avait été le seul témoin de leur forfait ; à présent, à cause de cela, un double risque pesait sur la vie d'Allday.

Bolitho attendit que le major eût galopé jusqu'à sa hauteur :

– Cet homme dont vous parliez...

Il le regarda droit dans les yeux.

– Est-il toujours vivant ?

Le dragon hocha la tête sans cesser de surveiller les haies qui bordaient leur chemin :

– Il est devenu fou. Les gens le nourrissent : charité chrétienne. Mais en prenant bien garde de se cacher. Je soupçonne même mes hommes de lui jeter leurs restes. Mieux vaudrait pour lui qu'il fût mort. En attendant il vit, et il leur rappelle la façon dont seront traités ceux qui trahissent la Confrérie.

– Pourriez-vous me le retrouver ? demanda Bolitho.

Il lut la surprise dans le regard du major.

– C'est une piste minuscule, insista Bolitho, mais je ne puis en négliger aucune. Pas même la plus ténue.

– Je peux essayer...

Il jeta un coup d'œil au profil de Bolitho :

– Vous pouvez compter sur moi pour cette affaire, Monsieur. Moi aussi, je suis fatigué d'attendre.

Bolitho tendit le bras et étreignit la main gantée de l'officier :

– A la bonne heure !

En dépit de la douceur de l'air, il eut un frisson. Le temps de la prudence était fini.

A l'exception des habituels fusiliers marins postés en sentinelle, la résidence du commodore semblait déserte. Bolitho interrogea le caporal de la garde. Puis il dit :

– Il est de retour.

L'ordonnance du major Craven et le jeune Matthew descendirent de cheval pour retenir leurs montures par la bride. Bolitho remarqua que les autres dragons ne mettaient pas pied à terre ; ils attendaient sur la route, devant l'entrée.

Les portes de la maison s'ouvrirent sans bruit ; Bolitho reconnut le valet de pied personnel de Hoblyn :

– Je dois voir le commodore.

Le jeune homme eut un regard lointain, comme s'il se disposait à nier le retour de Hoblyn. Ses yeux noisette s'écarquillèrent d'inquiétude à la vue du détachement de cavalerie. Enfin il se décida :

– Je vais vous conduire.

Il s'effaça pour les laisser entrer, puis les précéda jusqu'à la bibliothèque.

– On dirait un sépulcre, observa le major avec une grimace. Il manque la main d'une femme, ici.

Le commodore, qui était assis à son énorme bureau, ne fit même pas mine de se lever à leur arrivée.

– Qu'y a-t-il de si pressé ? dit-il d'un ton saccadé. J'ai beaucoup de travail. Les journées sont trop courtes.

– Je vous ai transmis mon rapport, commença Bolitho.

– Vraiment ?

Hoblyn gratifia le major d'un regard glacial :

– Vous aussi, vous désirez me voir ?

– Le commandant Bolitho, repartit Craven sans se démonter, estime que cela vaudrait mieux pour nous tous.

– Je vois.

Hoblyn leur désigna deux fauteuils et rangea quelques papiers sur son bureau :

– Ah oui ! Votre rapport... Je l'ai feuilleté... Je me souviens maintenant : le bateau de pêche et les deux chasse-marée français.

Il leva brusquement la tête, ses yeux se firent plus durs :

– Vous avez confondu vitesse et précipitation, Bolitho. Les Français soutiendront que vous avez violé leurs eaux territoriales. Que cela soit vrai ou non, ils ne manqueront pas de monter cet incident en épingle pour mettre la paix en danger, une paix que Sa Majesté s'efforce de sauvegarder. Elle ne souhaite en rien contrarier les Français, malgré ce qui se passe chez eux.

– J'aurais imaginé, répliqua Bolitho, que Sa Majesté souhaitait encore davantage garder la tête sur les épaules !

– Vous êtes insolent ! coupa Hoblyn. De toute façon, qu'avons-nous à faire d'un simple bateau de pêche ? N'avez-vous donc rien d'autre pour exercer vos talents ?

Il s'échauffait rapidement. Sa main estropiée frappait le bureau en cadence, soulignant chacune de ses phrases.

– Je suis convaincu, insista Bolitho, qu'ils cherchaient à faire traverser clandestinement la Manche à des émigrés, Monsieur. Ils avaient embarqué une cargaison de chair humaine, sans souci des conséquences.

Quand il en vint au cas de la jeune fille, il vit un éclair d'anxiété traverser les yeux du commodore. Hoblyn lui coupa la parole :

– Mais qui pourra témoigner, Bolitho, dans un sens ou dans l'autre ? C'est votre version. Et je crains que votre parole ne pèse pas lourd devant l'Amirauté.

Il se pencha en avant et le fixa ; il ignorait la présence du major, ou il l'avait oubliée :

– Ils vous casseront les reins si vous persistez dans votre obsession. Vous êtes bien placé pour savoir qu'il y a à Londres des centaines de commandants qui seraient trop heureux de prendre votre place.

Bolitho refusa de lâcher prise :

– Je ne puis croire que vous soyez prêt à tolérer une activité criminelle d'envergure sous prétexte de ne pas déplaire au gouvernement français. Si c'est le cas, alors je me retire. Je rentre à Londres, remettre ma démission.

En changeant de position sur son siège, le major fit grincer ses bottes. Bolitho s'étonna de pouvoir entendre ce faible bruit tant son cœur lui semblait battre fort. Hoblyn se tamponna le front avec un mouchoir :

– Eh ! comme vous y allez ! Pas de vagues, Bolitho, pas de vagues !

– Je vous demande, Monsieur, ajouta simplement Bolitho, je dirais même… je vous conjure de renoncer à la fausse sécurité de votre poste et de jeter dans la balance tout le poids de votre influence pour faire évoluer les choses. J'ai l'impression que tout le monde est contre nous, ici. Et que les contrebandiers s'amusent de nos tentatives pour leur faire mordre la poussière.

Hoblyn baissa les yeux sur son bureau :

– Quelle fougue, Bolitho ! Et quel manque de confiance dans vos supérieurs !

– Ai-je des raisons d'avoir confiance, Monsieur ?

Hoblyn semblait la proie d'un affrontement intérieur :

– Vous êtes vraiment décidé à vous fourrer dans un guêpier inextricable ?

– Je n'ai pas le choix, Monsieur. En revanche, il me faut des appuis.

– Oui.

Hoblyn eut un mouvement de l'épaule, comme pour chercher une position moins douloureuse :

– Vous avez sûrement raison. Il y a un lien entre les contrebandiers et les révolutionnaires français. Il est non moins vrai que le premier ministre a vivement recommandé des décisions énergiques à l'endroit de ces hors-la-loi.

Il conclut avec amertume :

– Mais les vœux pieux de William Pitt n'ont pas été concrétisés par des budgets suffisants pour mettre en place une vraie prévention.

– C'est toujours aux dragons que l'on fait appel, murmura le major Craven.

Hoblyn eut un profond soupir :

– Je vais envoyer une dépêche à l'Amirauté, Bolitho. Naturellement, la décision en revient à Leurs Seigneuries, mais je ne manquerai pas de recommander une politique plus agressive.

– Merci, Monsieur, répondit Bolitho.

Il espérait que sa voix ne trahissait pas sa surprise : une volte-face trop rapide, trop facile. Cet homme était un jour monté à l'abordage d'un pirate ennemi avec ses vêtements en feu.

Hoblyn joignit les extrémités de ses doigts et le regarda, impassible :

– Emmenez vos trois cotres à Sheerness.

– Ils y sont déjà, Monsieur. Le *Snapdragon* a quitté Chatham pendant mon absence.

Hoblyn eut un mince sourire :

– Tâchez de garder un coche d'avance sur les événements, Bolitho. J'en connais qui préféreraient vous savoir mort que vif. Et un conseil : installez-vous à terre dès que la prudence le permettra. Je mettrai à votre disposition un logement à l'intérieur de l'arsenal de Sheerness. Ce sera plus sûr pour vous.

La porte s'ouvrit en silence. Le svelte valet de pied les regardait du vestibule : on eût dit qu'il avait lu dans les pensées de son maître.

– Jules va vous reconduire, Messieurs.

Bolitho et le major se levèrent : pas de bordeaux, aujourd'hui.

– Prévenez-moi à l'avance, avertit Hoblyn, de toutes vos initiatives.

Il les fixa tous deux pendant plusieurs secondes :

– Et retenez bien une chose : je n'ai pas l'intention de me laisser limoger à cause de vos ambitions personnelles.

L'entretien était terminé.

Dehors, tandis qu'ils remontaient l'allée pavée, Bolitho observa sombrement :

– Je suis perplexe. Je me demande si c'est une victoire ou un revers.

Le soldat fronça les sourcils :

– Cela vaut mille fois mieux que de rester les bras croisés. Il est grand temps que les autorités comprennent la position où nous sommes. Vous avez besoin d'hommes pour la flotte.

Bolitho vit le jeune Matthew qui leur amenait les chevaux.

– Si, et seulement si, la flotte est réarmée à temps !

– En tous cas, vous n'obtiendrez pas vos hommes tant que la Confrérie n'aura pas été dissoute, et détruit son pouvoir sur le peuple.

Le major sauta en selle :

– Je suis avec vous.

Bolitho sourit :

– N'oubliez pas ce que je vous ai demandé.

Ce rappel amusa l'officier :

– Je vous l'ai dit : je vais essayer.

Sur ces mots, il s'élança, saluant les sentinelles, au passage du portail, d'un geste de la main à son chapeau. Et il rejoignit ses hommes sur la route.

Un bon officier, songea Bolitho. Quelque chose lui disait qu'il pouvait se fier à lui.

De retour à l'arsenal, ils confièrent leurs chevaux à un fusilier marin et s'avancèrent à pied jusqu'à une jetée où étaient amarrées des embarcations.

Bolitho s'attarda un moment à contempler les trois cotres au mouillage et leurs reflets dans l'eau : ils étaient aussi gracieux que des oiseaux de mer. Ma petite nichée ! Cela aussi lui rappelait Allday.

– Au *Télémaque*, lança-t-il à un passeur.

Tandis que le canot zigzaguait lentement entre les navires au mouillage, Bolitho aperçut l'éclair d'une lorgnette au-dessus de la lisse de couronnement du *Wakeful* – Très probablement Queely, qui observait sa progression : croyait-il être débarrassé de lui ?

Paice l'accueillit à la coupée du *Télémaque* et le salua de façon réglementaire ; Bolitho fut surpris de le voir manifester du plaisir :

– Je n'étais pas certain que vous reviendriez à mon bord, Monsieur, dit-il en souriant. Vous êtes le bienvenu.

D'un geste de sa grosse main, il désigna les matelots qui s'activaient sur le pont :

– Vous aviez raison, Monsieur, ils se sont retroussé les manches, tous ensemble. Les voilà pratiquement remis, et le bateau en état.

Bolitho approuva de la tête : presque rien n'était plus visible de leurs avaries, mais une forte odeur de goudron et de peinture régnait sur le pont.

Il croisa les regards de quelques matelots qui le saluèrent gauchement avant de retourner à leur besogne ; c'était comme rentrer chez soi.

– Pas de nouvelles de votre patron d'embarcation, continua Paice, de nouveau sérieux.

– Que savez-vous exactement ? demanda Bolitho en le regardant bien en face.

– Officiellement, je sais seulement que vous l'avez envoyé en mission.

Et il ajouta avec un regard en direction de ses hommes :

– Mais les murs ont des oreilles. Plus longtemps il s'absente...

Il ne termina pas sa phrase.

– Je sais, répondit Bolitho en lui touchant le bras. Restons-en là. Faites-le pour lui sinon pour moi.

Il observa un instant les quais tranquilles, le beau soleil, la paix.

– Je vais rédiger de nouveaux ordres à votre intention.

Il se détourna. De nouveau leurs regards se croisèrent.

– C'est vous qui me succéderez s'il m'arrive quelque chose.

Le plaisir et l'angoisse se mêlèrent sur le dur visage de Paice :

– Ils n'oseraient pas faire cela, Monsieur !

Bolitho avisa les trois cotres :

– Je puis être destitué sur une simple lubie d'un gratte-papier de l'Amirauté. Ou encore tomber au combat. C'est notre destin de marins, monsieur Paice. Tenez-vous prêt à toute éventualité.

Paice l'accompagna jusqu'à la descente :

– Juste ciel, Monsieur ! Votre présence a transformé mon équipage, et celui des deux autres cotres. La prochaine fois, vous pourrez compter sur nous.

Bolitho referma derrière lui la porte de la cabine et regarda par la claire-voie ouverte : Hoblyn faisait-il réellement partie d'une conspiration, ou désirait-il surtout ne pas s'attirer d'ennuis ? Songeant au gracieux valet de pied, il eut une grimace : *Jules*. Ce nom lui allait bien.

Il avait oublié le moment où il s'était endormi quand il se réveilla le front sur le bras, tenant encore entre ses doigts la plume avec laquelle il avait signé les ordres de Paice.

Ce dernier était assis en face de lui sur un coffre de marin, apparemment indécis :

– Je parie, Monsieur, dit-il d'un ton accusateur, que vous n'avez pas fermé l'œil depuis quarante-huit heures. Navré de devoir vous réveiller, mais...

Bolitho vit que Paice tenait une enveloppe scellée à la cire et tous ses sens furent en alerte. Depuis l'âge de douze ans, son esprit et son corps s'étaient endurcis : il avait connu des années de quart par tous les temps, des heures d'inquiétude quand on est réveillé d'urgence pour aller prendre des ris en pleine tempête ou pour repousser l'ennemi qui monte à l'abordage. Telle était la vie qu'il avait menée, la seule qu'il connût.

– Qu'est-ce que c'est ?

Il déchira l'enveloppe et commença par lire la signature au bas de la lettre. Le major Craven. Écriture nette, élégante, comme son auteur. Bolitho parcourut deux fois la missive avec attention, tout en prenant conscience que les mouvements du cotre s'étaient peu à peu amplifiés depuis l'instant où il s'était endormi. Il se rendit compte également que Paice retenait son souffle.

Levant les yeux, il découvrit une lueur d'intérêt dans ceux du lieutenant :

– Où se trouve la vieille abbaye ?

Sans poser de question, Paice sortit une carte d'un tiroir et posa son doigt épais sur un point de la côte :

– Ici, Monsieur. A trois nautiques environ, dans l'est. Un endroit passablement isolé et sinistre, si vous voulez mon avis.

Bolitho repéra le point sur la carte et acquiesça : l'endroit idéal pour un rendez-vous. Craven lui faisait observer qu'il ne pouvait s'y rendre par la route sans attirer l'attention ; la nouvelle allait se répandre comme une traînée de poudre : l'encombrant commandant de Cornouailles était une fois de plus de sortie.

Restait l'accès par voie de mer : en secret, donc.

– Nous lèverons l'ancre avant le crépuscule, dit-il. Cap sur le Grand Nore.

Il prit un compas à pointes sèches en laiton et fit quelques reports dans le nord-est de Sheerness :

– A la nuit tombée, nous virerons de bord et atterrirons ici.

La pointe du compas se posa sur l'emplacement de la vieille abbaye :

– Personne ne doit nous voir : nous mouillerons à quelque distance du rivage.

Paice entreprit de se racler le menton avec la paume de la main :

– Pardonnez-moi, Monsieur, mais je n'y vois pas très clair. Avez-vous l'intention de débarquer une escouade de racoleurs ? Si c'est le cas...

Bolitho regarda la carte tout écornée :

– Non, j'ai un rendez-vous. Je n'ai besoin que d'un canot avec quelques nageurs. Et de quelqu'un qui connaisse ces eaux comme sa poche.

Paice répondit sans hésiter :

– Prenez le maître principal, Erasmus Chesshyre, Monsieur. Il pourrait vous débarquer là, même s'il était aveugle.

Bolitho lui lança un regard soupçonneux, mais la remarque de Paice était sans malice.

– J'aimerais vous accompagner, Monsieur.

– Non.

C'était sans appel :

– Rappelez-vous ce que je viens de vous dire. S'il m'arrive quelque chose...

– A vos ordres, soupira Paice. Je sais, Monsieur.

– Une dernière chose, monsieur Paice. Si je disparais, renvoyez le jeune Matthew à Falmouth, sous escorte si nécessaire.

– A vos ordres, Monsieur.

Paice se leva avec précaution et demeura courbé pour ne pas heurter les barrots de pont :

– Je vais avertir M. Triscott de préparer l'équipage du canot.

Il marqua une pose au moment de franchir la porte basse :

– Et je suis fier de servir sous vos ordres, Monsieur.

Ce sentiment parut l'embarrasser : il se hâta vers la descente, criant plusieurs noms d'une voix tonnante.

Bolitho sortit une feuille de papier blanche et décida d'écrire à sa sœur Nancy. S'il venait à tomber, son beau-frère, le châtelain, connu à Falmouth sous le nom de roi de Cornouailles, se hâterait de faire main basse sur sa grande maison grise qui se dressait à l'ombre du château de Pendennis, là où avaient vécu tant de générations de Bolitho.

Cette pensée le troubla plus qu'il ne l'aurait imaginé. Les gens en auraient fini de voir les Bolitho revenir d'une traversée, on n'entendrait plus parler de Bolitho tués au combat dans quelque pays exotique...

Il revint un moment aux instructions de Craven. Puis, avec un triste sourire, il les présenta à la flamme de sa bougie ; bientôt, il n'en resta que quelques cendres.

Une ritournelle lui revint, que son père lui avait apprise, ainsi qu'à son frère Hugh, avant qu'ils ne quittent ensemble la même maison pour s'enrôler dans la Marine :

> *Ils ont surmonté leur peur, et leur fin glorieuse*
> *Sera toujours un honneur pour leurs amis.*

Des vers qui auraient pu être écrits à leur intention.

– Allez ouste ! Tout le monde descend !

Allday poussa un grognement et se retourna péniblement sur le côté ; quelqu'un lui guidait les pieds pour qu'il descende de la charrette. Ils avaient beau avoir confiance en lui, cela ne les empêchait pas de prendre leurs précautions, comme des fauves qui redoutent les sautes d'humeur d'un autre fauve. Il n'avait pas la moindre idée de la distance parcourue ; de cahot en ornière, la charrette avait roulé longtemps sur de mauvais chemins, et même un court moment à travers champs. Il était rompu jusqu'aux os; une fois debout, il sentit qu'on lui déliait les mains et qu'on dénouait le bandeau qu'il avait sur les yeux.

Avec un sourire, un de ses gardiens lui tendit un sabre d'abordage :

– Ne te fâche pas, mon gars. Sous ce pavillon, on ne laisse rien au hasard, tu vois.

Allday hocha la tête et regarda autour de lui. L'aurore. Un nouveau jour. L'air était empli d'oiseaux et d'insectes. Ses narines se dilatèrent à une odeur pressante d'eau salée et de goudron, d'étoupe et de bois fraîchement scié – l'odeur d'un chantier de construction navale.

On le poussa, plus qu'on ne le conduisit, dans un long hangar qu'occupait sur toute sa longueur une cale de mise à l'eau. L'extrémité basse en était fermée par un auvent de toile grossière. De là, les bateaux neufs ou radoubés pouvaient être lancés directement.

Allday cligna des yeux. Une vingtaine d'hommes, ou davantage, étaient assis à de longues tables. Ils enfournaient d'énormes bouchées de nourriture et vidaient des moques de bière comme s'ils avaient passé là toute la nuit. Ils levèrent la tête quand le gardien déclara brusquement :

– Voici Spencer, un voilier. Vous n'avez pas besoin d'en savoir plus sur lui. Donnez-lui à bouffer.

Allday enjamba un banc et regarda pensivement ses compagnons. Un groupe disparate. D'honnêtes marins, pour certains, et quelques coquins de tous acabits.

Le hangar n'avait pas de fenêtre. Quand les yeux d'Allday se furent accoutumés à la pénombre, il comprit que l'homme avec qui il avait voyagé en charrette était précisément celui qui avait tranché la main du marin; à le voir éclater de rire et échanger de bons mots avec ses camarades, on eût dit qu'il avait la conscience parfaitement en paix.

Allday prit une moque de bière et grogna un remerciement; le plus sage était d'en dire le moins possible.

La bière n'avait pas de goût, mais elle était passablement forte pour qui avait l'estomac vide. Il se sentit mieux après une bonne rasade.

Un pas de plus de franchi. Circonspect, il observait ses nouveaux compagnons. Des déserteurs, sans doute, pour la plupart. A en juger par la façon dont leurs « sauveteurs » les traitaient, tous étaient tombés d'une captivité dans une autre.

Il se pencha au-dessus de la table et demanda, désinvolte :

– Et maintenant, on fait quoi ?

Son voisin lui lança un regard soupçonneux :

– On attend, tu vois pas ? On va embarquer.

Allday lui en imposait. Il hocha la tête, rassuré.

– Bientôt, on sera riches à crever !

Allday continua de boire sa bière à longs traits. Ou crevés tout court, songea-t-il sombrement. Observant à nouveau le hangar, il conclut qu'il devait être bien gardé. Tout cela était fort simple : un chantier naval, c'était bien le dernier endroit où l'on se serait attendu à trouver de bons matelots en fuite. Mais où était-il situé ? S'il ne pouvait le découvrir, tous les risques qu'il venait de prendre perdaient leur sens : ce serait la première question que lui poserait le commandant...

Il se raidit en entendant une voix sonore :

– Je vous préviendrai quand moi je serai prêt. Obéissez, un point, c'est tout, bande de propres à rien.

Allday, levant lentement la tête, jeta un coup d'œil sur deux hommes plongés dans une grande conversation.

La lumière du soleil était plus forte, à présent. On apercevait nettement une coque en cours de construction au milieu d'un tas de planches et de copeaux. Derrière, se dressait une rangée d'arbres élevés. Cette voix tranchante, agressive, il était sûr de l'avoir déjà entendue. Qui cela pouvait-il être ?

Il y eut de vagues excuses bafouillées, puis quelqu'un entra en écartant la toile comme un rideau. Allday retint son souffle : les yeux noirs de l'homme fixaient l'une après l'autre les silhouettes apathiques regroupées autour des tables.

– Eh bien ! déclara-t-il, j'espère qu'ils auront un peu plus de nerf que leurs prédécesseurs !

Quand Allday osa relever la tête, la toile était retombée. « Il ne m'a pas vu ! » Il poussa un long soupir de soulagement.

Henry Delaval, le capitaine du *Loyal Chieftain*... Bolitho n'avait pas besoin d'en savoir plus.

Allday, pour sa part, entendait encore un certain cri ; il se rappelait un pistolet fumant dans une main coupée.

IX

AU-DELA DES LIGNES

Bolitho, agrippé au plat-bord de la yole, admirait le fourmille-
ment innombrable des étoiles au firmament; à l'horizon, tout ce
que l'on voyait de la terre était une ombre noire. Chesshyre, les sens
en éveil, regardait tantôt au-dessus de la tête des nageurs, tantôt
par le travers. A un moment, il dit :
– La marée descend, Monsieur.
Bolitho entendait la respiration profonde de la houle autour du
canot, le souffle puissant des nageurs qui gardaient leur cadence
d'instinct, sans que le chef de nage fût contraint de les rappeler à
l'ordre.
Le brigadier héla enfin l'arrière avec un fort chuchotement :
– Paré à sonder, Monsieur.
Chesshyre sortit un instant de sa concentration :
– Tout est clair, Gulliver ?
– Oui, Monsieur.
– Commence à sonder.
Bolitho entendit le plongeon du plomb de sonde; à l'avant,
Gulliver filait la ligne. Dès que le plomb eut touché le fond, il
annonça la sonde :
– Trois brasses à l'avant, trois !
– Donne-moi le plomb, ordonna Chesshyre.
Le lourd plomb en tronc de cône fut transmis de banc de nage en
banc de nage; Chesshyre passa les doigts dans l'évidement de la
base rempli de suif avant de les porter à son nez. Il rendit ensuite le
plomb au chef de nage en marmonnant :
– Fond de coquillage et sable grossier, Monsieur. Nous avons fait

de la route. Tant que nous évitons les barres de sable qui découvrent à marée basse, nous...

— Deux brasses à l'avant, deux !

Chesshyre jura entre ses dents et donna un petit coup de barre :

— Comme ça, Monsieur !

Bolitho le comprit à demi-mot ; pour les marins de son Pays de Galles natal, il était assez courant, en navigation côtière, de se fier à la ligne et au plomb de sonde. Cela permettait de connaître la nature du fond sur lequel on naviguait, car les fragments restaient collés au suif du plomb de sonde. Dans vingt ans, prévoyait-il, toutes ces connaissances seraient oubliées.

— C'est encore loin ?

Quelque chose de blanchâtre traversa l'obscurité et Chesshyre se dressa à demi, puis se rassit, soulagé : ce n'était pas un écueil, ni un banc de sable, mais un simple poisson qui bondissait au-dessus d'une lame.

— Encore une petite demi-heure, Monsieur.

Il avait prononcé ces mots à voix basse car il ne tenait pas à ce que les nageurs sachent combien de temps allait encore durer leur effort. Bien sûr, ils y étaient habitués, mais la yole était chargée à couler bas avec les nombreux passagers et leurs armes, dont un lourd mousqueton à embouchure évasée, chargé jusqu'à la gueule de mitraille et de fragments de métal, pour le cas où ils feraient une mauvaise rencontre.

Bolitho prêta l'oreille au grincement des avirons, qui lui semblait assourdissant, même si, par précaution, on avait emmailloté les pelles avec des chiffons gras ; mais il savait d'expérience que ce bruit ne parviendrait pas à dominer celui du vent et de la mer.

Et si ce débarquement ne servait à rien ? Et si son homme de confiance, perdant courage, allait se cacher à l'approche des marins en armes ?

— Là, Monsieur ! siffla Chesshyre. Vous voyez, la vieille abbaye.

Bolitho écarquilla les yeux. Une masse plus sombre se détachait sur le ciel étoilé.

Chesshyre lâcha un long soupir :

— On est tombés droit dessus ! Mieux que je ne l'espérais !

L'accent de Chesshyre rappelait toujours à Bolitho celui de Herrick : autres souvenirs, autre navire...
– Moins d'une brasse devant, moins d'une!
– Rentre le plomb, Gulliver! Attention, les gars!
A demi accroupie, la silhouette de Chesshyre rappelait celle d'une gargouille :
– Parés à aborder?
Le brigadier, qui avait saisi sa gaffe, avertit :
– On y arrive, Monsieur!
– Chef de nage! Lève-rames!
Puis tout alla très vite. Les fusiliers sautèrent par-dessus bord, s'éclaboussant dans l'eau peu profonde pour guider en sécurité la yole légère jusqu'à une petite plage étonnamment abrupte. On rangea les avirons sur les bancs de nage avec le plus grand soin.
Christie, un des seconds maîtres, grommela :
– Laisse tomber ce mousqueton, et tu vas sentir ta douleur.
Tous les hommes étaient un peu nerveux, mais Bolitho entendit quelqu'un glousser à cette menace. Puis il descendit de la yole. Une vague se retira par-dessus ses chaussures comme si la mer voulait le faire redescendre vers elle, l'absorber en son sein.
Chesshyre transmit ses ordres et deux hommes s'éloignèrent en hâte, un de chaque côté, tandis que les autres se regroupaient autour de la yole échouée : il fallait s'assurer qu'elle pourrait être lancée rapidement, mais qu'elle ne risquait pas d'être emportée à la dérive. Bolitho, un moment, songea à ses autres débarquements. La vie du marin. Donnez-lui un bateau, même un pauvre rafiot, et il aura le cœur content; mais s'il n'a derrière lui que la mer vide, alors c'est une autre histoire...
Chesshyre le rejoignit :
– Il y a un petit sentier sur la gauche, Monsieur, ce doit être celui-là.
Comme des ombres, tous s'attroupèrent autour d'eux; Bolitho donna ses ordres :
– Dégainez vos armes blanches, mais n'armez pas vos pistolets. Un coup de feu qui partirait accidentellement risquerait de réveiller les morts.
– Et ce n'est pas ça qui manque dans le coin! murmura quelqu'un.

Encore un farceur.

Chesshyre attendit que Bolitho eût dégainé sa vieille épée et assuré sa prise :

— Vous devez être un habitué des débarquements nocturnes, Monsieur !

Bolitho fut surpris d'entendre pareille remarque dans la bouche de Chesshyre, qui avait à peu près son âge :

— D'accord, cela ressemble plus à un débarquement en territoire ennemi qu'à un simple déplacement en Angleterre.

Il prit le temps de s'orienter, puis s'avança avec précaution en direction du sentier qui n'était pas plus large qu'une sente de renards ; mais le sol sablonneux facilitait la marche.

Derrière lui, le ressac soupirait paresseusement sur les rochers dénudés par la marée descendante ; il eut une pensée pour Paice, resté quelque part dans cette obscurité, aussi incapable de leur venir en aide que peu désireux de rester en arrière.

Le bruit des vagues s'estompa soudain et Bolitho sentit sur son visage la douce haleine de la brise de terre, toute chargée des odeurs de la campagne ; la vieille abbaye se trouvait quelque part sur leur gauche, moins visible maintenant que de la yole.

Chesshyre lui toucha le bras et s'arrêta net :

— Halte !

Bolitho se figea ; quelqu'un haletait derrière lui ; des pieds frôlaient l'herbe haute. Deux ombres surgirent de l'obscurité : l'une avait les mains levées au-dessus de la tête tandis que l'autre, un petit homme nerveux tenant un sabre d'abordage, le poussait sans ménagement dans leur direction.

— J'ai l'ouïe fine, déclara Bolitho, mais...

Chesshyre était hilare :

— Inskip a commencé à braconner quand il tétait encore sa mère. Il entend si bien qu'il doit avoir des oreilles jusque dans le trou de son cul, si vous me passez l'expression.

L'homme qui levait les mains si haut aperçut Bolitho et fut soulagé de pouvoir l'identifier comme une autorité supérieure : quelques secondes plus tôt, il s'était attendu à être taillé en pièces.

— On m'a envoyé à votre rencontre, Monsieur ! s'exclama-t-il.

— Doucement, chuchota Chesshyre, pour l'amour du Christ !

Bolitho lui attrapa le bras ; l'homme tremblait avec une telle violence que Bolitho comprit à quel point il était terrorisé :

– Où est l'aveugle ? Il n'est pas venu ?

– Si ! Si ! Il est là, juste là. J'ai fait exactement ce que m'a demandé le major. Bon, eh bien ! maintenant, je m'en vais. Je n'ai pas envie qu'on me voie ici.

Un marin arrivait à grands pas par le sentier.

– Le voilà, Monsieur !

Il s'était adressé au maître principal, mais le message était destiné à Bolitho.

– Ne vous approchez pas trop, Monsieur, il pue comme un putois pourri.

Bolitho s'éloigna ; il entendit Chesshyre le suivre à distance. L'aveugle était accroupi, la tête basculée en arrière. il portait un bandeau sur les yeux. Bolitho s'agenouilla à côté de lui :

– Je suis le commandant Bolitho. Le major Craven m'a dit que tu allais m'aider.

L'homme bougea la tête d'un côté et de l'autre, puis tendit la main pour toucher le bras de Bolitho qui, à travers sa veste d'uniforme, se crut saisi par des griffes d'acier.

– J'ai besoin de ton aide.

Il était pris de nausées. Mais il savait que ce contact représentait son seul espoir. L'odeur du vieillard était si violente – lourdes odeurs de crasse et de suint, remugles de sueur séchée – que Bolitho fut presque soulagé qu'il ne fît pas jour.

– Bolitho ?

L'homme remuait vaguement la tête, comme s'il essayait de voir à travers son bandeau.

– Bolitho ?

Il avait une voix flûtée, haut perchée ; on n'aurait pu dire son âge.

– Ce pauvre diable a perdu la boule, Monsieur, prévint Chesshyre.

– Vous ne l'auriez pas perdue, vous, à sa place ? répliqua Bolitho.

Il revint à la charge auprès de l'aveugle :

– Cette nuit-là, quand ils t'ont fait ça…

D'une secousse, le vieillard le lâcha, comme si sa main avait eu peur, et non lui-même.

– Qu'est-ce que tu as vu ? Non que cela m'amuse de remuer tout ça. Mais ils se sont emparés d'un de mes amis... Tu comprends ?

– Qu'est-ce que j'ai vu ?

Les doigts du vieillard tripotaient vaguement des touffes d'herbe :

– Ils ont fait durer le plaisir. Et pendant tout ce temps, ils se moquaient de moi.

Il secoua la tête avec désespoir :

– Une fois le feu allumé, ils m'ont marqué avec des tisons et... et puis...

Bolitho détourna la tête, révulsé. Mais il s'approchait d'Allday maintenant. Ce pauvre dément était tout ce qu'il avait. Bolitho se dit qu'à son tour il le torturait.

– Ils m'avaient employé comme guetteur. Quelquefois, ils venaient avec des chevaux de charge. Ce n'était pas le culot qui leur manquait, vous savez. D'autres fois, ils amenaient des hommes, des déserteurs. Cette nuit-là...

– Il ne sait rien, Monsieur, intervint Chesshyre.

Il jeta un coup d'œil sur les arbres voisins :

– On ferait peut-être mieux de mettre un terme à ses souffrances.

L'homme se tourna, comme pour observer l'officier marinier du *Télémaque*, puis continua d'une voix blanche :

– Je suis revenu souvent depuis, savez-vous ?

Il serra entre ses bras maigres son torse vêtu de haillons et eut un petit rire pareil à un caquètement :

– Ça, pour le connaître, cet endroit, je le connais !

Bolitho essayait de maîtriser le ton de sa voix :

– Quel endroit ? Aide-moi : je veillerai à ce que tu sois récompensé.

L'aveugle se retourna brusquement vers lui et répliqua sur un ton venimeux auquel on ne se serait pas attendu :

– Je n'en veux pas de votre or puant ! Tout ce que je veux, c'est me venger de ce qu'ils m'ont fait.

Chesshyre se pencha vers lui pour le calmer :

– Le commandant Bolitho est un bon officier, un homme d'honneur. Aide-le comme tu peux et je te jure qu'il ne se montrera pas ingrat.

L'homme poussa de nouveau son petit gloussement – un son

sinistre. Bolitho songea au groupe de marins qui discutaient entre eux en l'attendant.

– Comment t'appelles-tu ? ajouta Chesshyre.

L'homme se recroquevilla :

– Je ne le dirai pas !

Il se tourna de nouveau vers Bolitho et encore une fois lui serra le bras :

– Je suis pas obligé, hein ?

Il avait peur.

– Non.

Bolitho ne savait qu'ajouter, le cœur lui manquait. Ce frêle espoir, ce fil ténu allait-il se rompre, ne lui laissant qu'un espoir déçu ?

D'une voix étonnamment claire, l'aveugle déclara :

– Eh bien ! je vais vous montrer le chemin.

Bolitho, incrédule, le regarda :

– Quand ça ?

– Tout de suite, pardi !

Le ton était presque méprisant.

– Inutile que tout Sheppey soit au courant, pas vrai ?

Chesshyre en avait le souffle coupé :

– Ça alors ! Je veux bien être damné si...

Bolitho croyait de nouveau entendre Herrick : la même expression, quand il était pris de court. Bolitho saisit les doigts répugnants du vieillard :

– Du fond du cœur, merci !

L'homme branlait sa tête bandée.

– Mais sans personne d'autre !

Christie, le second maître, eut un haut-le-corps indigné :

– Là, il y va un peu fort, non ?

Bolitho regarda Chesshyre :

– Il faut lui obéir. Je suis obligé de lui faire confiance. Je n'ai pas le choix.

Chesshyre se détourna de ses hommes :

– Vous cherchez vraiment les ennuis, Monsieur. Allez savoir s'il n'est pas manipulé par quelqu'un... Ce type qui l'a guidé jusqu'ici... Je ne sais pas, moi !

Bolitho s'avança jusqu'aux hommes qui gardaient le messager :
– Est-ce que tu as parlé à quelqu'un ?
« Je ferais mieux de lui demander qui il doit aller prévenir après nous avoir quittés », songea-t-il.
– Je le jure, sur la tête de mon gosse ! Je le jure : je n'ai rien dit à personne.
Bolitho se tourna vers Chesshyre :
– Il vaut mieux être prudent. Ramenez-le à bord avec vous. Il m'a l'air trop effrayé pour vendre la mèche, mais on ne sait jamais. Si vous avez des preuves contre lui, remettez-le aux dragons du major Craven.
Il ajouta sur un ton plus tranchant :
– Et lui aussi, il ira se balancer à un carrefour.
– Et que vais-je dire à M. Paice, Monsieur ? se désespéra Chesshyre.
Bolitho le fixa un moment dans l'obscurité, puis il vit la tête bandée s'approcher de lui. Alors, d'une voix haute et claire :
– Vous lui direz que je suis avec un ami, et que nous sommes tous les deux entre les mains de Dieu.
Chesshyre n'en croyait pas ses oreilles :
– Je ne sais pas, Monsieur, mais de toute ma carrière...
– Il y a une première fois pour tout, monsieur Chesshyre. Maintenant, décampez.
Il vit les marins se mettre en marche et nota qu'ils s'efforçaient de passer aussi près de lui qu'ils le pouvaient avant d'aller se fondre dans l'obscurité. Ils voulaient le voir de leurs yeux, une dernière fois peut-être.
Le dernier, Chesshyre lui tendit la main ; une main tannée comme du cuir.
– Dieu vous garde, Monsieur !
Il disparut.
Bolitho aida le vieillard à se lever :
– Quand tu voudras...
Il était en proie à des vertiges, à des nausées ; il avait la bouche sèche. Cet homme pouvait *croire* qu'il savait où il allait l'emmener ; dans son cerveau, l'imagination se confondait peut-être avec les faits.

L'aveugle se saisit d'un lourd morceau de bois, une branche ramassée quelque part au cours de ses errances désespérées.

– Par là ! fit-il de son étrange voix haut perchée. Attention où vous marchez, il y a une clôture, là-bas.

Bolitho déglutit péniblement : lequel était l'aveugle à présent ?

Une heure plus tard, ils marchaient toujours. De temps à autre, son guide s'arrêtait, tournant la tête à droite et à gauche. Essayait-il de s'orienter ? Tendait-il l'oreille ? Bolitho ne savait pas. Peut-être était-il tout bonnement perdu.

Au loin, des chiens aboyèrent. A un moment, il faillit tomber d'effroi quand des oiseaux affolés jaillirent des herbes presque sous ses pieds. Puis il rejoignit l'aveugle qui l'attendait. Le bonhomme lui souffla :

– Par là-bas, au fond, qu'est-ce que vous voyez ?

Scrutant l'obscurité, Bolitho découvrit une masse plus sombre et son cœur cessa de battre. Le même sinitre boqueteau. Oui ! le même, vu sous un autre angle, et dont ils s'approchaient du côté opposé.

On eût dit que l'aveugle avait vu la stupeur se peindre sur son visage, car il éclata d'un petit rire sifflant :

– Vous pensiez qu'on était perdus, hein, Commandant ?

Pendant ce temps, Chesshyre expliquait leur débarquement à Paice et à son second. Les nageurs de la yole titubaient sur le pont comme des ivrognes après la touée la plus éreintante de leur carrière.

– Et vous l'avez laissé ! explosa Paice. Vous avez laissé le commandant sans escorte ?

– C'était un ordre, Commandant ! protesta Chesshyre. Vous me connaissez...

Paice lui serra l'épaule jusqu'à lui arracher une grimace de douleur :

– Toutes mes excuses, monsieur Chesshyre. Sûr que je vous connais ! Bon Dieu, même moi, il ne m'a pas laissé l'accompagner... C'était un ordre, là aussi.

– Qu'allons-nous faire, Commandant ? hasarda Triscott.

– Faire ?

Paice eut un long soupir :

– Il m'a laissé des instructions détaillées pour le cas où la chaloupe reviendrait sans lui.

Il lança à Chesshyre un regard découragé :

– Eh oui ! Encore un ordre…

Il leva la tête pour regarder la position des étoiles.

– On va lever l'ancre. Si nous restons ici, tout le monde saura ce que nous cherchons.

Il regarda le messager assis sur le hiloire de la descente, la mine défaite. Il était sous bonne garde.

– Aussi vrai que Dieu vit, si c'est un coup fourré, je le pendrai à la fusée de basse vergue de mes propres mains !

Et il ajouta, plus calme :

– Hissez la yole à bord. Après quoi nous appareillerons.

Un instant plus tard, on entendit un plongeon, puis un cri de surprise :

– Un homme à la mer, Commandant !

Mais Paice dit tranquillement :

– Non, ce n'est pas un homme. C'est le gamin. Matthew Corker. J'ai parlé trop haut. Il a dû m'entendre.

Triscott observa :

– Maintenant, même avec la yole, nous aurions du mal à le rejoindre, Commandant.

Paice suivit du regard le garçon ; les éclaboussures régulières se perdaient dans l'ombre.

– Bon nageur, remarqua-t-il.

– Mais qu'est-ce qu'il va pouvoir faire pour lui, Commandant ? demanda Chesshyre.

Paice éprouva quelque difficulté à détourner son attention de la mer et de Matthew lancé de toutes ses forces à la poursuite et au secours de son idole.

Il ressemblait au fils qu'il avait toujours désiré, qu'il avait prié le ciel de lui envoyer… Jusqu'au jour où elle avait été brutalement abattue.

– Faites servir ! ordonna-t-il avec rage. Si quelque chose arrive à ce garçon…

Il ne put achever sa phrase.

Trente minutes plus tard, quand on retourna le sablier, le *Télé-*

maque déploya sa grand-voile et se glissa vers la mer du Nord, avant de virer de bord et de faire route à l'ouest, en direction de Sheerness.

Paice confia le soin du navire à son second et se retira à l'arrière, dans sa cabine. Ayant ouvert la porte d'une lanterne, il s'assit pour achever la rédaction de son journal de bord. C'est alors que son regard fut attiré par quelque chose qui brillait, sur la bannette, en face de lui. Il se pencha : c'était une jolie montre en or au couvercle gravé. Plus d'une fois, il avait surpris Bolitho en train de la consulter – plus souvent que nécessaire, songea-t-il, pour savoir l'heure. A côté de la montre il trouva un paquet contenant la maquette inachevée.

Il ouvrit avec précaution le couvercle de la montre : quelque chose lui disait que Bolitho ne s'y serait pas opposé. Après quoi, il la replaça à côté du paquet abandonné par Allday.

Dans la Marine, tout le monde s'imagine qu'un officier supérieur n'a de comptes à rendre qu'à Dieu. On croit qu'à ce grade, on n'obéit qu'à soi-même, on ne manque de rien.

Paice songea à cet homme solitaire qui s'avançait dans l'obscurité, guidé par un aveugle ; cette montre était tout ce qu'il possédait au monde.

Couché à plat ventre près d'une grosse touffe d'ajoncs, Bolitho braqua sa petite lorgnette sur le chantier naval, à une cinquantaine de mètres au-dessous de lui ; un gravillon lui gênait le coude, il fit la grimace et se demanda si cet endroit était bien celui décrit par l'aveugle.

Il posa sa lorgnette dans l'herbe et son visage sur son bras. Il était midi ; le soleil était haut. Il n'osait guère utiliser sa lorgnette, de peur qu'un éclat ne trahît leur présence.

Il était résolu à descendre dès que possible, mais comment allaient-ils faire pour rester là tout le jour ? Il se maudit d'avoir oublié de prendre une gourde au moment de quitter le *Télémaque*. Il essaya de penser à autre chose qu'à des boissons rafraîchissantes, puis il se fourra un galet dans la bouche pour soulager sa gorge desséchée.

Se haussant sur un coude, il observa son compagnon. L'aveugle faisait pitié : ses vêtements tachés n'étaient plus que lambeaux et le bandeau qui couvrait ses orbites vides était couvert de saletés.

– On dirait que vous avez l'habitude d'attendre, observa l'homme.

Il hocha la tête.

– Quand il va faire noir...

Il s'interrompit pour ricaner :

– Noir. C'est la bonne expression, pas vrai ?

Bolitho soupira. L'aveugle distinguait-il le jour et la nuit ? Peu importait : il pouvait se fier à lui, à présent. Il avait le sens de l'orientation. Il l'avait prouvé.

Des bruits venus du chantier le firent sursauter ; il braqua de nouveau sa lorgnette, veillant à rester dans l'ombre d'une touffe d'herbe.

Des silhouettes évoluaient dans le chantier. Deux hommes étaient armés, deux autres transportaient une jarre de pierre, probablement du rhum, pensa-t-il. Personne ne travaillait en bas ; les outils gisaient à l'abandon autour d'une coque inachevée. Une herminette était plantée dans une grume.

A leur façon de marcher, ces hommes étaient des marins. On ne devinait chez eux ni crainte ni prudence : il devait y avoir une raison pour qu'ils se sentent si confiants.

Bolitho referma sa lorgnette. La dernière fois qu'il l'avait utilisée, c'était pour observer la foule des émeutiers escortant les deux officiers racoleurs. De minuscules insectes s'affairaient à côté de son sabre nu. Il fallait se décider, maintenant. Il jeta un coup d'œil à son camarade en guenilles et se troubla : l'homme se balançait d'avant en arrière, fredonnant quelque chose, peut-être un cantique. Était-il noble ? Quand il avait crié sa soif de vengeance, on l'eût dit échappé des flammes de l'enfer.

Un moment plus tard, il constata qu'il était seul ; mais l'aveugle ne resta pas longtemps absent. Il revint en rampant sous les taillis, une moque écaillée à la main ; il la tendit en direction de Bolitho :

– Vous n'avez pas envie de vous mouiller le sifflet, Commandant ?

Il devait y avoir un ruisseau à proximité. L'eau avait un goût de vase, sans doute du bétail venait-il s'abreuver là. Bolitho but tout son soûl : un vin du Rhin ne lui aurait pas procuré plus de plaisir. L'aveugle reprit la moque et la rangea dans les profondeurs de son habit déchiré.

– Parfois, Commandant, ils en amènent quelques-uns ici : des hommes pour les bateaux de la contrebande. C'est là qu'ils embarquent, vous voyez.

Il pencha la tête dans une attitude de maître d'école attendant les réactions d'un cancre.

Bolitho réfléchissait. C'était si facile! Pourquoi n'envoyait-on pas des hommes fouiller ce chantier? Le major Craven avait fait allusion à des gens haut placés, plus attachés à leur profit personnel qu'à l'application de la loi. D'ailleurs, ils ne cessaient de le répéter : la loi était inapplicable.

– A qui appartient ce terrain?

L'aveugle se coucha sur le côté :

– Je vais prendre un moment de repos, Commandant.

Pour la première fois depuis leur étrange rendez-vous, Bolitho avait senti une trace de peur dans sa voix : la peur terrible, irrépressible, de qui a frôlé une mort affreuse.

Il enviait presque l'aptitude de son compagnon à s'endormir. Il devait avoir l'habitude de ne se déplacer que la nuit. Pour Bolitho, c'était une journée interminable. Il tâchait de s'occuper en songeant au commodore et aux trois cotres; il finit par en avoir la tête prête à éclater.

Vint le crépuscule; il eut l'impression que la lumière baissait brusquement. Au lieu des grands arbres verts et de la mer qui miroitait au-delà, on ne voyait plus que des ombres violettes et une vaste étendue sombre comme de l'étain fondu.

Des feux apparurent dans les bâtiments qui entouraient le chantier; une fois ou deux, Bolitho aperçut des mouvements : le plus souvent, un homme sans arme qui allait se soulager au bord de l'eau.

Il avait scruté minutieusement chaque centimètre carré du chemin qu'il lui fallait parcourir pour descendre au chantier. Pas question de trébucher ou de glisser sur une bouse de vache. La surprise était sa seule chance.

Il se rendit compte que l'aveugle, bien éveillé maintenant, s'était accroupi tout près de lui. Comment pouvait-il vivre dans pareille saleté? Sans doute ne s'en rendait-il plus compte, désormais.

– Qu'est-ce que c'est?

L'homme tendait le bras en direction de la mer :

– Un navire arrive.

Bolitho sortit sa lorgnette et jura à mi-voix : il faisait trop sombre, à présent, c'était comme si l'on avait tiré un épais rideau. Puis on entendit le grincement des avirons. La lueur d'une lanterne sourde se refléta sur l'eau : le brigadier, debout à l'avant, guidait l'embarcation jusqu'à la cale de mise à l'eau.

– C'est un navire, Commandant, répéta l'aveugle.

Bolitho scrutait l'ombre de toutes ses forces. Si c'était un navire, s'apprêtait-il à décharger une cargaison ? Non : l'aveugle connaissait mieux que personne les activités des contrebandiers – il les connaissait d'expérience. Cette fois, ils venaient embarquer des marins. C'étaient des hommes portés déserteurs sur les rôles d'équipage de leurs navires respectifs, des bandits qui avaient échappé à la potence ; il devait y avoir parmi eux quelques mercenaires, aussi. Tous étaient dangereux. De nouveau on entendit grincer les avirons : le canot repartait, sa mystérieuse mission accomplie.

Bolitho se leva. L'air fraîchissant qui venait de la mer le faisait trembler :

– Attends ici. Ne bouge pas jusqu'à ce que je revienne te chercher.

L'aveugle s'appuyait sur sa canne improvisée :

– S'ils vous voient, ils vont vous étriper, pour sûr.

– Il faut que j'en aie le cœur net.

Bolitho entendit claquer une porte :

– Si je ne reviens pas, va trouver le major Craven.

– Je ne retournerai pas chez ces fichus uniformes rouges !

Bolitho s'était éloigné de plusieurs pas que lui parvenaient encore les plaintes et les protestations du vieillard. Comme il s'avançait sur la pente herbue en direction de la dernière fenêtre éclairée, il entendit des rires, le bruit d'une bouteille qui volait en éclats, d'autres rires… Ainsi, tous n'étaient pas partis ! Peut-être Allday… Il atteignit le mur du bâtiment et s'y adossa, le temps de reprendre son souffle.

Puis, très lentement, il s'approcha de l'angle de la fenêtre. La vitre était sale, couverte de toiles d'araignée, mais il vit ce qu'il voulait voir. C'était un atelier de charpente navale, avec des établis et des piles de planches neuves. Il compta à peu près six hommes autour d'une table : ils buvaient du rhum et se passaient une jarre à la ronde ; un autre découpait des tranches de pain dans un panier.

Un seul était armé, qui se tenait à l'écart des autres; il portait un uniforme bleu avec un foulard rouge, il avait posé de guingois un vieux bicorne sur ses cheveux graisseux.

Bolitho regarda derrière lui. Pas d'autre bruit. Ces hommes étaient-ils aussi des déserteurs attendant la dernière chaloupe qui pourrait les emmener? Le chantier n'était pas entretenu, comme si on avait eu l'intention de l'abandonner, ou de le rendre à son usage normal, une fois ceux-là partis. Toutes les preuves seraient effacées; il ne resterait rien. Et Allday aurait disparu pour toujours.

Bolitho se passa la langue sur les lèvres. Il était à un contre six. Mais un seul de ses adversaires était armé, un contrebandier, évidemment, le seul à présenter un danger véritable. Son cœur cognait fort; il avait la bouche sèche; il ne cessait plus de se passer la langue sur les lèvres pour les empêcher de gercer.

Pour l'instant, les hommes restaient groupés, mais l'un d'eux pouvait sortir, donner l'alarme. Les autres auraient tôt fait de se saisir de leurs armes.

Bolitho se déplaça prudemment le long du mur et atteignit la porte. Un rai de lumière continu, de haut en bas, indiquait qu'il n'y avait ni verrou ni chaîne.

« Qu'as-tu fait de ton courage? », semblait lui dire cette fine lumière. A présent il était engagé; il n'avait pas d'autre choix que d'aller jusqu'au bout.

Il tira le pistolet de sa ceinture. L'avait-il bien gardé à l'abri de l'eau, au moment de débarquer? Avec une grimace, il arma le chien, puis il s'écarta. Levant son épée en travers de sa poitrine, il lança un formidable coup de pied contre la porte :

– Au nom du roi! hurla-t-il.

Sa voix résonna violemment dans cet espace étroit.

– Vous êtes tous en état d'arrestation.

– Bon Dieu! s'exclama quelqu'un. Les racoleurs!

Un autre étouffa un cri :

– Ils nous avaient dit qu'on était en sureté!

L'homme en armes toucha le poignard glissé dans sa ceinture et fit d'une voix grinçante :

– Ce n'est pas un racoleur! Je le connais, ce chien!

Bolitho leva son pistolet :

– Pas un geste !

La haine et la colère convulsaient les traits du contrebandier ; c'était un masque hideux que Bolitho fixait, un masque suspendu au canon du pistolet.

L'autre tira son poignard.

Bolitho appuya sur la détente et produisit un cliquetis impuissant : la poudre était mouillée. L'homme se mit en garde, la pointe de son poignard traçant de petits cercles à la lueur de la lanterne. Personne ne bougeait : trop ivres pour réagir, sans doute. L'homme rugit :

– Sortez, bande de poules mouillées ! Allez chercher vos armes ! Nom de Dieu, vous ne voyez pas qu'il est tout seul ?

Il se fendit violemment, mais sans bouger les jambes ; les deux lames d'acier reflétèrent la lumière. Bolitho surveillait le regard de son adversaire. Quoi qu'il pût arriver maintenant, il ne s'en sortirait pas vainqueur. C'était une meute qui allait se jeter sur lui. Ces hommes craignaient plus la vengeance des contrebandiers que les conséquences du meurtre d'un officier du roi.

Il les entendit quitter la pièce. Ils escaladèrent une fenêtre, l'un d'eux se mit à courir dans le noir en hurlant comme un possédé. Bientôt, ils allaient revenir.

– Tu n'as aucune chance, lança-t-il.

L'autre cracha :

– C'est ce qu'on va voir !

Il éclata d'un rire sauvage :

– D'homme à homme, Bolitho ! Sapolerie de commandant !

Il se fendit de nouveau : Bolitho para son attaque et réussit à bloquer un instant la garde de l'arme. L'homme fut repoussé. Sa silhouette se découpait à contre-jour, devant la lumière de la lanterne.

– Tuez-le ! reprit-il. Rats de souillarde !

Il était fort, mais pas de taille à affronter les talents d'escrimeur de Bolitho ; il esquiva en sautant derrière un banc, puis il attendit l'assaut, brandissant son poignard.

Ce ne serait plus long, à présent. Bolitho entendit une course de pieds nus à l'extérieur, et la chute d'un homme contre un obstacle dans l'obscurité ; le maladroit, ivre de rhum, éclata d'un rire dément. Puis il y eut un coup de feu. Une seconde, Bolitho crut qu'on lui tirait dessus par la fenêtre. Mais quelqu'un étrangla des hoquets. Et ce fut soudain le tonnerre des chevaux lancés au galop ; la voix du major Craven retentit.

La porte s'ouvrit à la volée. La pièce tout à coup était remplie d'uniformes écarlates et de sabres étincelants. Un sergent cria :

– Un de ces salauds s'est débarrassé du soldat Green, Monsieur.

Craven, apercevant Bolitho, le salua d'un bref signe de tête. Puis, se tournant vers le contrebandier :

– Tu as entendu ? Mes hommes seront ravis de mettre fin ici à ta misérable vie, à moins que...

L'homme jeta son arme sur le banc :

– Je ne sais rien.

Bolitho prit Craven par le bras :

– Qui vous a prévenu ?

Craven l'entraîna vers la porte.

– Regardez là-bas, Commandant.

Un dragon aidait quelqu'un à descendre de cheval. D'un pas lent, hésitant, le garçon s'avança à la lumière de la lanterne. Il pleurait. La peur, sans doute, à laquelle se mêlait le soulagement.

– Montre tes pieds, mon garçon, dit doucement Craven.

Aidé du dragon, le jeune Matthew leva son pied nu dont la plante était ensanglantée, déchirée presque jusqu'à l'os.

– Une de mes sentinelles, expliqua Craven, l'a trouvé qui courait sur la route.

Il regarda ses hommes rassembler les déserteurs au-dehors. Ils leur attachaient les poignets dans le dos. Un des cavaliers gisait à terre, mort. Bolitho ouvrit les bras et serra le garçon contre son uniforme, essayant d'effacer le choc de la surprise et la peine qu'il éprouvait pour lui.

– Grâce à toi, Matthew, je suis indemne. Grâce à ta bravoure.

– Oui, approuva Craven, il a pris de sacrés risques.

Bolitho s'adressa au dragon qui avait pris Matthew en croupe :

– Occupe-toi de lui, j'ai à faire.

Il revint à l'homme qui, deux minutes plus tôt, hurlait à ses camarades d'aller chercher leurs armes pour le mettre en quartiers.

– Si tu me dis tout ce que je veux savoir, je suis prêt à intervenir en ta faveur. Mais je ne promets rien de précis.

L'homme rejeta la tête en arrière et éclata de rire :

– Vous croyez peut-être que j'ai peur de la corde ?

– C'est de ses maîtres de la Confrérie, qu'il a peur, murmura Craven.

L'autre se laissa attacher les mains sans offrir de résistance ; et crachant son dépit :

– On se reverra, Commandant.

Dehors, un dragon cria :

– Holà ! Où est-ce que tu te crois ?

Puis il se tut, comme tous les autres, au spectacle de la silhouette en haillons, appuyée sur un bâton cassé, qui s'avançait au milieu du cercle de lumière. Bolitho le sentit tout de suite : quelque chose passait entre l'aveugle et le prisonnier, un éclair silencieux.

– C'est lui, Commandant, souffla le vieillard.

Sa phrase s'acheva dans un sanglot étouffé :

– Je descendais. Je l'ai entendu rire. C'est lui qui m'a fait ça !

– Sale menteur ! hurla le contrebandier. Qui va croire un vieux fou aveugle ?

Bolitho sentit monter en lui l'envie de l'assommer, de le tuer, quand bien même il était sans défense.

– Moi. Moi, je le crois.

Comme sa voix était calme ! Bolitho avait l'impression d'entendre la voix d'un étranger :

– Quand tout a commencé, cet homme – mon ami, qu'on se le dise – n'a exigé aucune récompense...

Le silence maintenant était absolu. Le prisonnier le regardait, inquiet. Fini de faire le bravache.

– Il ne demande qu'une chose : sa vengeance. Je crois savoir ce qu'il entend par là.

Bolitho regarda les spectateurs :

– Major Craven, veuillez faire sortir vos hommes.

Les dragons quittèrent la pièce en rangs, les uns encore secoués par la scène à laquelle ils venaient d'assister, les autres déjà possédés par la soif de vengeance : ils venaient de perdre un des leurs. Il fallait appartenir à ce corps pour comprendre quelle solidarité l'animait, quelle loyauté.

Bolitho vit que son prisonnier commençait à comprendre. Un peu de bave lui coulait au coin de la bouche :

– Vous mentez ! Vous n'oserez jamais !

Mais quand Bolitho fit mine de s'éloigner, il cria plus fort encore :

– Ne me laissez pas !

L'aveugle s'avança à tâtons vers le prisonnier assis et, par derrière, lui toucha les yeux avec douceur ; il fredonnait à mi-voix une ritournelle enfantine.

Le prisonnier recommença à hurler et à se débattre :

– Seigneur ! Mes yeux !

Bolitho ouvrit la porte, prêt à vomir. Puis arriva ce qu'il attendait :

– Je dirai tout ! Je dirai tout ! Emmenez-le, pour l'amour du Christ !

En deux enjambées, Bolitho traversa la pièce :

– Je veux les noms, je veux savoir tout ce que tu es le seul à connaître.

L'homme haletait comme s'il venait d'échapper à la noyade :

– J'ai senti ses griffes sur mes paupières.

– J'attends.

Bolitho avait posé la main sur l'épaule décharnée de l'aveugle qui leva vers lui sa tête bandée. En un sens, il avait eu sa vengeance ; peut-être n'en avait-il pas obtenu la satisfaction escomptée.

Ce fut un flot de renseignements, qu'ils écoutèrent ensemble. Le contrebandier aurait été capable de se montrer brave devant la corde, ou devant l'horreur d'une bataille navale, mais toute dignité le quittait à l'idée de tomber entre les mains de celui qu'il avait éborgné, puis rendu aveugle.

– On va t'enfermer dans une caserne, seul et sous bonne garde. Si un mot de ce que tu viens d'avouer est faux, je te donnerai cet aveugle comme compagnon de cellule.

Tendant le bras, il empoigna les cheveux du contrebandier et lui écrasa l'occiput contre le dossier de son siège :

– Regarde-moi, bon Dieu ! Est-ce que j'ai l'air de plaisanter ?

La terreur décomposait le visage du prisonnier ; Bolitho sentait l'odeur infecte de sa sueur froide ; il conclut plus doucement :

– Tiens-le-toi pour dit !

Puis il sortit de la pièce et, s'appuyant au mur, il leva les yeux vers les étoiles impassibles.

– Grâce à Dieu, fit Craven, je suis arrivé à temps.

– Certes !

Il regarda l'aveugle qui effleurait le museau d'un cheval :

– Cette nuit, nous lui devons beaucoup.

Bolitho le savait : la scène eût-elle duré quelques minutes de plus, il aurait vomi sur place.

– Et le gamin, où est-il ?

Le jeune Matthew s'était endormi en travers de la selle du dragon.

– Il est temps d'y aller, dit Craven. J'ai demandé des renforts avant mon départ. Je sentais que c'était ici que tout se passait. On n'a jamais pu obtenir l'autorisation de venir perquisitionner.

Il jeta lui aussi un coup d'œil vers le ciel.

– Un détachement d'une cinquantaine de cavaliers ou davantage a dû se mettre en route de Chatham. Mais ne prenons pas de risque.

On attachait le dragon mort en travers d'une selle vide.

– Est-ce que le jeu en vaut la chandelle, cette fois-ci ?

Il ôta son chapeau quand on emmena le cadavre.

– Je le crois, répondit Bolitho.

Il attendit. Le major allait ordonner qu'une monture fût mise à sa disposition :

– Vous aussi, vous avez fait beaucoup.

Et d'un ton résolu :

– Maintenant, à moi de jouer.

L'aveugle attendait près des chevaux ; Bolitho se pencha et lui toucha le bras :

– Tu nous accompagnes ?

Le vieillard secoua la tête :

– Si vous avez besoin de moi, Commandant, je ne suis pas loin.

La troupe se mit en marche et s'écarta des bâtiments, les prisonniers courant entre les chevaux. Le visage levé vers sa nuit perpétuelle, l'aveugle murmura :

– Il m'a appelé son ami...

Puis, tel un fantôme en haillons, il s'enfonça à son tour dans l'obscurité.

X

UNE ÉTINCELLE DE COURAGE

Le brick *Loyal Chieftain* roulait lourdement, tenant la cape sous hunier au bas ris ; son pont était encombré d'apparaux de levage de toutes sortes, autant de pièges pour l'imprudent ou le terrien mal amariné. Il faisait nuit noire. Le brick était amarré entre deux lourds chasse-marée ; les hommes des trois bateaux halaient sur les garants des palans de bigue, hissaient, viraient et arrimaient une imposante cargaison. Dans la cale avant, Allday s'émerveillait de la vitesse à laquelle s'effectuait le transbordement, en dépit de quelques stupides bévues. Le navire avait à son bord deux fois plus d'hommes qu'à l'accoutumée, mais la plupart n'avaient jamais travaillé ensemble auparavant. Les coups et les obscénités pleuvaient, pire qu'à bord d'un navire de guerre.

Chaque fois qu'il montait sur le pont, il scrutait l'horizon, espérant voir la terre ; mais nulle côte n'était en vue, aucun feu ne pouvait lui indiquer l'endroit où ils se trouvaient. Allday savait vaguement que les trois navires tenaient la cape au large des côtes hollandaises, à proximité de Flushing ; mais comme rien ne confirmait cette vague indication, ils auraient aussi bien pu être à l'autre bout du monde.

On avait remarqué tout de suite ses compétences et plus d'une fois il avait rendu grâce à son créateur que Delaval ne fût pas à bord. Le *Loyal Chieftain* était sous le commandement du second de Delaval, un certain Isaac Newby ; c'était une brute lippue, originaire du Dorset, arrêté deux fois déjà pour contrebande, puis relâché faute de preuves, ou parce qu'elles avaient été détruites.

Avec Allday, il ne s'était guère montré bavard ; une fois cependant, il lui avait lancé :

– J'ai des amis en haut lieu.

Depuis qu'ils étaient arrivés en vue des deux chasse-marée, nul n'avait eu le temps de manger ni de boire. Les hommes cherchaient à tâtons des manœuvres qui ne leur étaient pas familières ; l'un ou l'autre fut même assommé par un filet de chargement plein de tonneaux de cognac. Dans les cales, d'autres équipes arrimaient les rangées de futailles avec d'épais cordages de chanvre, non sans les avoir calées avec des flotteurs de filets de pêche. Allday avait commencé à se lier avec un ancien gabier du nom de Tom Lucas ; ce dernier lui avait expliqué que, une fois en vue des côtes anglaises, les futailles oringuées seraient passées par-dessus bord comme des casiers à homards, et récupérées plus tard par les longues yoles des contrebandiers. Ceux-ci répartiraient ensuite le butin dans des grottes et criques isolées, d'où il serait enlevé à dos de cheval ou de mulet.

Lucas était un grand marin au visage grave, l'image même que les terriens pouvaient se faire du vieux loup de mer anglais. Pendant la traversée depuis le Kent, Allday le vit une fois occupé à poser une pièce sur sa chemise déchirée ; Allday connaissait les habitudes de la marine et la dure discipline qui y régnait, mais le dos de Lucas était lacéré et couturé de cicatrices au point de ne plus ressembler à un dos. Lucas avait été matelot à bord d'un vaisseau de soixante-quatorze canons basé dans le Nore ; l'équipage était insuffisant, la nourriture effroyable et le commandant odieux. Au nom de tout son poste d'équipage, Lucas s'était plaint auprès du second, conformément aux usages hiérarchiques. Le second, un homme intègre, jouissait de la confiance de tout l'équipage ; il avait transmis les doléances de Lucas au commandant, comme le veut le règlement. Résultat : trois douzaines de coups de fouet au gabier pour indiscipline. Lucas avait donc résolu de déserter mais, le soir où il devait mettre son projet à exécution, il avait été surpris par un lieutenant. D'un coup de poing, il avait assommé l'officier, qui avait basculé du passavant pour aller s'écraser sur le pont de batterie. Lucas ignorait s'il avait survécu à sa chute, et il n'avait pas l'intention de retourner prendre de ses nouvelles.

Il avait lancé à Allday un regard farouche :

– Trente-six coups de fouet devant toute la flotte, tu sais ce que cela veut dire. Je n'ai pas supporté. En plus, si le lieutenant est mort, je suis condamné à mort par contumace !

Aux yeux d'Allday, cet homme n'était pas un contrebandier dans l'âme ; c'était un fugitif sans espoir ni avenir, qui attendait l'heure où son destin le rattraperait. Pendant les petits quarts, Allday avait entendu des conversations ; pour l'instant, le travail n'avait pas manqué et la fortune de l'équipage se faisait attendre. La balance penchait du mauvais côté, mais la plupart avaient connu pire.

Allday travaillait côte à côte avec Lucas ce soir-là, surveillant l'équipe des arrimeurs dans la cale avant ; à l'occasion, ils guidaient des mains inexpertes jusqu'aux bonnes manœuvres. Les coques grinçaient et embardaient, se heurtant les unes contre les autres dans un clapot déjà bien formé.

– On n'y voit pas plus clair que dans une botte, sur ce pont, grommela Allday.

Lucas s'arrêta un instant et renifla : l'odeur du cognac envahissait tout le bateau.

– Je ne refuserais pas une petite lampée !

Puis il revint sur la remarque d'Allday :

– Ouais... Tu vois, j'ai déjà fait plusieurs traversées avec ce brick. Le capitaine a toujours un autre navire sous la main, qu'il envoie comme appât. Comme ça, si nos patrouilles...

Il eut l'air de sourire dans l'obscurité :

– Je veux dire : si *leurs* patrouilles se montrent, ou les cotres de la douane, cela lui laisse le temps de prendre le large.

Allday baissa la tête pour ne pas être trahi par son expression. Voilà comme ils s'y prenaient : dans la Confrérie, on devait se charger à tour de rôle de jouer les appâts, pour se partager ensuite les profits.

Le second, Isaac Newby, apparut au-dessus du panneau, près des lanternes sourdes :

– Parés en bas ?

Il s'impatientait ; Allday leva le poing :

– Ça ne va pas tarder. On arrime le dernier filet.

Newby disparut, probablement pour aller vérifier la cale suivante. Lucas continua, amer :

– Je vais te dire ce qui nous attend. De l'or pour le capitaine, et une rasade de rhum pour nous, pas vrai ?

Allday le regarda, pensif. Combien de bons marins l'Angleterre n'avait-elle pas perdus à cause d'officiers indifférents ou de commandants barbares ? Quel dommage qu'ils ne fussent pas tous comme ce cher vieux Dick [1] ! songea-t-il.

– Parés à tout larguer, tribord ! hurla une voix. Plus vite que ça, racaille !

Lucas jura.

– Ça recommence.

Le premier chasse-marée alargua au milieu des jurons et des grincements de poulie ; le brick se mit à culer lourdement, sa toile était impossible à maîtriser. Puis, dès que les huniers et le foc furent établis, il commença à tailler de la route, gîtant légèrement bâbord amures. Les panneaux de cale furent condamnés et l'on s'employa à lover toutes les manœuvres.

Lucas resta un moment à regarder la houle noire qui faisait le dos rond et se mit à grincer des dents :

– Par le Christ ! Ils ont embarqué des femmes !

Il s'accrocha aux enfléchures et s'y suspendit, au désespoir :

– Bon Dieu ! Écoute-moi ça ! Ils ne savent donc pas que ça porte malheur ?

Allday entendit un cri perçant : on eût dit le cri d'une mouette, que recouvrit aussitôt le tonnerre de la toile détrempée par les embruns.

– Bande de fainéants ! hurla le bosco. Parés à larguer la misaine ! Du monde dans les hauts, et plus vite que ça !

Joignant le geste à la parole, il brandit sa garcette qui arracha un jappement bref à un matelot.

Le bosco rejoignit Allday sous les haubans :

– Jolie brise !

Il leva la tête mais les hommes qui dérabantaient la misaine étaient hors de vue, plongés dans l'obscurité.

– On devrait avoir une traversée sans histoire, cette fois.

De nouveau un cri. Allday demanda :

– Des femmes, hein ?

Il ne savait pourquoi, mais cette pensée le troublait. Le bosco bâilla longuement :

1. *Dick :* diminutif de Richard. *(NdT)*

– Le capitaine a ses habitudes.

Puis, avec un petit rire méchant :

– Qu'est-ce qu'on n'a pas avec de l'argent, pas vrai ?

Il haussa les épaules. Un hurlement long et strident s'échappa de la claire-voie arrière. Allday essayait de se mouiller les lèvres :

– Delaval, tu veux dire ?

Le bosco, furieux, leva la tête vers la grande misaine qui claquait et se tordait :

– Ouais, il est venu à bord d'un des chasse-marée hollandais.

Il mit ses mains en porte-voix :

– Tourne-moi cette amure au taquet, abruti ! Et maintenant, amarre !

C'est tout juste si Allday l'entendit : Delaval était à bord. Allait-il le reconnaître ? L'autre fois, il n'avait eu d'yeux que pour Bolitho et Paice. Allday essayait de se raccrocher au plus infime espoir, mais il savait qu'il se mentait.

D'autres officiers beuglèrent des ordres et le quart de repos fut envoyé en bas pour ce qui tenait lieu de repas.

Allday marcha vers l'arrière, soucieux, son corps bien vertical dessinant un angle net avec le pont à la gîte. Il aperçut les visages des timoniers faiblement éclairés par la lumière de l'habitacle, qui ne permettait toutefois à personne d'y voir au-delà de quelques mètres.

Que faire, à présent ? se demanda-t-il. S'il survivait assez longtemps... Une vague plus haute que les précédentes aborda le brick par le travers, provoquant un coup de roulis ; les poignées de la barre à roue échappèrent aux timoniers qui jurèrent et eurent du mal à remettre le navire à son cap.

Allday s'appuya à un râtelier de cabillots et s'aperçut que la claire-voie était ouverte, découvrant l'intérieur de la cabine. Il y avait là une jeune fille de seize ans à peine ; le second, Newby, lui tenait les bras dans le dos tandis qu'un autre homme, caché par le hiloire de la claire-voie, lui arrachait ses vêtements et lui dénudait les seins ; la malheureuse se débattait de toutes ses forces et hurlait de terreur.

Allday n'eut pas le temps de voir venir le danger :

– Mais c'est notre voilier ! Je n'oublie jamais un visage, monsieur Allday !

Un coup formidable sur la nuque l'expédia sans transition au pays des songes, sans peur ni douleur.

Bolitho donna un peu de lâche à sa chemise qui le serrait. L'entouraient des visages attentifs. La minuscule cabine du *Télémaque* était pleine à éclater; tous les officiers des trois cotres y étaient rassemblés, ainsi que les maîtres de manœuvre.

Bolitho étala ses mains sur la carte. Le vent soupirait dans le gréement et la charpente grinçait doucement tandis que le cotre rappelait sur son câble d'ancre. C'était le soir. L'air était plus humide que chaud, et le ciel encombré de lourds nuages pansus.

Comme l'atmosphère avait changé depuis la première réunion des trois commandants! Plus l'ombre d'une réticence, une confiance totale. Les événements les avaient soudés mieux encore que Bolitho ne l'avait espéré. Tous avaient retiré leur veste d'uniforme et Bolitho s'amusa du spectacle : on les aurait pris plus facilement pour les contrebandiers qu'ils pourchassaient que pour des officiers de marine.

– Nous appareillerons au crépuscule, au risque d'attirer l'attention.

Ses yeux tombèrent sur Chesshyre :

– Je vois que vous avez déjà remarqué le changement de vent.

Chesshyre approuva de la tête, surpris de se voir adresser la parole devant un tel aréopage :

– Oui, Monsieur, le vent a bien reculé de deux quarts.

Il frissonna légèrement, comme s'il sentait soudain la fraîcheur du temps :

– Je dirais que nous aurons de la brume avant le jour.

Les officiers se regardèrent : l'annonce d'un temps bouché n'était pas pour les réjouir.

– Je sais, dit Bolitho. Quand j'ai consulté le baromètre...

Il leva les yeux vers la claire-voie ouverte et décolla sa chemise qui adhérait à sa peau : un torchon mouillé, comme quand il s'était rué dans la pièce où buvaient paisiblement les contrebandiers. Ce moment, qui lui semblait bien lointain, ne remontait qu'à quelques jours. Il se hâta de poursuivre :

– Nous avons des renseignements. Deux navires en provenance de la côte hollandaise sont annoncés devant l'île de Thanet. L'un sera à pleine charge, et l'autre un simple appât.

Il les vit échanger des regards entendus et continua :

– Je suis sûr de cette information.

Il revoyait le contrebandier ligoté sur son siège, hurlant de terreur au toucher de l'aveugle. Non, il n'y avait aucun doute.

– Puis-je poser une question, Monsieur ? demanda Paice.

Il regarda les autres officiers et Queely approuva d'un hochement de tête : ils avaient dû se consulter à l'avance.

– En cas d'échec, Monsieur, s'il nous échappe, qu'allez-vous devenir ?

Bolitho sourit : il s'était plus ou moins attendu à une objection de ce genre.

– Je pense qu'on m'expédiera là où l'on met les empêcheurs de tourner en rond.

Il avait rarement eu l'impression de prononcer une parole aussi vraie. L'aspirant Fenwick avait beau être aux arrêts de rigueur, le contrebandier aux mains des dragons de Craven, ses preuves manqueraient singulièrement de consistance tant qu'il ne se serait pas emparé de Delaval et de sa cargaison.

Il écarta cette pensée et continua :

– J'ai des raisons de penser que les renseignements qui ont permis la capture du *Four Brothers* nous ont été confiés pour écarter les soupçons. Pour se débarrasser d'un concurrent, il faut parfois lâcher un peu de lest, surtout quand l'enjeu en vaut la peine.

Il retint son souffle et observa leur réaction ; s'ils le suivaient jusque-là, ils s'engageaient avec lui. Seul le commodore Hoblyn était au courant de la livraison du *Four Brothers*; en prenant les affirmations de Bolitho pour argent comptant, tous devenaient ses complices. Paice n'était pas homme à se dérober :

– Je suis d'accord. Aussi loin qu'il m'en souvienne, nous avons été tenus à l'écart de cette portion de côte ; elle compte pourtant plusieurs petits chantiers, dont la plupart sont édifiés sur des terrains appartenant à...

Il s'interrompit pour guetter l'approbation de Bolitho, puis s'enhardit :

– A sir James Tanner, dont on ne peut discuter ni le pouvoir ni l'autorité.

Il sourit lentement, puis ajouta :

– Nous étions quelques-uns à le soupçonner. Mais il n'est pas facile de dénoncer publiquement pareille personnalité.

Son sourire s'élargit :

– C'est vous, Monsieur, qui nous avez donné la réponse. Vous êtes arrivé dans cette affaire comme un ouragan, sauf votre respect.

Le lieutenant Vatass, du *Snapdragon*, tira nerveusement sur sa chemise froissée et prit la parole :

– Voilà qui résume fort bien ce que nous pensons tous, Monsieur. Nous vous suivrons jusqu'au bout, et s'ils nous abandonnent...

Il haussa discrètement les épaules :

– La belle affaire !

Tous les présents y allèrent d'un petit mot d'approbation ; l'air était étouffant dans la petite cabine.

– Nous appareillerons comme convenu, reprit Bolitho. J'ai prévenu le major Craven, et envoyé une dépêche à notre amiral, dans le Nore.

Sans le lancinant souvenir d'Allday, il aurait souri ; l'amiral en personne allait bondir à la lecture de son message. En cas d'échec, Bolitho était certain d'être déféré devant une cour martiale. Lui prenait ses responsabilités, mais il devait à tout prix couvrir ces hommes, auxquels son autorité avait été imposée.

Les trois maîtres de manœuvre comparaient leurs notes, reportant sur leurs cartes les derniers détails. Leur navigation devait être d'une précision parfaite. Cette fois, rien ne devait être laissé au hasard. Trois petits cotres à la recherche d'un feu follet sur la mer. Bolitho avait transmis un message à Chatham dans l'espoir d'obtenir l'intervention d'une frégate pour le cas où Delaval arriverait à se faufiler entre les mailles du petit filet ; mais à supposer que l'amiral entrât dans ses vues, aurait-il une frégate à sa disposition ? Bolitho se remémora son entrevue avec sir Marcus Drew à l'Amirauté : on ne lui avait laissé aucun doute quant à son sort s'il abusait des facilités mises à sa disposition.

S'il mettait à jour une connivence entre Hoblyn et les contrebandiers, celui-ci n'aurait droit à aucune indulgence, tant de la part de la Marine que de celle des hommes qu'il avait servis pour son profit personnel.

La bouche de Bolitho se durcit. A cause de tout cela, la vie d'Allday était en jeu. S'il lui arrivait quelque chose, Bolitho réservait un chien de sa chienne à sir Hoblyn, et un autre à ce mystérieux sir James Tanner.

Le mouillage était tranquille, l'après-midi tirait à sa fin. Bolitho sortit sur le pont et observa les préparatifs de l'appareillage. Là aussi, le changement était manifeste : ces hommes qu'il connaissait depuis peu le soutenaient sans mot dire. Il reconnut au passage George Daly, toujours accroupi ou à quatre pattes à côté de quelque pièce d'artillerie. Scrobe, le capitaine d'armes, et Christie, le second maître, vérifiaient ensemble le lourd coffre rempli de haches et de sabres d'abordage au pied du mât. Le gros Luke Hawkins, le bosco, debout à l'extérieur du pavois, montrait aux hommes comment raidir les suspentes de la yole pour la hisser à bord au palan.

Le navire bourdonnait d'une activité paisible. Tout cela pour quoi ? Pour risquer la mort en affrontant des contrebandiers universellement tolérés, sinon admirés. Était-ce attachement à sa personne ou solidarité naturelle de l'équipage, ce corps hybride fait de volontaires et de racolés, né des hasards de l'affectation ?

Bolitho suivit des yeux le front de mer : on eût dit qu'un filet de brume se glissait déjà entre les navires au mouillage. Le vent secouait encore les fanons des voiles carguées mais la mer, du côté de l'île de Graine et de Garrison Point, semblait plus plate, comme laiteuse. Il frissonna et regretta de ne pas avoir mis sa veste d'uniforme.

Quelqu'un approchait, traînant des pieds. C'était Matthew Corker, qui allait s'appuyer sur une pièce de six pour observer la terre.

– Je te dois beaucoup, Matthew, lui dit doucement Bolitho. Un jour, tu comprendras. Que puis-je faire pour toi, maintenant ?

Le garçonnet se tourna vers lui; il avait l'air singulièrement grave, triste même :

– S'il vous plaît, Commandant, j'aimerais rentrer chez moi.

Il était au bord des larmes. Il ajouta avec une détermination farouche :

– Mais seulement quand M. Allday sera de retour.

Bolitho le regarda s'éloigner vers l'avant, bientôt caché par les matelots au travail. C'était la meilleure solution, songea-t-il. Chacun devait suivre sa voie.

Paice le rejoignit près du pavois :

– Un bon petit gars, Monsieur.

Bolitho le regarda et se demanda de quoi souffrait Paice :

– C'est vrai, monsieur Paice. Sans lui...

Il n'avait pas besoin de préciser sa pensée. Avec de grands claquements dans leur grand-voile, les trois cotres levèrent l'ancre et gagnèrent l'eau libre. Nombreux étaient ceux qui étaient venus les voir partir mais la brume eut tôt fait de se refermer derrière les trois coques graciles. Personne ne pouvait savoir quelle était leur destination.

Le major Philip Craven, du 30ème de dragons, dégustait un verre de bordeaux quand une estafette arrivée à bride abattue lui apporta la nouvelle de leur départ. Craven, après l'avoir lu, replia le message et finit son verre. Puis il réclama son cheval à son ordonnance.

Le commodore Ralph Hoblyn arpentait sa vaste chambre à coucher, lançant à l'extérieur des regards inquiets chaque fois qu'il passait devant la fenêtre. Quand le soir tomba, il faisait toujours les cent pas, et ses épaules, dans l'obscurité, se voûtaient de plus en plus. Un messager se présenta à la grille, annonçant le départ des trois cotres qui n'avaient pas reçu d'ordres en ce sens. Le caporal de la garde se montra intraitable :

– Les ordres du commodore sont formels : ne le déranger sous aucun prétexte !

Plus loin, à Chatham, était enfermé l'homme par qui le scandale était arrivé : l'aspirant Fenwick, du détachement des racoleurs. Après dix-neuf années d'une existence insignifiante, il venait pour la première fois de prendre une décision : profitant de la relève de la garde, il ôta sa ceinture et se pendit dans sa cellule.

Quant à Bolitho, de retour dans la cabine du *Télémaque*, il endossa une chemise propre et remit soigneusement sa montre dans sa poche. La charpente du navire gémissait et grinçait autour de lui, mais le bruit des filets d'eau autour de la carène semblait s'atténuer de minute en minute. Il scruta la carte jusqu'à en avoir mal à la tête.

Maintenant ou jamais. Il jeta un coup d'œil au petit paquet qui enveloppait la maquette. Maintenant ou jamais, pour eux deux.

Au bout d'une éternité, Allday revint à lui. Peu à peu, il reprenait conscience, refusant d'admettre la vérité. Il était assailli de douleurs lancinantes.

Il essaya d'ouvrir les yeux, mais comprit avec horreur que sa paupière gauche refusait d'obéir. Son corps était couvert d'ecchymoses, et quand il essaya encore de se servir de ses yeux, il crut qu'on l'avait éborgné.

Une lanterne se balançait doucement devant lui. Peu à peu, il distinguait le cercle de lumière qui oscillait de droite à gauche, à moins d'un mètre. L'espace était si étroit qu'il redouta de devenir fou. Un mouvement qu'il fit lui arracha un gémissement. Ses jambes écartées étaient enchaînées au pont, il ne sentait plus ses poignets, serrés dans des menottes au-dessus de sa tête. Il se résigna à attendre, comptant les secondes. Il allait essayer de remettre de l'ordre dans ses pensées.

D'abord il ne se souvint de rien. C'est au moment de tourner la tête que lui revint en mémoire la violence du choc, et qu'il eut idée de la façon dont il s'était retrouvé là. Ils avaient dû le passer à tabac, au risque de le tuer. Naturellement, il n'avait rien senti sur le moment. Il bougea un peu les jambes, déplaçant ses chaînes.

Il était torse nu. Des traînées de sang avaient séché sur sa peau : à la lueur de la lanterne, on eût dit des traces de goudron. Il sentait comme des piqûres d'épingle dans son œil fermé ; la douleur s'accentuait quand il s'obstinait à vouloir l'ouvrir. Sa paupière devait être scellée par un caillot de sang, songea-t-il avec désespoir, mais qu'est-ce que cela pouvait changer, après tout ? Ils allaient le tuer. Il tendit les jambes, tirant sur les chaînes. Ils l'avaient épargné, mais cela ne présageait pas d'une fin plus douce.

L'écho de voix étouffées lui parvenait par la carène ; et il comprit soudain que les mouvements du navire s'étaient bien atténués. Pendant quelques secondes d'hébétude, il crut que le brick était au port ; alors même qu'il essayait de comprendre la situation, il entendait les grincements irréguliers de l'appareil à gouverner, les claquements des poulies et du gréement dans les calmes.

Il fit du regard le tour de son royaume ; chaque mouvement était un supplice. Pour être aussi exigu, le compartiment dans lequel il se trouvait devait être la soute d'étambot ou le coqueron arrière ; il était quelque part sous la cabine arrière, là où l'on rangeait habituellement les provisions de bouche du capitaine : en fait de provisions, il n'y avait que quelques caisses poussiéreuses.

Delaval ! Il dut étouffer un sanglot quand ce nom lui revint. Tout remontait peu à peu à la surface, par bribes. La jeune fille à demi nue dans la cabine, ses pleurs et ses supplications...

Voilà pourquoi les bruits de l'appareil à gouverner lui parvenaient avec une telle netteté. Son instinct de marin était plus fort que le désespoir et la douleur : c'est tout juste si le brick était encore manœuvrant. Pourtant, il n'était pas encalminé.

Soudain, il fut frappé par l'évidence : le brouillard ! Bon Dieu, la chose n'était pas rare dans ces mers, surtout avec ce vent tiède sur une mer froide !

Il essaya de nouveau de tendre le cou. Un petit panneau donnait sur la cabine au-dessus de sa tête, et il y avait une porte minuscule dans l'une des cloisons : sans doute pour permettre au charpentier d'inspecter les fonds en cas d'avarie.

Allday trouva la force de s'asseoir bien droit. Il était à bord du *Loyal Chieftain*, lequel était chargé jusqu'aux barrots de marchandises de contrebande. Allait-il se mettre à crier ? Hurler sa détresse et sa terreur d'être ainsi garrotté dans une étroite prison ? Non. C'était inutile.

Tout à coup il cessa de s'apitoyer sur lui-même. Ne pas se résigner ! Et il tendit l'oreille aux mouvements du pont. Lui parvint un grondement bref qu'il avait entendu des milliers de fois à des milliers d'endroits : l'affût d'un canon roulé sur le pont de batterie. C'était la pièce de neuf à fût long qu'il avait aperçue pendant le chargement du navire. Et si Bolitho était dans les parages ? Il refoula de toutes ses forces cet espoir insensé. Il préférait essayer de se convaincre qu'il aurait le cran de mourir sous la torture sans supplier ses bourreaux, le cran de tout endurer, comme jadis la dame du commandant, dans les mers du Sud.

Mais cette pensée l'obsédait, perçant le brouillard de ses douleurs comme le phare de Saint Anthony à Falmouth. Et si Bolitho était justement en train de patrouiller dans la zone... D'autres bruits sourds se répercutèrent à travers les ponts, comme pour le conforter dans cette hypothèse.

Les navires à un mât, quel que fût le nombre de leurs voiles, n'avaient jamais inspiré confiance à Allday ; c'était le cas, entre autres, des cotres à hunier. Il scrutait de son œil valide les barrots qui formaient le plafond de son coqueron, comme pour observer la manœuvre des servants de la pièce de neuf. Sans doute étaient-ils en train de faire pivoter l'affût afin que le canon pût servir de pièce de poursuite : un tir bien placé et le cotre serait hors de combat, simple ponton à la dérive.

Allday grinça des dents ; il y avait toutes les chances pour que Delaval le pilonne alors, bordée après bordée, jusqu'à ce qu'il ne reste plus à bord âme qui vive.

Il essaya de déplacer comme il pouvait bras et jambes, mais ses mouvements étaient complètement entravés. C'était fini. La mort approchait.

Une chose était de tomber en pleine bataille, comme l'avait fait son prédécesseur, le vieux Stockdale, une autre de périr en hurlant sous la torture. Serait-il capable d'affronter cette épreuve ?

Le capot d'accès à sa soute s'ouvrit violemment et Allday ferma les yeux du mieux qu'il pouvait. Il entendit quelques éclats de voix furieux, puis un rire graveleux ; on précipita quelqu'un dans la soute, et on claqua le capot.

Allday rouvrit son œil. La fille qu'il avait vue dans la cabine était accroupie sur ses talons, geignant et haletant comme un animal. Malgré le maigre éclairage, il put constater qu'elle avait du sang sur le visage. Ses épaules nues étaient labourées d'égratignures, comme si on l'avait déchirée avec des griffes. Vue de près, elle avait l'air plus jeune encore : quinze ans à peine. Désespéré de ne rien pouvoir faire pour elle, Allday la vit ajuster tant bien que mal ses vêtements en lambeaux : elle tentait de se voiler les seins.

La fille leva la tête : un balancement de la lanterne lui avait révélé une présence. Elle regarda Allday. Et de nouveau elle fut envahie par la terreur, la répugnance, le dégoût.

Allday avala péniblement sa salive et tâcha de trouver des mots apaisants. Dieu seul savait ce qu'on avait bien pu lui faire...

Probablement violée à plusieurs reprises, à en juger par tout ce sang. A présent, elle aussi attendait qu'on en finît avec elle.

— Euh, Mademoiselle, commença-t-il, tâchez d'être courageuse, hein ?

Sa voix faisait penser à un croassement rauque.

— Je devine par quoi vous êtes passée...

Il sentit ses menottes qui lui entaillaient les poignets et ne put retenir un gémissement. A quoi bon ces efforts ? Elle ne comprenait pas un mot de ce qu'il disait. D'ailleurs cela n'avait pas d'importance.

La jeune fille était toujours assise sur ses talons, les yeux fixes et sans vie.

— J'espère qu'ils ne vous feront pas traîner en longueur.

Il gémit de nouveau :

— Si seulement je pouvais bouger...

La courbure des bordés lui renvoyait ses propres paroles, réponse ironique au désespoir. De nouveaux éclats de voix lui parvinrent à travers les ponts. On entendait courir des pieds nus : l'équipage s'activait au réglage des voiles.

Allday baissa la tête. Ce devait être le brouillard, aucun doute n'était plus permis. Il regarda de nouveau sa compagne de détention. Elle restait parfaitement immobile, un de ses seins était nu. Toute espérance, toute vie l'avaient déjà quittée.

Un bruit de pas lourds juste au-dessus de leurs têtes, tout près : Allday sursauta.

— Venez ici près de moi, Mademoiselle, s'il vous plaît !

Il vit ses yeux s'écarquiller en direction du petit capot. Puis elle tourna vers lui son regard fébrile de terreur. Le ton d'Allday avait dû la toucher : elle rampa sur le pont poussiéreux et vint s'appuyer tout contre lui, les yeux fermés.

Deux jambes bottées descendirent par le capot, l'homme sauta à l'intérieur : Isaac Newby, le second. Il dégaina le sabre d'abordage qu'il portait à la ceinture et en ficha brutalement la pointe dans le pont, hors de portée des prisonniers. La lame étincelante oscillait comme un serpent.

Regardant la fille, il déclara :

— Ce sera bientôt l'heure de vous jeter par-dessus bord, monsieur

Allday. Mais le capitaine a sa petite idée sur la question, voyez-vous.

Avec un sourire, il continua :
– Pourquoi est-ce qu'on n'enverrait pas à votre commandant un petit souvenir de vous ? Comme ça, il se souviendrait toute sa vie d'avoir voulu mettre des bâtons dans les roues de la Confrérie. Non ?

Il tapota le couteau qu'il portait à la ceinture :
– Delaval est d'avis que votre charmant tatouage serait un cadeau fort apprécié !

Jetant la tête en arrière, il éclata d'un énorme rire :
– Évidemment, il va falloir envoyer le bras avec !

Au fond de sa gorge, Allday sentit le goût âcre de la bile :
– Elle, laissez-lui la vie sauve. Que craignez-vous d'elle ?

Newby se frotta pensivement le menton :
– Tous comptes faits, tu n'as plus longtemps à vivre...

Son bras jaillit vers la fille. Il la saisit. De l'autre main, il arracha le vêtement dont elle s'était couvert l'épaule :
– ...Alors je vais t'offrir un petit spectacle.

Il empoigna la malheureuse, colla brutalement son visage contre le sien et d'un coup lui arracha tout son vêtement.

Ensuite, tout se passa si vite qu'Allday ne comprit pas immédiatement. Il vit la jeune fille retomber sur le dos à côté de lui ; sa poitrine haletait de peur. Newby s'effondra en appui sur les mains, le regard fixe, sans un gémissement, figé dans une expression d'incrédulité, tandis qu'avec un dernier spasme, il poussait son dernier soupir. Alors Allday aperçut le couteau planté dans son flanc jusqu'à la garde : elle avait dû l'apercevoir avant qu'il ne tentât de la violer à nouveau. Elle avait vivement sorti l'arme du fourreau et...

Allday désigna d'un signe de tête la ceinture du mort : le trousseau de clefs, à côté du fourreau vide...
– Attrapez-moi ça !

Remuant ses jambes enchaînées, il essayait désespérément de se faire comprendre :
– Libérez-moi, pour l'amour du ciel !

Alors elle tendit la main et caressa avec douceur son visage tuméfié, comme s'ils étaient à un million de kilomètres de ce lieu de tortures. Puis, se penchant au-dessus du cadavre, elle détacha les clefs de la ceinture.

Le cœur battant, Allday la regarda avec une fascination maladive libérer les fers qui lui entravaient les chevilles ; puis, levant les bras, elle déverrouilla les menottes, indifférente au frôlement de ses seins sur la peau du prisonnier. Elle était toute à ce geste, exploitant une étincelle de courage au moment exigé.

Allday se laissa rouler sur le côté et étouffa un terrible gémissement de douleur quand la circulation se rétablit dans ses veines. Il se sentait près de défaillir : la syncope le menaçait. Il arracha le sabre d'abordage planté dans les fonds et eut un hoquet :

– Voilà qui est mieux !

Puis, enjambant maladroitement le cadavre, il arracha le couteau dont la lame disparaissait dans le thorax.

– Vous ne l'avez pas raté, ce porc !

Des ordres retentissaient sur la dunette, sur ce monde marin qui lui semblait si loin. Il entendait résonner les anspects, grincer les palans de brague : de nouveau, on déplaçait la pièce de neuf. Il ne pouvait y avoir qu'une seule raison à cela. Il posa la main sur l'épaule de l'adolescente qui ne se déroba pas : la réalité, pas plus que la décence, n'avait de sens pour elle désormais.

Allday fit signe en direction de la petite porte qui s'ouvrait dans la cloison et mima un mouvement de scie avec le couteau ; la lame était encore couverte de sang, mais la jeune fille le regardait faire sans crainte ni répugnance.

– Vous passez là, expliqua-t-il soigneusement, et vous coupez les drosses de l'appareil à gouverner. D'accord ?

Il émit un grognement de déception : les yeux de la jeune fille restaient vides. Ils n'avaient pas beaucoup de temps. Bientôt, on se mettrait en quête de Newby, surtout si un autre navire était en vue.

Allday força la petite porte avec la pointe du sabre d'abordage et approcha la lanterne pour regarder de l'autre côté de la cloison. Guidées par des mains invisibles, les drosses grinçaient au passage des poulies. On entendait la mer gargouiller sous l'arcasse, à quelques dizaines de centimètres. Allday sursauta quand la jeune fille lui toucha le poignet ; leurs regards se croisèrent, il y avait dans ses yeux une détermination radicale ; ils allaient mettre en commun toutes leurs ressources pour survivre.

Elle prit le couteau tendu et se glissa par l'étroite ouverture. Quand elle fut tout entière dans cet espace exigu, Allday fut surpris par la blancheur de sa nudité dans la pénombre : elle ne tentait même plus de se cacher, comme si ses vêtements en lambeaux devaient être abandonnés au passé, avec le cauchemar qu'elle avait subi.

Il se frictionna les bras en signe de douleur, puis leva le regard vers le capot : c'était le seul accès à leur repaire. L'adolescente s'essoufflait : de toutes ses forces, elle s'attaquait aux lourdes drosses de chanvre. Il cracha dans sa paume et assura sa prise sur son sabre d'abordage. Tous deux sentaient leurs forces décuplées par la haine et la peur. Quelques minutes plus tôt, Allday s'était attendu à mourir, non sans qu'on lui eût tranché le bras. A présent, dans l'espace minuscule de leur prison, ils étaient libres. Il était déterminé à tuer la fille de ses mains pour lui épargner des souffrances ultérieures.

– Qu'est-ce qu'il fait, bon Dieu ? beugla une voix.

Allday eut un rictus féroce.

– Eh bien ! allons le chercher.

Un rayon de lumière tomba par l'ouverture du capot. Une voix furieuse lança :

– Sors de là, vieux pourceau, le capitaine t'attend !

Allday aperçut une jambe bottée au-dessus du hiloire et sentit une vague de haine sauvage déferler sur lui comme un feu de brousse :

– Prends ton temps, mon gars !

La pointe de son sabre cueillit l'homme juste au-dessus du genou. Allday avait mis tout son poids dans ce coup, il dut bondir en arrière pour éviter la gerbe de sang. L'homme poussa un terrible hurlement et le capot retomba.

Quand il eut repris son souffle, Allday entendit le grattement régulier du couteau. Il murmura :

– Continuez, Mademoiselle ! On va montrer à ces salopards de quoi on est capables.

Il passa la langue sur ses lèvres craquelées. Ensuite…

Ensuite, peu lui importait.

Bolitho gagna l'arrière du cotre et se rapprocha de l'habitacle du compas. Ses chaussures résonnaient bruyamment sur les bordés de pont humides. Tout l'équipage du *Télémaque* était sur le pont, silencieux. Sans la présence des lourds écheveaux de brume, une demi-douzaine de matelots auraient suffi. Chesshyre le vit venir et se redressa :

– Nous sommes à peine manœuvrants, Monsieur, lui chuchota-t-il à l'oreille.

Comme tous les marins, il détestait le brouillard. Bolitho consulta le compas, dont la rose des vents était légèrement inclinée : nord-nord-est. A la lueur discrète de la lampe, il vit la rose pivoter légèrement. Chesshyre avait raison : ils faisaient route au bon cap, mais ne filaient pas plus de deux nœuds. Le moment était mal choisi pour rencontrer des calmes.

Quelqu'un commença à tousser et Hawkins, furieux, le réprimanda d'une voix étouffée :

– Fourre-toi une bourre de neuf dans le gosier s'il le faut, Fisher, mais je ne veux plus t'entendre !

La haute silhouette de Paice se présenta dans la brume. Plus que tout autre sans doute, il comprenait la situation où se trouvait Bolitho, le sentiment insupportable de voir sa dernière chance lui échapper. Pour les contrebandiers, cela ne changeait pas grand-chose : n'importe quelle livraison faisait l'affaire. Une fois en vue de la côte, ils pouvaient facilement se débarrasser de leur cargaison.

Bolitho regardait les lents filets de brume s'effilocher autour du gréement, des haubans. Malgré l'obscurité, on voyait distinctement l'eau ruisseler sur la grand-voile toute luisante. Le cotre avait l'air immobile. Le brouillard le dépassait doucement. L'aube n'allait pas tarder.

Bolitho serra les mâchoires pour refouler son désespoir : on se serait cru à minuit. Impossible d'imaginer la position des deux autres cotres ; ils auraient beaucoup de chance s'ils renouaient le contact une fois le brouillard dissipé. Quant à tomber sur Delaval ou sur le navire qui servait d'appât, il ne pouvait même pas en être question.

En principe, Allday était là, quelque part ; ou bien il payait sa témérité à des brasses de profondeur.

– Nous pourrions virer de bord de nouveau, Monsieur, hasarda Paice.

Bolitho ne pouvait voir le visage du commandant, mais il était sensible à la compassion qu'il manifestait ; Paice était plus que tous les autres déterminé à mettre la main sur Delaval. Mais que faire de plus ?

– Je ne crois pas, répondit Bolitho. Allez vous-même à la table à carte estimer notre position et notre dérive.

Il ne put s'empêcher d'ajouter, inquiet :

– Je sais que c'est peu probable, mais il se pourrait qu'un navire croise dans les parages. Autrement, je vous conseillerais de sonder à intervalles réguliers. N'importe quoi plutôt que cette incertitude.

Paice fourra ses grosses mains dans ses poches :

– Dès le point du jour, Monsieur, j'enverrai une bonne vigie en tête de mât.

Il se détourna. Des toupets de brume défilaient entre eux, offusquant la lumière du compas.

– Je vais voir la carte.

Le lieutenant Triscott se tortillait, mal à l'aise, n'osant déranger Bolitho dans ses pensées.

– Qu'y a-t-il, monsieur Triscott ? demanda Bolitho.

Et pour s'excuser, il ajouta :

– Nous sommes tous un peu nerveux, aujourd'hui.

– Je me demandais, Monsieur, commença Triscott sans conviction, si d'aventure nous tombions sur les contrebandiers, je veux dire...

– Vous voulez dire : avons-nous des forces suffisantes pour nous assurer cette prise à nous seuls, sans le concours des autres cotres ?

Le jeune lieutenant baissa la tête, honteux :

– Euh, oui, Monsieur !

Bolitho s'appuya sur le pavois ; le bois était glacé sous ses doigts, bien qu'il se sentît lui-même brûlant.

– Tâchons d'abord de les trouver, monsieur Triscott. Vous me reposerez la question à ce moment-là.

Chesshyre avait mis ses mains en éventail derrière ses oreilles :

– Qu'est-ce que j'entends ?

Bolitho regarda en l'air : les haubans et le gréement courant se perdaient dans le brouillard, semblant n'aboutir nulle part.

– Cela ne vient pas du gréement ! affirma le bosco d'une voix rauque.

Bolitho leva la main :

– Silence !

Pendant quelques secondes, il avait cru, comme Chesshyre, que ce bruit venait d'en haut : une manœuvre cédant sous la tension, ou un cordage trop gonflé par l'humidité qui avait cassé sur le réa d'une poulie. Mais ce n'était pas le cas, cela venait de plus loin, sur la mer.

Quelques matelots se levèrent en chancelant entre les canons, d'autres se hissèrent aux enfléchures pour mieux entendre, oubliant un moment inquiétudes et déceptions de toujours.

Paice apparut sur le pont tête nue. Son épaisse chevelure ondulait dans la brise humide comme une touffe d'herbe :

– Je connais le *Télémaque* mieux que ma poche. D'en bas, on perçoit mieux les sons qui viennent de loin, transmis par l'eau.

Il jeta des regards furieux dans l'obscurité :

– C'était un coup de mousquet, ou bien je ne m'appelle pas Jonas Paice.

Il dévisagea Bolitho d'un air bizarre :

– Sauf votre respect, Monsieur !

Le coup suivant, tous l'entendirent : une détonation étouffée, mais que l'on perçut sur toute l'étendue du pont, en dépit des menus bruits du bord.

Satisfait, Chesshyre hocha la tête :

– Ce n'est pas loin, Monsieur. Sous notre vent, aucun doute. Il n'y a pas beaucoup de vent, mais le brouillard étouffe les sons.

Bolitho fronça les sourcils, il réfléchissait rapidement. Les conclusions de Chesshyre étaient précises. Mais qui diable pouvait tirer dans le noir sans se faire tirer dessus en retour ?

– Abattez d'un quart !

Paice faisait mine de se diriger vers l'arrière ; il le saisit par la manche.

– Transmettez l'ordre de charger les deux batteries, pièce par pièce.

Il détachait bien ses mots :

– Je ne veux pas entendre le moindre bruit. Nous ne disposons pas de beaucoup de temps, mais nous en avons assez pour agir avec précaution.

Triscott et le canonnier remontèrent le pont chacun d'un bord et chuchotèrent leurs instructions aux matelots, grinçant des dents au moindre choc. Bolitho s'avança vers l'avant entre les silhouettes qui s'activaient à tâtons. Il monta jusqu'à l'avant du gaillard et resta là, appuyé au bas étai ; il entendait le gargouillis de la vague d'étrave immédiatement en dessous de lui. Jetant un coup d'œil en arrière, il eut l'impression que le brouillard avait épaissi, car il parvenait à peine à distinguer le mât. Il se serait cru au sommet d'une montagne se déplaçant vers l'avant à l'aveuglette. Un faux pas, et personne ne le retrouverait jamais.

Il y eut une nouvelle détonation étouffée, qui le déçut : il crut l'avoir entendue beaucoup plus loin, sous un azimut différent. En mer, le brouillard déforme tout, même le jugement d'un vieux loup de mer. « Supposons que... » commença-t-il à se dire. Puis il se reprit : « Assez de suppositions ! Il y a bel et bien un navire dans les parages. » Il le sentait tout proche ; et si les tirs continuaient, ils les guideraient. Il sentit une bouffée de colère monter en lui. Si seulement ce maudit brouillard voulait bien se dissiper ! Il regarda en l'air : on ne voyait toujours pas le ciel, mais la brume lui parut moins sombre. L'aube était là.

– Toutes les pièces sont en batterie, Monsieur, souffla Triscott.

Bolitho redescendit de son perchoir et s'appuya familièrement sur l'épaule du lieutenant pour garder son équilibre tandis qu'il suivait le beaupré jusqu'à son extrémité arrière.

Comme il retournait vers l'arrière, une voix lui chuchota :

– On va se battre, Commandant ?

– On aura des parts de prise, si on s'empare de celui-là, Commandant ?

Quelqu'un se risqua même à tendre le bras pour le toucher au passage, capter un peu de son courage, trouver un réconfort.

Bolitho était soulagé qu'ils ne pussent voir son visage, et ce n'était pas la première fois qu'il éprouvait ce sentiment. Près de l'habitacle, il vit un des timoniers adossé sur la barre, pesant de tout son poids : il avait les yeux rougis par la fatigue, mais il continuait de fixer le point d'amure de pic de la grand-voile pour en surveiller le faseyement. Bolitho remarqua qu'il distinguait désormais chaque détail de ce visage mal rasé alors que, quelques minutes plus tôt, ils étaient encore complètement dans le noir.

– Je vais monter moi-même, Monsieur ! s'exclama Paice.

Et il s'élança dans les enfléchures au vent avec l'aisance d'un gabier d'empointure. Bolitho le regarda grimper jusqu'à ce qu'il eût disparu dans le brouillard. Sa femme aurait été fière de lui, tout comme elle avait eu honte pour les gens qui avaient assisté sans intervenir à la mort d'un innocent. Au moment où le coup de pistolet l'avait touchée, sûr qu'elle avait eu une dernière pensée pour son grand lieutenant de mari.

Paice redescendit en voltige le long du pataras :

– C'est un brick, Monsieur !

Il s'était laissé glisser si vite qu'il s'était brûlé les paumes.

– Je n'ai pu distinguer que ses vergues de hunier.

Il regardait Bolitho sans le voir :

– Ce ne peut être que lui ! Delaval ! Ce salaud !

Retrouvant sa force avec la haine, le commandant Paice dégageait une formidable impression de puissance.

– Deux bonnes vigies dans les hauts !

Puis Paice reprit la maîtrise de sa voix :

– Nulle trace d'aucune autre voile, Monsieur.

Il serra furieusement les poings et remarqua, incrédule, le sang qui ruisselait sur ses poignets :

– Mais, par le ciel, je ferais n'importe quoi pour attraper ce porc, même s'il me faut marcher sur les eaux !

Les coups de feu se succédaient et Bolitho jubilait intérieurement : si le *Télémaque* approchait jusqu'à pouvoir utiliser ses caronades à bout portant, cela compenserait largement la puissance de feu du contrebandier. Le feu de mousqueterie devait les occuper, et les empêchait peut-être de détacher une vigie en tête de mât. Une mutinerie ? Bolitho revoyait le visage cruel de Delaval : c'était peu probable. Une serre glacée soudain lui étreignit le cœur, prête à l'empêcher de battre. Allday ! C'était Allday qui était la cause de ce tapage.

– Changez de cap, monsieur Chesshyre, ordonna-t-il, étonné par son propre calme. Nous allons nous mettre en route de collision. Distribuez les armes de poing.

Le brouillard commençait à s'entrouvrir au-dessus du cotre. On découvrait comme un mouchoir de ciel pâle : Bolitho repensa à la jeune fille morte gisant sur le pont du *Wakeful*. Leur longue et pénible patrouille tirait à sa fin. Quand le brouillard serait complètement levé, les comptes seraient soldés. Il largua sur sa hanche la dragonne de l'épée. Certains allaient bientôt voir s'achever leurs aventures.

Allday se jeta contre le bordé et baissa la tête ; une nouvelle balle de mousquet tirée par le capot entrouvert lui siffla aux oreilles.

Il entendait ses adversaires s'interpeller et les refouloirs racler dans les canons des mousquets : ils rechargeaient leurs armes. Il faisait froid, dans le coqueron, mais lui était couvert de sueur. Son corps fumait comme s'il venait de sortir de la mer.

Il assura sa prise sur la poignée du sabre d'abordage et jeta un coup d'œil prudent à travers la fumée des coups de feu. Une simple question de temps. Par-dessus son épaule, il cria en direction de la petite porte :

– Continuez à couper, Mademoiselle ! Vous allez y arriver !

Une seule fois, il avait pu s'avancer jusqu'à la porte pour s'assurer de ses progrès ; même avec une lame bien affûtée, il n'était pas facile de trancher les énormes drosses de chanvre. Il avait entrevu la pâle silhouette de l'adolescente qui s'acharnait sur les manœuvres grinçantes. Plus rien ne comptait pour elle. Elle semblait avoir tout oublié.

« Sans doute ne comprend-elle pas ce qu'elle fait, songea Allday, désespéré, pas plus qu'elle ne comprend un mot de ce que je lui dis. »

Le capot s'ouvrit de quelques centimètres et la gueule d'un mousquet s'avança à l'aveuglette par l'ouverture ; Allday se dressa et l'empoigna à pleines mains, grimaçant sous l'effet de la brûlure, puis il tira de toutes ses forces ; le tireur, surpris, tomba en travers du capot. Le coup partit à quelques centimètres de la tête d'Allday. Avant que le contrebandier n'eût pu se dégager de l'ouverture du capot, Allday avait abattu son sabre d'abordage, transperçant l'homme de part en part.

– Deux à zéro, bande de lâches !

Il retomba sur le côté, épuisé, les yeux en feu à cause de la fumée. A peine s'il remarqua le sang qui dégoulinait du capot comme de la peinture. Le silence retomba dans la cabine, au-dessus de sa tête. Un cri couvrit le grincement des drosses :

– Alerte ! A border les bras ! Un navire du roi, par le ciel !

Puis une autre voix, plus calme, mieux maîtrisée, celle de Delaval.

– C'est le *Télémaque* de Paice, j'en jurerais ! Cette fois, on va se débarrasser de lui et de son maudit équipage ! Pas vrai, garçons ?

Allday n'entendit pas de réponse, d'ailleurs il s'en souciait peu. Ce qui comptait, c'était ce qu'il apprenait. Le *Télémaque* de Jonas Paice ! Bolitho était là. Le brick prit de la gîte et le cadavre de Newby roula contre les membrures, comme réveillé par tout ce fracas.

Des ordres lui parvinrent, puis les voiles se mirent à claquer ; enfin, ce fut le grondement familier de la pièce de neuf que l'on mettait en batterie.

Il jeta un coup d'œil du côté de la fille et l'encouragea encore :

– Allez-y, Mademoiselle ! Je pourrai les retenir jusqu'à ce que…

Égaré, Allday comprit que la pâle silhouette effondrée en travers d'une membrure avait cessé de vivre. Elle avait dû recevoir la dernière balle de plein fouet, ou quelqu'un lui avait tiré dessus par la fente que la drosse laisse au-dessus du réa.

Il se pencha sur le seuil et la tira jusqu'à lui à travers l'étroite ouverture. Il la garda un moment embrassée, nue et inerte, puis il tourna avec tendresse son visage vers la lanterne ; ainsi il le voyait mieux.

Brisé, il soupira :

– Ça ne fait rien, petite ! Tu as fait tout ce que tu as pu…

Le pont eut un sursaut brutal : le canon avait fait feu et son affût reculé sèchement, retenu par les palans de ses bragues. Quelqu'un hurlait des ordres.

Allday rampa jusqu'au bout du coqueron et dépouilla Newby de sa veste ; il en revêtit la jeune fille et, après un dernier coup d'œil à son visage, il la hissa par le capot et la fit basculer sur le plancher de la cabine abandonnée. Il lui aurait sans doute suffi d'une ou deux minutes de plus pour venir à bout des drosses, ce qui aurait immobilisé le brick et donné à Paice un avantage décisif; le *Télémaque* aurait pu se présenter sur l'arrière du contrebandier et le prendre en enfilade avec ses terribles caronades.

La gîte s'accentua de nouveau et un peu de poussière tomba de la poupe au moment où un canon de l'arrière fit feu sur la hanche; Allday chargea le corps sur son épaule. Il n'avait eu que ces quelques secondes pour voir en pleine lumière les traits de la jeune fille, où ne se lisaient ni crainte ni colère. C'était sans doute la première fois qu'elle connaissait la paix depuis le début de la Terreur dans son pays.

Allday parcourut la cabine des yeux et s'arrêta sur une bouteille de rhum en équilibre sur une table; sans lâcher son fardeau, il porta la bouteille à ses lèvres. Puis il empoigna le sabre d'abordage encore sanglant et s'avança vers la descente. Désormais, ils ne pouvaient plus leur faire grand-chose, ni à lui, ni à elle; dehors, il mourrait en combattant. De nouveau, le canon ouvrit le feu, et la secousse du recul le fit sursauter.

Il entendit quelques exclamations triomphales :

– Et un mât de hune, morbleu !

Allday essuya la sueur qui coulait dans son œil valide et quitta la cabine. Au pied de la descente, il reconnut l'homme dont il avait presque coupé la jambe quand il l'avait frappé par l'ouverture du capot. Il portait un bandage dégoulinant de sang, il sentait le rhum et le vomi. Malgré sa douleur, l'homme parvint à ouvrir les yeux : il faillit crier quand il vit Allday le dominer de toute sa hauteur.

– Trop tard, mon vieux, dit Allday en lui enfonçant entre les dents la pointe de son sabre.

Et il lui cloua la nuque contre l'escalier de descente.

– Accroche-toi, petite ! murmura-t-il à l'adresse de la jeune morte.

Levant les yeux, il aperçut plusieurs hommes de dos, debout près du pavois : ils pointaient leur pièce vers l'autre navire. Et tout au fond, Allday reconnut le *Télémaque*, même si sa silhouette était défigurée. Le mât de hune était abattu; on aurait dit un grand oiseau de mer estropié.

Le cœur lui manqua; les servants de la pièce étaient déjà en train de refouler une nouvelle charge. Derrière eux, Allday entrevit Delaval qui observait son adversaire avec une lunette d'approche en laiton. Toute la fureur et la haine d'Allday explosèrent :

– Me voici, maudits bâtards! hurla-t-il.

Un instant, tous se tournèrent vers lui, oubliant le cotre qui approchait.

– Alors? Montrez un peu votre courage, bande de lâches!

– Abattez-le! cria Delaval. Bosco, à toi de jouer!

Personne ne bougea; Allday se pencha et déposa sa charge sur le pont, aux premiers rayons du soleil :

– C'est ça que vous voulez? Il n'y a que pour ça que vous avez du courage?

Allday aperçut Tom Lucas. Le matelot, voyant le cadavre de l'adolescente, s'écria:

– On ne nous avait jamais parlé de ça!

Ce furent ses derniers mots : Delaval l'abattit d'un coup de pistolet et remit en place l'arme encore fumante. Puis, en dégainant une autre :

– Barre au vent! Mais finissons-en d'abord avec celui-là!

Allday, immobile, respirait avec difficulté. C'était à peine s'il y voyait avec son œil bien ouvert, à peine s'il pouvait garder son sabre d'abordage bien en main.

Comme dans un brouillard, il vit les timoniers tourner la barre à roue, qui soudain s'emballa. Quelqu'un cria :

– La barre ne répond plus!

Allday s'agenouilla à côté de la fille et lui prit la main, la protégeant de son sabre :

– Ah! C'est ton travail, petite!

Les yeux le brûlaient.

– Par le ciel! On fait chapelle!

Le brick perdait son erre et se mit à contre-gîter. Allday regarda les servants des pièces; il remarqua leurs expressions hébétées tandis que le cotre qu'ils avaient engagé glissait hors de portée de leur prochain tir.

– Alors, garçons?

Allday attendait le choc de la balle; il savait que Delaval avait son deuxième pistolet braqué sur lui; d'autres matelots venus de l'avant s'interposaient entre le contrebandier et lui.

– C'est ça que vous voulez?

– Supprimez-le! hurla Delaval. C'est un ordre!

Personne ne lui obéissait plus ; certains des hommes qu'il avait repérés au chantier naval jetaient même leurs armes sur le pont. D'autres lui tournèrent le dos et défièrent leur capitaine.

L'extrémité horizontale du mât de hune du *Télémaque* se présentait au-dessus du pavois au vent du *Loyal Chieftain* : s'il avait eu l'usage de ses deux yeux, Allday, à cet instant, aurait pu apercevoir Bolitho. Au bout d'une éternité, il entendit un grappin se coincer sur le pavois, puis le pont fut envahi par les marins en armes de Paice.

Il n'y eut pas la moindre résistance. Le commandant lui-même vint se planter devant Delaval, près de la barre abandonnée. L'autre le toisa d'un air glacial. Il était pâle comme de la craie :

– Eh bien, Lieutenant, on dirait que vous triomphez. Allez-vous assassiner devant témoins un homme désarmé ?

Paice aperçut Allday sur le côté et le salua d'un signe de la tête. Puis, désarmant Delaval :

– C'est la potence qui t'attend.

– Le *Wakeful* est en vue, Commandant ! cria une voix.

Paice se tourna et quelqu'un lança une brève acclamation. Bolitho passa au milieu des mousquets et des couleuvrines braqués au-dessus du pavois du *Télémaque*, franchit le plat-bord et sauta sur le pont du *Loyal Chieftain*. Il eut un regard circulaire sur tous ces visages tendus ; il vit l'expression de Paice, bouleversé d'avoir enfin son adversaire à sa merci. Quelques secondes plus tôt, Paice aurait pu clouer Delaval sur le pont d'un coup de sabre ; peut-être avait-il découvert, comme le vieil aveugle, qu'achever un adversaire terrassé n'étanchait pas la soif de vengeance.

Puis Bolitho s'avança vers Allday, toujours à genoux près du cadavre de la jeune Française. Encore une adolescente tuée, quelle ironie de la Fortune !

Il remarqua les mauvaises ecchymoses dont Allday était couvert, il aurait eu tant de choses à lui dire ; peut-être les mots appropriés lui viendraient-ils plus tard.

– Alors, John, sain et sauf ?

Allday le regarda sous sa paupière entrouverte et tenta, mais en vain, de lui sourire. C'était la première fois que Bolitho l'avait appelé par son prénom.

XI

CES VISAGES DANS LA FOULE

L'auberge de la Toison d'Or, dans les faubourgs de Douvres, était un gros relais de chevaux de poste, un bâtiment imposant marqué par les intempéries ; c'était une escale confortable pour quiconque, venant du port ou s'y rendant, devait affronter les routes de la région.

Le contre-amiral sir Marcus Drew attendit que les domestiques de l'auberge eussent rangé ses coffres de voyage dans la chambre adjacente et s'avança jusqu'à la fenêtre à petits carreaux sertis de plomb qui donnait sur la place pavée. Il observa avec dégoût les groupes de citadins qui bavardaient en plein soleil ; certains achetaient des fruits ou du genièvre à des vendeuses qui déambulaient, un plateau attaché au cou par un ruban. C'est tout juste si l'on apercevait un coin du port ; il était rassurant de penser, se dit Drew, que plusieurs petits navires de guerre étaient mouillés là. Sur le chemin de l'auberge, la présence de fusiliers marins en uniforme écarlate et de petits détachements de dragons au visage fermé avait contribué à le rasséréner.

Cependant, le contre-amiral ne se sentait guère à son aise dans cette ville ; s'il n'avait reçu l'ordre exprès de quitter Londres, peut-être serait-il au moment même dans les bras de sa jeune maîtresse. Il se détourna de la fenêtre. Son secrétaire, qui venait d'entrer, s'arrêta un instant et le regarda, tout en continuant à essuyer avec un mouchoir ses lunettes à monture d'or :

– Êtes-vous satisfait, sir Marcus ?

Il parcourut d'un regard circulaire la vaste pièce qu'il considérait comme digne d'un palais. Mais Drew renifla avec mépris :

– Je n'aime pas cet endroit. Ni cette situation, en fait.

Cela l'inquiétait, ce déplacement auquel on l'avait plus ou moins forcé. Il était habitué à maîtriser complètement les événements qui gouvernaient son existence. D'ordinaire, il consacrait ses journées à sélectionner des officiers venus briguer un poste dans la Marine. A l'occasion, il savait se plier de bonne grâce aux inclinations de Leurs Seigneuries en faisant preuve d'une opportune indulgence vis-à-vis de tel ou tel jeune officier notoirement incapable.

Et voilà qu'il se retrouvait à Douvres. Il fronça les sourcils. A Cantorbéry, où l'on trouve un minimum de vie mondaine, son sort eût déjà été plus acceptable ! Douvres. Vue de l'intérieur, et non pas avec les yeux d'un marin à peine débarqué, la ville montrait quelque chose de rustique et de brutal, d'instable et de précaire, bref de populaire.

Seule la présence massive et millénaire du vieux château qui dominait le port et ses atterrages apaisait un peu son angoisse.

– Le commandant Richard Bolitho est arrivé, sir Marcus.

Le secrétaire pencha la tête de côté :

– Dois-je… commença-t-il.

– Non ! Faites-le attendre, morbleu ! Et apportez-moi à boire.

– Du cognac, sir Marcus ?

Le contre-amiral le foudroya du regard :

– Vous payez-vous ma tête ? Du cognac ? Du cognac de contre-bande ? Grand merci !

Il se ressaisit. Ce n'était pas de la faute de son secrétaire s'il était presque impossible de trouver du cognac en dehors du marché noir. Et puis… le bonhomme était au courant de sa petite liaison, mieux valait le ménager. Sur un ton plus raisonnable, il concéda :

– Apportez-moi ce que vous trouverez. Cet endroit… me déprime !

Le vénérable secrétaire gagna la fenêtre à pas lents et observa la foule qui, en une demi-heure, avait doublé de volume.

On entendait même des flonflons ; quelques danseurs costumés égrenaient leurs petites révérences. Des voleurs à la tire, sans doute, songea-t-il.

L'autre extrémité de la place était fermée par un cordon de dra-gons à cheval, en grand uniforme rouge ; ils ne quittaient pas des yeux la populace tandis que leurs deux officiers, tout à leur conver-

sation, faisaient les cent pas. Un charpentier mettait la dernière
main à l'échafaud improvisé. Le secrétaire nota que l'homme, tout
en travaillant, marquait du pied la cadence de la musique. Il n'était
pas surprenant que le contre-amiral ne fût guère dans son assiette :
à Londres, ce genre de spectacle lui était épargné. On n'y voyait
d'autres cadavres que ceux des pendus qui balançaient leurs guenilles dans les faubourgs, aux gibets alignés le long des grandes
routes.

Sir Marcus vint le rejoindre près de la fenêtre et murmura :

– Par le ciel, j'aurais cru qu'ils se seraient contentés des bruits
venant de France, mais…

En homme prudent, il ne précisa pas sa pensée.

Deux étages plus bas, Bolitho fut introduit dans un petit parloir
et s'installa dans un coin frais. L'auberge semblait réquisitionnée
par la Marine, mais il n'y trouva personne de sa connaissance.
Absent d'Angleterre, il avait perdu de vue toutes ses relations. Sur
son passage, un jeune lieutenant avait bondi pour lui bredouiller à
la figure :

– Permettez-moi de me présenter, commandant Bolitho ! Si vous
cherchez un jeune lieutenant…

– Je ne puis rien vous promettre, répondit Bolitho en secouant la
tête, mais ne perdez pas courage.

Combien de fois n'avait-il pas lui-même brigué un poste ?

Le patron de l'auberge tint à le servir lui-même et lui apporta à
sa table une haute chope de bière locale :

– Nous ne sommes pas habitués à recevoir tant de grands personnages, Monsieur, pour sûr ! La guerre est pour bientôt, dirait-
on !

Il se retira en étouffant un petit rire.

Par les étroites fenêtres, Bolitho apercevait des coins de ciel bleu ;
il continuait à être la proie de toutes sortes de souvenirs, celui
d'Allday, surtout : à genoux sur le pont, le malheureux continuait
de le saluer en tournant vers lui son visage tuméfié. Ni Allday ni lui-
même n'avaient exprimé la moindre incrédulité ni la moindre surprise : tous deux avaient su, au fond de leur cœur, qu'il ne pouvait
s'agir que d'une séparation provisoire. Plusieurs semaines avaient
passé depuis ces événements ; à présent, Bolitho se retrouvait à

Douvres, convoqué par l'officier général qui lui avait offert son poste. Il entendait des gens rire aux éclats sur la place. Il se concentra sur ses pensées : par quelle coïncidence et dans quel but les avait-on réunis ici aujourd'hui ? Le fait que le contre-amiral se fût déplacé était plutôt rassurant. Dans le cas contraire, Bolitho en eût inféré que ses services n'étaient plus requis.

Un domestique entra d'un pas dansant :

– Sir Marcus va vous recevoir maintenant, Commandant.

D'un signe, il l'invita à le suivre dans les escaliers, dont la volute s'étirait en direction des étages ; les murs étaient décorés de vastes toiles représentant des catastrophes maritimes, des batailles navales et des scènes de la vie locale. Un vrai repaire de marins, songea-t-il, et aussi de contrebandiers. Quand il mit le pied sur le dernier palier, il était hors d'haleine. Manque d'entraînement ou de patience ? Les deux à la fois, sans doute.

Un laquais entre deux âges, en habit vert bouteille, l'introduisit dans la première chambre. Drew se trouvait là, près d'une fenêtre ouverte, oisif, assis dans un fauteuil. Il ne fit pas mine de se lever mais, d'un geste vague, offrit à Bolitho de prendre place :

– J'ai été convoqué, sir Marcus, commença précipitamment Bolitho, parce que...

– Moi aussi, coupa l'amiral d'un ton maussade, j'ai été convoqué, mon cher ! Prenez donc un verre de bordeaux avec moi. Je crains qu'après ce voyage, il n'ait un goût d'eau de souillarde !

Regardant Bolitho se servir, il reconnut cette physionomie grave, ce regard posé aux reflets couleur de mer du Nord ; l'abord était froid, mais le feu couvait sous la cendre.

– Vous avez envoyé à Leurs Seigneuries un rapport particulièrement circonstancié, Bolitho. Vous n'avez omis aucun détail, sans faire non plus de fioritures.

Il hocha lentement la tête :

– Un peu comme vos bâtiments des Cornouailles, avec leurs toits d'ardoise : durs et fonctionnels.

– Je n'ai dit que la vérité, Monsieur.

– Je n'en doute pas. Même si, à certains égards, j'aurais préféré vous voir procéder autrement.

Saisissant le rapport par la couverture, il le tira jusqu'à lui sur la table et commença à le feuilleter. Des mots et des phrases surgis-saient scènes et événements : il avait l'impression d'entendre la voix de Bolitho lui-même.

– Vous aviez carte blanche, et vous vous en êtes servi à bon escient, comme beaucoup l'escomptaient. Résultat ? La plupart de ces déserteurs que vous avez arrêtés, ainsi que d'autres encore en fuite, se sont portés volontaires pour réintégrer la Marine.

Il lui lança un regard sévère :

– Quant à moi, je ne les aurais pas autorisés à embarquer sur d'autres navires que les leurs ; tout au moins leur aurais-je admi-nistré un châtiment propre à dissuader les nouveaux candidats à la désertion.

Il poussa un soupir et continua :

– Mais vous leur avez donné votre parole d'officier, restons-en là. Tous comptes faits, l'opération nous aura rapporté deux cents hommes ; sans compter ceux qui peuvent encore se manifester, se fiant à votre parole. J'espère que cela nous attirera des candidats venant de loin.

Il se racla la gorge.

– Maintenant, faites-moi la grâce de m'entretenir un peu du commodore Hoblyn.

Bolitho se leva et s'avança jusqu'à une fenêtre latérale qui donnait sur une impasse étroite, peu différente de celle décrite par Allday, où il avait été récupéré par l'escouade des racoleurs. Il esquiva :

– Cela aussi est dans mon rapport, sir Marcus.

Il s'attendait à se faire rappeler à l'ordre pour cette insolence, mais Drew répondit le plus tranquillement du monde :

– Je sais. Mais j'aimerais l'entendre de votre propre bouche, de vous à moi. Vous savez, Hoblyn est un compagnon d'armes, nous avons servi côte à côte pendant la guerre d'indépendance améri-caine. C'était un autre homme à l'époque.

Bolitho fixa la ruelle déserte. Un brouhaha montait de la foule : on venait assister à une pendaison. Bolitho essaya de s'abstraire de ce bruit de fond.

– Je l'ignorais, sir Marcus.

Il sentait le regard de l'amiral sur ses épaules, mais ne se retourna pas.

– Quelque chose s'est brisé en lui.

Comment évoquer ce drame d'un ton si détaché ? Tous les événements qui avaient abouti à la prise du *Loyal Chieftain* étaient à présent répertoriés dans sa mémoire et n'en bougeraient point. Il avait l'impression de se trouver dans l'œil du cyclone, calme et clair jusqu'au désespoir : bientôt s'abattrait sur lui la deuxième vague de la tempête.

– J'ai très vite soupçonné Hoblyn d'être compromis avec la contrebande, mais j'ai d'abord essayé d'écarter pareilles pensées. C'était un pauvre homme, rejeté par le seul milieu qui eût pour lui quelque attrait. Du jour au lendemain, sa fortune était faite : il prenait sans doute ces cadeaux considérables comme des témoignages d'amitié, il se refusait lui-même à les considérer comme des dessous-de-table. Un gentilhomme français est allé jusqu'à lui offrir une voiture. Alors il s'est imaginé qu'il avait le bras plus long qu'il ne l'avait en réalité. Ils l'ont choyé tant qu'ils ont eu besoin de lui puis, s'estimant trahis, ils se sont vengés.

Bolitho s'appuya des deux mains sur le rebord de fenêtre, espérant que l'amiral allait en rester là; il préférait laisser ces événements s'estomper dans le lointain, comme lorsqu'on repose une longue-vue.

Mais le silence régnait dans la pièce, les rumeurs de la populace semblaient ne plus l'atteindre.

– J'avais précisé mes intentions auprès du major Craven avant d'appareiller.

Il fixa encore de son regard gris le fond de la petite impasse.

– Quand il nous a vus revenir avec nos prises...

Là aussi, tout s'était passé comme dans un rêve : le *Snapdragon* avait pris son mouillage à moins d'une encablure, peu de temps après leur arrivée, suivi par la goélette que les contrebandiers avaient souhaité utiliser comme appât. L'équipage de prise laissait éclater sa joie et menait grand tapage. Ce matelot inconnu qui, à bord du *Télémaque*, l'avait hélé dans le brouillard, allait aussi toucher ses parts de prise.

– Craven avait dépêché deux de ses dragons, continua Bolitho, pour escorter le magistrat chargé de lire le mandat de perquisition. Au souvenir de cette sinistre soirée, sa voix devenait imperceptible. Il avait rejoint les dragons et le magistrat chez Hoblyn : c'était à peine si le malheureux pouvait articuler une phrase. Les fusiliers marins étaient à leur poste, en sentinelles, à l'entrée, et la plupart des domestiques attroupés en vêtements de nuit dans les jardins. Leur maître les avait chassés de la maison, expliquaient-ils, et l'un d'eux ayant demandé quelques minutes pour aller chercher ses affaires dans sa chambre, Hoblyn avait tiré un coup de pistolet à bout portant dans un lustre.

– Les portes sont fermées à clef de l'intérieur, avait dit Craven, et les verrous sont tirés. Je ne comprends pas. Il faudrait savoir pourquoi nous sommes ici ! Par le ciel, avait-il ajouté avec une colère soudaine, sa trahison a coûté la vie à plusieurs de mes hommes !

Bolitho se disposait à tirer lui-même le cordon de la sonnette quand il avait vu Allday s'approcher avec précaution au milieu des dragons.

– Tu devrais te reposer un peu, vieux frère, lui avait dit Bolitho. Après tout ce que…

Mais Allday s'était obstiné :

– Je ne vous abandonne plus, Commandant.

Craven en avait été réduit à faire appel à un de ses sergents qui était maréchal-ferrant. Ce grand dragon barbu s'était avancé résolument vers l'entrée avec une énorme hache d'abattoir ; en moins de deux minutes, les deux portes étaient à terre.

C'était une scène macabre qui les attendait. A la lueur vacillante des bougies, Bolitho avait vu les débris du lustre puis, s'approchant de l'escalier monumental, le sang sur les tapis, contre le mur et sur la rampe. Comme le major Craven montait les marches, la lame de son épée avait étincelé à la lumière des bougies. Il avait agrippé le bras de Bolitho.

– Au nom du ciel, qu'est-ce que c'est que ce vacarme ?

Voilà ce qui avait débandé les domestiques terrorisés, voilà pourquoi les sentinelles étaient restées à la porte jusqu'à l'arrivée en force des hommes de Craven. C'était un râle inhumain dont les modulations montaient et descendaient comme les hurlements d'un loup blessé. Les dragons les plus aguerris échangeaient des regards inquiets et se cramponnaient à la poignée de leur arme.

Bolitho s'était hâté de monter jusqu'au palier, puis arrêté devant la double porte ; Allday claudiquait sur ses talons, le sabre d'abordage toujours au poing.

– Au nom du roi ! avait crié Craven en enfonçant la double porte d'un coup de botte.

Aux tréfonds de son âme, Bolitho savait qu'il n'oublierait jamais le spectacle qui alors s'était offert à leurs yeux. Hoblyn, recroquevillé près du grand lit, se balançait de droite à gauche. Ses mains et ses bras étaient couverts de sang coagulé. Un moment, ils pensèrent que le commodore était blessé, ou qu'il avait en vain tenté de se suicider. Puis un sergent avait apporté d'autres bougies et, ensemble, ils avaient regardé sur le lit ; là gisait ce qu'il restait du corps nu de Jules, le jeune valet de pied et amant de Hoblyn.

Comme l'informateur assassiné à bord du *Loyal Chieftain*, seul son visage était intact ; tout le reste du corps avait été sauvagement lacéré et labouré. A en juger par l'expression atroce figée sur ses traits, le malheureux avait subi ces abominables tortures de son vivant.

Le lit, le sol de la pièce, tout était trempé de sang. Bolitho comprit que Hoblyn avait dû prendre le cadavre dans ses bras, faire et refaire le tour de la pièce jusqu'à tomber d'épuisement, brisé. La Confrérie s'était crue trahie, elle n'avait pas compris que c'était en se lançant à la recherche d'Allday que Bolitho avait attaqué le chantier naval. Parmi les privilèges dont Hoblyn avait bénéficié en échange de ses bons offices, ils avaient choisi de s'attaquer à celui auquel il tenait le plus : le jeune valet de pied. Jules était mort sous la torture. Ils avaient abandonné son corps devant l'entrée, comme une carcasse de boucherie.

Craven avait eu du mal à parler :

– Au nom du roi, je vous inculpe ce jour…

Il s'était arrêté net, le souffle coupé.

– Emmenez-le. Je n'y tiens plus, dans ce charnier.

Hoblyn sembla sortir lentement de ses transes : il les avait regardés sans les reconnaître. Avec les plus grands efforts, il s'était maladroitement remis debout, puis avait couvert d'un drap le cadavre mutilé.

– Je suis à votre disposition, Messieurs, avait-il annoncé d'une voix atone.

Il s'était simplement tourné brièvement vers Bolitho :

— Vous avez agi dans mon dos.

Puis il avait essayé de hausser les épaules, mais en vain ; enfin, au moment de franchir la porte, il s'était souvenu :

— Mon épée. J'y ai droit.

Bolitho et Craven s'étaient regardés : chacun à sa façon avait vu venir les choses.

Ils l'avaient attendu sur le palier. Les dragons étaient alignés dans le hall, quelques domestiques stupéfaits se penchaient sur les taches de sang et les gravats détachés par la balle du pistolet. Et soudain un nouveau coup de feu avait provoqué exclamations et cris de frayeur parmi les laquais. On devait trouver Hoblyn gisant en travers du lit, étreignant d'un bras la macabre silhouette et tenant de biais, de l'autre main, le pistolet qui lui avait arraché tout l'occiput.

Bolitho s'aperçut qu'il se taisait à présent, tandis que s'enflait le vacarme venu du dehors.

— Je suis consterné d'apprendre tout cela, Bolitho, conclut doucement sir Marcus Drew. Je suis navré que vous ayez été contraint d'assister à pareille horreur. En fin de compte, c'était peut-être la meilleure fin pour lui, la seule porte de sortie.

Bolitho s'avança jusqu'à la double fenêtre et regarda en bas. Une autre scène, à présent. Les dragons étaient en selle, alignés côte à côte en travers de la place, sabre au clair. Les chevaux s'agitaient, sentant la mort. Un major à cheval flattait l'encolure de sa monture, mais sans quitter des yeux la foule houleuse. Cela aurait pu être Craven.

Drew le rejoignit et avala une gorgée de bordeaux. Il songeait encore à la mort de Hoblyn.

— Il avait perdu l'esprit, ce n'était plus l'homme que j'avais connu. Comment a-t-il pu en venir à pareille extrémité ?

Il laissa la question sans réponse.

Bolitho lui lança un regard froid :

— Quelle extrémité ? Son amour pour ce jeune homme ? C'était tout ce qui lui restait ! Sa femme, qui l'avait attendu pendant toute la guerre, n'a même pas daigné le revoir quand on lui a parlé de ces épouvantables cicatrices. Il a cherché ailleurs et il a trouvé ce garçon.

Bolitho était surpris par sa propre analyse.

– Il a appris trop tard que les linceuls n'ont pas de poches, ni les cercueils de coffre-fort.

Drew s'humecta les lèvres :

– Vous êtes un drôle de type, Bolitho.

– Un drôle de type, Monsieur ? Parce que les vrais coupables sont en liberté, se cachent en toute impunité derrière leurs grades ou leurs privilèges ?

Ses yeux lançaient des éclairs :

– Un jour...

Il se raidit. Delaval, entre deux dragons, montait l'escalier de l'échafaud. Il était tête nue, vêtu d'un élégant habit de velours. Son arrivée avait déchaîné un chœur de lazzis et de huées : c'était pour lui que la foule était là.

Bolitho baissa les yeux et vit Allday juste au-dessous de lui, appuyé à l'un des piliers de l'auberge, sa longue pipe en terre fichée dans la bouche. Au cours des dernières semaines, ses plaies s'étaient cicatrisées et il avait recouvré l'usage de ses deux yeux. Mais quelque chose en lui avait changé : il était plus taciturne, moins facétieux. Le reste était comme avant. Toujours le même bon chien fidèle, songeait parfois Bolitho. Un animal et son maître. Chacun craignait de voir l'autre mourir le premier. Était-ce du dévouement ? Le mot était faible pour décrire le lien qui les attachait.

Probablement Paice était-il là lui aussi, attentif et assailli de souvenirs.

Les chevaux s'agitaient de plus en plus ; le major leva le bras pour faire respecter l'alignement.

– C'était une crapule, observa Drew avec douceur, mais je ne puis me défaire d'un sentiment de pitié à son égard, maintenant.

– Je prie pour qu'il file en enfer, rétorqua Bolitho sur le même ton.

Le dénouement approchait ; un fonctionnaire du bureau du shérif intervint, puis un ecclésiastique tremblotant dont les phrases, s'il en prononçait, se perdirent dans le brouhaha de la foule excitée.

Bolitho avait déjà assisté à des pendaisons, plus qu'à son goût en vérité ; les condamnés étaient, pour la plupart, des marins coupables au moins de mutinerie, hissés à la fusée de basse vergue par leurs camarades de plat.

Cet étalage ne valait guère mieux que la guillotine qui sévissait de l'autre côté de la Manche, songea-t-il. Le nœud coulant fut assuré autour du cou de Delaval, mais il secoua la tête quand un bourreau voulut lui bander les yeux.

Il avait l'air tranquille, comme indifférent. Il adressa quelques mots aux spectateurs les plus proches de l'échafaud. Au dernier moment, on vit venir un élégant phaéton rouge sombre aux portes finement armoriées que le cocher immobilisa derrière la foule.

L'arrivée de cette voiture n'avait pas échappé à Delaval qui la fixa jusqu'à ce que les yeux lui sortent de la tête. Il tenta de crier quelque chose mais à cet instant la trappe se déroba sous ses pieds et il ne fut plus qu'un pantin gigotant furieusement dans le vide. L'air quittait peu à peu ses poumons, tandis qu'il déféquait dans ses fins pantalons de nankin.

Bolitho vit le phaéton s'ébranler et remarqua un visage penché à la fenêtre ouverte. L'homme souriait. Bolitho ne tarda pas à le perdre de vue et l'élégant véhicule, s'éloignant de la place, prit de la vitesse. Le silence tomba sur la foule vaguement dégoûtée, déçue que le spectacle fût presque terminé. La marionnette grotesque tressaillait encore au bout de sa corde ; il allait falloir plusieurs minutes pour que ce contrebandier assassin et violeur passât complètement de vie à trépas.

Sans ce visage, sans cette apparition fugitive à la fenêtre du phaéton, Delaval serait mort sans regret. Bolitho s'écarta de la fenêtre ; il tremblait. Il avait reconnu le personnage : c'était la pièce manquante du puzzle. C'était lui qui accompagnait le shérif adjoint sur la route de Rochester, lui qui voulait faire pendre les deux officiers racoleurs.

Il se tourna calmement vers le contre-amiral et lui demanda d'un ton uni :

— Or donc, sir Marcus, puis-je savoir ce que je fais ici ?

Bolitho regarda l'ombre violette qui coupait la place en deux et sentit soudain sur son visage la fraîcheur du soir. La journée avait été longue en compagnie de sir Marcus Drew. Le contre-amiral mourait de frayeur à l'idée d'être impliqué dans une affaire susceptible de compromettre le confort de son poste à l'Amirauté; une conversation aussi stérile que guindée, par conséquent.

Un seul indice offrait quelque intérêt : ils devaient rencontrer tous deux un homme d'importance considérable, répondant au nom de lord Marcuard.

Bolitho avait déjà entendu ce nom dans le passé, et l'avait vu cité à plusieurs reprises dans la *Gazette*. Ce grand seigneur, suprêmement influent, était au-dessus des règles du parlement. Il avait l'oreille de Sa Majesté, qui l'écoutait volontiers sur les grands thèmes de politique générale.

Drew avait couvert Bolitho de recommandations formelles :

– Ne vous risquez pas à indisposer Sa Seigneurie. Cela ne pourrait que vous causer du tort. Vous ne faites pas le poids, vous savez.

Bolitho observa que les charpentiers s'étaient remis au travail sur l'échafaud déserté : deux bandits de grand chemin, qui avaient longtemps sévi sur la route de Douvres, allaient subir demain le même sort que Delaval. Sans doute attireraient-ils plus de monde encore. La rumeur publique voulait en effet que les brigands de grand chemin fussent différents des assassins et voleurs ordinaires.

Le manque de personnalité du contre-amiral! Vienne la guerre : c'est à des gens de son acabit que les jeunes commandants auraient à obéir! Des amiraux hissés au faîte de la hiérarchie par les activités émollientes du temps de paix; des intrigants, des affairistes obsédés par leur profit personnel.

Le vieux secrétaire ouvrit la porte et leur lança un bref regard :

– La voiture de lord Marcuard est annoncée, sir Marcus.

Drew rectifia vivement le nœud de son foulard et jeta un coup d'œil anxieux à un miroir :

– Nous ne pouvons qu'attendre ici, Bolitho.

Il était incroyablement nerveux.

Bolitho se détourna de la fenêtre. La voiture n'était pas arrivée par la place : cette rencontre devait rester secrète. Il sentit les battements de son cœur s'accélérer; en premier lieu, il avait cru à une simple entrevue de routine, quelques mots d'encouragement pour faire preuve de plus de pugnacité dans la lutte contre les contrebandiers. Lord Marcuard était casanier, il quittait rarement son hôtel particulier de Whitehall, sauf pour se rendre dans sa grande propriété du Gloucestershire.

On entendit un bruit de bottes dans l'escalier et deux gardes, munis chacun d'un pistolet et d'une arme blanche, prirent position sur le palier de chaque côté de la porte ouverte. En dépit de leur livrée civile, c'étaient bel et bien des soldats aguerris et non d'inoffensifs laquais.

– On dirait que nous sommes bien protégés, sir Marcus, murmura Bolitho.

L'amiral le foudroya du regard :

– Ne soyez donc pas si désinvolte !

Une ombre franchit le seuil, Bolitho s'inclina. Marcuard n'était pas l'homme qu'il avait imaginé ; il était grand et mince, entre deux âges, avec un profil net, un nez et un menton finement dessinés, et un regard fixe empreint de mélancolie dédaigneuse. Il était vêtu avec recherche d'un habit et d'un haut-de-chausses vert pâle. De la pure soie, probablement, se dit Bolitho. Il portait à la main une canne d'ébène. Ses cheveux, rassemblés sur la nuque par un ruban dans un style fort peu anglais, étaient abondamment poudrés, petite coquetterie qui permettait de l'identifier à coup sûr comme un courtisan. Bolitho n'avait jamais eu grande estime pour les hommes aux cheveux poudrés : celui qu'il avait en face de lui n'avait rien d'un guerrier.

– C'est un immense honneur, Monseigneur, balbutia Drew.

Lord Marcuard s'assit méthodiquement, arrangeant avec grand soin les queues de son élégant habit :

– Je vais prendre du chocolat. Le déplacement : épouvantable. Et à présent, cet endroit…

Pour la première fois, ses yeux se posèrent sur Bolitho ; il semblait s'ennuyer profondément, mais son regard était aussi perçant qu'une lame acérée.

– Ainsi, c'est vous dont on narre partout les hauts faits… Magnifique ! Tuke entravait notre commerce.

Bolitho, qui tombait des nues, chercha à garder contenance : il avait d'abord cru que Marcuard faisait allusion à la capture du *Loyal Chieftain*. Mais cette ambiguïté calculée était un premier piège : il lui fallait rester sur ses gardes.

Drew avait du mal à suivre Marcuard, entre le chocolat chaud et les exploits de Bolitho dans les mers du Sud ; pris au dépourvu, il rougit.

Bolitho se félicitait de ne pas avoir bu, contrairement au contre-amiral, plus de quelques gorgées de vin. Marcuard avait beau jouer les dandys, il était difficile de lui en faire accroire.

– J'avais un superbe équipage, Monseigneur, dit-il.

Marcuard afficha un sourire froid :

– Peut-être, de leur côté, servaient-ils sous les ordres d'un excellent commandant.

Il se toucha le menton avec le pommeau de sa canne :

– Un bon équipage ne tombe pas du ciel.

Il poursuivit sans attendre de réponse :

– La situation en France est pour Sa Majesté cause de souci ; William Pitt cherche bien à prendre des mesures, néanmoins...

Bolitho regarda le pommeau d'argent : un aigle tenant entre ses serres une sphère. La planète Terre ? Marcuard, à l'évidence, ne portait pas Pitt dans son cœur. Du même ton détaché, il continua :

– Les perspectives de Sa Majesté sont susceptibles de se modifier d'un jour à l'autre.

De nouveau, il sourit légèrement.

– Comme les vents qui soufflent de France.

Ses fins sourcils se froncèrent :

– De grâce, ayez la bonté de me procurer une tasse de chocolat !

Bolitho était déjà debout, mais l'aristocrate l'arrêta :

– Pas vous ! J'ai besoin de votre avis.

Bolitho se sentit humilié pour Drew. S'agissait-il d'une brimade délibérée ou d'une preuve supplémentaire de l'immense autorité de Marcuard ?

Drew se hâta de s'exécuter. Marcuard poursuivit :

– Je suis arrivé trop tard pour voir la dernière pirouette de Delaval. Nos routes... Autrement, j'aurais volontiers fait un pari...

Son ton se fit plus sec :

– Magnifique, votre prise du brick et de la goélette des contre-bandiers. Vous vous êtes montré à la hauteur de votre réputation de commandant de frégate. J'ignore quel sera votre destin, mais on peut parier que vous resterez jusqu'à votre dernier souffle un grand officier de marine !

Bolitho savait que Marcuard ne parlait pas au hasard. Il n'avait pas fait le trajet jusqu'à Douvres pour une simple conversation de salon.

– Je me suis battu, Monseigneur, répondit Bolitho. L'enjeu en valait la peine.

– Certes.

Il le toisa de la tête aux pieds, mais sans curiosité.

– Croyez bien que je suis parfaitement renseigné. Quant au commodore Hoblyn...

Il eut une moue méprisante :

– Un brave, jadis. Mais quelle déchéance! Je vois, Bolitho, que vous êtes troublé par tout cela. Expliquez-vous, mon cher.

Bolitho regarda la porte. Drew s'en trouverait mal s'il savait qu'on en était ici à s'ouvrir franchement de ses pensées.

– J'ai la conviction intime, Monseigneur, que Delaval était absolument certain d'échapper à la potence. En dépit des preuves accumulées contre lui, en dépit des circonstances très... particulières dans lesquelles ces jeunes Françaises ont péri, il s'est toujours cru protégé.

Il marqua une pause; il s'attendait à se voir clouer le bec par Marcuard, comme plus tôt par Drew. Mais le courtisan garda le silence.

– Sir James Tanner, continua Bolitho, est propriétaire de la plupart des domaines où déserteurs et contrebandiers trouvent refuge entre deux coups de main sur la Manche. J'ai en main de nombreux indices tendant à prouver que lui, et lui seul, peut avoir la haute main sur une organisation qui exige des mouvements aussi complexes. Il s'est acquis, moyennant finance, la collaboration ou le silence de beaucoup d'âmes vénales, depuis ce misérable aspirant jusqu'au commodore, et même jusqu'à de hauts personnages.

– Je comprends à présent pourquoi vos actions donnent lieu à de telles controverses. Précisez votre pensée.

– Tanner considère que son rang et sa fortune le placent au-dessus de tout soupçon, et même de toute compromission. Il ne se trouvera pas dans le royaume un seul juge, un seul magistrat, pour prêter l'oreille à des accusations le visant. Comment le gouvernement peut-il demander, que dis-je, exiger la vie de simples matelots alors même que les vrais coupables font litière de ces lois qui accablent le petit peuple ?

Marcuard hocha lentement la tête, il en savait assez :

— C'est votre dernière action qui m'a donné envie de vous rencontrer. Je me posais certaines questions. Je suis sûr que les équipages de vos trois cotres vous sont dévoués corps et âme, non ?

Bolitho crut avoir mal entendu : était-ce tout le cas qu'il faisait de son opinion ?

— Si la guerre éclate, ou plutôt, devrais-je dire, quand elle éclatera, nous ne pourrons pas compter sur l'anarchie qui règne en France comme sur notre meilleur allié. Assurément, la fine fleur de leur état-major a péri sur l'échafaud, emportée par la folie de cette révolution. Mais d'autres meneurs se lèveront : l'Histoire nous apprend à ne jamais préjuger de la vacuité du pouvoir. Nous l'avons bien vu en Angleterre quand Charles a laissé sa tête sur le billot.

La lourde canne d'ébène se mit à marteler le plancher, soulignant chaque mot :

— Et pourquoi pas une contre-révolution ? L'avenir le dira. La France a besoin d'un roi, installé sur son trône légitime.

Bolitho était stupéfait. Marcuard, amusé, sourit franchement pour la première fois :

— Mais je vous égare, mon cher commandant ! Eh bien, tant mieux : si certains perçaient mes projets à jour, nos espoirs seraient anéantis avant que d'avoir pu se concrétiser.

Marcuard se leva avec aisance et gagna la fenêtre :

— Il nous faut un officier de confiance. Aucun civil ne saurait faire l'affaire, surtout pas un parlementaire. Ce ne sont au fond que des mercenaires. Rien de plus. Ils ont beau afficher les plus pures intentions...

Il pivota sur ses talons avec la légèreté d'un danseur et enchaîna, à la totale surprise de Bolitho :

— J'ai arrêté mon choix sur vous.

— Pour... Pour aller où, Monseigneur ? Pour faire quoi ?

Marcuard ignora ces questions :

— De vous à moi, Bolitho : aimez-vous par-dessus tout votre roi et votre pays ?

— J'aime l'Angleterre, Monseigneur.

Marcuard hochait lentement la tête.

– Enfin un cœur sincère ! En France, certains conspirent pour délivrer le roi. Des héros quelque peu fanatiques, mais qui doivent être assurés de notre appui. Ils ont toutes les raisons de se méfier des espions, des traîtres. Au moindre faux pas, c'est la guillotine. Je le sais, je l'ai vu.

Il scruta longuement Bolitho :

– J'ai du sang français, savez-vous ? Votre rapport sur ces deux jeunes filles assassinées en mer m'a intéressé au plus haut degré. Ma propre nièce a été guillotinée dès le premier mois de la Terreur. Elle venait d'avoir dix-neuf ans. Ainsi...

Agacé, il se tourna vers le palier où résonnaient des appels.

– Seigneur ! Combien de temps cela prend-il, dans le Kent, pour préparer une tasse de chocolat ?

Et reprenant plus bas :

– Quelqu'un se mettra en rapport avec vous. Mais ne soufflez mot à quiconque jusqu'à ce que le projet se précise. Je vous envoie en Hollande.

Il fit une pause pour permettre à Bolitho de se ressaisir :

– Quand la guerre éclatera, la Hollande s'alliera à la France. Aucun doute n'est permis, redoublez donc de prudence. L'Espagne elle-même leur emboîtera le pas le moment venu.

– Mais je croyais, rétorqua Bolitho, que le roi d'Espagne...

– ...était hostile à la révolution ? Le ciel en soit loué, les Espagnols sont toujours les mêmes. Ils ne s'intéressent qu'à deux choses : leur église et l'or. Sa Majesté catholique n'aura aucun mal à se convaincre du camp qu'elle doit choisir.

La porte s'ouvrit sur Drew. Deux domestiques de l'auberge marchaient sur ses talons. Drew multiplia les révérences :

– Pardonnez-moi ce long retard, Monseigneur.

Ses yeux allaient d'un interlocuteur à l'autre.

– Je suis sûr que ce n'était pas une attente inutile, sir Marcus, glissa Marcuard.

Il se pencha pour examiner le contenu du plateau; son regard croisa celui de Bolitho et il ajouta perfidement :

– Ce serait un comble !

Puis il se détourna et signifia son congé à Bolitho :

– Vous pouvez vous retirer, Bolitho ; l'amiral et moi-même avons maintenant à évoquer des sujets pénibles.

Bolitho gagna la porte et se retourna pour s'incliner une dernière fois. Il eut le temps de constater le soulagement de Drew : il ne déplaisait pas à lord Marcuard, l'homme de confiance de Sa Majesté, sa carrière à l'Amirauté pourrait continuer sans encombre.

Bolitho referma la porte sur un dernier regard de Marcuard – le regard d'un complice, d'un conspirateur.

XII

LA PUISSANCE ET LA GLOIRE

Les semaines qui suivirent la capture du *Loyal Chieftain* et de sa goélette furent pour Bolitho d'une désespérante vacuité. Le commodore Hoblyn ne fut pas remplacé. L'Amirauté se contenta de détacher un obscur fonctionnaire pour superviser l'achat des navires convenables et dresser la liste des candidats susceptibles de recevoir des lettres de marque en cas de conflit.

La demeure où le commodore s'était donné la mort resta fermée, témoin muet de son deuil et de sa déchéance. Bolitho avait de moins en moins à faire. Il laissait ses cotres patrouiller sans lui et prêter main-forte à l'occasion aux navires de la douane qui continuaient à lutter contre la contrebande.

Ses escouades de recruteurs et de racoleurs obtenaient des succès variables, peu à même de le réconforter ; en revanche, on s'étonna en haut lieu d'un afflux d'engagés volontaires pour la flotte, notamment en provenance des villages de l'intérieur, où sa victoire sur les navires de Delaval fut connue de tous avant même qu'il ne les eût visités.

La nouvelle de l'assassinat des Françaises s'était répandue comme un feu de brousse et de nouveaux renseignements, émanant de sources concordantes, prouvèrent qu'il ne s'agissait pas d'incidents isolés ; après le premier bain de sang dans les rues de Paris, les émeutiers s'étaient tournés vers les classes moyennes, puis vers les humbles : artisans et boutiquiers. Quiconque était soupçonné de trahir la révolution était considéré comme un laquais des aristocrates haïs, traîné en prison pour d'impitoyables interrogatoires ; puis des charrettes les conduisaient jusqu'à la guillotine. Des parents avaient vendu tous leurs biens pour tenter de sauver leurs enfants ; d'autres avaient versé d'énormes pots-de-vin pour tâcher de gagner l'Angleterre, et la sécurité, à bord de petits navires. Certains contrebandiers, comme Delaval, avaient ainsi bâti rapidement d'énormes fortunes : ils dépouillaient ces pauvres réfugiés sans défense et les passaient par-dessus bord en pleine Manche, ou dans la mer du Nord. Les cadavres ne parlent pas. S'il se trouvait des jeunes filles dans ces cargaisons humaines, elles ne pouvaient attendre aucune pitié.

Un soir, alors qu'il soupait avec le major Craven dans sa petite caserne, Bolitho s'était emporté :

– La lie de l'humanité ! Quiconque se bat pour un pavillon, quelle que soit la cause qu'il défend, a davantage d'honneur et de respect de soi.

Bientôt, il fut même privé du réconfort que lui apportait la présence du major : on expédia Craven et son régiment en Irlande, où la famine, à l'approche de l'hiver, privait la population de nourriture et de chauffage, et recommençait à produire des troubles.

Et l'hiver était précoce, cette année. Bolitho était frappé par la violence des courants de marée, et la brutalité du clapot déferlant en Manche.

Le régiment de Craven fut remplacé par de nouvelles recrues et des soldats issus de milices à peine formées, qui se souciaient davantage d'exercice et de manœuvre que de lutte concertée contre les contrebandiers. Cependant, la contrebande avait diminué depuis l'affaire du *Loyal Chieftain* ; par endroits, elle avait même disparu. Ce résultat aurait dû être pour Bolitho un motif de satisfaction, tandis qu'il arpentait le rivage en compagnie d'Allday, l'inséparable compagnon, mais le cœur n'y était plus.

Pas de nouvelles de l'énigmatique lord Marcuard : une déception de plus, la pire. Peut-être après tout s'agissait-il d'une nouvelle ruse pour l'obliger à se tenir tranquille. Il en venait à se demander si l'éloignement de Craven ne participait pas d'un vaste complot contre lui – mais comment le prouver ? Même les officiers et les fonctionnaires qu'il était forcé de rencontrer agissaient envers lui, quand bien même il ne s'agissait que de routine, avec une circonspection qu'il ne savait comment interpréter. Respect ? Crainte ? Impossible de le savoir.

Certains le considéraient simplement comme un grand chef de guerre, d'autres comme un perturbateur qui avait tout mis sens dessus dessous, apportant des changements brutaux, peut-être nécessaires mais malvenus.

Après leur conversation à Douvres, le contre-amiral Drew ne s'était pas attardé. Au moment du départ, il avait eu l'air profondément soulagé, et plus décidé encore, s'il était possible, à ne se mêler sous aucun prétexte à toute affaire dépassant les strictes compétences de l'Amirauté. Dans les ordres écrits laissés par Drew, il était explicitement spécifié que nul ne devait intervenir sans autorisation préalable, de quelque façon que ce fût, sur les domaines et propriétés de sir James Tanner.

De toute façon, cela n'eût pas servi à grand-chose : le bruit courait que Tanner était absent, peut-être même à l'étranger. Mais Bolitho ne pouvait se défendre de penser que ces ordres, transmis par Drew, émanaient de Marcuard ; ce simple fait semblait à peine concevable à présent.

Un soir, Bolitho regardait d'une falaise une frégate descendre vers Sheerness avec le courant de marée. La lumière grisâtre mettait en valeur la splendeur de ses peintures ; les sculptures dorées de son château et de sa voûte disaient les moyens considérables dont disposait l'armateur. A Bolitho, cette frégate rappelait l'*Undine* et le *Tempest*, tels qu'ils étaient quand il en avait pris le commandement après la guerre d'indépendance américaine.

Il observa les gabiers échelonnés le long des vergues comme de petits points noirs, et qui larguaient les huniers du beau vaisseau. Beau comme une frégate ! Quel honneur de commander pareil navire ! Il se souvenait de la flamme qui s'allumait dans les yeux de Viola quand elle l'écoutait parler de ses bateaux. Personne, depuis, ne l'avait écouté de cette façon.

– Jolie baille, Commandant, pour sûr.

Bolitho esquissa un sourire. Allday déployait d'innombrables ruses pour l'empêcher de broyer des idées noires ou d'évoquer les souvenirs qui font mal.

Le vieux compagnon aurait pu se faire tuer. Il en conçut une douleur poignante comme un coup de dague. Cette mort l'aurait livré à la solitude.

Bolitho baissa son chapeau de façon à cacher sa cicatrice. Il se tourna vers Allday. Plus d'une fois, Viola avait touché et embrassé sa balafre, affirmant que c'était là un motif de fierté et d'honneur, non pas une marque honteuse.

– Je me demande s'il y a à bord certains des volontaires que nous avons engagés, après leur avoir laissé le libre choix...

– Du moment que leur commandant sait les prendre, observa Allday avec un pauvre sourire !

Bolitho remonta le col de son caban. La frégate tirait un bord au large et ce spectacle le déchirait. Quelle était la destination du navire ? Gibraltar et la Méditerranée ? Les Antilles, où les palmes offrent leur ombre aux plages de sable blanc ? Il poussa un profond soupir. Comme le jeune lieutenant qui avait exprimé le désir de s'embarquer avec lui sur n'importe quel navire, comme feu le commodore Hoblyn il n'y avait pas si longtemps, il se sentait abandonné, rejeté.

Il enfonça ses talons dans le sable mou. Non ! Pas comme Hoblyn !

– Et tu n'as jamais rencontré l'homme qui était dans la voiture ce soir-là ? Celui qui t'a donné ordre de tuer le racoleur ?

Allday n'était pas fâché de la question : elle trahissait chez Bolitho un regain d'intérêt pour sa cause.

– Je n'ai rien vu de lui ce soir-là, ce qui s'appelle rien. Mais sa voix, je la reconnaîtrais même aux portes de l'enfer, par le diable ! Mélodieuse comme de la soie, un vrai sifflement de serpent ! S'il m'arrive de l'entendre à nouveau, poursuivit-il en hochant la tête avec ferveur, je frapperai le premier et demanderai des explications après. Pour sûr !

Bolitho jeta un dernier coup d'œil à la frégate, dont le bord sous le vent s'enfonçait déjà dans l'obscurité. « Demain, si le vent tient, elle sera devant Falmouth. » Il pensa à sa grande maison qui l'attendait. Comme toujours. Sa famille s'était réduite. Sa sœur Nancy vivait non loin de là avec son époux, le « roi de Cornouailles ». Quant à son autre sœur, Felicity, elle était encore aux Indes, avec le régiment de chasseurs à pied de son mari. Comment vivait-elle, aujourd'hui ? Dans leur église de Falmouth, de nombreuses petites plaques et ex-voto commémoraient la mort de femmes et d'enfants de marins, tombés lors de révoltes indigènes dans des endroits dont nul n'avait entendu parler.

Les plaques des Bolitho remplissaient une chapelle dans le déambulatoire de la vieille église. Chacune évoquait un épisode de l'histoire de la marine royale. D'abord, il y avait l'ancêtre de la famille, le trisaïeul de son grand-père, le commandant Julius Bolitho, mort en 1646 pendant la guerre civile ; c'était à lui que lord Marcuard avait fait allusion, à ce héros qui avait tenté de forcer le siège du château de Pendennis par les « Têtes Rondes ». Et puis il y avait son arrière-grand-père, le commandant David Bolitho, abattu par des pirates, au large des côtes africaines, en 1724.

Sous son caban, les doigts de Bolitho se refermèrent sur la garde de la vieille épée. C'était son ancêtre David qui avait fait forger l'arme ; elle était maintenant bien ternie, mais Bolitho ne connaissait pas de lame plus légère ni mieux équilibrée. Il doutait que les couteliers contemporains fussent capables d'en produire d'aussi fine. Il s'avança à pas lents en direction du couchant. Soudain la tristesse l'envahit : une fois son propre nom ajouté à cette liste, plus jamais un Bolitho ne serait attendu dans cette vieille maison, sous le promontoire, à l'ombre du château.

– Voilà un cavalier qui m'a l'air d'avoir le diable aux trousses, annonça Allday dont le regard se fit aigu.

Il porta la main à la garde de son sabre d'abordage. Toute descente à terre le rendait inquiet et méfiant. A bord d'un navire, on pouvait compter ses amis…

– Par le ciel ! s'exclama-t-il. C'est le jeune Matthew !

L'enfant arrêta brutalement sa monture et sauta à terre avec légèreté :

– Qu'est-ce, mon garçon ? demanda Bolitho.

L'adolescent fourragea un instant dans les fontes de sa selle :

– Une lettre, Monsieur. Elle nous est parvenue par courrier exprès.

De toute évidence, il était impressionné :

– Il m'a bien recommandé de vous la remettre en main propre, à vous seulement.

Bolitho ouvrit le pli et tenta de déchiffrer la missive mais le crépuscule était trop avancé ; il remarqua simplement les armoiries de l'en-tête et la signature griffue en bas de page : Marcuard. Ainsi il avait eu tort de laisser courir son imagination. Il n'y avait pas de complot en coulisses pour se débarrasser discrètement de ses services. Les deux autres le regardaient. Le cheval lui-même avançait sa tête au-dessus de l'épaule du jeune Matthew, comme s'il voulait lire lui aussi.

Bolitho n'avait pu déchiffrer que trois mots : *Toutes voiles dehors*. Par la suite, il se rappela n'avoir éprouvé à cet instant ni inquiétude ni surprise, mais au contraire un grand soulagement. Enfin, l'heure était venue. Enfin on avait besoin de lui.

Le second du *Wakeful*, un grand jeune homme dégingandé, passa à tâtons au milieu du groupe des marins immobiles et finit par identifier Queely, debout à côté du compas :

– J'ai fait le tour du navire, Commandant, dit-il à mi-voix. Conformément à vos ordres, tous les feux sont éteints.

Il jeta un coup d'œil au-delà du pavois, dans l'obscurité épaisse sur laquelle tranchait de temps à autre la blancheur d'un mouton. Il ajouta :

– Et je ne vous demande pas quand nous allons virer de bord pour tirer au large !

Queely ne se donna pas le mal de lui répondre. Il observa d'abord la grand-voile à un ris, puis la petite lumière vacillante du feu de compas.

Le froid mordait. Quand les nappes d'embruns fouettaient le pont, on sentait que l'hiver était là.

– Transmettez mes respects au commandant Bolitho. Veuillez lui faire savoir que nous avons atteint le point de rendez-vous.

– Inutile. Je suis là.

L'ombre de Bolitho se détacha du petit groupe pour s'approcher de Queely. Il était en caban, tête nue. Seuls ses yeux étaient visibles dans le noir.

Il serait bientôt deux heures du matin : le quart de nuit était à moitié écoulé. Ils étaient désormais aussi près de la côte hollandaise que la prudence le permettait. Queely se tourna vers les autres et déclara sans cérémonie :

– Ce rendez-vous est organisé en dépit du bon sens, Monsieur.

Bolitho le regarda, surpris. Depuis l'instant où il s'était transféré à bord du cotre de Queely et lui avait donné ordre de faire route vers cette rencontre secrète, le jeune lieutenant si bien frotté de littérature n'avait pas soulevé la moindre objection. Pendant la traversée d'une mer du Nord mauvaise en direction d'un point anonyme sur la carte, il avait gardé pour lui tous ses doutes et toutes ses appréhensions. Bolitho lui en était reconnaissant ; ni Queely ni lui-même n'avaient de moyen pour évaluer avec précision la gravité du danger vers lequel ils s'avançaient, il ne tenait donc pas à être harcelé par de sinistres prémonitions. Paice avait tenté de le dissuader, mais le *Télémaque* était encore en cale sèche pour finir la rénovation de son gréement et remplacer le mât de hune abattu. Il revoyait encore la physionomie énergique de Paice tout de suite après la capture du *Loyal Chieftain* :

– Nous n'avons pas perdu un seul homme, Monsieur, et le *Wakeful* non plus !

Étrange : personne d'autre, pas même Drew, ne lui avait posé de question sur ce sujet. Il eut un sourire sombre en se remémorant l'anxiété du contre-amiral. Doublement étrange de sa part. Voilà les mots appropriés.

Dans les récits des journaux, après une bataille décisive ou une catastrophe maritime majeure, on citait parfois le nom d'un officier supérieur ou d'un commandant, mais le coût des fortunes de mer en vies humaines ne retenait que rarement l'attention des chroniqueurs.

– Nous n'avons pas le choix, monsieur Queely, répliqua-t-il.

Bolitho devinait quelles pensées agitaient son subordonné. Ces renseignements avaient mis des semaines avant de parvenir à lord Marcuard, qui avait eu besoin de plus de temps encore pour les étudier et les vérifier. Dans l'intervalle, tout avait pu se produire. La Hollande n'avait pas encore conclu d'alliance militaire, mais c'était un jeu d'enfant pour les espions français de pénétrer les cercles de conspirateurs les plus fermés.

– Je resterai à terre quatre jours. Tenez-vous hors de vue des côtes jusqu'au moment exact que je vous ai fixé. Ainsi on ne vous posera pas de questions quant aux raisons de votre présence, et à vos intentions.

Un avantage secondaire de cette décision : l'équipage du *Wakeful* serait dans l'incapacité de rien révéler sur leur mission, intention-nellement ou pas. Mais il se garda de le préciser : Queely n'était pas un sot, il comprendrait.

Il insista néanmoins :

– Laissez-moi au moins vous accompagner jusqu'à terre, Monsieur.

– Impossible. Cela doublerait la durée de votre escale. Il vous faut être derrière l'horizon avant l'aube. Si le vent recule ou tombe...

Il était inutile d'en dire davantage. A la faible lueur de la lampe du compas, Queely consulta sa montre :

– Nous n'allons pas tarder à être fixés.

Puis, cherchant son second des yeux :

– Monsieur Kempthorne ! Silence sur le pont !

Il décrocha son porte-voix et, le portant à son oreille, balaya len-tement l'horizon pour capter le moindre bruit insolite.

Bolitho était réconforté par la présence d'Allday à ses côtés. Une fois de plus, son patron d'embarcation était prêt à risquer sa vie pour lui. Cela le rendait heureux. Allday grogna :

– Ils ont peut-être changé d'avis, Commandant.

Bolitho approuva de la tête et essaya de se remémorer tous les détails de la carte, ainsi que les notes consultées pendant leur tra-versée depuis le Kent.

La Hollande n'était guère vaste, les endroits isolés propices à un débarquement clandestin étaient peu nombreux. Ils avaient choisi une basse péninsule humide, qui n'était pas sans présenter quelque ressemblance avec les marécages et *fens* du sud-est de l'Angleterre. Tôt ou tard, le génie hollandais stabiliserait la côte et ces terres seraient mises en culture ; ces gens ont l'art d'utiliser chaque pouce de terrain disponible, car leurs ressources naturelles sont maigres. Mais si les Français arrivaient...

Bolitho sursauta : un rayon de lumière aveuglant balayait les eaux agitées, crevant la nuit comme le feu d'une balise.

– Dieu du ciel ! jura Queely. Pourquoi ne pas tirer une salve de bienvenue, tant qu'ils y sont !

Ce cri d'humeur prouvait qu'il n'était pas aussi calme qu'il en avait l'air.

– Lofez d'un quart ! Parés devant ? On ne va quand même pas les éperonner !

Dans un souffle, il ajouta :

– Pointe cette couleuvrine, Rabbit ! Si c'est un piège, ils vont avoir une mauvaise surprise.

L'autre bateau semblait avoir surgi des profondeurs ; ils durent s'y reprendre à plusieurs fois pour échanger des boulines et s'amarrer à couple. Bolitho redoutait le bruit d'une collision, tout en se disant que le choc ne s'entendrait pas à plus de quelques mètres. Il distinguait des silhouettes emmitouflées dans de lourds vêtements de mer, qui montaient et descendaient au rythme des vagues. On distinguait un mât trapu et une voile sommairement carguée. Surtout, le vent leur amenait une forte odeur de poisson.

Un petit objet fut remis à un matelot et vivement transmis à Bolitho à l'arrière ; c'était la moitié d'un vieux bouton en os. Bolitho tira de sa poche l'autre moitié : elle s'ajustait parfaitement. Il se demanda un instant ce qui se serait passé si le matelot l'avait laissé tomber dans la mer : la confiance l'aurait-elle emporté sur la méfiance ? Cette méthode de reconnaissance était rustique, mais éprouvée. Plus simple et moins dangereuse qu'un message écrit.

– A vous le soin, monsieur Queely, lança Bolitho.

Il lui étreignit le bras :

– Vous savez ce que vous avez à faire si...

– A vos ordres, Monsieur. Si...

Et il s'écarta. Bolitho et son compagnon descendirent comme ils purent l'échelle de coupée et se retrouvèrent dans le petit bateau de pêche. De rudes poignes les guidèrent pour leur éviter de trébucher sur les casiers à crustacés, les récipients divers, les avirons et ce qui était sans aucun doute des entrailles de poissons. On largua les cargues, l'écoute fut bordée et le vent prit brusquement dans la voile avec un choc sourd. Le bateau bondit dans une gerbe d'embruns.

Quand Bolitho se retourna, le *Wakeful* avait disparu ; on ne distinguait même plus les vagues brisant contre sa muraille.

Allday s'assit sur un banc de nage et murmura :

– Plus jamais je ne dirai du mal d'un navire du roi !

Bolitho observa leurs nouveaux compagnons. Nul n'avait dit mot.

Pas une phrase de bienvenue, chacun savait ce qu'il avait à faire. Les paroles de Marcuard lui revinrent : « Redoublez de prudence. » Bolitho écarquilla les yeux pour essayer d'apercevoir le rivage. Il savait que nul n'aurait besoin de lui rappeler ce sage conseil.

Le voyage jusqu'au point de rendez-vous suivant dura plus long-temps que prévu. Allday et lui-même furent transbordés dans une autre embarcation, si exiguë qu'ils durent pour prendre place se recroqueviller sous le pontage avant.

D'après leur dernière position estimée sur la carte, et ce qu'il avait retenu de ses ordres écrits, Bolitho savait qu'ils avaient doublé l'île de Walcheren avant le transbordement. Ensuite, ils avaient embouqué l'Escaut oriental et changé d'embarcation en quelques instants, après un très bref échange de salutations. Ils parcouraient à présent un inextricable lacis de bras de mer et de canaux ; l'équipage ne fai-sait rien pour faciliter à Bolitho l'observation de leurs points de pas-sage. Le paysage était plat, désolé, marqué çà et là par la silhouette altière d'un énorme moulin à vent dont les ailes puissantes brassaient le ciel. On rencontrait de nombreuses embarcations, mais aucun uni-forme ne révélait une présence militaire ou navale.

En fin de journée, l'embarcation finit par se frayer un passage au milieu des roseaux ; sans le glissement soyeux de l'eau sur les flancs de la carène, ils auraient pu se croire en voiture. Il faisait trop noir pour prendre des points de repère ; seules quelques étoiles apparais-saient brièvement entre les nuages. Le vent avait légèrement changé, mais pas assez pour mettre le *Wakeful* en situation délicate.

Allday passa la tête au-dessus du plat-bord et tendit l'oreille au grincement régulier d'un moulin ; une puissante odeur lui frappa les narines :

– Des cochons, annonça-t-il sans enthousiasme. Sommes-nous arrivés, Commandant ?

Des voix leur parvinrent. Deux hommes arrivaient à pied : le rivage était donc tout proche. Un des arrivants était l'armateur du bateau, un Hollandais à tête ronde portant un bandeau sur l'œil. Son compagnon marchait avec précaution entre les roseaux humides, un petit mouchoir sur le nez.

Debout sur la rive, ce dernier les regarda et lança :

– Euh... Commandant Bolitho ? Vous êtes parfaitement ponctuel.

Un anglais irréprochable, mais où Bolitho reconnut un soupçon d'accent français.

Bolitho débarqua et faillit glisser dans le canal. Il étira ses muscles engourdis, puis demanda :

– A qui ai-je l'honneur ?

L'homme secoua la tête :

– Pas de noms, Commandant. C'est plus prudent.

Il haussa les épaules comme pour s'excuser :

– A présent, je vais être contraint de vous bander les yeux, à vous et à votre...

Il estima longuement les formes imposantes d'Allday.

– ...à votre camarade.

Il remarqua que cette suggestion les mettait immédiatement sur leurs gardes :

– Vous pourriez apercevoir des choses sans importance à vos yeux, mais susceptibles de tous nous mettre en péril.

– Fort bien, acquiesça Bolitho.

Son interlocuteur était inquiet : probablement un aristocrate, et à l'évidence tout sauf un soldat. Un militaire d'expérience les aurait fait aveugler plusieurs heures plus tôt. De toute façon, Bolitho était certain de pouvoir retrouver sa route sans difficulté, le cas échéant. Quand on a grandi dans le comté de Cornouailles, puis servi des années à bord de petites embarcations, on en conserve des traces.

Ils s'éloignèrent en pataugeant dans les roseaux, puis à travers champs ; bientôt, ils commencèrent à entendre un second moulin. Bolitho savait qu'un membre de l'équipage de l'embarcation les suivait. Tout était calme, sauf le bruit du vent ; l'air coupait comme du verglas.

L'homme, qui avait saisi Bolitho par le coude, murmurait de temps à autre des indications sur les obstacles à franchir. Bolitho sentit qu'ils approchaient d'un grand bâtiment, mais ce n'était pas un moulin.

– Vous allez rencontrer, lui souffla son guide, le vice-amiral Louis Brennier.

Il sentit bien que l'attention de Bolitho était à son comble :

– Le connaissez-vous ?

Bolitho ne répondit pas directement à la question :

— Pas de question, *M'sieu* *. N'est-ce pas vous qui en avez décidé ainsi ?

L'homme hésita un instant, puis répondit :

— J'agis suivant son désir. Sa vie n'a pour lui aucun prix, il l'a déjà sacrifiée à sa grande cause.

Il avait l'air de répéter une leçon apprise par cœur. Ils se remirent en marche. Le vice-amiral Louis Brennier s'était fait remarquer par ses qualités d'officier pendant la guerre d'indépendance américaine ; c'était lui qui avait eu la haute main sur les mouvements des corsaires français puis, plus tard, sur les navires de guerre qui soutenaient les rebelles. Il était simple passager à bord du *Ville-de-Paris*, vaisseau amiral de De Grasse en route pour la Jamaïque quand ils avaient été surpris par la flotte de l'amiral Rodney au large des Saintes. Un carnage effroyable. Une défaite totale. Tous les navires français avaient été détruits ou capturés. Conformément à l'ordre des choses, le *Ville-de-Paris* s'était affronté directement au *Formidable*, vaisseau amiral de Rodney.

Bolitho songea que, pour un homme d'action, Brennier n'avait pas eu de chance de participer à cette bataille en qualité de simple passager. Les Français ayant l'intention de débarquer à la Jamaïque et de s'emparer de l'île, le poste de gouverneur de ce nouveau territoire aurait dû échoir à Brennier. La bataille des Saintes, par cette belle journée d'avril, avait changé tout cela et bouleversé la vie de beaucoup, y compris celle de gens au destin ordinaire, comme Stockdale, par exemple, tombé sans un mot, ou Ferguson, qui était resté manchot. La liste n'avait pas de fin. Quant à Bolitho, il avait bien cru voir sombrer son navire, la *Phalarope*. Le bateau n'était resté à flot qu'à force de pompes jusqu'à leur arrivée, in extremis, à l'arsenal d'Antigua.

On déverrouillait une porte. Bolitho sentit la chaleur sur son visage. Quand on lui enleva son bandeau, il découvrit une vaste pièce aux murs de pierre. C'était bien sûr une ferme, mais nulle trace des propriétaires.

Il s'inclina en apercevant en face de lui un homme âgé, de l'autre côté d'une table bien astiquée.

— Amiral Brennier ?

Bolitho s'était certes attendu à le trouver vieilli, mais il fut frappé par une telle décrépitude. Le vieil officier avait une chevelure toute blanche, la peau ridée et les yeux à demi cachés par des paupières tombantes. Fixant le visiteur, il approuva d'un signe de tête :

– Et vous, vous êtes le commandant Bolitho ?

Son anglais n'était pas aussi courant que celui de son collaborateur :

– J'ai connu votre père.

Un sourire las multiplia les rides sur son visage :

– Ou plutôt, j'ai entendu parler de lui. C'était aux Indes.

Bolitho fut pris de court :

– Je ne savais pas cela, *M'sieu*.

– Si jeunesse savait, Commandant... Si vieillesse pouvait...

Il tendit ses mains décharnées vers le feu et continua :

– Le roi est vivant. Mais les choses empirent dans notre Paris bien-aimé.

Bolitho garda le silence. Était-ce à Brennier que l'on avait confié le soin de remettre sur son trône le roi de France ? L'officier de marine s'était distingué par sa bravoure : c'était un adversaire de valeur, qui avait la confiance aussi bien de son roi que de tous ses subordonnés. Mais c'était aussi un vieillard à l'esprit tout encombré par les malheurs qui ravageaient son pays.

– Que suis-je censé faire, *M'sieu ?* demanda Bolitho.

– Faire ?

Brennier semblait peu désireux de reprendre contact avec la réalité :

– Notre intention, et notre devoir sacré, est d'obtenir la libération du roi, quel qu'en soit le prix !

Sa voix prenait de l'assurance ; Bolitho crut voir resurgir l'ardeur du jeune officier.

– Ici, aux Pays-Bas, nous avons amassé une fortune. En joyaux, en or...

Il baissa le front dans sa main :

– La rançon d'un roi, comme disent les Anglais.

Il n'y avait nulle trace de gaieté dans sa voix.

– Le trésor est en sûreté non loin d'ici. Sans tarder, il sortira de sa cachette et nous le mettrons au travail.

– Et d'où viennent toutes ces richesses, M'sieu ? demanda doucement Bolitho.

– De ces innombrables familles décimées par la guillotine. Et tant d'autres qui n'attendent que le retour à une vie civilisée, cultivée.

Il leva la tête, ses yeux étincelaient :

– Ce trésor de guerre nous servira à libérer le roi par la corruption, par la force si nécessaire, ainsi qu'à fomenter une contre-révolution. Dans le sud de la France, on ne compte plus les officiers loyalistes. Quand nous passerons à l'action, le monde en aura le souffle coupé. Nous traiterons cette vermine comme elle nous a traités.

Le vieillard s'apaisa.

– Nous reprendrons cette conversation quand certains de mes amis seront là.

Il fit un geste vers une autre porte :

– Entrez là, Commandant. Il faut que vous vous présentiez à votre compatriote, l'autre *agent provocateur* *.

Son aide de camp apparut, puis le guida vers l'escalier. Avant de monter, le vieillard se retourna et lança d'une voix ferme :

– Vive la France ! Longue vie au roi !

L'aide de camp répondit par un bref haussement d'épaules. S'adressant sèchement à Allday, il dit :

– Reste ici. On t'enverra du vin et de quoi manger.

– Petit prétentieux, grogna Allday. C'est des gens comme lui qui ont perdu la France, si vous voulez mon avis, Commandant.

Bolitho lui toucha le bras :

– Du calme, vieux frère. Nous avons encore beaucoup à apprendre. Fais ce qu'on te dit et ouvre l'œil.

Il n'avait pas besoin de rien ajouter. Il s'avança vers la porte et pénétra dans une pièce plus confortable. La porte se referma derrière lui. Un homme qui se réchauffait devant la cheminée quitta pour l'accueillir un fauteuil à haut dossier :

– Bolitho ? J'espère que votre voyage s'est bien passé.

Bolitho avait déjà rencontré deux fois cet homme. Ils ne s'étaient jamais adressé la parole mais il n'y avait pas de doute. Ils avaient à peu près le même âge. Cet air de distinction suffisante et cette bouche cruelle avaient frappé Bolitho lorsque les deux hommes s'étaient croisés sur la route de Rochester, puis quand il avait revu ce visage à Douvres, à certaine fenêtre de voiture.

Bolitho se sentit envahi par un calme glacial. Sa main glissa jusqu'à la poignée de son épée :

— Sir James Tanner !

Et il ajouta aussitôt :

— Un individu tel que vous ! Ici !

Tanner accusa momentanément le coup, mais se ressaisit sans tarder.

— Je suis ici sur la demande de lord Marcuard. S'il ne tenait qu'à moi...

— Dès que ma mission sera terminée, le coupa Bolitho, je m'emploierai à vous faire traîner en justice.

Tanner lui tourna le dos :

— Laissez-moi vous dire une chose, mon cher, avant que votre insolence imbécile ne nous mette tous deux en danger. Sachez que rien ne me ferait plus plaisir que de vous jeter tout de suite mon gant à la figure.

Bolitho regarda les épaules carrées de son interlocuteur :

— Si vous croyez me faire peur avec une menace de duel, vous vous trompez lourdement, Monsieur.

Tanner se tourna de nouveau vers lui :

— Comme votre vie est propre et simple, Bolitho ! Tout se passe entre le gaillard et la dunette, sans même un passavant pour les séparer. Le commandant est maître après Dieu, et voilà tout !

Son débit s'accéléra :

— Vous est-il jamais arrivé de risquer un regard en dehors de votre petit monde ? Vous ne tarderiez pas à vous apercevoir que, pour survivre, on est parfois contraint de fréquenter toutes sortes de gens...

Il sembla se détendre. D'un geste, il les désignait tous deux :

— ... y compris des gens à première vue infréquentables.

— Le seul fait de respirer le même air que vous me donne la nausée.

Tanner le toisa quelques instants, pensif :

— Vous n'arriverez jamais à réunir des preuves contre moi.

Jamais ! Même si vous disposiez de dix mille ans ! D'autres s'y sont risqués avant vous.

Soudain, il devint raisonnable :

– Vous-même, sans aller chercher plus loin, quand vous êtes revenu de la guerre d'indépendance américaine, vous avez trouvé votre domaine familial démembré : on l'avait vendu pour rembourser les dettes de votre frère. Est-ce que je me trompe ?

Jusque-là, le ton était suave ; il se fit insistant :

– Vous vous êtes bien battu, et vous avez touché votre récompense.

Bolitho avait toutes les peines du monde à garder son calme. A chaque tournant de sa vie, il lui fallait buter sur la disgrâce de Hugh, cause de la honte et du déshonneur qui avaient tué leur père.

– Mon père à moi, insista Tanner, a presque tout perdu. Ses dettes, le croiriez-vous ? se chiffraient en millions. Je me suis attelé à la besogne, et j'ai tout récupéré.

– En mettant sur pied un réseau de contrebande comme l'Angleterre n'en avait jamais vu !

– Des calomnies. Et quand bien même ce serait vrai, Bolitho, il ne se trouvera pas un témoin, pas un seul, pour monter à la barre et déposer sous serment.

Il se pencha au-dessus d'un fauteuil et, tapotant le bras de cuir :

– Vous vous figurez peut-être que je me suis porté volontaire pour cette mission saugrenue ! Autant construire un bonhomme de neige dans une chaudière !

– Pourquoi êtes-vous là ?

– Parce que je suis le seul à qui lord Marcuard fasse confiance pour mettre ce plan à exécution. Grâce à qui êtes-vous parvenu jusqu'ici sans encombre, à votre avis ? Vous avez traversé la moitié du pays sans connaître un mot de sa langue ! Les pêcheurs sont à mon service, figurez-vous. Ce sont aussi des contrebandiers ? La belle affaire ! Si vous êtes sain et sauf, c'est à moi que vous le devez : j'ai tout prévu dans le détail, jusqu'à l'endroit exact de votre débarquement.

– Et Delaval ?

La question laissa Tanner rêveur quelques instants.

– Lui aussi a travaillé pour moi. Mais il avait des idées gran-

dioses. Il s'est révélé de plus en plus indocile. Vous avez vu où ça l'a
mené...

— Jusqu'au bout, il a cru à son acquittement.

— Eh oui ! C'était un vantard et un menteur. Je n'aime guère ce
mélange.

— Et c'est tout ? insista Bolitho.

— Pas vraiment. Lord Marcuard *devait* parvenir à ses fins. Voyez-
vous, Bolitho, il y a dans ce monde des choses fort compliquées. Du
jour au lendemain, Marcuard pourrait se retourner contre moi :
tous mes domaines, tous mes biens seraient saisis. Et si vous avez la
sottise de croire que je pourrais refaire ma vie ailleurs, détrompez-
vous : on n'échappe pas à Marcuard. Tout au moins pas ici-bas.

Face à face, ils se dévisageaient. Tanner avait le souffle court,
l'œil aux aguets ; il était trop intelligent pour trahir le sentiment de
triomphe qui l'habitait.

Bolitho avait de la peine à se remettre de sa surprise. Ainsi c'était
lui qui avait tout organisé.

— Il va nous falloir travailler ensemble, continua Tanner, conci-
liant. On ne nous a pas demandé notre avis, ni à vous, ni à moi. En
fait, j'aurais voulu vous recevoir moi-même, avant ce vieux monsieur, mais il a élevé des objections.

Pour la première fois, Bolitho était du même avis que son interlocuteur :

— Je vous aurais tué sur place.

— Tout au moins auriez-vous essayé. Ne croyez pas que cela soit
si facile. Décidément, vous êtes grands amateurs de duel, dans la
famille !

Il écarta les bras dans un geste d'impuissance :

— Quel avantage en tireriez-vous ? Allez faire un scandale auprès
des douanes hollandaises, ils vous riront au nez. Qu'un espion français découvre nos projets, et cela entraînera un bain de sang. De
surcroît, le trésor tombera aux mains du gouvernement révolution-
naire.

De nouveau, il scandait son discours en frappant le bras du fauteuil :

— Avec ça, ils armeront des navires que vous et vos marins devrez
affronter !

Soudain, il sembla se lasser :

— Je vais me retirer, maintenant. *M'sieu* ne manquera pas de vous entretenir longuement sur ce sujet, ainsi que sur la gloire passée de la France.

Et il conclut du même ton suave :

— Ne perdez pas de temps : mes hommes ont autre chose à faire qu'à vous attendre.

Il sortit par une porte dérobée. On entendit des chevaux prendre le galop sur le chemin.

Bolitho quitta la pièce et se trouva nez à nez avec Allday qui, en dépit de son hâle, montrait un teint de déterré :

— Qu'y a-t-il ? Allons, parle !

— Cet homme avec qui vous parliez... répondit Allday en regardant la porte. Sa voix, je la connais. C'est lui ! De ma vie, je ne l'oublierai pas.

Les yeux d'Allday brillaient à l'évocation de ces souvenirs. Oui, sir James Tanner était bien le mystérieux inconnu qui, de sa voiture, avait donné ordre à Allday d'exécuter le marin racoleur.

Bolitho lui toucha le bras et dit :

— Il ne sait pas que nous savons. Tant mieux.

Il plongea les yeux au-dehors, dans l'obscurité :

— S'il savait, il se débrouillerait pour que nous laissions la vie dans cette mission.

— Mais que s'est-il passé, Commandant ?

Bolitho regarda vers le haut de l'escalier, plusieurs personnes descendaient. *La gloire passée de la France...*

— On s'est joué de moi... dit-il doucement.

Il étreignit le bras de son ami : cette fois, c'était Allday qui avait besoin de lui.

— ... mais je n'ai pas dit mon dernier mot.

XIII

LA DERNIÈRE CHANCE

Ce n'est pas sans une discrète expression de répugnance que le valet de pied débarrassa Bolitho de son manteau et de son bicorne dégouttant de pluie.

– Lord Marcuard va vous recevoir tout de suite, Monsieur.

Bolitho battit des pieds le sol du vestibule pour rétablir la circulation du sang, puis s'engagea sur les pas du domestique dans un long et élégant couloir. Le valet avait une démarche lourde et des épaules voûtées. L'opposé de l'infortuné Jules, songea Bolitho.

De Sheerness à Londres, ç'avait été un voyage inconfortable. Les routes étaient de moins en moins entretenues, et les pluies abondantes y avaient creusé d'innombrables ornières. A présent, il neigeait par intermittence. Tous les grands bâtiments de Whitehall étaient poudrés de blanc.

Bolitho détestait l'hiver, et en redoutait les conséquences sur sa santé. Si par malheur il était repris par les fièvres... Mais mieux valait éviter de songer aux conséquences. D'ailleurs il avait trop de choses en tête.

A peine le *Wakeful* s'était-il rangé à quai devant l'arsenal que Bolitho avait pris la route de Londres. Un bref message de Marcuard l'attendait : cette fois, il voulait le recevoir sur son terrain.

Il entendit des bruits dans le vestibule.

– Voici mon chef d'embarcation. Prenez soin de lui.

Il ne s'encombrait pas de politesses, il avait même du mal à rester courtois. Il se sentait devenir ombrageux et supportait de plus en plus mal la prétention et la vanité que tant de citadins semblaient affecter. Il repensa au vieil amiral rencontré en Hollande, à l'énorme fortune rassemblée par le bonhomme, et qu'il se disposait à jeter dans la balance pour fomenter une contre-révolution. Quand Brennier lui en avait exposé les grandes lignes, le projet avait semblé à Bolitho simple et facile. Vu d'Angleterre, il devenait parfaitement irréaliste. Les guides muets de Bolitho l'avaient convoyé jusqu'au point de rendez-vous à l'heure dite, à quelques minutes près. Bien qu'il fît complètement nuit, la navigation était intense; les pêcheurs étaient prêts à renoncer quand les voiles humides du *Wakeful* avaient surgi de l'obscurité, presque au-dessus d'eux.

Le lieutenant Queely s'était montré soulagé de le revoir, et plus impatient encore de faire servir et de gagner les eaux libres. Il avait confirmé les soupçons de Bolitho : des navires de guerre croisaient à proximité. Français ou hollandais ? Il n'avait pas eu le temps de s'en informer.

Bolitho enrageait d'avoir à collaborer avec Tanner, mais sa fureur s'était progressivement apaisée au fur et à mesure qu'il approchait de Londres. Les auberges où il avait fait halte étaient bruyantes; les conversations y roulaient davantage sur les fêtes de Noël toutes proches que sur ce qui se passait de l'autre côté de la Manche. Dans les nombreux bourgs traversés, Bolitho avait souvent aperçu des volontaires à l'entraînement, qu'encadraient des soldats de l'armée régulière. Ces humbles recrues n'étaient armées que de piques et de fourches, car aucune autorité n'avait jugé nécessaire de les exercer au tir du mousquet. Comment pouvait-on tolérer pareil gâchis ? se demandait-il. Au temps où il commandait la *Phalarope*, la marine anglaise comptait plus de cent mille hommes. A présent, elle était réduite à moins d'un cinquième de ce chiffre. Et pourtant elle manquait toujours de navires armés prêts à prendre la mer.

Bolitho s'aperçut que le valet de pied lui tenait une haute porte ouverte et s'effaçait pour le laisser passer. Il gardait à bout de bras le manteau ruisselant, évitant tout contact avec sa livrée impeccable.

Marcuard tournait le dos au feu. Il avait retroussé les queues de son habit pour mieux s'offrir à la chaleur des flammes. Il était vêtu de gris sombre; sans sa canne d'ébène, il ne semblait plus tout à fait lui-même. Bolitho observa la pièce. Elle était de dimensions impo-

santes ; trois murs étaient couverts de rayonnages où, du sol au plafond, s'alignaient une infinité de livres. Des escabeaux donnaient
accès aux rayons les plus élevés. On songeait à la bibliothèque d'un
riche érudit. Le paradis, pour Queely.

Marcuard tendit la main :

– Vous n'avez pas perdu de temps en route.

Il observait calmement son visiteur :

– Ah ! si on n'avait pas besoin de moi à Londres...

Il ne précisa ni la nature des obligations qui le retenaient dans la
capitale, ni la façon dont il aurait exploité une plus grande liberté.
Il fit signe à Bolitho de s'asseoir :

– Je vais bientôt demander du café. Je vois à votre visage que
vous êtes remonté à bloc : je m'y attendais.

– Avec tout le respect que je vous dois, Monseigneur, je pense
qu'il eût été préférable de m'aviser du fait que sir James Tanner
était concerné par vos projets. Comme je vous l'ai clairement exposé
précédemment, cet individu est un voleur, un tricheur et un menteur. J'ai la preuve qu'il s'est livré à la contrebande à grande
échelle, qu'il s'est associé à des malfaiteurs pour commettre des
meurtres et qu'il a poussé à la désertion des marins du roi, dans le
seul dessein de s'enrichir.

Marcuard, amusé, haussa légèrement un sourcil.

– Eh bien, vous sentez-vous mieux après cet éclat, Bolitho ?

Il s'appuya au dossier de son fauteuil et joignit les extrémités de
ses doigts :

– Si je vous avais prévenu, vous auriez refusé de partir. Non par
couardise ! Je sais mieux que vous les dangers de cette triste frontière. Non. A cause de votre sens de l'honneur. Eh bien ! imaginez
que c'est précisément pour votre sens de l'honneur que je vous ai
assigné cette mission.

– Mais comment pourrai-je me fier à cet individu ?

Marcuard feignit de n'avoir pas entendu :

– Commencez par reconnaître, Bolitho, que vous participez de
l'hypocrisie ambiante, sans même vous en apercevoir. J'en veux
pour exemple vos relations avec le vice-amiral Brennier : vous lui
avez accordé votre confiance car il est, lui aussi, un homme d'honneur. Au demeurant, si les hasards de la guerre vous avaient mis en

présence il y a quelques années, vous vous seriez fait un devoir de le tuer, sans chercher midi à quatorze heures. Et cette situation pourrait se reproduire pas plus tard que la semaine prochaine, si nos pays entrent de nouveau en conflit. Vous mettez un point d'honneur à accomplir votre devoir mais, dans des affaires comme celle qui nous intéresse, je suis contraint de faire confiance aux rares personnes capables de les mener à leur terme. La personnalité de Tanner a beau n'être guère ragoûtante, pour vous comme pour moi, il est l'un des rares – et peut-être le seul – capables de conduire l'opération à bonne fin. Je vous ai envoyé pour cette première mission car Brennier avait besoin d'un interlocuteur au-dessus de tout soupçon, un officier dont la loyauté et le courage ne soient plus à prouver. Comment imaginez-vous que les choses se seraient passées si j'avais traité avec la Hollande par les voies diplomatiques ? L'Amirauté, à Amsterdam, aurait opposé son veto et nous aurait fermé les ports. Les Hollandais ont toutes les raisons de craindre la France, leur premier geste aurait été de confisquer le trésor royaliste pour pouvoir négocier sa restitution en position de force.

Tanner avait beau lui inspirer de la haine, Bolitho devait admettre, fût-ce par-devers lui, que son ennemi avait évoqué ce risque. En effet, l'énorme masse d'or et de joyaux pouvait venir renforcer la puissance militaire française contre l'Angleterre.

– Je vois, continua Marcuard, que je suis parvenu à glisser un doute dans votre âme impavide, Bolitho. Mais donnez-moi plutôt votre sentiment sur cette affaire, et sur le rôle de Brennier.

Il hocha la tête avec componction :

– C'est une des raisons pour lesquelles j'ai arrêté mon choix sur vous : figurez-vous, mon cher, que je n'attends pas moins de vos méninges que de vos tripes.

Bolitho détourna le regard et regarda par la fenêtre. Le ciel allait s'assombrissant, et les toits de l'Amirauté étaient blancs de neige. De ces austères bâtiments partaient les ordres qui l'avaient jeté dans cette nouvelle aventure, comme dans tant d'autres auparavant. La boucle était bouclée. Il croisa étroitement les mains pour cesser de trembler.

– Je considérerais comme tout à fait déraisonnable de tabler sur un soulèvement populaire, Monseigneur.

Prononçant cette phrase à voix haute, il se faisait l'effet d'un traître : il n'honorait pas la confiance que lui avait accordée, en Hollande, ce vieillard capturé jadis par Rodney au large des Saintes.

– Il a ouvert pour moi un de ses coffres, poursuivit-il. Je n'avais jamais rien vu de tel. Que de richesses ! Alors que la France entière meurt de faim !

Il se sentit gêné d'avoir à exprimer une telle opinion dans cette pièce luxueusement meublée. Ici, la misère du petit peuple ne devait pas empêcher grand monde de dormir.

– Vous ne vous sentez pas bien, Bolitho ?

– Un peu de fatigue, Monseigneur. Mon patron d'embarcation m'accompagne, il nous cherche un logement.

Il avait seulement voulu éluder la question. Marcuard secoua la tête :

– Pour rien au monde ! Vous êtes mon hôte pour la durée de votre séjour à Londres. Il n'est pas impossible que l'on épie vos mouvements. De surcroît, Noël n'est pas loin et il ne vous sera pas facile de trouver – comment dites-vous, déjà ? – une bannette par ici.

Il regarda Bolitho, pensif :

– Pendant votre escapade en Hollande, il m'est venu quelques idées, à moi aussi.

Bolitho sentit que ses membres commençaient à se détendre ; peut-être était-ce la chaleur bienfaisante du feu.

– A propos du trésor, Monseigneur ?

– Précisément.

Marcuard se leva et tira un cordon de soie. Nul timbre ne retentit. Les domestiques devaient être nombreux dans un hôtel particulier de cette importance. Bolitho ne se fiait à personne en dehors de son « petit monde », comme l'appelait sir James Tanner. Mais des hommes, il en avait rencontré beaucoup, de tous grades, de toutes origines, depuis le gabier bien amariné jusqu'à l'aspirant aux joues roses. Il savait qu'en tirant sur la cordelette de soie, Marcuard avait demandé qu'on les laissât seuls : il souhaitait s'assurer encore du jugement de Bolitho avant que de lui révéler de nouveaux secrets.

– Pour le roi de France, il n'y a plus d'espoir, assena-t-il brutalement.

Bolitho le dévisagea, frappé par la solennité du ton. Tant que le roi était vivant, on pouvait espérer un retour à une situation normale, au moins en partie. Le massacre par la révolution des aristocrates et de quelques sujets innocents serait oublié par l'histoire. La mort du roi, elle, avait un caractère définitif : la lame de la guillotine ne fonctionnait que dans un sens.

Marcuard le regarda : à la lueur des flammes, ses yeux prenaient une teinte gris fumée.

– Nous ne pouvons faire fonds sur Brennier et ses conjurés. C'est à Londres que cet énorme trésor doit être mis en sécurité, jusqu'à une hypothétique contre-révolution. Je puis répondre de certains fidèles qui n'attendent que le moment de se soulever contre la Convention, c'est-à-dire quand une invasion en bonne et due forme pourra être mise sur pied.

– Mais, Monseigneur, cela ne risquerait-il pas de mener à la guerre ?

– La guerre est déjà inéluctable, je le crains.

– Je crois que l'amiral Brennier est conscient des dangers qui le menacent.

Bolitho revit le frêle vieillard assis au coin du feu, perdu dans ses espoirs chimériques et ses rêves échevelés.

La porte s'ouvrit sur un autre valet de pied porteur d'un plateau avec du café fumant.

– Je sais que vous avez un penchant avoué pour le café, commandant Bolitho.

– Mon patron d'embarcation...

Marcuard regardait son domestique qui se disposait à emplir les tasses :

– M. Allday est aussi choyé qu'on peut l'être, n'ayez crainte. Un homme d'une grande souplesse, à tous égards. C'est bien votre bras droit, comme vous dites ?

Bolitho haussa les épaules : décidément, Marcuard savait se renseigner. « On n'échappe pas à Marcuard », avait averti Tanner. Bolitho en avait désormais la preuve.

– Oui, Monseigneur, et bien davantage encore.

– Et ce jeune garçon : Corker, n'est-ce pas ? Vous l'avez renvoyé dans ses foyers à Falmouth, j'imagine ?

Bolitho eut un sourire triste. Un épisode pénible pour eux tous. Le jeune Matthew était en larmes quand ils l'avaient mis dans la diligence pour la première étape de son long retour vers la Cornouailles, à l'autre extrémité de l'Angleterre.

– J'ai cru bien faire, Monseigneur. Mieux valait qu'il rejoigne les siens à temps pour les fêtes de Noël.

– Je n'en doute pas. Mais je me demande si tel était bien votre principal souci.

Bolitho se souvenait du visage d'Allday lors de cette scène ; il portait encore les traces de son passage à tabac à bord du *Loyal Chieftain*. Il s'était montré très direct avec Matthew :

– Ta place est sur la propriété, mon garçon. Avec tes chevaux, comme le vieux Matthew. Tu n'as rien à faire sur le pont d'un navire de guerre. D'ailleurs je suis là, maintenant : tu avais bien dit que tu attendrais jusqu'à mon retour, non ?

Ils étaient restés sous la pluie battante jusqu'à ce que la diligence eût disparu.

– En vérité, Monseigneur, je craignais pour sa vie, confessa soudain Bolitho. Pour le cas où il serait resté à mes côtés.

Marcuard ne demanda pas comment l'enfant aurait pu trouver la mort : sans doute savait-il cela aussi.

Il posa sa tasse et consulta sa montre :

– Je dois sortir. Mon valet de chambre s'occupera de vous.

A l'évidence, il était happé par d'importants soucis.

– Si je ne suis pas de retour à l'heure où vous souhaitez vous coucher, ne m'attendez pas. Que voulez-vous, c'est le style de la maison.

Il s'avança jusqu'à une fenêtre :

– Mauvais temps, mauvais signe.

Bolitho le regarda : ces simples mots indiquaient que le gentilhomme se rendait à une audience tardive avec le roi. Bolitho se demandait ce que le premier ministre et les conseillers personnels du souverain pensaient de cette intimité. De plus en plus, la rumeur voulait que Sa Majesté fût encline à changer brusquement d'avis, et à ne jamais prendre aucune décision les jours de mauvais temps. Sans doute le roi préférait-il confier ses inquiétudes à Marcuard plutôt qu'au parlement : l'autorité du courtisan ne pouvait que s'en trouver renforcée.

Il était toujours près de la fenêtre, les yeux perdus au loin, sur la route :

– L'hiver va être dur pour les Parisiens. L'an dernier, ils ont frôlé la famine ; cette année, ce sera pire. Le froid et la faim peuvent pousser la populace aux pires extrémités. Quand même, elle ferait mieux de s'en prendre à elle-même pour ses propres erreurs.

Il observa Bolitho un moment, comme l'autre fois à la Toison d'Or, à Douvres :

– Je dois prendre des dispositions pour faire évacuer le trésor en Angleterre. Je crois que le temps nous est compté.

Une porte s'ouvrit silencieusement et Marcuard donna ses ordres :

– Faites atteler le phaéton anonyme.

Puis, tourné vers Bolitho :

– Laissez-moi m'occuper de Brennier.

– Et moi, Monseigneur ?

Bolitho s'était levé comme s'il sentait l'urgence nouvelle de la situation.

– Je n'ai pas changé d'avis, vous avez toute ma confiance.

Il eut un sourire morne :

– Ne retournez pas en Hollande avant que je ne vous fasse signe.

Il commençait à se détendre, il se préparait à son audience.

– Quiconque se met en travers de votre route aura affaire à moi.

Ses regards errèrent dans la pièce quelques instants.

– Mais ne vous en prenez à Tanner d'aucune façon.

Il eut un nouveau sourire las.

– Pour le moment, j'entends.

Et il s'en fut. Bolitho se rassit et commença à examiner les livres innombrables. Des trésors de connaissance. Les gens comme Marcuard, se demanda-t-il, comment voient-ils une guerre ? Des pavillons que l'on déplace sur une carte, des territoires gagnés ou perdus, un investissement profitable ou gâché ? Sûr qu'ils ne mesuraient pas les avantages et les inconvénients d'un conflit en terme de chair à canon et de corps estropiés.

A l'étage en dessous, dans la cuisine, Allday se reposait tout son content, buvant à petites gorgées une grande chope de bière blonde et fumant une pipe de tabac frais que l'un des valets de pied lui avait offerte. Dans toute maison étrangère, la cuisine représentait en général pour Allday la première escale : il y jugeait de la qualité de la nourriture. En outre, la plupart des cuisines offraient des possibilités de rencontres féminines, ce qui n'était pas à négliger.

Il s'absorbait dans la contemplation de l'aide cuisinière, une jeune femme aux hanches rondes et aux yeux rieurs. Ses bras étaient couverts de farine jusqu'aux coudes. Maggie, de son petit nom, comme il n'avait pas tardé à l'apprendre.

Il avala une autre gorgée de bière : « Tout à fait le genre de fille qu'il faut à un marin », se dit-il. Il songea à Bolitho qui devait se trouver quelque part dans la maison, abîmé dans ses pensées. Il avait entendu le carrosse de Sa Seigneurie partir quelques minutes plus tôt ; il se demanda s'il ne ferait pas mieux de monter pour se mettre à la disposition de son maître.

Puis il repensa à la fille morte dans ses bras, au grain de sa peau contre la sienne. Ce pauvre Tom Lucas avait juré que cela portait malheur d'embarquer une femme de force : une prédiction avérée, tant pour elle que pour lui. Allday essayait de deviner ce que lui réservait l'avenir. Ne ferait-il pas mieux de se mettre à l'abri à Falmouth plutôt que d'entrer dans ce jeu louche ? Les traîtres étaient partout : « Enfin, tant que nous ne retournons pas en Hollande... » Allday s'était toujours tenu à une règle de conduite simple : ne jamais revenir sur ses pas. Entre deux séjours, les choses avaient toujours tendance à empirer.

La belle cuisinière pérorait gaiement :

– Bien sûr, lady Marcuard est dans sa propriété de campagne. Je crois que Sa Seigneurie ne sera pas chez elle pour Noël ! Pas davantage que le mari de la petite Maggie, précisa-t-elle avec un regard appuyé à Allday. Il est aide-cocher là-bas, voyez-vous ?

Allday soutint le regard de la jeune femme, qui rougit légèrement avant de se remettre à son ouvrage.

Le cuisinier, qui observait leur petit manège, leur prodigua des encouragements :

– Dommage de laisser tout ça à ne rien faire, comme je dis toujours !

L'*Ithuriel* était le joyau de la flotte de Sa Majesté britannique ; un vaisseau à deux ponts de soixante-quatorze canons, présentement au mouillage dans les eaux calmes de l'arsenal royal de Chatham, et qui avait plus que fière allure. La peinture de ses sabords en damier et celle, noir et chamois, de sa coque étaient à peine sèches. Toutes les voiles étaient proprement ferlées et rabantées, toutes les vergues brassées carré. L'équipage au grand complet se tenait au garde-à-vous, les matelots silencieux bien alignés face aux lieutenants et aspirants ; sur le château, les rangs des fusiliers marins faisaient une tache écarlate. Au-dessus de leurs têtes, l'enseigne blanche soupirait paresseusement à la corne de brigantine, en plein soleil, sous un ciel d'un bleu délavé.

Régnait ce jour-là à Chatham une atmosphère de fierté et de nostalgie. L'*Ithuriel* était le premier navire de guerre de quelque importance lancé depuis la guerre d'indépendance américaine. Avec un armement et un avitaillement complet, il se disposait à rejoindre la flotte de la Manche.

A l'arrière de l'embelle, Bolitho assistait à la cérémonie officielle de remise du navire neuf à l'Amirauté ; le premier commandant se présentait devant l'assemblée des hommes et des officiers qu'il allait diriger tant que Leurs Seigneuries le voudraient bien, ou jusqu'à ce que lui arrive quelque chose de grave. Les épouses des officiers étaient également à bord, admises un moment dans ce monde dont elles ne faisaient pas partie. Certaines se réjouissaient de la nomination de leur mari après une longue période d'attente et de déception ; d'autres profitaient de chaque minute qui passait, ne sachant si elles reverraient jamais l'homme de leur vie.

Bolitho leva les yeux vers le ciel, il avait soudain le cœur lourd. Il n'était là qu'en qualité de spectateur. Il avait sous les yeux toute l'émotion, toutes les exigences propres au lancement d'un navire neuf. Dans un moment, le beau vaisseau allait appareiller pour son premier voyage et révéler ses qualités marines – ses défauts, aussi.

L'amiral était un peu à l'écart, en compagnie de son lieutenant de pavillon. Les responsables de l'arsenal voyaient le fruit de leurs efforts tandis que tous les marins étaient invités à pousser des hourras et à agiter leur bonnet en hommage à cet instant solennel.

Bolitho se consumait d'envie. Ce n'était pas une frégate, mais c'était tout de même un splendide navire tout neuf, le plus bel ouvrage qui pût sortir de la main de l'homme, un ensemble com-

plexe et exigeant à tous égards. Le commandant terminait son discours : sa voix portait bien dans l'air calme de janvier.

Bolitho baissa les yeux. C'était insupportable. Il avait certes
côtoyé plus d'une fois le danger au cours de sa carrière, mais la promesse d'action l'avait toujours stimulé. Dans le fond de son cœur, il
était convaincu que le fait d'avoir dénoncé sir James Tanner avec
véhémence avait détruit ses chances d'avancement : il n'était pas
parvenu à convaincre Marcuard.

Il releva la tête en entendant prononcer son nom :

– Un magnifique vaisseau, continuait l'officier, que j'ai la fierté
de commander. Sans le zèle et l'efficacité du commandant Richard
Bolitho qui s'est dépensé depuis des mois, je crois que notre équipage serait insuffisant pour naviguer en rivière. Et nous ne pourrions même pas parler de prendre la mer, ni d'affronter les responsabilités qui vont être les nôtres !

Il s'inclina légèrement à l'adresse de Bolitho :

– L'*Ithuriel* saura se montrer à la hauteur des efforts que vous
avez déployés pour son neuvage, Monsieur !

Voyant tous les visages se tourner vers lui, Bolitho tressaillit.
Parmi ces centaines de personnes, il y avait aussi bien des volontaires que des racolés. Nombre de marins avaient accepté son offre
de quitter la contrebande pour revenir à leur métier initial ; à présent, tous étaient unis au sein d'un même équipage. Seules les qualités personnelles de leur commandant pourraient parachever cette
unité ; quant à Bolitho, son rôle était terminé, et son action tombe-
rait bientôt dans l'oubli. Peut-être, après tout, la guerre n'éclate-
rait-elle pas. Il aurait dû se sentir soulagé. Or, à sa grande honte, il
ne se sentait que rejeté, abandonné.

L'équipage rompit les rangs ; les seconds maîtres se mordaient la
langue pour ne pas se laisser aller à leurs excès habituels de langage
en présence de tant de dames sur la poupe et la dunette. Une tournée
de rhum fut accordée à tout l'équipage puis, quand tous les hôtes de
distinction se furent retirés, on laissa accoster les barges et bugalets
qui déchargèrent leurs passagers sous les yeux vigilants du second et
des fusiliers marins regroupés à l'arrière. Toutes les putains et catins
de la ville envahirent le bord : la dernière chance offerte aux matelots jusqu'à leur prochaine escale. Certains seraient morts d'ici là.

L'amiral entourait le commandant d'attentions. C'était son neveu favori, et cela ne surprenait personne. L'un après l'autre, les groupes se dissolvaient et s'avançaient vers la coupée, au pied de laquelle les embarcations grouillaient comme autant d'insectes aquatiques. On assistait à des embrassades désespérées, on entendait des sanglots et des rires forcés ; les plus âgés, familiers de ces déchirements sans fin, étaient déjà résignés.

Allday, qui était resté à l'ombre de la dunette, sortit au soleil :

– J'ai fait signe à votre yole, Commandant.

Il reconnut des signes d'abattement chez son chef. Inquiet, il ajouta :

– Votre tour viendra, Commandant, vous verrez.

Bolitho se tourna vers lui et fit aussitôt :

– J'aurais simplement espéré...

Les officiers supérieurs avaient quitté le bord. Les coups de sifflet retentissaient, les lourdes chaloupes s'éloignaient vers les autres navires ou vers les escaliers de l'arsenal.

Bolitho était las ; il dit :

– Je préférerais que ce soit là notre navire et notre équipage.

Allday traversa le pont jusqu'à la coupée. A bien des égards, il se sentait vaguement coupable. Mais le séjour à Londres, dans ce magnifique hôtel particulier, était passé comme un éclair : la jolie Maggie. Pas plus mal que Bolitho ait été renvoyé dans le Kent, se dit-il, il l'avait échappé belle.

– Commandant Bolitho ?

Le lieutenant de pavillon, tiré à quatre épingles, débordait d'énergie. Un vrai furet, songea Bolitho.

– Pourriez-vous m'accompagner un moment à l'arrière ?

Bolitho le suivit, attirant des regards curieux : quel pouvait être l'objet de cet entretien imprévu ? Les ragots sans fondement se propageaient plus vite que les faits avérés. Ils allaient parler de Hoblyn et de Delaval, de Hugh peut-être, ainsi que d'un curieux phénomène : des hommes qui avaient réussi à échapper aux escouades des racoleurs mais qui s'étaient portés volontaires partout où Bolitho s'était montré. Sa réputation touchait au mythe. Il y avait là un mystère, mais il est vrai qu'elle n'était jamais prise en défaut.

La grande cabine de l'*Ithuriel* sentait encore la peinture et le goudron, le bois neuf et le cordage de chanvre. Bolitho y trouva un capitaine de frégate inconnu qui se présenta sous le nom de commandant Wordley. Il portait des lettres prouvant qu'il était envoyé par lord Marcuard. Il attendit, impassible, tandis que Bolitho soupesait la lourde enveloppe :

– Vous pourrez les étudier à loisir après mon départ. Je dois sans délai me mettre en route pour Londres.

Il grimaça un sourire :

– Comme vous le savez, Sa Seigneurie exige de nous la plus grande célérité.

– Pourriez-vous m'en résumer le contenu ? demanda Bolitho, incrédule.

– Vous repartez pour la Hollande. Tous les détails sont consignés dans ces feuillets. C'est urgent. Les renseignements reçus sont nécessairement fragmentaires, mais lord Marcuard est convaincu que le temps presse. A l'extrême. Vous devez prendre livraison de la, heu... marchandise en Hollande et la convoyer en sécurité jusqu'à nos rivages.

Il écarta les mains en un geste d'impuissance :

– Voilà tout ce que je puis vous dire, Bolitho. Par le ciel, je ne sais rien d'autre.

Bolitho quitta la cabine et gagna la coupée près de laquelle l'attendait Allday, devant la garde d'honneur et les fusiliers marins de faction.

Bolitho n'était guère avancé. Cet officier n'était au courant d'aucun détail. Un subordonné. Mais la soif d'action l'emporta bientôt sur la rancœur :

– On repart pour la Hollande, Allday !

Il dévisagea longuement son patron d'embarcation :

– Si tu souhaitais alarguer de ton côté, je le comprendrais très bien. Surtout depuis tes dernières... disons... fiançailles.

Allday mit quelques instants avant de lui décocher un sourire :

– Ça se voyait donc tant que ça, Commandant ? On ne faisait pourtant pas ça sur la hune d'artimon !

Il reprit son sérieux :

– Je dirai comme j'ai toujours dit : on reste ensemble. D'accord ?

Il avait l'air désespéré.

Bolitho posa la main sur son avant-bras noueux. L'officier des fusiliers marins de quart lui lança un regard stupéfait.

– Eh bien, en avant !

Il ôta son bicorne pour saluer la dunette et descendit dans l'embarcation qui l'attendait au pied de l'échelle de coupée.

Bolitho n'eut qu'un seul regard en arrière, en direction du splendide vaisseau. Soixante-quatorze canons. Un futile intermède. Un rêve qu'il valait mieux laisser glisser dans l'oubli.

La Hollande, à présent. Bolitho allait résolument sortir de son « petit monde ».

Le lieutenant Jonas Paice, les mains sur les hanches, observait avec dépit le *Wakeful* au mouillage. Dans la froide lumière de janvier, le navire bourdonnait d'activité. Toutes ses voiles étaient déjà sur cargues. Sur le gaillard, retentissait une chanson à virer : les matelots avançaient pesamment, arc-boutés sur leurs barres d'anspect pour remonter l'ancre.

– Impossible, Monsieur, ni maintenant ni plus tard.

Bolitho le jaugea d'un coup d'œil : la détermination de l'officier était farouche. Certes, Bolitho n'avait pas de temps à perdre, mais il tenait absolument à emporter l'accord sans réserve de son subordonné. Il insista :

– Ce n'est tout de même pas à vous que je vais exposer les raisons pour lesquelles je ne vous ai pas révélé plus tôt les détails de ma mission. On ne plaisante pas avec le secret militaire.

– Cela n'a rien à voir, Monsieur.

Paice se tourna vers lui et se mit à scander ses mots. Il le dominait de sa haute stature :

– La moitié de la flotte va deviner votre destination. Puisqu'il vous faut y aller, fit-il avec un geste de la main en direction du *Wakeful*, laissez-moi vous y conduire avec mon *Télémaque*.

Nous y voilà ! se dit Bolitho avec un sourire.

– Le lieutenant Queely connaît parfaitement la côte hollandaise. Si ce n'était pas le cas…

Il aperçut la yole du *Wakeful* qui se dirigeait vers le *Télémaque*.

– Essayez de transmettre un message au *Snapdragon*, qui est en station au large du North Foreland. La douane ou les gardes-côtes devraient pouvoir faire cela pour nous : je souhaite qu'il revienne d'urgence d'ici.

Mais Paice n'était pas à bout de son obstination. Décidément, il lui rappelait de plus en plus Herrick.

– Dans cette affaire, nous sommes ensemble.

– Je sais, Monsieur, répliqua Paice d'un ton bourru. J'ai lu vos ordres.

Il ne se tenait pas pour battu.

– De toute façon, sans parler des risques militaires, il y a le temps. La dernière fois, vous avez été favorisé par la brume. C'est un danger pour la navigation, mais une protection contre les curieux. Regardez-moi ça! poursuivit-il avec un geste dédaigneux vers le *Wakeful*. Il brille comme un nez de pochard. Il faudrait être aveugle pour ne pas vous voir venir.

Bolitho ne répondit pas : il était du même avis. Hors de l'abri du mouillage, les moutons déferlaient, poussés par une bonne brise de suroît.

– Il faut que j'y aille, dit-il en lui tendant la main. A bientôt!

Il descendit l'échelle de coupée jusqu'à l'embarcation où l'attendait le lieutenant Kempthorne. Ce dernier se découvrit :

– Larguez partout! Suivez le chef de nage!

Allday était assis près du timon dans la chambre d'embarcation. Il avait tiré son chapeau bas sur son front pour se protéger les yeux de la réverbération du soleil. Il aimait voir cette petite lumière danser au fond du regard de Bolitho; c'était ainsi chaque fois qu'il répondait à un nouveau défi. Allday l'avait observé lorsqu'ils étaient à bord du vaisseau à deux ponts : la soif d'action le disputait en lui à la nostalgie.

Il poussa un profond soupir : il ne goûtait guère le genre de mission pour laquelle ils allaient s'embarquer, il avait dû prendre sur lui pour ne pas s'en ouvrir à Bolitho. Par-dessus tout, il tenait à son franc-parler, mais il redoutait les mouvements d'humeur de son maître qui savait, quand il s'emportait, frapper fort et surtout juste. Cependant, il fallait reconnaître à Bolitho une magnanimité qui lui interdisait d'écraser qui que ce fût en abusant de son grade ou de son poste dans la hiérarchie. A présent, regardant avec affection la silhouette un peu tassée de Bolitho, ses cheveux noirs sur le col passé de son vieil habit, Allday se félicitait d'avoir su amarrer sa langue au taquet, même si cela lui avait coûté.

Ils vinrent se ranger contre la muraille du *Wakeful* et montèrent à bord ; à peine Bolitho était-il arrivé sur la poupe que la yole était déjà saisie en drome. A l'arrière, Queely était en grande conversation avec son maître de manœuvre.

Queely salua l'officier supérieur en portant la main à son chapeau et s'inclina :

– Quand vous voudrez, Monsieur.

Il jeta un coup d'œil au puissant promontoire et aux traces blanches que la chute de neige nocturne avait laissées aux coins des toits, tout autour du port. Le froid était aussi coupant qu'une lame bien affûtée mais il stimulait les énergies et galvanisait les courages.

– Peu importe, demanda Queely, si quelqu'un nous voit appareiller cette fois-ci, n'est-ce pas ?

Bolitho laissa cette question sans réponse. Comme Paice, Queely s'était efforcé de le faire changer d'avis. Bolitho était touché de voir que ses officiers agissaient ainsi pour lui, et non pour eux-mêmes.

Allday le rejoignit à l'arrière à grandes enjambées, dégaina son sabre d'abordage et en tendit la lame vers le soleil pour en apprécier le fil :

– Je m'en vais donner un coup de meule à ce vieux frère.

Il tendit la main :

– Et si vous le souhaitez, je vais en faire autant à votre épée.

Bolitho la lui remit. Ceux qui assistaient à cette scène n'y voyaient sans doute rien d'exceptionnel, mais c'était devenu un rituel entre eux, un secret qu'ils n'avaient partagé avec personne. En effet, qui aurait pu comprendre l'émotion qui précède la bataille, après le branle-bas de combat, une fois les sabords grands ouverts et les servants ramassés à côté de leurs canons ? A cet instant, Allday était là, toujours. C'était lui qui attachait à sa ceinture le fourreau de la vieille épée, tout comme l'avait fait pour son père son propre patron d'embarcation, et de même chez tous ses ancêtres.

– L'ancre est à pic, Commandant !

– Larguez la grand-voile ! Parés aux écoutes à l'avant !

Le pont résonnait sous le martèlement des pieds, nus en dépit de la température.

Bolitho goûtait le spectacle de l'appareillage. Si davantage de ses compatriotes pouvaient y assister, ils en seraient édifiés : ces matelots ne possédaient rien, mais ils pouvaient tant donner quand on savait les prendre ! Il repensa aux visages entrevus à bord de l'*Ithuriel* lors de la cérémonie d'inauguration ; il faudrait peut-être des mois avant que tous ces hommes ne soient amarinés, et surtout n'apprennent à travailler ensemble comme savaient le faire les équipages de ses trois cotres.

– L'ancre est dérapée, Commandant !

Le *Wakeful* abattit dans la brise, la grand-voile s'enfla sans effort, dans le grondement sourd de sa toile bien tendue.

– Comme ça !

Queely avait l'œil à tout :

– Largue et borde ! Monsieur Kempthorne, qu'est-ce que c'est que cette bande de femmelettes ?

Bolitho entendit glousser un timonier :

– Femmelettes ? J'en ferais bien mon affaire, moi !

Il se détourna pour un dernier coup d'œil au *Télémaque* : comme il était minuscule à côté de la puissante coque noir et chamois du vaisseau de ligne !

Allday surprit son regard et eut un sourire entendu : plus rien ne l'arrêterait, maintenant.

Le soir, le suroît était toujours bien établi et la mer formée. Les hommes de quart étaient régulièrement aspergés par de belles gerbes d'embruns qui atteignaient même les gabiers occupés sur les vergues. Une claque de ces embruns-là, si on ne la voyait pas venir, était assez froide pour vous couper le souffle.

Bolitho se tenait au chaud dans la cabine, revoyant les calculs de navigation et les notes que lui et Queely avaient conservées de leur dernier rendez-vous. Ils n'avaient pas droit au moindre faux pas. Il repensa à Tanner et une bouffée de colère lui remonta au visage. Tanner était aux ordres de lord Marcuard et, à ce titre, il avait bien plus à perdre que Bolitho si leur opération se terminait en fiasco. Bolitho s'étonnait d'aborder cette nouvelle mission sans plus de scrupules ni de surprise. Peut-être était-il à présent complètement rétabli; peut-être les fièvres, qui l'avaient amené à l'article de la mort, l'avaient-elles quitté pour de bon : comme une vague, en se retirant, laisse au sec sur le sable un homme passé tout près de la noyade.

On entendit des éclats de voix sur le pont et Queely, en long ciré dégoulinant, dégringola la descente et fit irruption dans la cabine :

– Voile dans le sud-est, Monsieur !

Des ordres retentissaient dans tout le cotre :

– Je vire de bord, expliqua Queely, inutile d'afficher nos intentions.

Il eut un faible sourire :

– Pour l'instant, du moins.

La carène du cotre fit une embardée et se redressa après un coup de roulis. Bolitho entendait l'eau se ruer par les dalots sous le vent comme un fleuve en crue :

– Quelle voile ?

– J'ai envoyé Nielsen dans les hauts, c'est une bonne vigie.

Il eut un sourire spectral :

– Enfin, pour un Suédois. D'après lui, c'est un voilier à phare carré, peut-être un brick.

Ils échangèrent un regard entendu. Bolitho n'avait pas besoin de consulter la carte pour savoir que ce nouveau venu allait se mettre en travers de leur route.

– Un navire de guerre ?

Toute autre hypothèse était peu vraisemblable, compte tenu de sa position et de la saison.

– Peut-être, répondit Queely en haussant les épaules.

Puis ils entendirent le timonier confirmer le nouveau cap :

– Nord-quart-est, Monsieur !

Queely fronça les sourcils, cette difficulté imprévue l'inquiétait :

– Je ne voudrais pas trop perdre au vent, Monsieur. Je sais que les nuits sont longues, mais nous ne pouvons pas retarder indéfiniment notre rendez-vous.

Bolitho remonta avec lui sur le pont. La mer était couverte de moutons bondissants mais l'eau, entre les toupets d'écume, était d'un noir de jais. Elle contrastait violemment avec le ciel pâle où s'allumaient les premières étoiles.

Tel le rostre d'un espadon, le long beaupré du cotre enfournait dans la plume et l'eau verte déferlait sur le gaillard, brisant entre les canons étincelants saisis sur l'embelle. Queely mit en porte-voix ses mains rougies par le froid :

– Où en sommes-nous, Nielsen ?

– Même relèvement, Commandant ! Il a viré de bord en même temps que nous.

Bolitho avait beau être gêné par le bruit du vent et les pluies d'embruns, il reconnut l'accent suédois de la vigie. Par quel étrange destin cet homme se trouvait-il à bord de ce navire ?

– Sapristi ! s'exclama Queely. Ce brick est après nous, Monsieur.

Bolitho s'accrocha à un pataras et le sentit vibrer dans sa main comme la corde d'un instrument de musique.

– Je vous conseillerais de mettre le cap au sud-sud-est dès qu'il fera noir : nous passerons sur son arrière et lui échapperons.

Queely lui lança un regard dubitatif :

– A condition de pouvoir nous dégager au près si le vent se lève, Monsieur !

– Cela va de soi, concéda Bolitho avec un sourire sec.

Queely fit signe à son second :

– Nous allons rester sous les présentes amures jusqu'à ce que…

Le reste de sa phrase fut couvert par le tonnerre de la toile et le grincement des drosses ; les timoniers pesaient de tout leur poids sur la barre franche.

Debout près de la descente, Allday écoutait les filets d'eau tourbillonner autour du gouvernail. Il se rappelait avec netteté la silhouette diaphane de la jeune fille en train de scier fébrilement les drosses. Si seulement elle avait survécu…

Il écarta ces regrets de son esprit et, sans lâcher un appui, se dirigea vers la descente. A chaque jour suffisait sa peine. Pour le moment, tout ce dont il avait besoin, c'était d'une bonne lampée de rhum.

Quand la nuit fut complète, les seules images visibles du monde extérieur étaient les crêtes déferlantes qui se chevauchaient sur chaque bord ; le *Wakeful* vira de bord et, sous hunier au bas ris, pointa résolument son beaupré droit vers l'est. Juste avant cette manœuvre, Queely rejoignit Bolitho dans la cabine et secoua son bicorne trempé au-dessus du pont encombré.

– Il ne nous a pas lâchés, Commandant.

Le lieutenant regarda un instant sa bannette, puis chassa toute idée de sommeil :

– Je viendrai vous réveiller le moment venu.

Et il s'en fut. Bolitho entendit ses bottes monter les marches et s'avancer sur le pont ruisselant au-dessus de sa tête. Il se recoucha, tourné vers le vaigrage. Une seule fois, il prononça à voix haute le nom de l'aimée :

– Viola !

Puis il ferma étroitement les paupières, comme s'il souffrait, et il s'endormit.

XIV

BON VENT POUR LA FRANCE

Le *Wakeful*, cotre de la marine de Sa Majesté britannique, tenait la cape courante face à un violent courant de marée ; il roulait bord sur bord dans la houle du large ébouriffée par un vent contraire soufflant grand frais. Chaque fois qu'il venait bout au vent, ses voiles faseyaient sauvagement, secouant tout le gréement comme pour l'arracher.

Le commandant Queely devait s'époumoner pour couvrir le bruit des agrès et du vent ; rien ne servait de baisser le ton : le tintamarre des apparaux et le fracas des vagues contre la muraille aurait réveillé un mort.

– Trop tard, Monsieur ! Ils ne viendront plus. Je dois vous conseiller de rebrousser chemin.

Bolitho se tenait à un hauban, plissant les yeux face aux embruns qui lui fouettaient le visage. Après tout, c'était le navire de Queely : il avait d'excellentes raisons de s'alarmer, et le mérite de parler clair.

Bolitho maudit le brick inconnu qui les avait contraints à faire ce large détour avant de mettre en panne devant la côte hollandaise ; sans ce contretemps, ils auraient été à l'heure au rendez-vous. Il observa que Queely regardait en l'air comme s'il se fût attendu à voir l'aube pointer.

– Ils ont ordre de revenir toutes les heures, insista sobrement Bolitho.

Mais ce n'étaient que de simples pêcheurs, et même des contrebandiers : rien ne prouvait qu'ils fussent aussi disciplinés que les matelots de Queely, debout ou accroupis autour de lui. Il ne répondit pas, sans doute savait-il déjà tout cela.

Toute la nuit, le vent n'avait cessé de virer ; il devenait de plus en plus difficile de garder la position convenue sans courir le danger de se faire jeter à la côte sous le vent. Bolitho se demandait quel parti prendre. Mais il n'avait pas le choix : la seule conduite possible était de croiser sans relâche sur les lieux.

Allday était près de lui, bras croisés dans une attitude de défi face aux vagues qui essayaient en vain de le jeter sur le pont. A intervalles réguliers, il levait les yeux vers la grand-voile carguée et le mât élancé qui le dominait de toute sa hauteur, puis basculait sur l'autre bord ; à chaque coup de roulis, le cotre mouillait ses sabords. Bolitho restait immobile, silencieux. Allday savait qu'il était abîmé dans ses pensées. La veille encore, il suffisait au patron d'embarcation de savoir que ce genre de contretemps pouvait arriver ; à présent qu'il s'était engagé, il voulait farouchement aller jusqu'au bout, comme Bolitho.

Une manœuvre céda à bâbord et, à l'appel du bosco, plusieurs hommes se précipitèrent pour l'amarrer. Bolitho se demanda ce que faisait Tanner, et quelle serait sa réaction quand il apprendrait qu'ils avaient été retardés.

– Voile en vue, Commandant ! Par la joue sous le vent !

Bolitho tenta de s'humecter les lèvres, elles étaient raides comme du cuir. Dans quelques minutes...

– C'est le même que la dernière fois, grogna Queely furieux. Par tous les diables, j'aurais juré qu'ils nous avaient faussé compagnie.

Bolitho serra son manteau contre lui, ignorant l'agitation des matelots qui brandissaient des boulines et des bourrelets de défense. Des bras se tendaient, des appels résonnaient. Les deux navires se rapprochèrent rapidement l'un de l'autre, et ce fut le contact.

– Vous savez ce que vous avez à faire, dit-il. Je ne vous demande pas de risquer la sécurité de votre navire, mais...

Ils se rattrapèrent l'un à l'autre au moment où les deux coques se levèrent ensemble et retombèrent en grinçant dans le creux suivant. Plusieurs hommes tombèrent, d'autres halaient sur des manœuvres, leurs pieds nus glissant sur le pont détrempé.

– Je serai ponctuel, Monsieur, le rassura Queely. Seul le diable pourrait m'empêcher de revenir à temps.

Bolitho descendit à la suite d'Allday dans le bateau de pêche. Cette fois-ci, le patron les salua d'un semblant de sourire, mais avec les paquets de mer qui passaient sans cesse au-dessus du plat-bord, cette politesse se réduisait à une grimace.

Bolitho se recroquevilla sous le pontage avant, soulagé que la cale, cette fois, ne fût pas pleine de poissons en décomposition. En dépit de sa vieille expérience, l'épreuve de ces longues heures brutales passées à la cape l'avait marqué, et des odeurs trop nauséabondes auraient pu lui donner tout de bon le mal de mer, comme lors de son premier embarquement, à l'âge de douze ans.

Le trajet ressembla beaucoup à celui qu'ils avaient fait ensemble précédemment, mais l'équipage hollandais semblait avoir grand-hâte d'arriver à destination, et chaque rencontre les rendait plus nerveux encore, qu'il s'agît du feu de mouillage d'un bateau à l'ancre ou d'une embarcation sous voile révélée par ses feux de route. Il y avait là des bateaux de commerce qui s'étaient mis à l'abri pour la nuit, ou qui attendaient que le vent tourne. Il y avait aussi des navires de guerre : on ne savait à quoi s'attendre, tout était possible. La dernière partie du voyage fut plus calme. Les bruits de la mer et du vent s'estompèrent tandis qu'ils s'avançaient au milieu d'une vaste étendue de joncs houleux.

Le silence se fit plus pesant, Bolitho retenait son souffle. Personne ne se souciait apparemment de camoufler leur approche. Allday lui souffla :

– Même les moulins à vent ne font plus de bruit aujourd'hui, Commandant.

Bolitho regarda un moulin qui dominait les joncs, immobile. On eût dit un fantôme, comme si personne n'y habitait. L'équipage échangeait des commentaires, et un matelot finit par enjamber le plat-bord ; ses bottes de mer éclaboussèrent l'eau peu profonde avant de trouver la terre ferme. Un homme courut en avant, mais le patron du bateau resta avec Bolitho et attendit qu'Allday les eût rejoints. Bolitho sentit un frisson glacé lui courir du bas en haut de l'échine : le patron avait sorti un pistolet de son manteau et l'essuyait avec sa manche. Sans avoir besoin de le regarder, il savait qu'Allday avait remarqué ce geste et se tenait prêt à décapiter l'homme si nécessaire. Le Hollandais avait-il eu peur ? Avait-il vu venir le danger? Décidé d'attendre la prochaine occasion de les trahir, comme Delaval l'avait fait avec tant d'autres?

– On vient, Commandant, dit Allday.

Il semblait calme, comme s'il avait annoncé l'arrivée d'une charrette sur une petite route tranquille de Cornouailles. Mais Bolitho le savait, c'était dans ces moments qu'il était le plus dangereux. Ils entendirent des pas sur le chemin, puis reconnurent la silhouette fantomatique de l'aide de camp de Brennier; l'officier trébucha et poussa un bruyant hoquet tandis que l'autre Hollandais l'aidait à se remettre sur pied.

En voyant Bolitho, il s'arrêta net et se retourna vers la maison : personne n'avait les yeux bandés! Il eut l'air de céder à la panique.

Bolitho et le patron hollandais ouvrirent la porte avec quelque difficulté et furent accueillis à l'intérieur par un désordre indescriptible. Les armoires, portes grandes ouvertes, avaient été forcées et leur contenu jeté par terre; même les cendres du foyer avaient été remuées; une fouille aussi brutale qu'approfondie.

Bolitho se tourna vers le patron hollandais : l'obstacle de la langue était infranchissable. Puis il se tourna vers l'aide de camp et eut un haut-le-corps en le découvrant en pleine lumière. Ses vêtements étaient repoussants de saleté, et les larmes avaient tracé des sillons livides sur ses joues crasseuses.

– Qu'avez-vous, mon vieux?

Bolitho déboutonna son vieil habit, libérant la crosse de son pistolet :

– Allons, parlez!

L'homme le regardait, l'air perdu. Puis il laissa échapper dans un sanglot :

– *Il est mort! Il est mort!* *

Bolitho lui saisit le bras, qui était complètement inerte :

– L'amiral?

L'aide de camp avait perdu la raison, et Bolitho se demanda un instant s'il l'avait reconnu. L'homme secoua la tête négativement et lâcha :

– Non! Le roi!

Allday se frictionna le menton du poing :

– Morbleu! Ils en ont fini avec lui, cette fois!

Le Hollandais remit brusquement son pistolet à sa ceinture et écarta les bras d'un geste qui voulait dire : « La lame de la guillotine est tombée. »

Bolitho aurait eu besoin de temps pour se ressaisir, mais précisément : le temps pressait. Secouant le bras de l'officier, il l'interrogea brutalement :

– Où est le vice-amiral Brennier ? Qu'est-il devenu ?

La peur qu'il lisait dans les yeux de l'homme ne lui disait rien de bon : une épave, désormais, un désespéré abandonné à lui-même dans un pays peu disposé à lui accorder asile. Soudain l'officier se mit à bégayer :

– En route pour Flushing ! Assez perdu de temps !

Il se retourna vers le désordre de la pièce et ajouta, effondré :

– Vous étiez en retard, Commandant.

Bolitho lui lâcha le bras. L'autre tomba assis sur un banc. Il se tordait les mains, incapable de reprendre le dessus.

– Que pouvons-nous faire de lui, Commandant ?

Il y avait encore une question :

– Et le trésor, *M'sieu ?* Où est-il passé ?

L'officier, surpris par le changement, leva sur Bolitho un regard interrogatif :

– Il est en lieu sûr, Commandant. Mais il était trop tard.

En lieu sûr ? Quelqu'un d'autre connaissait l'existence du trésor, quelqu'un qui s'était éclipsé, emportant vers Flushing le magot et le vieil amiral Brennier.

Et le nom de cet homme, Bolitho le voyait briller en lettres de feu. Il n'y avait pas plus de vingt nautiques jusque-là, mais c'était déjà beaucoup trop. Y en aurait-il eu mille que cela n'aurait rien changé.

Lui revint en mémoire la remarque de Marcuard concernant le temps ; les nouvelles n'allaient pas voyager vite, sur ces routes enneigées ou transformées en fondrières. Personne ici ne devait savoir avec précision la date à laquelle le roi avait été exécuté. Il se sentit envahi par un sentiment d'urgence qui le glaça des pieds à la tête. N'importe quoi pouvait arriver. Personne ici qui pût le renseigner. Même le fermier propriétaire de ces bâtiments avait disparu. Assassiné, sans doute.

Le patron hollandais adressa quelques mots à son matelot, qui gardait la porte, et Bolitho lança un ordre brutal :

– Dites à cet homme de nous accompagner !

L'aide de camp souffla une phrase en haletant, puis reprit :

– Pour cela, il veut se faire payer, Commandant !

– Et nous, alors ? grinça Allday.

– Si vous m'aidez, *M'sieu*, je vous évacue en Angleterre. Peut-être vous trouverez-vous des amis là-bas...

Bolitho observa le visage sombre d'Allday : l'aide de camp, tombé à genoux, lui embrassait les mains avec ferveur. Puis le Français releva son visage ruisselant de larmes ; sa voix était forte, de nouveau assurée :

– Je connais le navire, Commandant. Il s'appelle la *Revanche*, mais il bat pavillon anglais !

Il baissa les yeux sous le regard glacial de Bolitho :

– J'ai entendu votre compatriote prononcer ce nom.

Bolitho dut faire un effort pour articuler :

– Sir James Tanner.

La peur de l'aide de camp justifiait ses pires appréhensions. Comme ce navire avait été joliment baptisé : la *Revanche !* Tanner s'était bel et bien joué d'eux.

– Qu'est-ce qu'on fait, Commandant ? demanda Allday. Sans bateau...

Il semblait désorienté.

– Nous ferions bien de ne pas nous éterniser ici, conclut Bolitho.

Il s'avança à grands pas vers une fenêtre et ouvrit le volet : le ciel semblait plus pâle. Il fallait se montrer pragmatique ; il était inutile de se lamenter. Tanner avait voulu et prévu le détour qui avait retardé le *Wakeful :* cela lui avait laissé le temps de mettre ses plans à exécution.

– Tâchons d'expliquer au Hollandais qu'il nous faut rebrousser chemin, descendre le fleuve et retrouver ses amis pêcheurs.

Il insista du regard auprès de l'aide de camp :

– Dites-lui qu'il sera bien payé.

Joignant le geste à la parole, il fit tinter quelques pièces dans sa poche :

– Et qu'il ne commence pas à discuter !

Allday, de son côté, tapotait le plancher de la pointe de son sabre d'abordage :

– Je crois qu'il est d'accord, Commandant.

De nouveau, il avait l'air calme, presque insouciant. Le *Wakeful* ne se présenterait pas au point de rendez-vous avant la nuit; et même alors, peut-être serait-ce dangereux pour Queely de raser la côte de trop près. Bolitho se sentit pris d'un malaise; il se frotta les yeux pour s'arracher au désespoir.

Mais pourquoi diable Tanner avait-il enlevé l'amiral, si seul le trésor l'intéressait?

Dehors, Bolitho retrouva la froidure cinglante du vent; au-dessus de leurs têtes, des nuages échevelés couraient à basse altitude. Soudain, l'évidence le frappa, comme si la réponse avait été écrite dans les étoiles elles-mêmes :

– Allday! lança-t-il. Le vent a encore viré.

La puissante silhouette de son patron d'embarcation se découpait sur le firmament.

– Bon vent, vieux frère.

Il ajouta, amer :

– Et cap sur la France!

La yole du *Snapdragon* vint se ranger vivement sous les porte-haubans du *Télémaque* et le lieutenant Hector Vatass s'éleva d'un pas leste sur l'échelle de coupée.

Il s'arrêta une seconde pour regarder vers la terre. Un vent frais soufflait sur le mouillage de Sheerness, abrité par la proximité de la terre. Les flocons de neige tourbillonnaient en rafales sans but. Un instant, Vatass aperçut le promontoire derrière le chantier naval, mais il fut bientôt caché par une rafale. Seul était visible son propre cotre, mouillé à peu de distance.

Le second du *Télémaque* l'accompagna jusqu'à la descente.

– Heureux de vous voir, Commandant.

Cette confidence non réglementaire avait quelque chose d'inhabituel, mais Vatass était trop surmené, dans ce matin glacial, physiquement et mentalement. Ses ennuis l'empêchaient d'y prêter attention. Les gardes-côtes lui avaient transmis l'ordre de rallier Sheerness sans délai, et comme le message émanait de Bolitho, il n'y avait pas lieu de le discuter. La rage au ventre, Vatass devait donc abandonner la poursuite d'une goélette rapide qu'il venait de perdre de vue dans un grain de neige au large du Foreland.

Il trouva Paice assis dans sa cabine, occupé à rédiger laborieusement son journal de bord.

Il dit en se laissant tomber sur une banquette :

– J'en ai par-dessus la tête de ce temps bouché, Jonas ! Si ça pouvait changer !

Comme Paice gardait le silence, il demanda :

– Mauvaises nouvelles ?

Paice ne répondit pas directement :

– Tu n'as pas croisé le brick postal ?

Vatass secoua la tête.

– C'est bien ce que je pensais.

Paice se pencha pour se saisir d'une bouteille de cognac et remplit deux verres à moitié. Il s'était préparé à cette conversation depuis l'instant où on lui avait annoncé que le *Snapdragon* doublait le promontoire. Il leva son verre et regarda pensivement son collègue :

– C'est la guerre, Hector !

Vatass manqua de s'étrangler avec son cognac.

– Par le ciel ! Je parie que c'est de la contrebande !

Paice se força à sourire. Vatass était jeune, il avait une chance insigne de commander un cotre à hunier. En fait, il avait une chance insigne d'avoir un commandement tout court. Mais la roue tournait. Bientôt des officiers subalternes à peine amarinés obtiendraient eux aussi des commandements. Mais cette plaisanterie était une diversion. En fait, Vatass était pris de court. Paice reprit :

– Même si ce cognac a été volé dans les caves de l'abbaye de Westminster, je m'en fiche.

Ils trinquèrent dans les formes :

– C'est la guerre. J'ai reçu un signal à la fin de la nuit.

D'un geste de sa large main, il désigna une pile de papiers en vrac sur sa table :

– Tout cela vient de m'arriver de l'amiral, de Chatham. Il est en train de tous les faire courir. Pourtant, ils auraient pu s'y attendre.

Il fit des yeux le tour de la cabine :

– Et à qui vont-ils rafler des hommes ? A nous, pardi ! Nous allons nous retrouver avec des ballots qui n'ont jamais mis les pieds sur un bateau, pendant que nos matelots seront éparpillés dans toute la flotte.

Vatass écoutait d'une oreille distraite. Il ne partageait pas la mauvaise humeur d'un Paice inquiet de voir son *Télémaque* dépeuplé de ses meilleurs éléments par les nécessités de la guerre. Vatass savait simplement qu'il était jeune, et plein de l'optimisme propre à son âge. A lui, la guerre apporterait un nouveau commandement, peut-être un brick, voire un vaisseau de haut bord. Les promotions allaient pleuvoir.

Vatass n'avait pas encore appris à dissimuler. Paice lisait à livre ouvert dans ses calculs.

– En ce moment, dit-il, le commandant Bolitho est sur le continent, en Hollande ou Dieu sait où.

Il baissa les yeux sur son journal de bord et sur la carte qui recouvrait sa table :

– C'est le *Wakeful* qui l'a accompagné.

Il vida son cognac d'une lampée et remplit immédiatement son verre :

– Et Dieu veuille qu'il retourne le chercher !

Vatass se sentait dépassé. D'abord l'absence de Bolitho, ensuite, le spectacle de son collègue retournant à ses vieux démons... On disait que Paice, peu après la mort de sa femme, s'était furieusement adonné à la bouteille. Mais c'était le passé. Un autre temps.

– Je ne comprends pas, Jonas. Que pouvons-nous espérer faire ?

Paice le regarda avec des yeux rougis par l'angoisse et la colère :

– Tu ne comprends pas ? Bon Dieu, qu'est-ce que tu faisais, ces derniers temps ?

Vatass se raidit :

– J'étais à la poursuite d'un contrebandier.

Paice baissa un peu le ton :

– Le roi de France a été décapité. On l'a appris hier : leur Convention nationale a déclaré la guerre à l'Angleterre et à la Hollande.

Il hocha la tête avec une lenteur mesurée :

– Le commandant Bolitho est au milieu de tout ça, et je crains bien qu'il ne soit pas averti des tout derniers développements.

Vatass reprit sur un ton peu amène :
– C'est toi qu'il a laissé au commandement de la flottille.
Paice répondit avec un sourire glacé :
– Et j'ai bien l'intention de faire mon boulot.
Il se leva tout droit sous la claire-voie, dont il ouvrit un battant. Vatass eut le temps de voir quelques flocons se poser sur le visage et la chevelure de son collègue. Paice referma la claire-voie et se rassit.
– Dès que le vent le permet, nous appareillons. Inutile! lança-t-il en levant la main pour arrêter les protestations de Vatass. Je sais que tu viens de rentrer. Mais je risque à tout instant de recevoir un ordre direct de l'amiral, auquel il me faudra bien me plier. Et dans ce cas, impossible de partir...
Il baissa la voix, comme pour cacher la colère qui l'étouffait :
– Pas question de l'abandonner à son sort.
Il servit un nouveau verre au jeune lieutenant tout en le fixant dans les yeux. Le cognac débordait sur les ordres soigneusement calligraphiés.
– Alors, Hector, on est bien d'accord?
– Et si nous ne trouvons pas le *Wakeful?*
– Au moins, nous aurons essayé, que diable! Au moins je pourrai entendre prononcer le nom de cet homme sans rougir. Est-ce qu'il ne nous a pas montré l'exemple, à tous?
Il fit un geste vague en direction de la carte :
– Les frontières ne vont pas tarder à être fermées, et tout navire étranger sera considéré comme ennemi. Le *Wakeful* est un bon navire, bien mené et bien commandé. Mais ce n'est pas un vaisseau de cinquième rang.
Il parcourut du regard la cabine : son cotre, son navire, sa passion. Il imaginait son *Télémaque* recevant de plein fouet la bordée d'un vaisseau de ligne, avec pour toute défense ses caronades et ses pièces de six.
Vatass savait tout cela. Quelle que pût être la suite des événements, sa conclusion fut que ses chances de promotion immédiate étaient sérieusement compromises. Mais il avait toujours admiré les qualités de commandement de Paice, qui était en outre un excellent marin. A le voir aussi rude et carré, on n'avait aucun mal à l'imaginer dans son métier précédent : capitaine d'un brick charbonnier.

– On est d'accord.

Il avait bien pesé ses mots, et son visage juvénile en avait pris une expression grave.

– Et l'amiral ?

Paice écarta les papiers qui encombraient la carte et saisit un compas à pointes sèches :

– J'ai le sentiment que notre commandant a l'appui de quelqu'un de plus haut placé que ce distingué gentilhomme.

Il leva la tête et fixa Vatass pendant plusieurs secondes.

Vatass essayait de prendre les choses à la légère, mais c'était la guerre : rien d'autre ne compterait, à présent. Le regard de Paice le mit mal à l'aise. Comme s'il n'était pas tout à fait certain de le revoir un jour.

– Navires au mouillage droit devant, Commandant, annonça Allday avant de se remettre à l'abri sous le taud.

Il se retourna pour essayer de voir à travers les tourbillons de neige. Les flocons grossissaient et devenaient mouillés, collants. L'intérieur du petit bateau, empli d'obstacles, était de plus en plus glissant.

Bolitho vint s'accroupir à la barre, à côté du patron hollandais, et, regardant entre les deux voiles au tiers, essaya d'apprécier leur progression. Une des berges du fleuve était complètement noyée dans la boucaille et la neige fondue ; on apercevait çà et là le bas de la coque et les câbles d'ancre d'un certain nombre de navires, les mêmes sans doute qu'ils avaient croisés la nuit précédente, après avoir quitté le *Wakeful*. Même dans cette misérable lumière, le petit bateau de pêche manquait singulièrement d'allure. Tout raccommodé de pièces et de morceaux, il était accastillé avec des équipements hétéroclites, récupérés ou volés sur d'autres bateaux. Bolitho songea qu'il ne devait pas sortir souvent à la pêche : on s'en servait sûrement comme d'une allège pour charger et décharger des marchandises de contrebande. Les quatre Hollandais qui constituaient l'équipage semblaient désireux de les satisfaire, en dépit des traductions maladroites de l'aide de camp de Brennier, par l'intermédiaire duquel ils étaient contraints de communiquer. Le départ de

Tanner les avait privés de leur principal espoir de gain : la promesse de Bolitho de les payer valait mieux que rien du tout.

Bolitho jeta un coup d'œil à l'aide de camp. L'homme ne lui avait toujours pas dit son nom. Recroquevillé dans la pénombre, il tremblait de froid et de peur ; ses vêtements détrempés collaient à son corps comme des guenilles. Ses doigts crasseux ne lâchaient pas son épée, qui jurait étrangement, songea Bolitho, avec le reste de sa personne : une très belle arme au charme suranné, dont le fourreau d'argent richement orné était du même style que la poignée et la garde. Peut-être son dernier lien avec le passé, comme le mouchoir brodé de la jeune Française.

Bolitho s'accroupit sous les voiles et observa les navires mouillés droit devant eux ; il y en avait trois ou quatre, des navires de bornage à première vue. Les seules taches de couleur dans toute cette grisaille étaient leurs pavillons rouge, blanc et bleu : des bâtiments hollandais qui s'étaient mis à l'abri en attendant que le temps se lève. Il n'était pas étonnant que la Hollande fût appelée le port du monde : quiconque avait la maîtrise des Pays-Bas obtenait l'accès aux riches routes commerciales menant aux Indes orientales, aux Antilles et aux Amériques. Les Hollandais, comme les Anglais, avaient toujours eu des marins entreprenants et célèbres. Les Britanniques redoutaient leurs incursions sur la Medway : n'avaient-ils pas, une fois, attaqué Chatham, et ouvert le feu sur l'arsenal ?

Bolitho vit le patron hollandais murmurer quelques mots à l'un de ses matelots, puis sortir une montre de son manteau de toile cirée ; c'était un instrument imposant, de la taille d'une pomme.

– Que disent-ils ? demanda Bolitho.

L'aide de camp de Brennier consentit à s'arracher un instant à son désespoir. Après une imperceptible hésitation, il expliqua :

– Très bientôt, Commandant. L'autre navire est après le… comment dites-vous ? méandre, je crois.

Bolitho hocha la tête ; il leur avait fallu sensiblement moins de temps pour descendre le fleuve que pour le remonter. De surcroît, le vent était portant, et leurs petites voiles donnaient le meilleur d'elles-mêmes. Après avoir changé de bateau, ils allaient pouvoir se reposer, trouver peut-être quelque chose de chaud à se mettre sous la dent, boire tout leur content. Une fois l'obscurité venue, ils pousseraient au large. Peut-être n'arriveraient-ils pas à retrouver le *Wakeful*, mais au moins auraient-ils essayé. De toute façon, la perspective de rester à attendre sans rien faire était insupportable à Bolitho, et il n'avait pas de position de repli : une fois perdu l'espoir de retrouver le *Wakeful*, il ignorait totalement ce qu'ils deviendraient.

Bolitho se remémora Hoblyn, l'aspirant à moitié mort de peur, le fier-à-bras barbu de la route de Rochester et la fureur de Delaval quand il avait aperçu Tanner, au moment suprême, juste avant que ne s'ouvre sous ses pieds la trappe mortelle.

Au long de ces dernières semaines, Tanner avait gardé un coche d'avance sur eux tous. Bolitho se mordit les lèvres jusqu'à en avoir mal : « Même sur moi ! »

– Appuie un peu sur la gauche, mon gars ! conseilla Allday.

L'homme de barre ne comprit pas la phrase mais, en bon marin, il saisit parfaitement le geste.

– Qu'est-ce qu'il y a ? demanda Bolitho en s'essuyant la figure et les yeux avec un vieux morceau d'étamine.

Cent fois, depuis leur appareillage, il avait dû s'éclaircir ainsi la vue.

– Un pépin pour nous, par la joue tribord, Commandant.

Bolitho regretta d'avoir laissé sa petite lorgnette à bord du *Wakeful*; écarquillant les yeux, il se leva pour regarder ce qu'Allday lui désignait.

Un brick de belle allure était à l'ancre au milieu du chenal. La légèreté de ses apparaux et l'absence d'allèges rangées le long de la muraille trahissaient le navire de guerre, probablement, ou le bateau des douanes hollandaises.

À peine le patron l'eut-il aperçu qu'une vive inquiétude se peignit sur ses traits. Mais Bolitho demeurait perplexe : il ne voyait nulle embarcation hissée sur le pont du brick, ni aucune à l'eau de leur côté. Peut-être était-elle à couple du côté opposé ?

– Il y a du mouvement à bord ? demanda-t-il doucement.

– Non, Commandant, répondit Allday, nerveux. Nous n'avons plus qu'à parcourir un demi-nautique, après quoi...

Bolitho espérait de toutes ses forces que le temps allait se faire leur complice mais, au contraire, un mince rayon de soleil venu de nulle part caressa la berge non loin d'eux, donnant aux tourbillons de neige une sorte de beauté sauvage.

Le patron hollandais poussa un profond soupir et leva le bras. Bolitho aperçut le bateau de pêche mouillé un peu à l'écart. Et bien qu'il ne l'eût jamais vu de jour, il le reconnut au premier coup d'œil. Il toucha le bras du Hollandais et laissa éclater son soulagement :

– A la bonne heure !

L'homme sourit, découvrant ses dents. Au ton de Bolitho, il avait compris qu'il s'agissait d'une sorte de compliment.

– Préparez-vous à réduire la toile !

Il tendit la jambe et, du bout du pied, tapota celle de l'aide de camp. L'homme bondit comme si on l'avait frappé.

Bolitho se frotta les mains pour tenter de réchauffer ses doigts gourds, puis jeta un coup d'œil aux voiles sales, couvertes de pièces et se demanda quelle manœuvre d'approche allait choisir le Hollandais avec ce bateau.

Le soleil s'estompait à l'approche d'un nouveau grain de neige fondue. A la dernière seconde, un rayon blafard s'attarda sur le pont du navire de pêche, révélant soudain un éclat métallique. Sous les yeux médusés de Bolitho, une silhouette en uniforme, avec des cartouchières blanches, se leva et regarda quelques secondes en amont avant de disparaître sous le pavois.

– Pousse au large ! s'exclama Bolitho en empoignant l'épaule du Hollandais.

Il lui faisait des signes énergiques dans la direction souhaitée :

– Dites-lui que le bateau de pêche grouille de soldats ! Il a été saisi, comprenez-vous ?

Donnant un coup de barre sans attendre, le patron se pelotonna sur son siège, les yeux fixés sur l'ouvert du chenal, en aval.

– Dieu tout-puissant ! s'exclama Allday. On l'a échappé belle.

Bolitho, les yeux au niveau du plat-bord, continuait d'observer le bateau de pêche au mouillage ; il avait bel et bien été saisi, peu importait par qui : la marine hollandaise, les douanes, des fonctionnaires à la recherche de produits de contrebande, cela ne changeait rien. En outre, il y avait une dernière possibilité : celle d'une simple vérification de routine, d'une fâcheuse coïncidence.

Fâcheuse. Le mot était faible. Leur situation avait été délicate, elle était en train de devenir désespérée. Sans un navire de haute mer à leur disposition, ils étaient bloqués. Il essaya d'estimer les qualités marines de leur esquif et se protégea le visage du bras : la neige fondue sifflait et giflait les voiles et le gréement. Une fois sortis de l'estuaire, le vent allait encore fraîchir, s'il en croyait l'angle de chute des flocons. Il songea au *Wakeful*, tanguant et roulant dans la houle du large pendant sa longue attente.

Leur bateau était incapable d'accomplir une réelle traversée. Ils ne disposaient que d'un compas et de quelques instruments des plus rustiques ; Bolitho n'avait même pas vu de pompe à bord. Il scruta quelques instants les épaules voûtées d'Allday sous le pontage avant. Encore un risque inconsidéré ! Le jeu en valait-il la chandelle ?

– Belle journée pour faire du tir, n'est-ce pas, Allday ? dit-il soudain.

Il avait parlé très vite, comme s'il avait craint de recouvrer son bon sens en retardant sa décision. Allday se retourna, l'air d'avoir mal entendu.

– Du tir, Commandant ?

Leurs regards se croisèrent. Allday n'avait pas besoin d'en entendre davantage.

– Oh ! oui, Commandant ! Belle journée en effet…

Et, se détournant, il déboutonna son ciré et sortit de sa ceinture le pistolet qu'il y avait coincé pour le garder au sec.

Bolitho regarda ses compagnons de traversée. L'aide de camp avait les yeux dans le vide ; tous les Hollandais fixaient le bateau de pêche qui se trouvait maintenant à peu près par le travers. Bolitho tâta le pistolet sous sa veste d'uniforme, puis largua la dragonne de son épée ; deux des Hollandais portaient des armes bien en évidence, les autres étaient peut-être armés aussi. Il attendit que l'aide de camp eût levé les yeux vers lui et dit :

– Dans quelques instants, je vais m'emparer de ce bateau, *M'sieu*. Est-ce que vous m'avez bien compris ?

L'homme n'eut d'autre réaction que de hocher la tête.

Bolitho reprit avec prudence :

– S'ils refusent d'obéir, nous devrons les désarmer. Ou les tuer, acheva-t-il d'un ton plus dur.

Il se demandait ce que cet homme brisé pouvait bien penser d'une décision aussi brutale :

– C'est notre dernière chance, à vous comme à nous, M'sieu.

– Je comprends, Commandant.

Il se glissa vers la barre franche, tenant sa belle épée au-dessus de la saleté et des eaux grasses qui coulaient sous les planchers.

Une nouvelle nappe de neige fondue s'avançait vers eux ; elle venait de masquer complètement des navires au mouillage qui, quelques minutes plus tôt, étaient encore visibles jusque dans leurs moindres détails ; une fois qu'ils les auraient doublés, il n'y aurait plus rien entre eux et la mer ouverte.

– Tenez-vous prêt, M'sieu.

Les doigts engourdis de Bolitho se refermèrent sur la crosse de son pistolet. Celle-ci semblait plus chaude que son corps. On eût dit que l'arme venait de servir.

– Par la joue bâbord ! hurla Allday. Un plein bateau !

Bolitho aperçut une longue baleinière gréée en cotre qui doublait des allèges au mouillage ; elle bordait à chaque banc deux longs avirons écarlates qui montaient et descendaient à l'unisson comme des ailes puissantes propulsant le bateau à la rencontre des fugitifs. A l'arrière, dans la chambre, Bolitho repéra quelques uniformes de la Marine, ainsi que des manteaux verts de douaniers hollandais. Une voix tonnante, amplifiée par un porte-voix, résonna sur les eaux agitées de l'estuaire :

– Ils nous ordonnent de mettre en panne ! souffla l'aide de camp.

Il avait l'air terrorisé ; Bolitho donna une bourrade au patron hollandais et cria :

– Par là ! Vite !

Il était inutile de les mettre en joue : si c'était possible, ils étaient plus désireux encore que Bolitho d'échapper aux autorités.

Les Hollandais s'appliquaient fébrilement à régler les écoutes de leurs misérables voiles. Sous une poussée nouvelle, Bolitho sentit le bateau prendre un peu plus de gîte. Quelques gerbes d'embruns jaillirent de la joue au vent et s'abattirent sur l'étrave de la baleinière qui les poursuivait. Certains nageurs, surpris, perdirent le rythme et les avirons écarlates s'entrechoquèrent dans la plus grande confusion.

– Ils ont une couleuvrine, Commandant ! hurla Allday.

Bolitho eut du mal à avaler sa salive ; il avait déjà repéré la pièce de chasse à l'avant de la baleinière – couleuvrine ou gros mousqueton. Une décharge de cette pièce suffisait pour les mettre tous hors de combat, mais l'écart entre les deux embarcations ne diminuait pas. Leur vaillant petit bateau de pêche était bien mené, et parfaitement gréé pour donner toute sa vitesse dans un clapot modéré ; plus ils s'avanceraient vers l'embouchure, plus le patron de la baleinière aurait du mal à maintenir sa vitesse.

Allday s'agrippa au plat-bord et eut un hoquet : une vague l'avait trempé de la tête aux pieds. La voix de leur poursuivant résonna encore, déformée par le porte-voix.

– Ils nous visent ! s'exclama Allday. Baissez-vous !

Bolitho obligea le matelot le plus proche à se recroqueviller sur les planchers. Il croisa le regard d'Allday qui se terrait entre les filets et les flotteurs. La détonation fut étouffée par le vent et la neige fondue, la charge de mitraille frappa l'arrière de la coque avec une violence inattendue. Bolitho entendit des fragments de métal et des éclisses de bois passer en miaulant au-dessus de sa tête et vit plusieurs trous apparaître dans la misaine. Il retint son souffle : quelque chose allait sûrement casser. Un espar allait se rompre, ou une voie d'eau torrentielle se déclarer brutalement. Le patron hollandais se dressa sur les genoux : son misérable petit bateau avait vaillamment encaissé la décharge.

– Nous les avons perdus de vue, Commandant ! s'exclama Allday avec un hoquet.

Bolitho regarda en arrière : la chute de neige était à présent si dense que l'embouchure du fleuve avait disparu. Ils étaient seuls sur l'eau. Il s'apprêtait à se lever quand il remarqua l'expression terrifiée de l'aide de camp de Brennier, qui le regardait avec un visage tordu de douleur.

L'homme s'étreignait le côté. Bolitho s'agenouilla et, de force, lui écarta la main. Allday vint le rejoindre et lui tint les poignets pendant que Bolitho déchirait le gilet et la chemise finement brodée, rouge de sang. Deux blessures : l'une sous le mamelon droit, l'autre sous le sternum. Bolitho entendit le patron hollandais déchirer des chiffons qu'il lui tendit par-dessus son épaule. Ils n'échangèrent qu'un bref regard : la langue n'était plus une barrière entre eux. Pour le pêcheur comme pour l'officier de marine, la mort était une compagne de tous les jours.

– Accroche-toi dur, mon gars ! murmura Allday.

Il regarda Bolitho :

– Est-ce que je l'aide à s'étendre ?

Bolitho couvrit le mourant avec un morceau de toile, et le visage avec son chapeau pour le protéger des flocons de neige :

– Non.

Il baissa le ton :

– Il est train de se noyer dans son sang.

Il regarda les planchers : une large auréole rouge s'étendait sur la neige fondue. La première victime de cette nouvelle guerre venait de tomber sous leurs yeux.

Bolitho, qui avait du mal à rester inactif, voulut se lever, mais le blessé lui lança un regard suppliant :

– N'ayez pas peur, *M'sieu*. On va vous conduire en lieu sûr. On ne vous abandonnera pas.

Bolitho se détourna et fixa sans la voir la rose des vents du petit compas de route. Des consolations creuses. Que pouvaient-elles apporter à un agonisant ? De simples mots avaient-ils jamais prolongé la vie d'un homme ?

Il avala sa salive. Dans sa gorge, le goût violent du sel avait des relents de bile.

– Nord-ouest !

Il fit un signe entendu en direction des voiles :

– N'est-ce pas ?

Le Hollandais hocha la tête ; pour lui aussi, les événements s'étaient singulièrement bousculés. Mais il restait fermement à la barre. Ses yeux étaient rougis par la mer et le vent. Il devait avoir l'impression de s'enfoncer dans le néant avec son bateau. Bolitho s'attendait à chaque instant à voir surgir un nouveau navire qui, sans coup de semonce cette fois, leur lâcherait à bout portant une impitoyable décharge de mitraille. Il ne cessait de penser à Tanner, il allait même jusqu'à jurer en prononçant son nom à haute voix. Allday l'arracha à ses pensées :

– Je crois qu'il s'en va, Commandant.

Bolitho retomba à genoux et saisit à tâtons les doigts de l'homme. Ils étaient déjà froids.

– Je suis là, *M'sieu*. Je ne manquerai pas de signaler à l'amiral votre attitude courageuse.

Un filet de sang coulait au coin de la bouche du blessé ; Bolitho l'essuya.

Allday se taisait : une scène familière... Il vit Bolitho redresser le blessé contre la serre-bauquière : d'où lui venait cette tendresse ? Allday l'avait connu au plus chaud de la bataille, ou abîmé dans un insondable désespoir. Mais peu de fois il avait observé chez lui des gestes de compassion, et à chaque fois cela l'avait mis mal à l'aise, comme quand on surprend par hasard un secret trop délicat.

Le mourant essayait de parler : chaque mot semblait lui coûter d'atroces souffrances. Il n'en avait plus que pour quelques minutes, sans doute.

Bolitho gardait la tête inclinée. Allday se pencha vers le blessé, impatient. Qu'est-ce que ce pauvre diable attendait pour mourir ?

Bolitho tenait le poignet de l'aide de camp, mais celui-ci se dégagea avec une force soudaine. Soudain déterminés, ses doigts descendirent jusqu'à sa ceinture et détachèrent la belle épée :

– Donnez... donnez... murmura-t-il dans un souffle.

Mais cet effort l'acheva. Bolitho se redressa, l'arme à la main. Il songea à l'épée qu'il portait au côté, si familière qu'elle semblait faire partie de sa personne. Il regarda Allday, muré dans son silence, et demanda doucement :

– Est-ce là tout ce qu'il reste d'un homme ? Rien de plus ?

Les minutes se succédèrent. Une heure passa, puis une autre. Tous travaillaient sans répit à maintenir le bateau à son cap, à écoper, à régler les deux voiles rapiécées. En un sens, c'est ce qui les sauva. Ils n'avaient ni eau ni nourriture. Ils s'éreintaient au travail dans un froid glacial : ils n'avaient pas le temps de céder au désespoir.

Comme le bateau abordait avec de violents coups de tangage une série de rouleaux particulièrement puissants, ils immergèrent le Français inconnu, une longueur de chaîne aux pieds pour qu'il parvienne plus rapidement au fond de la mer. Plus tard, ils perdirent le compte des heures, et leur cap. Au risque d'être aperçu, Bolitho ordonna d'allumer la lanterne et de la mettre bien en vue ; ils s'aperçurent que la neige qui tombait n'était plus fondue. Si personne ne les trouvait, ils allaient mourir. C'était l'hiver, et la mer était trop grosse pour leur petit bateau. Seul Allday s'était rendu compte que la flamme de leur lanterne allait bientôt s'éteindre, faute d'huile. Avec un soupir, il se rapprocha de la silhouette familière de Bolitho qui était assis dans la chambre. Après tout ce qu'ils avaient vécu ensemble, songea-t-il, ce n'était peut-être pas une fin si cruelle. Lui-même avait frôlé la mort de près à bord du *Loyal Chieftain* de Delaval : en somme, la camarde pouvait revêtir toutes sortes d'oripeaux. Bolitho se mouilla les lèvres :

– Lance encore un signal, vieux frère.

Le rayon de la lanterne éclaira quelques flocons affolés qui semblaient cerner le bateau immobile.

– C'est la fin, Commandant, conclut Allday d'une voix rauque.

C'est alors que le *Wakeful* les aperçut.

XV

DUEL SUR LA DUNETTE

Sous les yeux médusés de Queely et de son second, Bolitho avalait sa quatrième moque de café brûlant. Il sentait un feu nouveau lui réchauffer les entrailles et il sut que quelqu'un, probablement Allday, avait « rectifié » son breuvage avec une généreuse ration de rhum. Ils n'avaient rien pu faire pour sauver le petit bateau de pêche auquel ils devaient la vie ; en dépit des protestations du patron hollandais, ils l'avaient largué à la dérive : il n'allait sans doute pas tarder à sombrer.

Queely attendit le moment propice et risqua :

— Et maintenant, Monsieur ?

Il constata que le regard de Bolitho avait de nouveau quelque chose de pétillant ; à croire qu'il renaissait sous ses yeux. Quand les matelots du *Wakeful* les avaient hissés à bord, ils étaient tous trop transis pour pouvoir parler.

Après avoir bu son café, Bolitho avait tenté de leur résumer les derniers événements, puis conclu par ces mots :

— Sans vous et votre *Wakeful*, nous serions tous morts.

Il posa sur la table de la cabine la belle épée au fourreau d'argent :

— En fait, je pense que ce qui a tué ce malheureux, c'est d'apprendre l'exécution de son roi.

Queely avait hoché la tête :

— Nous n'étions pas au courant, Monsieur.

Il avait serré les mâchoires et regardé Bolitho droit dans les yeux ; il ressemblait plus que jamais à un oiseau de proie :

— Et si j'avais été au courant, Monsieur, je serais quand même parti à votre recherche. Tant pis si les risques étaient plus grands.

Bolitho se renversa sur son siège. Il sentait les mouvements saccadés du cotre qui s'apprêtait à virer de bord, ballotté par une houle croisée. Les mouvements se calmèrent un peu, mais le vent ne faiblit pas. Peut-être Bolitho était-il encore trop fatigué pour apprécier ce genre de détail.

– Maintenant ? répondit-il. Nous allons faire route vers Flushing. C'est notre seule chance de rattraper Tanner et le trésor.

Le lieutenant Kempthorne s'excusa et monta sur le pont pour commander la manœuvre. Bolitho et Queely s'appuyèrent sur la table, devant la carte grande ouverte sous le balancement des lanternes. Bolitho vit le commandant exprimer une intense concentration. Dans son uniforme de tous les jours, il semblait suprêmement élégant à côté de Bolitho, dont l'habit traînait des remugles de fond de cale et de poisson pourri. En outre, ses mains étaient couvertes de coupures et d'engelures, et il avait attrapé des ampoules en bordant les écoutes du bateau de pêche abandonné dans le sillage.

Queely éleva une objection :

– Si, comme vous le dites, Tanner a bien chargé le trésor à bord de la *Revanche*, ne croyez-vous pas qu'il aura appareillé sans délai ? Et si tel est le cas, nous ne le rattraperons jamais, même avec ce vent.

Bolitho posa sur la carte ses yeux gris et pensifs :

– Pas sûr. Il savait qu'il aurait besoin de temps, voilà pourquoi il a cherché à retarder notre rendez-vous. De surcroît, toute manœuvre insolite risquait d'attirer l'attention des autorités hollandaises, et c'est bien la dernière chose dont il avait besoin.

Bolitho ne pouvait se résoudre à envisager les choses autrement. Et si l'aide de camp de Brennier avait lui-même été trompé ? Il pouvait aussi avoir confondu ce nom avec celui d'un autre navire…

Bolitho se taisait. Queely crut pouvoir marquer un point :

– Il y a toutes les chances pour que la *Revanche* soit solidement armée, Monsieur. Si nous avions de notre côté quelque appui…

Bolitho le regarda et sourit tristement :

– Hélas, nous ne pouvons compter que sur nous-mêmes. Mais je considère comme peu probable que la *Revanche* soit pourvue d'une forte artillerie. C'est pour la même raison que Delaval et son *Loyal Chieftain* restaient au large pour transborder leurs cargaisons : les

Hollandais fouillaient les navires dans l'estuaire, une artillerie imposante les aurait attirés comme des mouches une goutte de miel.

– Fort bien, Monsieur, s'inclina Queely avec un sourire désabusé. Passez-moi cette faiblesse, mais cela me démange de savoir à quoi ressemble un trésor de cette importance.

Il endossa son lourd caban et s'engagea dans la coursive menant à la descente.

– Je rends grâce au ciel que nous vous ayons trouvé, Monsieur. Nous étions sur le point de renoncer.

Bolitho, épuisé, s'assit et se frotta les paupières. La cabine était minuscule et, comme à l'accoutumée, encombrée des effets de l'officier. Néanmoins, après ces heures sordides à bord du bateau de pêche, il avait l'impression de se trouver sur un vaisseau de ligne.

Un peu plus tard, quelqu'un secoua Bolitho. C'était Allday qui l'avait trouvé effondré sur la carte, le front sur le bras.

– Qu'y a-t-il ?

Allday tenait à la main une cuvette fumante :

– J'ai pu faire bouillir de l'eau à la cambuse, annonça-t-il avec un sourire triomphal. Je me suis dit qu'une fois proprement rasé et massé, mon commandant se sentirait remis à neuf.

Bolitho ôta son habit, puis fit passer sa chemise par-dessus la tête. Tandis qu'Allday, jambes écartées, le rasait d'une main experte, il prêtait l'oreille au bruit des vagues sur lesquelles le cotre roulait et tanguait avec violence, et se demandait comment son patron d'embarcation s'y prenait pour garder son équilibre avec une telle aisance, quels que fussent les mouvements du bateau.

– Vous voyez, Commandant, expliqua Allday, c'est toujours pareil : si vous vous sentez mieux, nous autres nous nous sentons tous mieux aussi.

Bolitho leva les yeux : ce genre de constatation simple bien dans la manière d'Allday était toute la philosophie dont Bolitho avait besoin ; elle acheva de dissiper en lui les dernières traces de sommeil.

– Tu crois que j'en aurai besoin aujourd'hui ? demanda-t-il tranquillement.

Allday approuva de la tête : son instinct ne l'avait jamais trompé.

« Que n'ai-je le même don ! » se dit Bolitho.

– Il va falloir se battre?

– Oui, Commandant, confirma Allday avec allégresse. Il fallait bien que ça arrive un jour, à mon avis.

Bolitho s'essuya le visage et s'émerveilla qu'Allday l'eût rasé d'aussi près dans de telles conditions; c'était à peine si le coupe-choux lui avait laissé quelques minuscules entailles.

Allday lui essuya les épaules et le dos avec une serviette chaude, puis lui tendit son peigne :

– Là, je vous reconnais enfin, Commandant!

Bolitho aperçut sur sa bannette une chemise fraîchement repassée :

– Comment diable as-tu fait?

– Avec les compliments de M. Kempthorne, Commandant. Je... sur ma suggestion...

Bolitho se leva lentement. Un coup d'œil à sa montre : il ne pouvait pas changer grand-chose au cours des événements pour l'instant. Queely et son équipage faisaient de leur mieux, ils n'avaient besoin ni de critiques ni d'encouragements. Il se demanda ce qu'étaient devenus les quatre Hollandais, et où ils allaient finir. Sans doute seraient-ils embarqués sur le prochain navire à destination de la Hollande, avec le risque d'être cueillis par la douane à l'arrivée.

Dès qu'il eut enfilé sa chemise, il se sentit aussi frais et dispos qu'Allday le lui avait promis. Il songea vaguement à ses combats précédents. Le soleil de plomb, les ponts jonchés de morts et de mourants, le fracas inhumain et le recul des bordées meurtrières à vous en faire éclater la cervelle. Allday, comme Stockdale autrefois, s'était toujours trouvé à ses côtés, mais il avait une façon unique de l'entourer de ses attentions, de prévenir ses désirs avec une intuition bien à lui. Toujours le mot juste au bon moment.

Queely redescendit dans la cabine.

– C'est l'aube, Monsieur. Le vent tient et la neige a pratiquement cessé.

Il sourit en remarquant la chemise propre.

– Oh, Monsieur! C'est nous faire beaucoup d'honneur!

Il quitta la cabine et l'on entendit ses pas lourds dans l'escalier de la descente.

– Il y a tout de même quelque chose qui me gêne, reprit Bolitho. Il haussa les épaules.

– Nous allons peut-être nous battre, mais je crains bien qu'il ne se soit encore joué de nous.

Allday eut un regard lointain :

– Quand j'ai reconnu cette voix de velours, fit-il avec un sourire glacial, j'ai eu envie d'en finir avec lui sur-le-champ...

Bolitho dégaina à demi son épée et la laissa retomber doucement au fond du fourreau :

– J'ai eu exactement la même réaction.

Il ramassa son caban : il était aussi repoussant que son habit. Mais sur le pont, la température serait glaciale, et il valait mieux éviter d'être repris par les fièvres. Ses vieux démons continuaient de le harceler.

– Écoute, vieux frère. Si je dois tomber aujourd'hui...

Allday le regarda, impassible :

– Je ne vois pas venir une chose pareille, Commandant, sinon j'aurais déjà tout lâché.

Ils se comprenaient à demi-mot. Rien n'avait changé entre eux. Bolitho lui toucha le bras :

– Eh bien, à Dieu vat !

Bolitho se pencha à la rencontre du pont qui gîtait fortement. Dans une survente, le *Wakeful* avait mis son pavois dans l'eau. Il faisait plus froid qu'il n'avait cru et il regretta d'être resté si longtemps à l'abri relatif de la petite cabine.

Queely le salua, portant la main à son chapeau et forçant la voix pour se faire entendre :

– Le vent a encore viré, Monsieur ! Je dirais qu'il est au nord-ouest quart-nord, ou quelque chose comme ça.

Bolitho dirigea son regard vers la tête de mât et imagina, plus qu'il ne le vit, le long guidon qui ondulait au-dessus de la joue bâbord. Par-dessus les multiples sifflements du vent dans le grée-ment, les grincements des poulies et le faseyement des voiles, il crut même entendre claquer le guidon comme un coup de fouet. Le *Wakeful* faisait route au sud sud-ouest, petit largue tribord amures ;

ses voiles pâles se détachaient sur le ciel terne : l'aurore tardait à succéder à l'aube.

Bolitho peu à peu s'habituait au manque de lumière, il reconnut les matelots. Les plus aguerris n'étaient pas les derniers à souffrir du froid, qui pour la plupart allaient pieds nus. Beaucoup estimaient que la dépense représentée par une paire de souliers ne valait pas ce mince confort supplémentaire. Bolitho, lui, avait les pieds gelés dans ses chaussures.

Queely expliquait :

– Le maître de manœuvre dit que nous avons dû doubler l'île de Walcheren depuis un moment. Si le temps se lève, on ne tardera pas à apercevoir les côtes françaises.

Bolitho hocha la tête sans mot dire. Les côtes françaises. Une fois en France, Tanner allait se remettre au travail. Muni d'une partie du trésor, et sans aucun doute avec la protection de la Convention, il allait continuer ses opérations de contrebande à grande échelle. Bolitho essayait de ne pas penser à Brennier, le vieil amiral. Tanner commencerait par lui montrer toutes les marques de l'amitié, puis il ferait volte-face devant les révolutionnaires ; enfin ce serait l'échafaud. Une fois Brennier disparu, la cause des contre-révolutionnaires serait elle aussi décapitée, et les vrais patriotes réfléchiraient avant de conspirer à nouveau.

Bolitho regarda le ciel qui commençait à se colorer. On n'arrivait pas à distinguer de nuages, seulement une morne étendue grisâtre, avec une nuance brumeuse de bleu juste au-dessus de l'horizon.

Queely s'entretenait avec son second ; Bolitho voyait Kempthorne hocher la tête en écoutant les instructions de son commandant. Même en uniforme et à bord d'un navire, le jeune aspirant ressemblait aussi peu que possible à un marin. Queely s'avança sur le pont qui gîtait fortement et dit à Bolitho :

– Dans un moment, il montera dans la hune avec la grosse lunette d'approche des signaleurs, Monsieur.

Surprenant l'expression de Bolitho, il eut un sourire rapide :

– Je sais, Monsieur : il serait plus à l'aise en garçon d'écurie qu'en officier de marine, mais il fait ce qu'il peut.

Oubliant Kempthorne, il poursuivit :

– Nous allons pénétrer de nouveau dans les eaux territoriales françaises, Monsieur. Si Tanner a l'intention de changer de camp et de faire main basse sur la rançon du roi, il va tirer à terre dès qu'il fera suffisamment jour.

Il repensait à leur dernière incursion, aux chasse-marée français, au sabordage du bateau de pêche et à la jeune Française qu'ils avaient immergée.

– Nous exercerons notre droit de poursuite, trancha Bolitho. Je ne souffrirai aucune intervention des patrouilleurs français.

Queely le dévisagea avec insistance :

– Bizarre qu'un homme d'influence comme Tanner puisse trahir...

– Je l'ai toujours considéré comme un ennemi, confia Bolitho en détournant le regard. Mais cette fois, il aura beau invoquer l'appui de tous ces lèche-bottes haut placés, il n'échappera pas à la justice.

Ce grand échalas de Kempthorne escaladait lentement les enfléchures au vent. Les basques de son habit claquaient comme des drapeaux, il était pressé contre les haubans. Bolitho le regardait progresser. On voyait la tête de mât se découper nettement sur la pâleur du ciel. Les haubans vibraient. La vigie solitaire se décala sur le marchepied pour faire place au lieutenant.

– Par ce temps, c'est le genre d'exercice qui vous rafraîchit les idées, observa Queely.

Il regarda le profil de Bolitho et demanda à brûle-pourpoint :

– Alors comme ça, Monsieur, c'est le jour de régler vos comptes ?

Il semblait surpris, mais sa confiance était totale.

– Je crois bien, convint Bolitho.

Il frissonna et serra étroitement son caban autour de ses épaules. Et s'il s'était trompé ? Le navire de Tanner pouvait être encore à l'ancre à l'embouchure de l'Escaut, ou même n'avoir jamais embouqué cet estuaire ?

– Parfois, précisa-t-il d'un ton sec, on a de ces prémonitions !

Allday flânait près de la descente, les bras croisés. Bolitho nota qu'il n'y avait rien de négligé dans la tenue et l'attitude de son patron d'embarcation.

– A mon avis, Tanner n'a pas le choix. Sa cupidité et sa duplicité lui ont fermé toutes les autres retraites.

Il repensa aux propres mots de Tanner : « On n'échappe pas à lord Marcuard.» Un mensonge de plus, dans sa bouche. Il avait dû jubiler en voyant Brennier et ses compagnons se jeter à sa merci.

– Holà, du pont!

– Quel azimut? cria Queely en levant la tête.

– Rien pour le moment, Commandant, répondit faiblement Kempthorne.

Queely renifla, agacé :

– Sacré nigaud!

Des matelots se poussèrent du coude. Bolitho prit une longue-vue dans l'équipet et en essuya minutieusement les lentilles avec son mouchoir. Il leva l'instrument et attendit que le pont revînt plus ou moins à l'horizontale. Par la joue bâbord, il voyait la houle s'avancer à leur rencontre, crête après crête, frangée çà et là d'un mouton écumant. Entre chaque vague, les creux semblaient plus sombres avec la venue du jour. On allait avoir une matinée venteuse. Une pensée pour Falmouth visita Bolitho. Comment le jeune Matthew avait-il profité de son Noël? Il avait dû émerveiller toute la maisonnée avec des récits de contrebande où les morts se comptaient par douzaines. Une bonne chose que ce gosse soit rentré chez lui : le pays avait besoin de garçons solides. Bolitho regarda Allday : il fallait que les uns se battent pour que les autres puissent construire, élever du cheptel et faire de l'Angleterre un pays sûr.

– Holà, du pont!

Queely fronça les sourcils. La voix de Kempthorne vibrait d'excitation :

– Voile par la joue sous le vent, Commandant!

Les yeux sombres de Queely s'éclairèrent dans la faible lumière matinale :

– Par le ciel! Je n'aurais jamais cru!

– Prudence à présent : ce n'est pas le moment de faire des bêtises, avertit Bolitho.

Mais son visage démentait ses propos. C'était leur navire. Il fallait que ce fût leur navire! Aucun autre n'aurait osé se risquer si près des côtes françaises.

– Quel gréement? hurla Queely, impatient.

Il frappait du pied les bordés de pont humides :

– Alors, j'attends!

– Je… lança Kempthorne d'une voix enrouée. Je crois… Un brigantin, Commandant !

– Ça ne doit pas être facile à distinguer, intervint Bolitho, même de cette hauteur.

– Vous pensez que je le traite trop durement, Monsieur ? fit brusquement Queely en se tournant. Cela pourrait bien lui sauver la vie, un de ces jours, et pas seulement à lui !

Bolitho s'écarta vers la poupe et agrippa une couleuvrine ruisselante d'embruns. Un brigantin ? Pourquoi pas ? Avec les goélettes, c'étaient les navires préférés des contrebandiers ; Tanner l'avait probablement choisi dès qu'il avait gagné la confiance de Marcuard. Bolitho repensa au somptueux hôtel particulier de Whitehall, aux domestiques, au luxe paisible de la vie quotidienne dans la capitale. Il y avait belle lurette que les plans méticuleux de Marcuard avaient volé en éclats, mais Bolitho ne doutait pas qu'il se ferait sérieusement taper sur les doigts si Tanner et le trésor se volatilisaient.

– Un rayon de soleil avant de retourner le sablier ! lança le maître principal à la cantonade.

Queely le regarda une seconde mais ne dit mot. Il le connaissait bien. Kempthorne, que le vent et la mer allaient rendre aphone avant longtemps, lança :

– C'est bien un brigantin, Commandant ! Sous les mêmes amures que nous.

Sous son caban, Bolitho saisit la poignée de son épée. Elle était froide comme de la glace.

– Je vous suggère de vous préparer au combat, monsieur Queely.

Le commandant du *Wakeful* ressemblait de plus en plus à un faucon :

– Mes matelots ne sont pas tombés de la dernière averse, Monsieur. Si nous faisons branle-bas pour rien, notre prestige risque d'en souffrir.

– Pas le vôtre ! Vous pourrez toujours faire porter le chapeau à ce fou de commandant natif de Falmouth !

Les deux hommes éclatèrent de rire.

– Tout le monde sur le pont ! cria Queely. Branle-bas de combat !

Bolitho ne s'était toujours pas habitué à ces préparatifs de combat sans fifre ni tambour ; mais le cotre se disposait bel et bien à un engagement. A cause de la taille réduite du bâtiment, tout se passait directement à la voix ; seul le quart d'en bas était convoqué au sifflet.

— Larguez les bragues !

Le maître principal eut un soupir :

— Qu'est-ce que je vous avais dit ?

Un rayon de soleil qui semblait tout humide perça la fine brume marine ; l'eau prit des couleurs et de la profondeur. Les silhouettes qui s'activaient autour des pièces d'artillerie se détachaient nettement sur le pont luisant. Sur son vertigineux perchoir, le lieutenant Francis Kempthorne s'accrochait comme il pouvait, le coude replié autour d'un étai ; il avait l'impression que son bras allait être arraché. Loin en dessous de lui, la puissante carène du cotre s'élevait à chaque lame avant de plonger dans le creux suivant ; le mât élancé, sous l'effet de la gîte, se penchait à la rencontre des crêtes dansantes ; le jeune officier apercevait sur l'eau l'ombre de la vaste grand-voile, qui semblait vouloir s'élancer vers lui pour le cueillir. Les mouvements brutaux du gréement le rendaient malade, mais la vigie à ses côtés n'en était nullement affectée.

Sa gorge se serra ; il braqua de nouveau le lourd instrument et s'efforça de garder pendant plusieurs secondes le navire poursuivi dans le champ de son objectif ; il n'osait même pas penser à la réaction de Queely s'il laissait tomber la longue-vue. L'étrave sortit toute fumante d'une déferlante échevelée et Kempthorne retint son souffle. Le brigantin s'était élevé à la lame exactement au même moment ; il distingua nettement la misaine et son hunier, et la grande brigantine bien bordée : il faisait route sous les mêmes amures que son poursuivant.

Pendant quelques brèves secondes, il aperçut le nom sculpté au tableau : les dorures rutilantes se détachaient avec précision grâce aux premières lueurs du jour.

— La *Revanche*, Commandant ! hurla-t-il.

Il en aurait sangloté de soulagement ; pourtant, nul n'aurait pu le lui reprocher, s'il se fût agi d'un autre navire. La vigie le regarda en hochant la tête. Les matelots l'aimaient bien, Kempthorne : contrairement à tant de jeunes officiers, il savait se montrer indulgent. Le matelot avait douze ans de marine derrière lui, mais il n'arrivait toujours pas à prévoir les réactions des officiers.

Kempthorne était fier d'avoir repéré le brigantin. Il ignorait que cette rencontre lui coûterait bientôt la vie, et songeait qu'on ne manquerait pas, si tout allait bien, de se partager de belles parts de prise...

En bas, sur le pont ruisselant, Queely se tourna vers Bolitho en s'exclamant :

– On l'a trouvé, Monsieur !

Ses yeux brillaient d'excitation, il avait déjà oublié Kempthorne. Bolitho baissa sa lorgnette : vue du pont, la mer semblait toujours vide.

– Et maintenant, nous allons le prendre !

– Il largue un ris, Commandant ! hurla Kempthorne.

Queely s'avança vivement jusqu'au compas, puis rejoignit Bolitho :

– Ils perdent leur temps, affirma-t-il. Nous remontons sur eux régulièrement.

Il mit ses mains en porte-voix :

– Tenez-vous prêts à pousser les bouts-dehors de bonnette s'ils creusent l'écart.

Le soleil allait se lever. Bolitho braqua de nouveau sa lorgnette. Il entrevit la misaine du brigantin et son hunier, ainsi que la grande brigantine bien pleine ; elle faisait gîter le fin navire sur la houle qui le frappait par le travers. Il n'y avait pas longtemps que Kempthorne était parvenu à déchiffrer le nom de la *Revanche* mais, depuis ce moment, l'intervalle qui les séparait avait considérablement diminué. Ce que l'on disait des cotres à hunier était vrai : en vitesse pure, ils étaient inégalables.

– Envoyez les couleurs, je vous prie !

Queely regarda Bolitho :

– Peut-être ne nous a-t-il pas reconnus, Monsieur.

– C'est vrai ! convint Bolitho. Voyons ce qu'il va faire à présent. Faites monter sur le pont les Hollandais.

Les quatre hommes, épouvantés, se groupèrent au pied du mât, fixant tantôt Bolitho, tantôt le brigantin, et se demandant ce qui les attendait. Bolitho baissa sa lorgnette ; il distinguait tous les détails de la poupe de la *Revanche*, il avait même identifié Tanner en personne, qui devait donc avoir reconnu ses alliés de la veille et compris qu'il ne s'agissait pas d'une rencontre fortuite : inutile pour lui de tirer à terre dans l'espoir d'éviter la capture. Nul doute que Tanner avait lui-même reconnu Bolitho. Une affaire personnelle. Qui allait se jouer dans quelques heures.

– Faites tirer un coup de semonce, monsieur Queely !

Avec le recul du tir, la pièce de six rua brutalement dans ses bragues et le fin toupet de fumée noire se dispersa avant que les servants n'aient remis l'affût en place à grand renfort d'anspects.

Queely repéra la gerbe soulevée par le boulet à une demi-encablure du brigantin.

– Je n'aperçois pas de sabords, observa-t-il. Il ne doit pas armer de grosse pièce d'artillerie.

Il eut un regard admiratif pour Bolitho :

– Votre raisonnement était parfait, Monsieur !

– Commandant ! hurla un matelot. Il se passe quelque chose sur leur pont.

Bolitho et Queely levèrent leurs lorgnettes d'un même geste et se raidirent. Il y avait une bousculade à l'arrière du brigantin, près de la lisse de couronnement. Bolitho ne reconnaissait pas tout le monde mais il pouvait apercevoir, au milieu d'un petit groupe, les cheveux blancs de Brennier qui flottaient au vent. L'amiral, les bras ligotés dans le dos, était contraint de regarder le cotre qui remontait rapidement la *Revanche*.

– A quoi joue-t-il ? demanda sauvagement Queely. Est-ce qu'il cherche à gagner du temps ? Nous serons sur eux dans un moment ; s'il tue ce vieillard, il le regrettera !

– Gréez-moi quatre nœuds coulants sur la basse vergue, ordonna Bolitho.

Il vit que Queely le dévisageait, surpris.

– Tanner comprendra le message : vie pour vie ! Ses hommes aussi comprendront.

– Descendez, monsieur Kempthorne ! hurla Queely. C'est ici que j'ai besoin de vous.

Il fit signe au bosco et transmit les ordres de Bolitho. Quelques minutes plus tard, quatre cordages munis chacun d'un nœud coulant à son extrémité se balançaient à la basse vergue, comme des plantes se livrant à une danse macabre.

— Restez exactement à son vent, ordonna Bolitho, sur sa hanche tribord.

Il se contentait de penser à haute voix. Mais la question de Queely le tourmentait. Pourquoi Tanner cherchait-il à gagner du temps ? Il fallait le prendre à son propre jeu.

Soudain la vérité le frappa de plein fouet : Tanner voulait sa mort. Même acculé à la défaite, il n'avait que cela en tête. Il leva de nouveau sa lorgnette : le visage de Brennier, convulsé comme s'il étouffait, apparut dans le champ de son objectif.

— J'ai l'intention de me rendre à leur bord, annonça-t-il. Faites mettre la yole à l'eau.

Il prévint les protestations de Queely en ajoutant :

— Avec ce vent, nous risquerions, en venant nous ranger le long de son bord, de démâter le *Wakeful*. Alors nous aurions tout perdu : Tanner, le trésor et le reste.

Queely lança ses ordres sans discuter, puis revint à la charge :

— Et s'ils ouvrent le feu sur vous pendant que vous êtes dans la yole ? Nous n'avons pas d'autre embarcation ! Pourquoi ne pas risquer carrément quelques avaries, et tant pis pour les conséquences ?

Il haussa les épaules : il ne croyait pas lui-même que ses objections pussent convaincre Bolitho.

— Monsieur Kempthorne ! Trouvez-moi six nageurs et un brigadier.

Puis, tournant le dos aux timoniers :

— Et si...

Bolitho lui toucha le coude :

— Si ? S'il m'arrive quelque chose ? Dans ce cas, à vous le soin, monsieur Queely ! Démâtez-le, mais faites-vous bien comprendre : s'ils résistent, ils vont tous par le fond avec leur navire !

Il regarda la yole cabrioler sur les crêtes comme un requin solidement ferré ; les matelots la laissaient dériver lentement vers l'arrière, jusque sous la hanche bâbord. Il jeta un dernier coup d'œil à la poupe du brigantin, dont le *Wakeful* se rapprochait rapidement. Sur la dunette, on ne voyait plus personne. Ils avaient compris le message des quatre nœuds coulants : la vengeance serait immédiate. A la vue des pièces de six et des caronades du *Wakeful* en batterie, ils savaient que Bolitho ne ferait pas de quartier ; il n'y avait plus place pour la négociation.

Allday se laissa tomber dans la yole et regarda les nageurs qui, les avirons à la main, empêchaient la frêle coque de venir battre contre la muraille du cotre ; il se disposait à traverser en puissance le court intervalle de mer qui séparait les deux navires.

Bolitho se laissa glisser à son tour, suivi de Kempthorne. Dès que le brigadier eut débordé l'avant de la yole et que les avirons furent placés dans les dames de nage, Allday cria :

– Avant partout !

Kempthorne écarquillait les yeux en fixant la *Revanche* : il semblait stupéfait.

– Ils réduisent la toile, Monsieur !

– Ne baissez pas votre garde, mon garçon, répondit sombrement Bolitho. Pas une seconde !

Quelques visages apparurent au-dessus du pavois du brigantin. Bolitho leva son porte-voix et cria :

– Pas de résistance ! Au nom du roi, je vous ordonne de vous rendre !

Les nageurs s'arc-boutaient sur leurs avirons. Allday tenait la barre d'une main ferme. Kempthorne et son équipage de prise s'entassaient dans la chambre d'embarcation et sur les bancs de nage. Mais Bolitho ne voyait rien de tout cela : à tout instant, l'ennemi pouvait ouvrir le feu, il suffisait d'un boulet bien placé. Bolitho avait envie de se retourner vers le *Wakeful* et de vérifier sa position pour estimer combien de temps il faudrait à Queely pour attaquer si le pire arrivait.

– Il y en a un avec un mousquet, Commandant, grogna Allday entre ses dents.

Bolitho sentait son cœur cogner contre ses côtés ; tout son corps tendu s'attendait à essuyer une balle. De nouveau, il cria :

– Nous montons à bord !

Allday eut un long soupir en voyant disparaître le mousquet qui les menaçait :

– Brigadier ! Le grappin !

La yole vint donner durement contre la muraille du brigantin, monta sur une crête jusqu'au niveau de la préceinte avant de dégringoler dans le creux suivant, presque sous la quille du navire. Bolitho s'accrocha à un cordage et se hissa jusqu'à la coupée, Kempthorne et quelques matelots à ses côtés. Allday, impuissant, les vit prendre pied sur le pont tandis que la yole redescendait dans un creux, les isolant momentanément du reste de l'équipage de prise. Bolitho enjamba lestement le pavois. Une seconde lui suffit pour juger de la situation. La scène se grava dans son esprit comme un sombre tableau : au lieu de les attaquer ou de leur crier des injures, les hommes de la *Revanche* les regardaient, bras ballants, bouche bée. Brennier était près de la barre à roue, les mains probablement liées dans le dos, à côté d'un matelot qui le menaçait d'un sabre d'abordage placé sous la gorge. Le beau Tanner se tenait au milieu de l'embelle, de l'autre côté du pont, très calme, face à Bolitho.

De nouveau, la yole heurta brutalement la muraille du brigantin et brisa plusieurs avirons. Mais Allday avait pris pied sur le pont lui aussi, ainsi que trois autres matelots bien armés, prêts au combat. Le moment était arrivé, ils avaient hâte de voir couler le sang.

– Vous faites une erreur de plus, Bolitho, dit Tanner.

Bolitho regarda Brennier et hocha la tête ; l'amiral était en sécurité à présent : le matelot qui le gardait avait fiché la pointe de son sabre d'abordage dans les bordés du pont et s'écartait.

– Eh bien ! sir James, ironisa Bolitho. Vous m'avez conseillé un jour de sortir de mon petit monde.

D'un geste large, il embrassa l'horizon :

– Ici, je suis chez moi : au grand large, il n'y a ni juge corrompu, ni faux témoin. Que vous-même ou un seul de vos hommes lève la main sur nous et il mourra aujourd'hui même, j'en réponds.

Le ton uni de sa voix le surprenait lui-même :

– Monsieur Kempthorne, occupez-vous de l'amiral.

Au moment où le lieutenant traversait le pont, Tanner s'écria :

– Je ne partirai pas en enfer sans vous, Bolitho !

Il avait dû cacher sous son manteau un long pistolet, une arme de duel à double canon. Bolitho n'eut que le temps de le voir lever son arme et la braquer sur lui. Il entendit des cris. Allday gronda de fureur. Au moment où Kempthorne passait devant lui, le coup de feu partit ; le second du *Wakeful* pivota sur lui-même avec une expression incrédule, les yeux exorbités. La balle lui était entrée dans la gorge, juste au-dessus du menton : il tomba sur le pont en vomissant des torrents de sang. Un lourd silence s'abattit sur le navire, on ne percevait plus que les bruits de la mer. Un seul personnage était encore en mouvement : le timonier, dont les regards se portaient tour à tour sur le compas et sur la brigantine ; il exécutait ponctuellement sa tâche, conformément aux ordres.

« Il veut ma mort. » On entendit un léger plongeon : Tanner avait envoyé son pistolet par-dessus bord. Fixant Bolitho, il dit doucement :

– La prochaine fois…

Bolitho s'avança droit sur lui, les matelots s'écartèrent pour le laisser passer. Il aperçut le *Wakeful* qui s'approchait : la distance était suffisante pour éviter toute collision, mais les fusiliers marins pouvaient atteindre à coup sûr des cibles individuelles.

– Les coffres sont dans la cale, Monsieur ! cria quelqu'un.

Tous l'ignorèrent : le trésor n'avait plus d'importance. Allday assura sa prise sur la poignée de son sabre d'abordage. Il entendait encore la voix de velours de Tanner quand, caché dans l'ombre de sa voiture, il lui avait donné l'ordre de tuer le marin racoleur. Un sang furieux bouillonnait dans ses veines ; il frémissait de rage ; il était prêt à découper en quartiers quiconque lèverait le petit doigt sur Bolitho. Celui-ci arriva face à Tanner et déclara :

– Pas de prochaine fois. C'est maintenant ou jamais, Jack ! C'est bien comme cela que l'on vous appelle, non ?

– Vous iriez jusqu'à tuer un homme désarmé, Commandant ? Cela m'étonnerait de vous : votre sens de l'honneur…

– Mon sens de l'honneur n'a pas survécu au jeune Kempthorne.

Il dégaina son épée plus vite qu'il ne l'avait jamais fait. Il vit Tanner sursauter, comme s'il se fût attendu à être décapité du même geste. Bolitho hésita. Tanner se ressaisit et railla :

– Vous êtes bien comme votre frère, allez !

Bolitho recula d'un pas, la pointe de son épée frôlait le pont :

– Vous ne m'avez pas déçu, sir James.

A chaque mot, son adversaire perdait un peu de son aplomb.

– Vous avez insulté mon nom. Peut-être qu'à terre, dans votre « grand monde », on vous aurait tenu quitte de vos ignobles crimes. Soudain, il en eut assez. Son épée partit comme l'éclair. Quand elle revint à sa position initiale, la joue de Tanner portait une balafre sanglante, ouverte presque jusqu'à l'os par la pointe de la lame.

– Défendez-vous, mon cher, ordonna doucement Bolitho, ou mourez.

Frémissant de douleur, Tanner dégaina lentement son épée. La haine et la peur lui tordaient le visage.

Il se mirent en garde et commencèrent à tourner l'un autour de l'autre ; les matelots leur faisaient place. A bord du *Wakeful*, toutes les armes étaient braquées sur l'équipage du brigantin, y compris la couleuvrine de dunette. Allday suivait le spectacle sans en perdre une bribe : jamais il n'avait vu pareille fureur meurtrière dans les yeux de Bolitho.

A chaque assaut, les lames s'entrechoquaient bruyamment ; feintes, esquives, parades. Soudain, une déchirure rougit la chemise de Tanner qui cria de douleur. Le sang ruisselait sur son haut-de-chausses.

– Pitié !

Tanner regardait le commandant avec un rictus de fauve blessé :

– Je me rends ! Je dirai tout !

– Maudit menteur !

Sa lame siffla de nouveau et les lèvres hideuses d'une nouvelle blessure fleurirent sur le cou de Tanner. Bolitho entendit vaguement un appel de Queely résonner sur l'eau, déformé par son porte-voix :

– Voile en vue dans le nord-ouest, Monsieur !

– Enfin ! soupira Bolitho en baissant sa garde.

– Sûrement des Grenouilles, hasarda Allday.

Bolitho s'essuya le front avec sa manche. C'était comme l'aveugle, exactement la même chose. Lui aussi avait voulu tuer Tanner, mais maintenant il n'était plus rien. Quoi qu'il arrive, il ne pouvait survivre.

– Ils ne vont pas s'en prendre à deux navires anglais, rétorqua-t-il d'un ton las.

Une nouvelle image s'imposa à lui : le regard flou de Brennier. D'une voix rauque, ce dernier faisait observer avec stupeur :

– Mais, Commandant, nos deux nations sont en guerre !
La pièce manquante du puzzle ! La clef de l'énigme dont son instinct l'avait déjà averti : c'était la guerre et il l'ignorait ! Voilà pourquoi Tanner avait cherché à gagner du temps : il savait qu'un vaisseau français était en route, probablement le même qui s'était
interposé entre le *Wakeful* et la Hollande quelques jours plus tôt.

Bolitho ne vit pas la soudaine lueur de triomphe et de haine dans
les yeux de Tanner quand celui-ci, sortant de sa transe, se fendit
violemment dans sa direction ; Bolitho baissa vivement la tête et
para le coup, mais son pied se déroba sous lui, il avait glissé dans le
sang du malheureux Kempthorne. Il entendit Tanner triompher :

– Voilà ta mort !

Le ton hystérique révélait la soif de tuer aussi bien que la douleur.

Bolitho roula sur le côté et frappa du pied la jambe de Tanner qui
perdit l'équilibre et alla buter contre le pavois.

D'un bond, Bolitho fut debout. Il entendit Allday rugir :

– Laissez-le moi, Commandant !

Bolitho amortit le coup suivant, puis Tanner se fendit de nouveau ; Bolitho reçut tout son poids sur la garde de son épée, pivota
et, utilisant la force même de son adversaire, le projeta de côté
comme son père le leur avait appris, à lui et à son frère, il y avait
bien longtemps, à Falmouth. Enfin il dégagea sa lame d'un coup de
poignet et porta le coup fatal. Quand il libéra son arme, Tanner
était toujours debout, hochant la tête de droite à gauche, hébété,
comme s'il ne parvenait pas à comprendre. Il tomba à genoux sur le
pont, puis dans un demi-tour s'effondra sur le dos, fixant sans les
voir les voiles et le gréement du brigantin.

Allday l'empoigna sous les épaules et le précipita à la mer par-
dessus le pavois.

Bolitho rejoignit son patron d'embarcation et vit le corps de son
ennemi dériver lentement vers l'arrière ; il s'appuya contre l'épaule
massive d'Allday et eut un hoquet :

– Alors, ce n'est pas fini...

Puis, levant les yeux, et tandis que son regard s'éclaircissait
comme un ciel :

– Est-ce qu'il était mort ?

Allday haussa les épaules et eut un lent sourire. Fierté et soulagement se partageaient son cœur :

– Je ne lui ai pas posé la question, Commandant.

Bolitho se tourna vers le vieil amiral :

– Je dois vous laisser, M'sieu. Mon équipage de prise aura soin de vous.

Ses yeux tombèrent sur le cadavre de Kemthorne. C'était lui qu'il avait eu l'intention de laisser à bord de la *Revanche* comme capitaine de prise : une première responsabilité pour lui donner un peu plus d'assurance. Il eut un sourire piteux. Capitaine de prise. Le premier échelon dans la hiérarchie, la voie que lui-même avait suivie.

Brennier ne parvenait pas à comprendre sa tactique :

– Mais comment allez-vous combattre ?

Il regardait la frêle silhouette du *Wakeful* :

– Tanner s'attendait à ce que vous vous lanciez à sa poursuite avec quelque chose de plus puissant !

Bolitho gagna la coupée et regarda la yole qui dansait sur les vagues ; il lança un ordre au maître principal qui l'avait accompagné :

– Les hommes qui vous inspirent confiance, donnez-leur du travail et faites servir sans délai. Les autres, mettez-les aux fers.

Le maître principal le regardait, fasciné :

– 'Mande pardon, Monsieur, mais après la démonstration que vous venez de faire, je crois que nous n'aurons pas de mal à rallier tous les suffrages.

Puis il considéra son cotre : il savait qu'il ne le reverrait probablement plus jamais.

– Je veillerai à rendre à M. Kempthorne les derniers honneurs, ne vous en faites pas.

– La yole vous attend, Commandant ! lança Allday.

Bolitho se tourna une dernière fois vers ces visages qui l'observaient. Aurait-il vraiment exécuté Tanner si celui-ci n'avait pas attaqué jusqu'au bout ? Jamais il ne le saurait.

– Nos pays ont beau être en guerre, M'sieu, lança-t-il à l'amiral Brennier, j'espère que nous resterons toujours amis.

Le vieil homme qui avait en vain tenté de sauver son roi hocha la tête. Il avait tout perdu : le trésor dans la cale, son souverain, et maintenant la liberté. Pourtant, Bolitho ne se rappelait pas avoir jamais vu officier plus digne.

– Débordez ! Suivez le chef de nage !

Allday donna un coup de barre et observa les hommes qui, le long du pavois du *Wakeful*, se tenaient prêts à attraper leur bouline. Puis il chercha à savoir comment Bolitho tenait ses épaules. Non, ce n'était pas fini. Il poussa un profond soupir : ce ne serait pas fini tant que …

Allday lut une expression de surprise sur les traits du chef de nage et essaya de penser à autre chose. Le pauvre garçon n'avait jamais participé à une bataille navale : il devait se demander s'il reverrait un jour ses foyers. En dépit de ses appréhensions, Allday se tourna vers Bolitho et lui sourit. Ce cher Dick ! Tête nue, couvert de sang, et vêtu de ce vieil habit qu'on eût dit emprunté à un mendiant !

Son sourire s'élargit. Le chef de nage reprit confiance.

Allons ! Bolitho avait toujours l'allure d'un chef. Voilà ce qui comptait pour le moment.

XVI

LE LOT DU MARIN

Luke Hawkins, bosco du *Télémaque*, s'ébroua comme un chien et attendit que Paice sortît de l'ombre à sa rencontre :

– J'ai envoyé quatre hommes dans les hauts faire un peu de matelotage, Commandant.

Ils levèrent ensemble les yeux vers la hune, mais les vergues disparaissaient dans les tourbillons de neige :

– Il y a quelque chose qui a cassé, là-haut !

– Au diable les chantiers et tous les arsenaux ! jura Paice. Ils s'en fichent qu'on perde notre mât de flèche !

Inutile de s'apitoyer sur le sort des hommes à demi gelés qui travaillaient là-haut, les doigts gourds, aveuglés par les flocons.

– On pourrait peut-être prendre un ris, Commandant, suggéra Hawkins.

Paice s'écria :

– Réduire la toile ? Il ne manquerait plus que ça ! On se traîne, on n'avance pas !

Il s'écarta de quelques pas :

– Débrouillez-vous ! Tout ce que je peux faire pour vous, c'est d'abattre d'un quart. Ça leur donnera un peu de jeu.

Paice trouva Triscott en train d'observer le compas ; son chapeau et ses épaules étaient blancs dans la nuit.

Le second du *Télémaque* savait qu'il était inutile de discuter avec Paice de la façon qu'il avait de mener furieusement son bateau – une façon qui lui ressemblait si peu ! On eût dit qu'il avait toutes les flammes de l'enfer aux trousses.

Paice prit une profonde inspiration dans une survente ; une grosse vague franchit le pavois et s'en alla gargouiller dans les dalots. Au jour, ils ne seraient sans doute plus en vue du *Snapdragon*. Dans ces conditions, il était presque risible de prétendre garder une position. Peut-être Vatass allait-il en profiter pour serrer le vent et louvoyer jusqu'au port. Paice caressa un moment cette idée – une idée peu charitable pour Vatass, et même injuste. Le timonier hurla :

– Cap au sud quart-est, Commandant ! Sud quart-est !

– Si nous démâtons, prévint Chesshyre, nous serons la risée de tout l'arsenal.

Il n'avait pas remarqué que Paice se trouvait encore parmi les hommes groupés autour du compas. Il sursauta quand la poigne implacable de Paice lui agrippa le poignet :

– Monsieur Chesshyre ! Vous êtes maître par intérim : si vous n'avez rien de plus instructif à raconter, l'intérim risque de durer longtemps.

– Nous devrions apercevoir la terre dès que la neige cessera de tomber, coupa Triscott. M. Chesshyre m'a promis que la chute de neige cesserait au point du jour.

– Dans ce cas, rétorqua Paice, furieux, je parie que nous aurons droit à un ouragan !

Triscott retint un sourire : il avait toujours aimé Paice, et tout appris de lui. Mais parfois, son commandant lui faisait un peu peur : c'était le cas, à présent.

Paice s'avança à grands pas jusqu'au pavois et regarda quelques instants le sillage d'étrave qui défilait en serpentant le long du pavois sous le vent.

Valait-il tellement mieux que Vatass ou bien était-ce comédie ? Il offrit son visage aux tourbillons du vent ; les flocons le cinglèrent. Il se savait sincère : depuis le départ de Bolitho, tout le navire avait changé. Quelques mois plus tôt, il ne se serait jamais cru capable de prendre de tels risques pour voler au secours d'un homme, d'un seul homme.

Il entendit des cris étouffés au-dessus du pont : on hissait de nouveaux cordages et du luzin en tête de mât pour les matelots engourdis qui achevaient les réparations.

Il secoua la tête comme s'il était en proie à des douleurs. Non, Bolitho n'était pas un homme comme les autres.

Il songea à sa malheureuse femme. La fille d'un maître d'école. Dieu sait qu'elle n'avait pas ménagé ses efforts pour policer son ours de mari ! Elle lui avait appris des mots jamais entendus. Avant de la rencontrer, il n'avait connu d'autre monde que celui des hommes – des hommes rudes armant de rudes bateaux. Malgré la neige, il sourit tendrement à ce souvenir. Toute sa belle-famille, naturellement, avait levé les bras au ciel en apprenant qui la jeune femme avait l'intention d'épouser.

Il fit un effort de mémoire. Quelle était l'expression, déjà ? Il sourit. Oui, elle avait un jour parlé de « charisme ». *Charisme...* Bolitho aussi avait du charisme. Même s'il l'ignorait.

Il songea de nouveau à la mission de Bolitho et se demanda pourquoi personne ne lui avait prêté l'oreille quand il avait parlé à cœur ouvert de sir James Tanner.

Une croisade sans espoir. Et Paice se dit que la même chose lui était arrivée, à lui, avec Delaval. Cela dépassait l'affrontement entre les forces de la loi et celles de la corruption : c'était une affaire personnelle. Tout le monde était *navré*, bien entendu. Il sentit la colère bouillonner en lui – toujours la même vieille colère. Qu'auraient-ils dit, tous ces bons apôtres, si leur femme avait été assassinée comme... Il coupa court à ces pensées. Il refusait de prononcer le nom de son épouse. Même mentalement.

A présent, Delaval était mort. Paice l'avait vu monter sur l'échafaud, marche après marche, par cette belle après-midi. Pas une voix ne s'était élevée pour lancer des injures ou des huées ironiques : la foule n'était là que pour se divertir. Mon Dieu ! si on invitait les gens à venir assister à des séances de tortures collectives sur la place du village, il ne resterait pas un siège de libre !

Le jour de l'exécution, il avait adressé des appels muets à Delaval. Il l'avait maudit, trois fois maudit, il l'avait voué aux feux de l'enfer. Il lui avait souhaité d'y souffrir pour l'éternité le même martyre qu'il avait lui-même infligé à tant d'innocents. Paice n'était pas cruel, mais il avait ressenti la brièveté du supplice comme une injustice. Longtemps après que la foule se fut dispersée, il était toujours sur le seuil de l'auberge, regardant le cadavre de Delaval osciller dans la brise. La dépouille du contrebandier eût-elle été exposée dans différents lieux pour servir de leçon à d'autres hors-la-loi, Paice n'aurait pu s'empêcher de visiter ces lieux de pèlerinage.

Il regarda en l'air, perdit l'équilibre sur un coup de tangage et eut à peine le temps d'apercevoir une forme sombre tomber le long de la grand-voile, heurter le pavois et disparaître par-dessus bord. La scène n'avait duré qu'une seconde ou deux, mais le long cri de l'homme l'avait glacé jusqu'au sang, ainsi que le craquement des os brisés par l'impact, avant que le malheureux ne disparaisse dans les flots tumultueux.

Scrope, le capitaine d'armes, se précipita à l'arrière :

– C'était Morrison, Commandant !

Cette fois, l'objet anonyme avait un nom, celui d'un jeune marin aux yeux brillants. Natif de Gillingham, il avait d'abord navigué à la pêche. Puis il s'était engagé volontairement, une fois ses parents morts des fièvres.

Personne ne dit mot, pas même le jeune Triscott. Lui aussi savait qu'avec une mer pareille, il était impossible de virer de bord à temps ou de mettre à la cape ; même s'ils y arrivaient, on ne retrouverait jamais Morrison. Tel était le lot du marin. C'était cette destinée dont parlaient les chansons, sous le gaillard, pendant le petit quart, ou dans les estaminets et les bordels, sur les quais, au cours des escales. Ils avaient beau être rudes et grossiers, songea Paice, ces hommes étaient ses hommes, et à ses yeux les seuls à mériter que l'on s'intéressât à eux.

– Envoyez immédiatement un autre homme là-haut ! ordonnat-il durement. Qu'on en finisse avec ce travail !

D'aucuns le maudiraient peut-être pour ses méthodes, mais la plupart le comprendraient. Le lot du marin.

Paice frappait des pieds sur le pont pour retrouver un peu de chaleur et de mobilité. Il se creusait l'esprit, songeant à Bolitho. Que faire s'il ne le trouvait pas dès l'aube ? Mais il avait du mal à détacher ses pensées de l'homme qu'il venait de perdre. Il savait que tout le monde à bord se disait la même chose : « Quand vient ton tour… »

Il agrippa un pataras qui ne cessait de vibrer et accusait de violentes secousses aux coups de tangage. Qu'il lâchât prise, et il irait rejoindre Morrison. A quoi penserait-il, alors, en regardant son navire disparaître dans la nuit, avant de suffoquer et de se noyer ?

S'arrachant à ces idées, il lança d'un ton sec :

— Je descends. Appelez-moi si...

Triscott se tourna vers son commandant qui déjà se penchait vers la descente :

— A vos ordres, Commandant !

Paice entra dans sa cabine en se heurtant au montant de la porte qu'il claqua derrière lui. Regardant la bannette vide, il se remémora la maquette d'Allday, et le lien étrange qui unissait cet homme à son maître.

Face à la pièce déserte, il lança d'une voix forte, à la cantonade :

— Il faut que je le trouve !

Son regard s'arrêta un instant sur la bible tout écornée qui reposait dans son équipet ; il écarta tout de suite l'idée de la feuilleter : cela pouvait attendre. Pour le quart qui venait, le charisme suffirait.

Sur le pont au-dessus, Triscott surveillait les matelots qui escaladaient et dégringolaient les enfléchures vibrantes. Dans quelques semaines, il aurait vingt ans. Et voici que la guerre était déclarée. Il lui avait fallu rencontrer Bolitho pour avoir une idée de ce à quoi ressemblait la guerre, surtout en mer. Paice lui avait laissé entendre que Leurs Seigneuries de l'Amirauté allaient disperser sur les navires nouvellement armés les équipages et les officiers bien entraînés. Et il se demandait pourquoi, sachant que la guerre approchait, Leurs Seigneuries n'avaient pas armé à temps une flotte puissante.

Hawkins le rejoignit à l'arrière et grogna d'un ton bourru :

— Voilà qui est fait, Monsieur. Pour le limandage, cela attendra le beau temps.

Le grondement des déferlantes obligea Triscott à crier sa réponse :

— Morrison n'avait aucune chance, monsieur Hawkins !

Le bosco essuya ses doigts gourds sur un chiffon et le toisa d'un air lugubre :

— Alors j'espère qu'il est mieux là où il est, Monsieur !

Triscott vit la forte carrure de l'officier marinier se fondre dans l'obscurité. Cet homme était un autre Paice, songea-t-il.

Des ombres se courbaient pour descendre par le panneau avant, on se glissait avec soulagement dans l'humidité obscure du poste d'équipage : c'était la relève. Dench, le maître principal, prenait le quart du matin et échangeait quelques mots avec Chesshyre : l'occasion d'égratigner le lieutenant, sans doute.

Triscott descendit et s'effondra tout habillé sur la bannette que Bolitho utilisait quand il était à bord.

Dans le noir, Paice lui demanda :

– Tout va bien, là-haut ?

Triscott se sourit à lui-même : le commandant ne cessait jamais de se faire du souci pour son *Télémaque*.

– Dench a l'œil sur tout, Commandant.

– Si seulement je pouvais relever un amer dès l'aube...

Il n'obtint pour réponse qu'un léger ronflement : Triscott dormait. Paice ferma les yeux. De nouveau sa femme lui apparut. Puis il finit lui aussi par sombrer dans le sommeil, le mot *charisme* toujours sur les lèvres.

Le lever du soleil fut plus lumineux encore que Chesshyre n'avait osé le prédire. Le vent mordait de plus en plus fort, les voiles étincelaient de givre, et la résistance de chaque homme était sollicitée jusqu'à la limite de ses forces. Paice monta sur le pont et consulta la carte et l'ardoise de Chesshyre, près de l'habitacle du compas. Chesshyre et lui pouvaient avoir leurs différends de temps à autre, mais l'officier marinier était compétent, et cela suffisait à Paice. Il regarda le mât de flèche qui ployait sous l'effort, et la longue silhouette blanche du guidon de tête de mât. Ils faisaient route au grand largue et devaient donc redoubler de vigilance, car ils couvraient rapidement de la distance : s'ils dépassaient sans le voir le cotre disparu, il leur faudrait, pour revenir contre le vent, « deux fois la route et trois fois la peine ».

Paice eut une pensée pour Queely. Était-il parvenu à récupérer Bolitho pour la deuxième partie de leur ambitieux projet ? Qui sait si le *Wakeful* n'était pas tombé aux mains de l'ennemi ? *l'ennemi !* Il s'attarda un instant sur ce mot. Depuis quelques heures, tout avait changé. Peut-être Bolitho était-il prisonnier, ou pire encore.

Il joignit brutalement les mains. Jamais ils n'auraient dû envoyer Bolitho dans le Kent pour y recruter des matelots, si tel était bien le but véritable de sa mission. Et il méritait encore moins d'être expédié en mission suicide, dans un projet aussi abracadabrant que celui-là !

C'est le commandement d'un vrai navire de guerre qu'il fallait confier à Bolitho ! Il avait un tel ascendant sur ses subordonnés qu'il ne se contentait pas de leur apprendre les rudiments de la bataille navale, il leur transmettait aussi l'humilité.

Paice vit Triscott revenir à l'arrière, un second maître sur les talons. Il était monté inspecter les réparations et les épissures exécutées durant la nuit. A la lumière grise du petit matin, il semblait plus jeune encore ; son visage était tout frais, brûlé de froid.

Triscott salua en portant la main à son chapeau, indécis quant à l'humeur de son commandant :

– Tout est clair, Commandant !

Il marqua une pause. La tension avait creusé de profondes rides dans le visage de Paice.

– J'ai dit aux canonniers de s'occuper des palans de brague des pièces de six. Tous les réas des poulies sont bloqués par la neige et la glace.

– C'est évident... approuva Paice d'un air absent.

Comme à son habitude, il hésita une seconde avant d'ajouter :

– C'est bien.

Paice se tourna vers la silhouette emmitouflée à côté de la barre :

– Que dites-vous du temps, monsieur Chesshyre ?

Triscott les vit tous les deux face à face, dressés sur leurs ergots. A les voir, on n'aurait jamais cru qu'ils pouvaient servir main dans la main au sein de ce petit équipage.

Chesshyre accepta la trêve :

– Beau et clair, Commandant.

Il tendit le doigt en direction du pavois, où plusieurs hommes peinaient à déplacer une pièce de six derrière son sabord fermé.

– Vous voyez, là-bas, Commandant ? Un coin de ciel bleu !

Paice soupira. Personne n'en avait dit mot, mais le *Snapdragon* n'était pas en vue. Triscott lança un coup d'œil en tête de mât et risqua :

– J'ai envoyé une bonne vigie là-haut, Commandant !

– Je vous ai demandé quelque chose ? riposta Paice, excédé.

Puis, haussant lourdement les épaules :

– Excusez-moi. On ne doit jamais écraser de son autorité ceux qui ne peuvent s'en protéger.

Triscott resta impassible. Il croyait entendre les propres paroles de Bolitho. Ainsi, Paice se souciait du sort de son chef.

– L'horizon est encore bien bouché, Commandant, suggéra-t-il. Avec ce vent...

Paice l'interrompit d'un regard :

– Vous avez entendu ?

Chesshyre baissa le capuchon de son ciré, offrant au vent ses cheveux poisseux de sel :

– Oui, j'ai entendu...

Tous les hommes se figèrent à leur poste, comme s'ils avaient gelé sur place. Le cuisinier, qui venait préparer quelque chose de chaud – ou tout au moins de tiède – pour les timoniers de quart, s'arrêta à mi-descente. Le gros Luke Hawkins, le marin à la poigne de fer et à l'œil toujours aux aguets, resta l'épissoir en l'air, comme se souvenant de quelque chose. Le charpentier du bord, Maddock, enfonça énergiquement son chapeau sur ses cheveux clairsemés et s'interrompit dans ses mesures : il s'apprêtait à découper un madrier qu'il venait de sortir de la cale. Chesshyre et Triscott cessèrent leurs activités, ainsi que Godsalve, l'écrivain, commissaire par intérim et, quand c'était nécessaire, tailleur des plus convenables. Tous tendaient l'oreille aux échos qui leur parvenaient, portés par le vent glacé.

– Des pièces de six, n'est-ce pas, monsieur Hawkins ? demanda abruptement Paice.

Sa question rompit l'enchantement et tous reprirent leurs activités, jetant des regards alentour comme pour se souvenir de ce qu'ils étaient en train de faire. Triscott émit une suggestion :

– C'est peut-être le *Wakeful*, Commandant.

Chesshyre frotta son menton mal rasé :

– Ou le *Snapdragon*...

L'air parut trembler de nouveau. Des matelots au travail sous la flottaison entendirent la lointaine explosion frapper les œuvres vives du cotre ; on eût dit que le *Télémaque* était soumis au feu de l'ennemi.

Paice aurait voulu s'humecter les lèvres, mais il savait que plusieurs de ses hommes avaient l'œil sur lui.

Alors, canon après canon, toute une bordée tonna sur l'eau. Paice serra ses énormes poings. Il aurait voulu hurler des questions à la vigie en tête de mât, mais il savait que l'homme n'avait pas besoin de se faire houspiller : Triscott l'avait tout spécialement choisi, il serait le premier à héler le pont dès qu'il apercevrait quelque chose.

Paice entendit le second maître murmurer :

– L'un ou l'autre, je pense.

Il cacha ses mains dans son dos, sous les queues de son habit. Les explosions continuaient à gronder à intervalles réguliers. Il ajouta :

– J'ignore qui a ramassé tout ça, mais ils sont en train de prendre une sacrée correction !

Les embruns jaillissaient par-dessus la joue au vent du *Wakeful*, inondant le pont qui gîtait fort; même les matelots les mieux amarinés devaient garder « une main pour soi, une main pour le bateau ». Quant aux plus jeunes, ils redoutaient à tout instant de voir le cotre chavirer.

– Nous ne pouvons guère serrer le vent davantage ! hurla Queely.

De ses yeux rougis, il vérifia l'établissement de la grand-voile immense, puis celui de la trinquette et du foc; les écoutes des trois voiles étaient bordées à bloc, presque dans l'axe du bateau; toutes les autres voiles étaient ferlées, tandis que le cotre taillait sa route au près serré.

Bolitho, qui n'avait pas le temps de consulter le compas, estima cependant que Queely avait serré le vent d'environ cinq quarts; les sabords sous le vent étaient dans l'eau et les vagues semblaient bouillir sous le choc de l'étrave. Il se tourna vers le brigantin qui lui sembla déjà bien loin sur l'arrière; ses voiles était déjà réglées pour laisser porter sous les amures opposées.

Dès qu'on l'avait hissé à bord, Bolitho avait expliqué :

– Nous devons couvrir la *Revanche*, c'est-à-dire nous interposer entre elle et le français. Elle a gardé ses capacités de vitesse. Si on lui en laisse le temps, elle pourra rallier un port ou se mettre à l'abri sous une batterie côtière jusqu'à ce qu'on puisse venir la dégager.

Ces phrases avaient suffi à Queely pour comprendre de quoi il en retournait; inutile de parler de victoire ou de débiter de creuses promesses de survie. Leur devoir était de sauver le brigantin, et ils allaient en payer le prix.

Bolitho regarda la tête de mât à l'appel de la vigie :

– Une corvette, Commandant !

– Vingt canons pour le moins, grimaça Queely.

Il détourna le regard.

– Je continue à voir Kempthorne partout. Je me suis mal servi de lui. Je n'arrive pas à me le pardonner.

Bolitho vit qu'Allday approchait de l'arrière avec précaution ; il avait son sabre d'abordage à la ceinture. Les mêmes mots, toujours : ils faisaient bien partie du même équipage. Queely regarda les voiles qui claquaient et faseyaient, exploitant au mieux toute la force du vent.

– Le vent a dû virer encore. Je dirais qu'il vient du nord, à présent.

Il soupira, l'air transi, gonflant les joues :

– D'ailleurs, ça se sent.

Soudain tous entendirent un coup de canon. La vigie s'écria :

– Un navire engage la corvette, Commandant !

Retentirent de nouvelles détonations, craquements inquiétants qui coururent sur les crêtes dansantes.

– Ce sont des pièces de petit calibre, Monsieur, hasarda Queely.

Il jeta un coup d'œil à ses hommes alignés de chaque bord, ruisselants d'embruns et de toupets d'écume : ils essayaient de garder leur poudre et leur silex au sec.

– Même calibre que les nôtres.

Bolitho fronça les sourcils : cela ressemblait fort au genre de manœuvre qu'aurait risquée Paice s'il s'était lancé à leur recherche. Il se tendit : une bordée espacée résonnait longuement sur les eaux. Un instant, le brouillard marin s'entrouvrit et décolla de la surface de la mer ; même sans l'aide d'une longue-vue, il reconnut la silhouette gracieuse d'un navire de guerre gréé carré. La fumée de ses tirs se déployait en éventail sous le vent de sa batterie bâbord. L'autre navire se trouvait derrière la corvette par rapport à Bolitho, mais celui-ci reconnut sans hésitation la vaste grand-voile et le mât de beaupré qui chevauchait les lames en pointant directement sur la corvette française.

Bolitho grinça des dents. La corvette était un peu une frégate en miniature et n'armait sans doute que des pièces de neuf livres, mais face à un cotre, sa puissance de feu était écrasante.

– Un quart de plus ! hurla Queely.

– Ouest nord-ouest, Commandant ! répondit le timonier.

Il n'avait pas besoin d'ajouter que jamais sans doute le cotre n'avait serré le vent d'aussi près : plus personne ne pouvait tenir debout sur le pont sans appui.

– Virez de bord ! ordonna Bolitho.

Remarquant la perplexité de Queely, il crut devoir préciser sa tactique :

– Si nous rebroussons chemin, nous arriverons peut-être à lui couper la route, tout en gardant le temps de virer de bord derechef.

De nouvelles détonations se répercutèrent contre la muraille. Queely hurlait ses ordres :

– Parés à virer vent devant ! Largue et borde !

Au coup de barre, le cotre sembla se cabrer ; son beaupré et son foc en folie n'en finissaient pas de monter à l'assaut des nuages. Un paquet de mer déferla sur le pont et roula jusqu'à l'arrière comme un brisant sur une plage. Plusieurs hommes tombèrent dans un concert de jurons et de halètements ; quelques-uns tendirent la main à leurs camarades pour les aider à se remettre debout, tandis que l'eau verte qui se retirait brutalement paraissait vouloir les précipiter par-dessus le pavois.

Le cotre répondit parfaitement à la barre et, une fois franchi le lit du vent, commença à prendre de la gîte sous ses nouvelles amures. Bolitho se sentit envahi par une onde d'exultation, même s'il savait que ces instants glorieux ne reviendraient plus jamais.

– Rencontrez ! hurla Queely. Comme ça !

Il fit un grand geste fébrile du bras :

– Deux timoniers en renfort à la barre !

L'officier marinier lui lança un coup d'œil, puis dit :

– Est quart-nord, Commandant !

Bolitho attrapa une lorgnette dans l'équipet et chercha à cadrer la corvette. Elle était bel et bien là, par la hanche bâbord, à présent, comme si le monde extérieur avait pivoté autour du cotre. C'était à peine si l'on apercevait, derrière la brumasse et les embruns, la

Revanche faisant force de voiles pour creuser l'écart qui les séparait. Le maître principal de Queely avait même fait établir son hunier et son cacatois.

Bolitho attendit que le pont se fût un peu redressé et essaya de s'abstraire de ce remue-ménage ; une rangée de matelots s'arc-boutaient pour border plat l'énorme écoute de grand-voile sous les nouvelles amures.

Il braqua soigneusement sa lorgnette : la corvette lâcha une nouvelle bordée, puis disparut quelques instants derrière la fumée du tir. Avant de pouvoir amener le cotre dans le champ de son objectif, il vit autour du navire français la surface de la mer grêlée de gerbes sous les boulets du cotre. Ce dernier continuait de se rapprocher. Bolitho nota qu'il tirait sa petite bordée : une rangée de dards vénéneux de couleur orange jaillit de sa muraille.

– Nom de Dieu ! pesta Queely. Vatass n'a pas l'ombre d'une chance à cette distance !

Constatant que Bolitho n'avait pas compris sa remarque, il expliqua :

– C'est Vatass ! Le *Snapdragon* a un foc plus sombre que les deux autres.

Queely ne put retenir une grimace en voyant une nouvelle série de gerbes encadrer le cotre, mais le *Snapdragon* jaillit à travers le rideau d'éclaboussures, lâchant bordée sur bordée, quand bien même, comme le soupçonnait Queely, pas un seul de ses projectiles n'avait la moindre chance d'atteindre la corvette française.

Bolitho détourna son attention de l'ombre oblique du cotre pour observer chaque détail de l'ennemi. La corvette française courait toujours sous les mêmes amures, cap au sud-est ; son commandant, qui avait identifié la *Revanche*, entendait ne laisser aucun obstacle entre lui et sa proie.

– Le *Snapdragon* a dû nous apercevoir, Commandant ! s'exclama Queely.

Incrédule, il braqua de nouveau sa lorgnette et se mit à remuer les lèvres. On eût dit qu'il parlait seul. En fait il déchiffrait les pavillons multicolores que le *Snapdragon* avait envoyés à sa vergue de hunier.

– Des signaux du *Snapdragon*, Monsieur ! dit-il d'une voix rauque. Ennemi en vue !

Bolitho, ému, le regarda : Vatass les informait, avant qu'il ne fût trop tard, que la guerre était déclarée.

– Envoyez un autre pavillon national, ordonna Bolitho.

Il regarda le pont encombré : les matelots attendaient l'inévitable. Cela leur donnerait un peu de cœur au ventre.

Le *Wakeful*, avec deux enseignes blanches claquant dans le vent, l'une à la corne de brigantine et l'autre en tête de mât, se préparait de nouveau à virer de bord. Il se trouverait ainsi en route de collision avec la corvette qui ne pourrait éviter le combat. Dès qu'elle serait en situation d'engagement rapproché, le *Snapdragon* parviendrait peut-être à attaquer son arrière : si la chance était de son côté, il pourrait même essayer de le prendre en enfilade avec sa caronade, dès qu'il aurait croisé son sillage. Bolitho retint son souffle : un boulet avait crevé le hunier du *Snapdragon*; le vent fouailla la perforation jusqu'à réduire la voile en lambeaux avant qu'elle ne pût être carguée. La corvette fit feu de nouveau. Ses bordées successives étaient parfaitement synchronisées. Rien d'étonnant à cela, son commandant avait dû être recruté en fonction de la difficulté de la mission. Bolitho braqua sa lorgnette, mais la brume et la fumée des canons empêchaient de distinguer l'horizon.

Il regarda Allday qui restait près de l'habitacle du compas. Où donc était Paice ?

Il croisa le regard d'Allday, qui lui sourit. Il n'arrivait pas à songer à autre chose qu'à ce vaisseau ennemi qui fonçait sur eux toutes voiles dehors. Il regarda les matelots sur le pont du *Wakeful*; face aux pièces de neuf livres du français, leurs petits canons de six avaient l'air de pistolets à bouchon. Le pont était plat et n'offrait aucun abri, pas même un passavant ou des filets de bastingage susceptibles de les protéger des éclisses. Comment ces hommes allaient-ils se comporter sous le feu de l'ennemi ? Se voyaient-ils déjà tous morts ?

Il songea au lieutenant Kempthorne et à tous ceux qu'il avait vus tomber au combat, en mer. Des hommes braves et fiers pour la plupart, qu'il avait vus gémir et hurler de douleur quand ils avaient été touchés. Les plus chanceux mouraient sur place, les autres devaient en plus affronter le couteau du chirurgien.

A bord du *Wakeful*, il n'y avait aucun officier de santé; d'ailleurs cela valait peut-être mieux. Allday vit les doigts de Bolitho se refermer sur la poignée de l'épée qu'il portait au côté. Il fallait bien mourir un jour, n'est-ce pas ? Alors pourquoi pas ici ? Le grondement d'une nouvelle bordée, plus proche, lui arracha une grimace ; sous les tirs, jaillissaient de la mer d'énormes gerbes déchiquetées ; certains boulets, en fin de trajectoire, faisaient exploser plusieurs crêtes successives : on pensait à des dauphins invisibles en train de jouer.

Allday essaya de songer au bon temps qu'il s'était donné à Londres, aux nuits dans la petite chambre de Maggie, au corps potelé de sa maîtresse serré contre lui. Un jour, peut-être... La distance qui les séparait de l'ennemi continuait de diminuer, une autre bordée tonna. Il entendit plusieurs matelots pousser des grognements. Consternés, tous regardaient approcher la corvette.

– Attention à la manœuvre, nom de Dieu ! hurla Queely. Parés à virer vent devant ! Des gabiers dans les hauts, et que ça saute !

Bolitho nota une tension extrême dans le ton de sa voix. Quoi d'étonnant ? Ils couraient à une mort certaine. Et cette fois, on ne pourrait même pas appeler cela une bataille.

– Répète ! hurla le lieutenant Paice.

Il s'adressait à la vigie, en tête de mât, dont le dernier appel avait été couvert par les grondements de l'artillerie.

– Signal du *Snapdragon !* hurla la vigie. Ennemi en vue !

Paice poussa un très long soupir. Dieu soit loué, ils avaient une vigie bien entraînée. Tout se passait comme prévu s'ils parvenaient à retrouver le *Wakeful :* là où était le *Wakeful*, là serait Bolitho. Braquant sa longue-vue, il vit le brouillard se dissiper légèrement. La fumée se dispersait, comme cédant devant son obstination scrutatrice. Il finit par apercevoir le navire français, droit devant, à une distance d'environ deux nautiques, bien encadré par les haubans du *Télémaque*, comme si ce dernier le retenait dans un filet. Le navire ennemi courait exactement vent arrière : ses voiles semblaient aussi dures qu'une cuirasse.

Enfin, pour la première fois, Paice entrevit le *Snapdragon*, dont la frêle silhouette dépassait à peine derrière la hanche de l'ennemi. Les éclaboussures de la dernière bordée retombaient en pluie autour de lui ; son hunier était en lambeaux, sa grand-voile perforée en plusieurs endroits. Il observa minutieusement le navire jusqu'à ce que les larmes lui coulent des yeux : par ailleurs, le *Snapdragon* semblait intact. Il tirait bordée sur bordée, mais largement hors de portée. Pas un seul de ses projectiles n'avait une chance d'atteindre sa cible.

A cet instant, Paice aperçut une autre voile qui, apparemment, s'éloignait des lieux de l'engagement. Un spectateur involontaire ? Ou bien était-ce le navire que Bolitho était censé escorter jusqu'en Angleterre ? Paice découvrit le *Wakeful* au moment où il surgissait de la brume, ses voiles faseyant encore tandis qu'il achevait de virer de bord avant de faire route de nouveau sur l'ennemi.

Triscott l'interrompit dans ses réflexions :

– Pourquoi les Grenouilles restent-elles sous ces amures, Commandant ? Moi, si j'étais eux, j'en finirais une bonne fois avec le *Snapdragon*, pour rester à deux contre un. Il n'a pu manquer de nous apercevoir, tout de même !

Quelqu'un laissa tomber un épissoir du gréement. Paice se préparait déjà à vociférer quand il se souvint de ce que Triscott lui avait dit à propos des pièces de six livres.

– Le navire français a dû tirer des bords toute la nuit à la recherche du commandant Bolitho. A mon avis, son gréement courant était gorgé d'eau, et il a gelé dans les poulies. Il ne peut plus virer de bord.

Il montra vers le haut toute la toile que portait le *Télémaque* :

– Le vent joue en notre faveur.

Il y avait du mépris dans sa voix :

– Ils auront beau haler sur leurs bras, ils ne parviendront pas à brasseyer leurs vergues tant que le soleil n'aura pas décoincé leurs manœuvres.

Il commençait à s'énerver :

– Ainsi, ils auront le choix entre prendre des ris et se battre sur place.

Un murmure de dépit courut dans l'équipage et Paice vit le *Snapdragon* chanceler sous le choc des boulets ennemis : la dernière bordée avait mis plusieurs projectiles au but. Mais le cotre se redressa et continua de presser son attaque.

– Replie-toi, espèce de fou ! jura Paice, furieux.

Il se tourna brusquement vers Triscott :

– Envoyez les bonnettes et larguez le dernier ris ! Faites-lui cracher tout ce qu'il a dans les tripes, bon Dieu !

Les bouts-dehors de bonnette furent débordés à l'extrémité des vergues et, sous la pression de ces nouvelles voiles, le mât se ploya un peu plus vers l'avant. Les vagues défilaient sur chaque bord à toute vitesse. Plusieurs servants de pièces se dressèrent et, sans bien savoir pourquoi, se mirent à lancer des acclamations. Paice, les bras croisés, étudiait son ennemi. Une meute de chiens courants lancés après un cerf, se dit-il. Il déglutit péniblement : des gerbes puissantes jaillissaient jusqu'au ciel le long de la muraille du *Snapdragon*. Les avaries n'étaient pas visibles à pareille distance, mais on distinguait des morceaux du gréement flottant derrière le mât. Bientôt le gréement lui-même s'inclina avec une lenteur majestueuse et tomba dans la fumée. Le feu roulant des pièces d'artillerie se tut un instant. Paice entendit le fracas des espars qui s'écrasaient sur le gaillard et, dans leur élan, entraînaient par-dessus bord hommes et canons. Le mât bascula et fit un grand plongeon dans la mer, tirant derrière lui les haubans. Dans cette confusion, on voyait s'agiter de petites ombres, à des endroits où nul n'était supposé pouvoir échapper à la mort.

A la lumière du pâle soleil d'hiver, Paice vit briller les lames des haches : les hommes de Vatass s'attaquaient au gréement dormant pour libérer leurs camarades piégés sous les débris.

Certaines pièces de la batterie bâbord de la corvette devaient être braquées à l'oblique, à toucher les montants des sabords. A la longue-vue, Paice observa les tirs suivants. L'ombre des fûts des canons ennemis s'étirait le long de la muraille de la corvette, tandis que pivotaient les affûts.

Puis ce qu'il vit l'horrifia : le *Snapdragon* n'était plus le cotre gracieux, l'élégant navire qu'il avait connu, mais une épave qui donnait de la bande, un ponton qui commençait à enfoncer par l'avant. La yole éventrée dérivait à quelque distance, au milieu des épaves flottantes et des voiles déchirées :

– Ils ne vont tout de même pas leur tirer dessus maintenant ! s'étrangla Triscott.

Pour la bordée suivante, seules les pièces de l'extrême arrière de la corvette purent faire feu. Une explosion unique déchira l'air : une seule rangée de langues de feu, un seul bouquet de fumée épaisse. Paice crut sentir le poids des projectiles ennemis dans ses propres os quand le *Snapdragon* fut balayé de l'étrave à l'étambot. Membrures et barrots furent déchiquetés. Son équipage fut précipité dans l'air par morceaux, en de macabres déchets. Des débris retombaient lentement en gerbe sur la mer, légers comme des plumes dans la pâle et froide lumière.

Le *Snapdragon* commença à chavirer ; sa carène éventrée émettait d'énormes, d'ignobles bulles.

Paice, toujours accroché à sa longue-vue, ne perdait pas un détail : il ne voulait rien oublier, il savait que tout resterait à jamais gravé dans sa mémoire.

Il vit le pont du *Snapdragon* s'incliner progressivement vers lui. Le cadavre d'un lieutenant glissa entre les flaques de sang et les éclisses puis, butant contre le pavois, se releva comme pour donner un dernier ordre. Alors le cotre émit une sorte de grognement, tel un être vivant à l'agonie. Enfin il disparut dans un tourbillon discret qu'encombraient de pathétiques fragments.

Paice s'aperçut qu'il était à bout de souffle, comme s'il venait de courir, trempé de sueur, aussi. Il se sentait pareil à un taureau, il avait envie de mugir. Mais rien ne sortit : le drame était trop poignant pour être déploré de cette façon.

Quand il retrouva l'usage de la parole, sa voix était presque calme :

– Chargez toutes les pièces, à double charge.

Il chercha des yeux Triscott, qui se trouvait au pied du mât. Le visage du second était blanc comme un linceul.

– Vous avez vu ? Le français n'a même pas cherché à recueillir les survivants du...

Il ne parvint pas à prononcer le nom du cotre qui venait de sombrer. Toujours ardent, toujours idéaliste, Vatass n'avait eu que sa promotion en tête, et voici que son existence venait d'être effacée, comme les calculs du premier maître sur l'ardoise de quart. « C'est ma faute, songea Paice, c'est moi qui l'ai obligé à prendre la mer ! »

Il se retourna vers Triscott :

– La corvette française risquait de faire chapelle si elle avait tenté cette manœuvre. Je suis sûr que tout son gréement courant est gelé, solide comme de la pierre !

Triscott s'essuya les lèvres du dos de la main :

– Mais combien de temps...

Il était assailli de nausées.

– On s'en fiche ! Cela ne compte pas, monsieur Triscott ! Ce qui importe, c'est de lui envoyer du plomb dans l'aile, à cette sacrée corvette. Peut-être le commandant Bolitho pourra-t-il tirer un ou deux coups au but, lui aussi !

Triscott hocha la tête :

– Parés à réduire la toile !

Il n'était pas fâché d'avoir quelque chose à faire : cela lui ôterait de l'esprit l'image atroce du naufrage du *Snapdragon*. Il avait l'impression d'avoir assisté à sa propre perte, comme dans un cauchemar.

Paice se rapprocha de l'arrière et vint se placer à côté de Chesshyre, non loin des timoniers. De là, il dominait toute la longueur et la largeur de son petit navire. Qui sait si, dans une heure, ils n'auraient pas rejoint le *Snapdragon* par le fond ? Paice s'étonnait lui-même : il envisageait cette éventualité avec calme, il n'était maître ni de son sort, ni de son destin. En vérité, personne n'avait le choix.

Il aperçut le capitaine d'armes et Glynn, un second maître. Ils distribuaient les sabres et les haches d'abordage qu'ils puisaient dans le coffre. Sous le mât, dans un autre groupe, les hommes chargeaient des mousquets, surveillés par un maître canonnier. Pendant ce temps, le navire ennemi grandissait, barricade étincelante leur barrant la route. Paice vit le maître canonnier gesticuler en montrant le haut du mât : à l'évidence, il expliquait les ravages que pouvait faire un tireur d'élite en visant les hommes attroupés sur le pont d'un navire ; il avait choisi ses tireurs avec soin, tous de fines gâchettes. Paice hocha la tête, comme pour donner son accord à toute cette activité. Un matelot du nom d'Inskip leva le poing pour se porter volontaire, puis se hâta vers les haubans. Excellent choix ! Inskip, avant d'être envoyé dans la Marine par une décision de la cour d'assises, était braconnier dans le Norfolk.

– Je ne voudrais pas être à sa place, Commandant! observa sèchement Chesshyre.

Paice savait qu'Inskip, en escaladant les enfléchures, pensait à la vigie du *Snapdragon*, dont le mât s'était effondré dans la mer : aucun gabier, aucune vigie perchée dans les hauts ou en tête de mât ne pouvait survivre à pareille catastrophe. De surcroît, le commandant de la corvette avait dû tout faire pour achever les rescapés.

– Mon Dieu! murmura Chesshyre.

Paice s'avança jusqu'au pavois : l'étrave du *Télémaque* entrait dans une zone d'épaves dérivantes. Il aperçut une veste déchirée, les lambeaux d'une carte, des éclisses grosses comme le doigt. Les inévitables cadavres défilaient le long des deux bords du *Télémaque*, lentement, pareils à des êtres abandonnés. Paice répliqua :

– Vous regrettez peut-être de ne pas vous être engagé dans la Compagnie des Indes orientales!

Un toupet de fumée offusqua la muraille de la corvette. Quelques secondes plus tard, une énorme gerbe jaillissait de la surface de la mer, à l'avant du cotre.

– Il se rapproche, monsieur Chesshyre! gronda Paice.

Il s'avança jusqu'à l'habitacle du compas et observa la rose des vents :

– Lofez de deux quarts!

Il leva les yeux sur un Chesshyre impassible :

– On visera les œuvres vives, compris?

Chesshyre hocha la tête. Il s'en voulait furieusement de ne pouvoir articuler un mot, mais ses mâchoires tremblaient trop…

– Parés à l'arrière? hurla-t-il soudain. Barre dessous! Cap au sud quart-ouest!

Puis il fixa l'ombre de la corvette qui se calait derrière les haubans; on eût dit qu'elle était la seule à se mouvoir.

Paice vit l'ennemi lâcher un nouveau coup de canon. Mais tout était clair, désormais : le français avait le choix entre réduire la toile et se battre sur place.

Le foc et la trinquette du *Wakeful* prirent le vent sous ses nouvelles amures : la toile était pâle et propre au soleil matinal.

– Nous ne savons même pas pourquoi nous sommes ici, observa Chesshyre.

Paice ne lui accorda pas un regard : Chesshyre mourait de peur, mais il avait besoin de lui, et plus que jamais.

– Il vous faut une raison, maintenant ?

Chesshyre pensait au *Snapdragon*, aux corps dérivant sur la mer comme poissons étripés.

Paice n'avait pas tort : en fin de compte, cela ne changeait rien.

XVII

NAVIRES DE GUERRE

Bolitho pour la centième fois s'épongea le visage et regarda les matelots du *Wakeful* qui, alignés le long de la grande écoute, bordaient la grand-voile. Dans le vent glacial, les gabiers se hâtaient d'escalader les enfléchures, prêts à exécuter l'ordre suivant.

Le *Wakeful* avait rapidement évolué pour reprendre son cap initial : la corvette ennemie arrivait à leur rencontre, on pouvait la voir par la joue tribord. Elle avait l'avantage du vent mais cela ne changeait pas grand-chose, vu la faible puissance d'artillerie du *Wakeful*.

– A larguer le hunier !

Queely avait l'œil à tout ; son second, Kempthorne, lui manquait cruellement. Bolitho non plus n'arrivait pas à effacer de ses pensées l'image du jeune lieutenant dégingandé pivotant vers lui, un trou hideux ouvert dans la gorge. Il décolla la chemise trempée d'eau de mer qui lui adhérait à la peau : elle avait été repassée par Kempthorne, mort d'une balle destinée à Bolitho. Queely revint à l'arrière en toute hâte, haletant :

– Et maintenant, Monsieur ?

Bolitho avisa la yole amarrée en drome :

– Basculez-moi ça par-dessus bord !

Le bosco consulta Queely d'un regard, attendant confirmation de l'ordre.

– Exécution ! opina sèchement Queely.

Bolitho regarda les matelots soulever l'embarcation et la pousser au-dessus du pavois sous le vent. Comme tous les marins, ils répugnaient à se débarrasser de leur seule annexe, ils en concevaient même quelque frayeur. Bolitho le savait d'expérience : un équipage qui ne possède qu'une embarcation ne peut réagir autrement, quand bien même il est trois fois plus nombreux, car cette embarcation reste toujours leur dernière chance.

Queely comprenait cela, même s'il n'avait jamais eu à quitter un navire en catastrophe. Il expliquait :

— Vous verrez avant longtemps que nous avons à bord assez de bois qui vole en éclisses ! Pas besoin de garder en plus cette épave sur le pont.

Bolitho attendit. Le bosco s'éloigna pour aller réparer d'urgence un cordage décommis. Avec cette mer hachée et ce vent glacé, les meilleurs cordages étaient soumis à de terribles efforts. Du regard, Bolitho parcourut le pont :

— Faites monter tous les hamacs et amarrez-les autour du couronnement : cela protégera un peu les timoniers.

Inutile de préciser que les ponts resteraient complètement dégagés, exposant le reste de l'équipage à une décharge de mitraille bien ajustée. Au moins son ordre donnerait-il de l'ouvrage pendant un moment à une équipe de matelots ; depuis qu'ils avaient assisté au naufrage du *Snapdragon*, les hommes avaient besoin de rester sans cesse occupés : la corvette ennemie approchait.

La *Revanche* était désormais hors de vue : elle devait s'éloigner au louvoyage. Chaque minute gagnée creusait la distance entre elle et la fumée dérivante qui marquait encore l'endroit où le *Snapdragon* avait creusé son trou dans l'onde amère.

Pendant la plus grande partie de l'engagement, la distance les avait empêchés de suivre le déroulement du naufrage, mais la dernière bordée, qui avait achevé le cotre en dépit de ses vaines tentatives de porter des coups à l'ennemi, les avait tous bouleversés.

Bolitho vit qu'Allday veillait à la façon dont les matelots entassaient et amarraient les hamacs étroitement roulés. Pendant la bataille, le moindre morceau de toile offrait une impression rassurante de sécurité à ceux qui, par ailleurs, étaient complètement exposés.

Allday traversa le pont.

— Dans vingt minutes, Commandant, nous serons au contact.

Contrairement à son habitude, il ne cachait pas un certain désespoir :

– Mais comment diable ferons-nous pour mettre des coups au but ?

– Le *Télémaque* a envoyé ses bonnettes, Commandant !

– Bon Dieu ! Regarde-le marcher ! lança un autre.

Bolitho vit le troisième cotre qui faisait route bonnette sur bonnette, chevauchant les rangées obliques de crêtes écumantes ; les étages successifs de ses voiles majestueuses dominaient complètement la svelte carène ; son étrave et son gaillard d'avant s'élevaient à chaque lame avant d'enfourner dans les creux avec de grandes gerbes d'embruns tout blancs.

Bolitho déplia sa lorgnette et l'appuya sur l'épaule d'Allday. Il lui fallut un moment avant de cerner le *Télémaque* dans le champ de son objectif. Mais il remarqua immédiatement un sabord vide ; cela sautait aux yeux comme une dent manquante. Paice avait bien retenu les leçons de Bolitho : en ce moment même, il était en train de faire rouler sa deuxième caronade à bâbord ; ainsi les deux canons pourraient tirer simultanément.

Le français fit feu à nouveau, mais le boulet tomba hors du champ de vision de Bolitho. Étrange que la corvette ne modifiât pas son cap un moment afin de lâcher une bordée complète sur le cotre qui approchait. Un navire de guerre si petit ne possédait probablement pas de pièce de chasse à l'avant, mais l'intervalle séparant les deux bateaux diminuait rapidement : une bordée posément ajustée n'aurait pu manquer de mettre plusieurs boulets au but.

– Elle arrive sur nous, Monsieur ! hurla Queely.

Bolitho regarda de nouveau la corvette dont la carène, maintenant, était entièrement visible au-dessus de l'horizon ; son gréement élancé dominait le gaillard du *Wakeful* sur tribord. Le pavillon français claquait à la corne de brigantine : Bolitho était soulagé que Brennier n'eût pas à assister à ce spectacle.

– Dois-je réduire la toile, Monsieur ? demanda Queely.

Il attendait la réponse comme si elle avait pu le délivrer de toute menace.

– Non. Notre vitesse est notre seul atout. Restez sous les mêmes amures, puis mettez la barre au vent juste avant de croiser sa route. Nous pouvons lofer, mais seulement si nous avons de l'erre.

Il regarda les servants de pièces accroupis près de leurs canons :

– Je vous suggère d'ordonner aux servants de la batterie bâbord de changer de bord.

Leurs regards se croisèrent. Bolitho précisa doucement :

– Je crains de lourdes pertes si l'ennemi parvient à prendre notre pont en enfilade. Au moins le pavois au vent donnera-t-il aux garçons quelque protection.

Un coup de sifflet résonna et les servants des pièces bâbord se hâtèrent de traverser le pont, tous penchés comme s'ils essuyaient déjà le feu ennemi. Ils étaient tendus, inquiets ; ils semblaient vieillis prématurément sous la griffe de la peur.

Queely s'obligea à se tourner pour regarder la corvette :

– Pourquoi continue-t-elle tout droit ? demanda-t-il.

Bolitho se dit que le commandant du *Wakeful* connaissait la réponse : avec ce vent du nord glacial qui avait succédé aux chutes de neige fondue, tout le gréement courant de la corvette devait être bloqué par le gel. Sûr que le vaisseau français venait de passer de longs mois au port, paralysé par les questions que la hiérarchie de la Marine pouvait se poser quant au loyalisme de ses officiers ; son équipage ne devait pas être entraîné à ce genre de manœuvre. Celui du *Wakeful* n'avait guère plus d'expérience en la matière, mais tous ses matelots étaient bien amarinés. Bolitho ne jugea pas utile de préciser ses pensées à Queely. Inutile de lui donner des espoirs qui risquaient de se révéler vains à brève échéance. Si la corvette parvenait à mettre les deux derniers cotres hors de combat, ou à les couler, elle pouvait encore donner la chasse à la *Revanche*, et la rattraper avant qu'elle n'eût eu le temps de se mettre à l'abri.

Bolitho sentait en lui une détermination sans faille : leur seule raison d'être là, c'était de retarder le navire ennemi, quoi qu'il leur en coûtât.

A la lorgnette, il vit que le *Télémaque* brasseyait sa vergue de hunier ; sa coque s'engagea derrière celle de la corvette et disparut. Malgré les bruits de la mer et du vent, il entendit le crépitement d'un feu de mousqueterie, puis la détonation plus brutale d'une couleuvrine. Une double explosion retentit alors, et il supposa un instant que la corvette armait effectivement quelques pièces de chasse à l'arrière, et qu'elle avait tiré directement sur le cotre tandis que celui-ci, rapide, passait à raser le tableau du français.

– Peste! grommela Queely. Il est fichtrement près.

Bolitho vit des torrents de fumée jaillir de la poupe de la corvette : Paice avait déchargé ses deux caronades sur l'arrière de l'ennemi. Si un seul de ces énormes boulets était parvenu à enfoncer le pont de batterie, où s'entassaient les servants des pièces, cela pouvait donner de l'ouvrage à l'équipage français et laisser au *Wakeful* le temps d'engager le combat à son tour.

Les pièces de six de Paice grondèrent. Un trou apparut dans le grand hunier de la corvette. Des manœuvres s'étaient rompues, qui flottaient à présent sous le vent du grand mât. Cependant, l'ennemi continuait sa route : Bolitho n'avait plus besoin de lorgnette pour distinguer les détails de sa pièce d'étrave, et la blanche figure de proue brandissant une sorte de branche.

– Parés sur le pont!

Queely se tourna brusquement, comme furieux; il cherchait Kempthorne des yeux. Voyant que Bolitho le regardait, il haussa les épaules. Puis il dégaina son poignard et le tint au-dessus de sa tête :

– On tire au coup de roulis, garçons!

Bolitho surprit leurs expressions terrifiées et la façon dont ils faisaient corps : épaule contre épaule, ils se préparaient à affronter le feu de l'ennemi, et la mort.

La corvette était à présent au niveau de la hanche tribord du *Télémaque*; ses tireurs d'élite, agenouillés sur le gaillard d'avant, avaient déjà ouvert le feu. L'un d'eux, pour mettre en joue plus à l'aise, se tenait insolemment à cheval sur le bossoir.

Le premier coup de mousquet résonna au pied du mât du *Télémaque*. Bolitho vit le tireur français laisser glisser son arme dans la mer comme si elle lui brûlait les mains; puis il bascula lentement et tomba la tête la première dans les eaux glacées.

– Joli tir, mon gars! bougonna Allday.

Au moment où l'abordage semblait inévitable, les timoniers du *Wakeful* firent lofer leur bateau en grand; dans le grincement des poulies, les matelots bordèrent l'écoute de trinquette et brasseyèrent la vergue de hunier; le cotre serra rapidement le vent et s'écarta de la route de la corvette.

– Feu!

Les pièces de six chargées à double charge tonnèrent en désordre, leurs gueules crachant chacune une longue flamme orange tandis que les affûts bondissaient vers l'intérieur en faisant grincer leurs bragues.

– Tiens bon ! hurla Queely.

Quelques servants se disposaient à écouvillonner pour recharger, mais le lieutenant les arrêta d'un geste vif :

– Mettez-vous à l'abri !

Au milieu des torrents de fumée, le poignard de Queely lança un éclair quand il cria son ordre aux servants de la caronade :

– Feu quand vous voulez !

Le chef de pièce tira son aiguillette et le hideux canon au fût camus eut un brutal recul : le lourd boulet fit exploser le passavant de la corvette et pulvérisa une pièce de neuf en batterie à son sabord ; une gerbe d'éclisses et de fragments de hamacs déchiquetés jaillit au-dessus de la muraille.

Bolitho observa froidement la bordée que l'ennemi lâcha en retour : les deux attaques des cotres avaient désorganisé son tir, les explosions se succédaient en désordre.

Il se tendit : un boulet traversa la grand-voile du cotre avec un claquement sec, un autre coupa quelques manœuvres avant d'aller se perdre dans la mer, loin par le travers. Un des canons de la corvette était chargé à mitraille et Bolitho s'accroupit quand la charge explosa sur le pont principal, soulevant une gerbe de bordés déchiquetés et enfonçant le pavois sous le vent, contre lequel les servants des pièces bâbord auraient dû s'abriter.

– Rechargez ! hurla Queely.

Il recompta fébrilement ses hommes ; pas un de touché. Avec la précision d'une dague, une longue éclisse s'était fichée dans les hamacs, à côté des timoniers.

Le *Télémaque* réapparut sous l'autre bord de la corvette ; au moment où le *Wakeful* passa à frôler l'étambot de l'ennemi, tout son équipage vit l'autre cotre virer de bord vent devant pour reprendre place dans le sillage du français.

Le *Wakeful* eut besoin d'un peu de temps avant de virer de bord et de reprendre son cap : toute cette toile rendait la manœuvre difficile, c'était comme essayer de maîtriser un attelage emballé. La corvette les précédait, suivie par un cotre sous chaque hanche : on eût dit qu'ils voulaient l'escorter alors qu'ils cherchaient à prolonger l'engagement.

Le commandant de la corvette ne semblait pas avoir l'intention de virer lof pour lof pour les affronter ; en revanche, les cotres ne pouvaient infliger le moindre dommage au vaisseau ennemi s'ils ne le rattrapaient pas ; et la prochaine fois, le commandant français serait prêt à les recevoir.

Bolitho regardait Paice se rapprocher insensiblement de l'ennemi et prêtait l'oreille aux coups de mousquet échangés par les deux navires de taille si inégale. Le *Télémaque* avait été sévèrement touché ; Bolitho, avant que le cotre ne change d'amures pour presser son attaque, avait aperçu un trou dans ses œuvres mortes, à moins d'un mètre au-dessus de la flottaison.

Le soleil, qui se reflétait dans les fenêtres arrière de la corvette, lançait des éclairs. Bolitho leva sa lorgnette pour déchiffrer le nom peint au tableau : *Foi*. La figure de proue était une allégorie. A travers ses lentilles maculées, il distingua à la poupe des têtes qui se déplaçaient. Il remarqua l'éclair du tir d'un mousquet. Un officier brandit son porte-voix. Bolitho observa également avec attention les lourdes avaries que les caronades de Paice avaient infligées au bas de la muraille du français ; eussent-elles frappé quelques dizaines de centimètres plus haut, elles auraient causé un massacre sur le pont de la corvette.

Il se raidit : deux fenêtres d'étambot de la corvette venaient de voler en éclats ; les débris tombèrent dans le sillage écumant du français. Pendant quelques instants, Bolitho avait cru qu'un coup au but avait frappé l'ennemi ; mais il était évident qu'aucune pièce de Paice n'était encore battante.

Puis il comprit. Et il en fut horrifié. Une autre fenêtre s'était brisée. L'ennemi mettait en batterie des pièces de chasse : la gueule noire d'une pièce de neuf apparut à l'extérieur.

– Signalez au *Télémaque* de s'écarter !

Bolitho dut empoigner le bras de Queely pour se faire comprendre :

– Ils vont le pulvériser !

Le *Wakeful* était à plus d'une encablure sur l'arrière du *Télémaque*, et personne à son bord ne se souciait de suivre des yeux l'autre cotre.

Enfin, Paice agit : Bolitho vit pivoter les vergues, et la grand-voile soudain libérée se mit à faseyer avec violence. Paice, qui avait fait larguer la grande écoute, laissait la bôme tomber sous le vent pour courir vent de travers.

Bolitho était inquiet. Paice avait pris la décision qu'il jugeait la meilleure : il perdait au vent. Mais il s'écartait de la route du *Wakeful* pour éviter de se trouver en route de collision avec lui.

– Nous allons l'engager par bâbord, ordonna sèchement Bolitho.

Il ne voulait quitter du regard ni les deux navires sur son avant, ni son propre gréement et son hunier bien gonflé. Le *Wakeful* semblait voler à la surface des vagues ; sous le poids de sa toile et de ses espars, son mât commençait à flamber, à prendre de l'arc vers l'avant.

Bolitho se détourna, et c'est à ce moment que la pièce de chasse de la *Foi*, gréée en toute hâte, ouvrit le feu :

– Rechargez à mitraille ! hurla Queely en se frottant les yeux. Nous sommes toujours manœuvrants, Monsieur.

Le *Télémaque* répondait encore à la barre, mais ses voiles étaient grêlées de perforations. Et quand il braqua de nouveau sa lorgnette, Bolitho distingua des cadavres sur le pont du cotre ; un homme tomba sur les genoux, comme en prière, avant de basculer.

Bolitho aurait voulu se détourner de ce spectacle, mais il remarqua encore deux minces filets rouge vif qui ruisselaient par les dalots et allaient se mêler aux flots le long du bord ; il avait l'impression de voir le cotre saigner à mort, comme s'il n'avait plus à bord âme qui vive.

Quelques matelots du *Wakeful* suivaient la scène en regardant par-dessus le pavois ; les servants des pièces du bord opposé se hâtaient de rejoindre leurs camarades pour la prochaine salve. Bolitho observa :

– Il va leur falloir du temps pour recharger et pointer cette pièce avec le seul secours de bragues de fortune.

Il dévisagea calmement Queely :

– Il faut les rattraper avant qu'ils n'aient le temps de nous tirer dessus.

Ils laissèrent porter en direction du *Télémaque* et Bolitho regarda les matelots haler comme des démons sur les drisses et les bras de

vergue. D'autres, qui se hissaient tant bien que mal sur les enfléchures déchirées, montaient couper ou réparer les manœuvres
endommagées.

Il reconnut un lieutenant près d'un tas de cordages coupés :
Triscott. Et tout à l'arrière, près de la barre, se dressait la silhouette
imposante de Paice. Le commandant du *Télémaque* avait glissé une
main sous son habit. Peut-être était-il blessé. Mais cela avait
quelque chose de rassurant de le voir à sa place, à l'arrière. Au
moment où le *Wakeful* le dépassa, Bolitho vit Paice se tourner vers
lui, laisser flotter son regard au-dessus des vagues mouvantes et
soulever lentement son bicorne. Le geste était touchant ; plusieurs
matelots du *Wakeful* y répondirent par des acclamations.

Allday se rapprocha de Bolitho, le sabre d'abordage sur l'épaule ;
il regardait l'arrière de la corvette grossir au-dessus de la joue
bâbord du *Wakeful*.

Avant de rencontrer Bolitho, il avait lui-même été chef de pièce à
bord du vieux *Resolution*, et il était bien placé pour savoir que, s'ils
dépassaient la corvette française, elle les écraserait sous le feu de sa
batterie. Dans un engagement rapproché comme celui-ci, le
Wakeful serait mis en miettes en quelques minutes ; la seule tactique
envisageable pour retarder le navire ennemi était de se mettre dans
une position où les caronades du cotre soient battantes à bout portant. Mais s'il restait sous la hanche de la corvette, elle finirait par
le détruire avec ses pièces de chasse improvisées.

Allday vit un fusilier marin français tirer un coup de mousquet ;
la balle perdue claqua sur le pont, non loin de lui. Dans quelques
minutes, chaque coup serait mortel. Il se tenait près de Bolitho : il
voulait faire sentir à son maître le réconfort de sa présence quand
les tirs deviendraient meurtriers.

– Jamais notre *Tempest* ne m'a autant manqué, dit Bolitho.

Il avait prononcé ces mots d'une voix si faible que c'est à peine si
Allday l'avait entendue, par-dessus les bruits du vent et de la mer.

Bolitho ajouta sur le même ton :

– Jamais je ne l'oublierai.

Allday lui adressa un regard sombre : de qui parlait-il ? Du
Tempest ou de son grand amour, Viola ? Il entendit Queely crier ses
ordres aux servants des pièces. Un mousse terrifié se précipita avec

des gargousses pour les pièces de six. Un gabier de l'équipe de matelotage regardait fixement le pont, ses lèvres remuaient comme s'il était en prière ou répétait dans le vide le nom d'un absent. Rien n'échappait à Allday, et pourtant il était ailleurs. Il se recueillait sur cette confidence de Bolitho.

Il releva le menton et vit bouger quelque chose aux fenêtres d'étambot de la corvette. La bataille serait de courte durée. Il regarda le ciel : « Mon Dieu, faites que ce soit rapide ! »

Les voiles du *Wakeful* étaient gonflées à éclater. Le lieutenant Andrew Triscott s'en détourna et posa son regard sur le pont. Il s'était cru prêt à toute éventualité, entraîné pour affronter l'inévitable quand il se présenterait, et voici qu'il lui fallait contempler, impuissant, la pagaille qui régnait sur le pont du *Télémaque* : gréement détruit, pièces de toile déchirées et roussies, et pire encore tout ce sang qui ruisselait jusque dans les dalots. Jamais il n'aurait cru voir tant de sang...

Ces hommes qu'il connaissait si bien ! Certains étaient morts, à présent. D'autres montraient un visage si déformé par l'agonie qu'ils en devenaient des étrangers. Il entendit la voix formidable de Paice dominer le bruit et la confusion :

— Dégagez les hommes coincés sous les canons !

Triscott hocha la tête, mais ne put formuler sa réponse ; il se laissait entraîner dans le sillage de Paice comme un homme qui se noie se cramponne à une épave flottant sur la mer. Il aperçut Chesshyre près de la barre. Deux timoniers étaient effondrés sur le pont : l'un haletait de douleur tandis qu'un matelot improvisait un bandage autour de son bras pour étancher l'hémorragie. Triscott, toujours paralysé, fut saisi d'un violent haut-le-cœur : le second timonier était décapité. Quant au haut-de-chausses de Paice, il était souillé par le sang et les éclats d'os.

Triscott, égaré, mit quelques secondes à se rendre compte que le bosco était devant lui, le visage noir de fumée, les yeux brillants comme des braises :

— Ça va, Monsieur ?

Il n'attendit pas la réponse pour continuer :

– Je vais rassembler quelques hommes.

Triscott se retourna. Il ne s'attendait guère à trouver de survivants à bord. Mais aux appels retentissants de Paice, des matelots sortirent de leur cachette. Le bosco, qui brandissait une énorme hache d'abordage, les houspillait, mêlant la voix et le geste. D'autres hommes s'extirpèrent de sous le gréement qui les écrasait : même face à la mort, ils obéissaient par peur, par habitude, ou tout simplement parce qu'ils ne savaient que faire d'autre.

Triscott quitta en titubant l'appui du pavois et vit que l'on passait par-dessus bord quelques cadavres couverts de sang. On descendait les blessés par la grande écoutille, ou à l'arrière jusqu'à la coursive. Il fallait les mettre en sécurité en ignorant cris et supplications. Triscott avait vu Paice saluer l'autre cotre d'un coup de chapeau ; il se demanda où le commandant trouvait la force de rester à son poste quand son navire tombait en morceaux autour de lui.

Comme pour répondre à ses pensées, Paice lui cria de loin :

– Retournez vous occuper de l'artillerie, monsieur Triscott ! Pointez vous-même les caronades !

Triscott s'aperçut qu'il avait encore à la main le poignard offert par son père en récompense quand il avait obtenu le brevet de lieutenant. Il vit que l'on basculait par-dessus la lisse le cadavre du canonnier, un homme sévère mais dévoué, qui lui avait beaucoup appris quant au maniement de l'artillerie du cotre. Le voilà qui dérivait le long du bord, à présent, et s'écartait de la coque : plus jamais on ne le verrait aux exercices d'artillerie, les matelots ne l'entendraient plus tonner ses menaces. Triscott se fourra le poing dans la bouche pour ne pas éclater en sanglots.

Hawkins le rejoignit et le rappela durement à son devoir :

– A vous le soin, Monsieur !

Il le fixa sans aménité :

– Nos pièces ne tarderont pas à être battantes à nouveau. Le *Wakeful* se rapproche de l'ennemi. Si nous n'en mettons pas un coup, cela ne servira à rien.

Triscott jeta à l'arrière un regard désespéré, en quête du réconfort qu'il y avait toujours trouvé.

– Aucun appui à chercher de ce côté-là, monsieur Triscott ! trancha impitoyablement Hawkins. Il est grièvement blessé.

Hawkins comprit que le lieutenant avait du mal à saisir la nouvelle situation. Il reprit :

– Le maître principal est mort de peur, il n'y a rien à en tirer.

Il recula d'un pas, sans prêter attention aux appels et supplications qui s'élevaient de tous côtés. Il fallait coûte que coûte que Triscott prît conscience de ses nouvelles responsabilités :

– C'est vous le second, Monsieur.

Triscott eut un dernier regard pour Paice qui, agrippé à l'habitacle du compas, gardait toujours une main sous son habit ; il avait les yeux étroitement fermés, ses dents se découvraient en un rictus atroce. C'est alors que Triscott vit que du sang ruisselait sur tout le côté gauche du haut-de-chausses de Paice, sortant de sous l'habit et coulant jusque sur le pont. Paice avait été touché au flanc. Hawkins dit :

– Il a un morceau de ferraille gros comme ces trois doigts planté entre les côtes. Bon Dieu, je lui ai proposé de le lui...

Il regarda le lieutenant et sa voix se brisa soudain :

– Alors, une dernière fois, Monsieur, à vous le soin ! Même si vous n'avez d'autre envie que d'aller vous réfugier dans les jupes de votre mère !

Triscott hocha la tête de façon saccadée :

– Oui, oui. Merci, monsieur Hawkins !

Il considéra tous ces visages tournés vers lui :

– Nous allons suivre le *Wakeful* par la contremarche et attaquer par...

Il hésita, essayant de se remémorer les leçons du canonnier mort.

– ... par bâbord. Nous n'avons plus le temps de transporter les caronades sur l'autre bord.

Le bosco fronça les sourcils et lui toucha le bras :

– Nous y voilà !

Il se tourna vers tous les autres présents :

– Le lieutenant a dit que nous attaquerions par bâbord, expliqua-t-il en brandissant sa hache. Alors, préparez-vous, les gars ! Du monde à haler sur les bras !

De l'arrière, Paice constata le soudain remue-ménage ; certains blessés claudiquaient même jusqu'à leurs postes. La longue bôme vibra sous la traction de la grand-voile toute perforée qui hésitait à prendre le vent à nouveau. Il se traîna jusqu'à la barre : les hommes de quart s'écartèrent pour lui faire place.

Il empoigna le timon poli par les mains des timoniers et sentit son *Télémaque* lui répondre : le gouvernail lui transmettait les vibrations de la mer. Il fut pris d'un étourdissement et sa tête retomba sur sa poitrine. Mais il puisa dans ses forces pour redresser le menton avec une détermination farouche.

« Dieu tout-puissant, quel carnage ! » Avait-il prononcé ces mots à voix haute ? Il ne s'en souciait pas. Son second était terrorisé, un tiers de son équipage était mort ou blessé ; deux canons étaient renversés, et il y avait tant de trous dans les voiles qu'ils auraient toutes les peines du monde à virer de bord quand le pire se produirait. Sa blessure le lançait à lui en couper le souffle, d'une douleur à chaque instant plus cruelle, au point qu'il croyait sentir la morsure d'un fer rouge. Il avait roulé son gilet et sa chemise comme pour faire un bouchon contre la blessure, mais le sang ruisselait jusque sur sa jambe, un sang chaud et gluant, quand le reste de son corps grelottait de froid.

– Comme ça, les gars !

Il regarda vers l'avant mais sa vue se brouillait : il ne réussit pas à lire le compas.

– Faites route en direction de sa hanche, ajouta-t-il d'une voix pâteuse.

– Le *Wakeful* y est presque ! cria Chesshyre.

Paice s'appuya lourdement sur la barre et gronda :

– Debout, mon garçon ! Vous allez continuer à vous cacher comme une femmelette apeurée ?

Chesshyre se remit tant bien que mal sur ses pieds et lui lança un regard furieux :

– Que Dieu vous damne !

– Oh, ça ! Il a toutes les raisons de le faire !

– Toutes les pièces disponibles sont en batterie, Commandant ! hurla Triscott.

Paice espérait que les autres n'avaient pas compris à quel point Triscott était terrifié. Là était le vrai courage : craindre de montrer sa peur, plus que la peur elle-même.

Hawkins revint vers l'arrière en toute hâte et fut bouleversé au premier regard par la gravité de l'hémorragie et le teint terreux de Paice. Il lui dit cependant :

– Le *Wakeful* est sur le point d'engager le français, Commandant. Mais je pense qu'ils ont de nouveau leur pièce de chasse en batterie !

Paice hocha la tête, mais ne put prononcer un mot. Il haleta quelques instants, puis demanda :

– Que pouvez-vous voir à présent, monsieur Hawkins ?

Hawkins se détourna, les yeux brûlants. Il avait servi Paice plus longtemps que quiconque à bord, il le respectait plus que tout autre homme vivant. C'était atroce de le voir dans cet état, pire que d'assister au bombardement impitoyable qui avait éventré leur bordé de pont. Et le voilà qui perdait la vue à présent !

– Il s'approche de la hanche du français, expliqua Hawkins.

Il claqua des mains et cria :

– Ils mettent la pièce de chasse en batterie, Commandant !

Les deux explosions retentirent en même temps : la détonation plus sèche de la pièce de chasse fut presque couverte par le tonnerre de la caronade qui cracha son feu à bout portant, au moment où le beaupré du cotre arrivait au niveau du tableau de l'ennemi.

– Alors ? demanda Paice.

Hawkins hésita :

– Je ne sais pas, Commandant... Le *Wakeful* laisse porter.

Il se sentait incapable de soutenir le regard de Paice :

– Son foc et sa trinquette ont été arrachés.

– Et l'ennemi ? Allons, parlez !

Hawkins vit que la caronade avait enfoncé les fenêtres d'étambot de la corvette ; la pièce de chasse devait être détruite. Par ailleurs, le navire français semblait intact, à l'exception de sa trinquette qui n'était pas bordée. Quelques matelots se hâtaient d'escalader les enfléchures. Il constata que le français, pour la première fois, commençait à changer de cap.

Incrédule, il hasarda d'une voix blanche :

– Je crois bien, Commandant, que son appareil à gouverner est hors d'usage.

Paice lui agrippa l'épaule et le secoua :

– Merci, grand Dieu !

Il regarda le pont jonché de débris.

– Parés partout ?

– A vos ordres, Commandant ! répondit Triscott du pied du mât.

Paice se força à sourire :

– Nous allons maintenant venir à bout portant. On ne va pas laisser à ces forbans le temps de gréer un gouvernail de fortune !

Hawkins le supplia :

– Vous ne voulez pas que je vous panse ?

Leurs regards se croisèrent ; Paice l'arrêta net :

– A quoi bon ? J'ai mon compte. Vous le savez comme moi.

Sa blessure le lança de nouveau, lui arrachant une grimace :

– Merci quand même. Je prie le Créateur pour qu'il vous soit donné, à vous, de voir le soleil se lever demain matin.

Hawkins se détourna vivement et brandit sa hache en direction des servants de pièce oisifs :

– A moi, garçons ! Parés à virer de bord lof pour lof !

Il crut entendre de faibles acclamations et, quand il réussit à percer du regard les nuages de fumée qui s'effilochaient, il vit que le *Wakeful* continuait à abattre ; le bateau n'était plus manœuvrant à cause de la charge de mitraille qui avait déchiqueté son gaillard.

Hawkins tourna sur ses talons et lança :

– Ils vous acclament, Commandant !

Puis, brandissant son chapeau, il encouragea ses hommes d'un geste large :

– Allons, les gars ! Trois hourras pour le *Wakeful !*

Ils devaient le prendre pour un fou, mais la mort rôdait, et cela en rassérénait plus d'un de le voir déployer tant d'énergie.

Hawkins se tourna vers l'arrière. Il y avait apparence que Paice n'assisterait ni à leur victoire ni à leur défaite.

Bolitho se laissa tomber à quatre pattes, comme assommé par le double tonnerre des coups de canon ; il avait senti la lourde charge s'écraser sur le gaillard et entendu les hurlements des hommes fauchés par la mitraille au moment précis où la caronade avait bondi en arrière sous l'effet du recul.

Puis la poigne de fer d'Allday s'était glissée sous son aisselle, et il s'était retrouvé sur pied. Queely lui tendit sa vieille épée, qu'un éclat de métal coupant avait détaché de sa ceinture.

Bolitho tâta du doigt son haut-de-chausses déchiré : la mort n'était pas passée loin. Il regarda l'arrière noirci du vaisseau ennemi : toutes les fenêtres avaient volé en éclats, le tableau était enfoncé comme un morceau de feutre humide ; la lisse de couronnement, pulvérisée, était méconnaissable.

– Il me semble, Monsieur, que nous avons touché son appareil à gouverner, hasarda Queely d'une voix rauque.

Le commandant du *Wakeful* jeta un regard désespéré à son chef d'escadre :

– Mais cela ne suffira pas, je pense...

Bolitho observait les petites silhouettes qui escaladaient en toute hâte les enfléchures de la corvette. Dès que le français serait arrivé à gréer un gouvernail de fortune, il pourrait reprendre le combat.

Portant ses regards sur le gaillard du *Wakeful*, il compta six morts et plusieurs blessés qui tentaient en rampant de gagner un abri, ou que l'on emportait vers l'écoutille. Ils avaient l'air durement touchés. Aucun ne survivrait, sauf miracle. Les hommes de Queely mettraient plus d'une heure à gréer un nouveau foc et une nouvelle trinquette : de toute évidence, la quasi-totalité du gréement, à l'avant du mât, était détruite. La corvette désemparée était le jouet du vent : lentement mais irrésistiblement, elle s'écartait de sa route. A cette distance, elle serait bientôt en position convenable pour pilonner le *Wakeful* avec toute sa batterie, jusqu'à l'envoyer rejoindre le *Snapdragon* au fond de la mer.

– Voici le *Télémaque*, Commandant ! s'exclama durement Allday. Par le ciel, ils n'en ont donc pas pris assez ?

Bolitho vit que l'autre cotre à nouveau maîtrisait sa manœuvre, et qu'il se dirigeait vers la corvette à la dérive pour porter une autre attaque. Ses voiles étaient en lambeaux, son pavois et son gaillard d'avant semblaient avoir été arrachés d'un coup par la morsure d'une mâchoire monstrueuse.

– Acclamez-les, monsieur Queely ! ordonna-t-il avec douceur. Je n'aurais jamais cru voir pareilles preuves d'héroïsme aujourd'hui.

Les acclamations qui retentirent au-dessus des vagues écumantes parvinrent aux oreilles des équipages de l'autre cotre. Nul doute qu'elles furent entendues aussi des marins français qui travaillaient à l'arrière de la *Foi*, et à qui leur commandant avait ordonné de faire feu avec quelques tragiques secondes de retard. On voyait les fusiliers se ruer vers l'arrière pour tirer sur le cotre qui approchait; mais quand ce dernier serait sous la hanche de la corvette, aucune des pièces de neuf du navire français ne serait battante.

Les deux caronades tirèrent à quelques secondes d'intervalle; une pluie de débris dégringola de l'arrière, d'autres jaillirent à travers le pont. La force de l'explosion balaya des hommes du passavant, et quelques-uns tombèrent de la vergue de misaine.

Bolitho remarqua un détail insolite et, jusqu'à en avoir mal aux yeux, fixa le gréement du vaisseau ennemi. Hallucination? Possible, après ces terribles épreuves, l'horreur de la boucherie, la mort de tous ces hommes non préparés aux réalités d'un combat naval.

Il agrippa le bras de Queely :

– Il va tomber !

Queely, médusé, approuva de la tête.

Le grand mât de la corvette, encore retenu par quelques étais et haubans, commençait à prendre une quête anormale; puis le poids des espars et la pression du vent sur les voiles l'emporta et il bascula. Pendant les secondes qui précédèrent la chute, Bolitho observa la poignée de marins français que l'on avait envoyés dans les hauts pour libérer les manœuvres engagées dans les poulies à cause du gel : tous regardaient vers le bas, comprenant trop tard qu'il n'y aurait plus pour eux ni issue ni survie.

Les principaux cordages du gréement dormant cassaient les uns après les autres avec des claquements pareils à des coups de pistolet. Le mât versa par-dessus bord, retenu le long de la muraille par les bas haubans et par un enchevêtrement de cordages dont le poids dans l'eau rendait toute évolution impossible.

Bolitho nota la confusion créée par cette catastrophe : il savait que les derniers tirs du *Télémaque* avaient dû aggraver des avaries causées précédemment par la caronade de Queely. Ce dernier, les yeux flamboyants, regarda le pont de son navire. Le dévorait une soif de vengeance, à cause de Kempthorne et de tous les autres tués et mourants, à cause du *Snapdragon*, à cause enfin de ce que l'ennemi avait fait de son navire.

– Nous pouvons encore venir à bout portant, Monsieur, proposa-t-il d'une voix tendue. Maudits soient-ils ! Ils ne pourront pas faire route avant la tombée de la nuit.

– Le *Télémaque* s'éloigne, Commandant ! lança le maître de manœuvre, inquiet.

Il hésita un instant, comme s'il était de la même humeur que Bolitho.

– Il a mis son pavillon en berne, Commandant.

Au-dessus de l'eau traînaient des écharpes de fumée, mais Bolitho vit distinctement le *Télémaque* virer de bord pour s'éloigner de son adversaire.

Ainsi, Jonas Paice était mort. Après tant de souffrances, ou peut-être à cause d'elles, il reposait enfin.

– Assez de carnage, déclara-t-il fermement. Ne souillons pas notre nom en massacrant un ennemi impuissant.

Ses yeux gris s'attardèrent sur l'autre cotre, durement touché. On ne distinguait plus, au-dessus du pavois, la haute silhouette familière de Paice. Au moment où il les avait salués d'un grand geste lent de son bicorne, il était déjà touché à mort.

– Surtout, je ne voudrais pas salir la mémoire du lieutenant Paice. C'était un homme d'honneur, un grand marin.

Queely l'écoutait, morose, les épaules affaissées par le poids de la bataille. Bolitho le regarda et poursuivit :

– Nous avons sauvé Brennier et son trésor.

Il n'eut même pas un dernier regard pour la corvette à la dérive qui, un moment plus tôt, était si près de les massacrer.

– Un tel échec, le commandant de ce vaisseau va le payer assez cher. A quoi bon ouvrir le feu sur ces hommes sans défense ?

Il vit qu'Allday le regardait, les mains croisées sur la garde de son sabre d'abordage.

– Dès que nous pourrons venir bord à bord, je me rendrai sur le *Télémaque*. J'en prendrai le commandement et vous enverrai une remorque.

– Vous voulez dire, Monsieur, que vous en prendrez le commandement... personnellement ?

Bolitho sourit tristement :

– Cette fois, monsieur Queely, c'est à moi qu'échouera cet honneur.

Un peu plus tard, tandis que le *Wakeful* était pris en remorque, Bolitho s'avança jusqu'à l'arrière du *Télémaque* et, debout près de la lisse de couronnement, observa en détail les avaries de son cotre préféré. Les taches de sang témoignaient des souffrances du navire – un navire à bord duquel avait commencé la dernière phase de sa carrière.

La dépouille de Paice avait été descendue dans sa cabine et déposée sur une bannette. Hawkins, le bosco, avait demandé si le corps de son commandant devait être immergé avec ceux des autres victimes.

– Non, monsieur Hawkins, avait répondu Bolitho. Il sera enterré aux côtés de sa femme.

A en croire l'expression qui se peignit sur ses traits, le bosco était touché par l'attention.

A ces événements qui se succédaient trop rapidement pour lui, Allday assistait en spectateur muet.

Le ciel était plus bleu encore qu'au moment où il lui avait adressé une prière, mais pour le moment, son cœur se fermait à toute sensation.

Il ne sortit de sa stupeur qu'au moment où il entendit Bolitho murmurer :

– Regarde là-bas, vieux frère. Et dis-moi ce que tu vois.

Allday leva lentement les yeux, inquiet de ce qu'il allait découvrir. Puis, il répondit d'une voix faible :

– Des falaises blanches, Commandant.

Bolitho hocha la tête. Il voulait partager cet instant avec son patron d'embarcation, et avec Paice.

– J'ai bien cru ne jamais les revoir.

Le visage d'Allday se fendit d'un sourire inattendu :

– Pour sûr, Commandant !

Ce même soir, quand retentirent les huit coups de cloche de la fin du quart, ils aperçurent la silhouette ténébreuse du château de Douvres.

Sur les trois petits navires, deux étaient de retour.

Allday regarda à peine le fusilier marin qui, figé dans son salut, montait la garde sur le seuil de la cabine arrière de la frégate ; après un instant d'hésitation, il ouvrit la porte.

Il était tout surpris de la facilité avec laquelle il avait de nouveau quitté l'Angleterre ; bien sûr, il ne savait rien de ce que pouvait lui réserver l'avenir, ni de la façon dont la guerre allait se dérouler pour son commandant ou pour lui-même. Néanmoins, la brève traversée de neuf jours à bord de la frégate *Harvester*, trente-six canons, en provenance de Spithead, ressemblait à un retour au pays, après tant de moments d'angoisse vécus ensemble dans le passé.

S'arrêtant quelques secondes devant la porte de la cloison, il vit l'ombre de Bolitho se découper devant les hautes fenêtres d'étambot ; le capitaine de frégate admirait un paysage ensoleillé. La mer et la silhouette embrumée de la côte défilaient lentement. La frégate effectuait son dernier virement de bord ; bientôt elle se dirigerait vers son mouillage.

Sous cette vive lumière, le rocher de Gibraltar se dressait comme un amer très remarquable, non comme une véritable destination, mais à sa simple vue Allday se sentait stimulé, sans qu'il pût s'expliquer de façon claire le phénomène. Gibraltar ne représentait pas seulement la porte de la Méditerranée ; c'était aussi une autre vie, une nouvelle chance.

Il approuva d'un lent hochement de tête : Bolitho était transformé. A le voir dans son bel uniforme à revers blancs orné d'épaulettes étincelantes, on en oubliait l'officier étique, vêtu d'un habit élimé, qui avait affronté avec détermination les contrebandiers et le feu des canons de la corvette française. Son insolente ambition n'avait pas été entamée par les retards, les souffrances et la théorie de déceptions qui avaient précédé leur nomination dans le Nore.

Bolitho se tourna vers lui :

– Alors ? Qu'est-ce que tu en dis ?

Cela faisait onze bonnes années qu'Allday était à son service en qualité de patron d'embarcation, d'ami et de bras droit ; et Bolitho arrivait encore à le surprendre. A cet instant même, par exemple : il était officier supérieur, l'objet de toutes les envies du jeune commandant du *Harvester*, et pourtant il était anxieux, il avait peur, il craignait d'échouer, de trahir les espoirs qu'il caressait depuis son retour dans la carrière navale.

– Comme au bon vieux temps, Commandant !

Bolitho se détourna et observa l'eau qui étincelait sous la voûte. Neuf jours de traversée. Il avait eu tout le temps de réfléchir. Il songea au jeune commandant de la frégate : il n'avait pas encore gagné ses galons d'officier supérieur, il n'était même pas capitaine de corvette ; d'ailleurs, il avait à peu près l'âge de Bolitho quand celui-ci obtenait le commandement de la *Phalarope*. C'était l'époque où sa vie et celle d'Allday s'étaient croisées, puis unies comme deux cordages épissés qui ne font plus qu'un. Bolitho admettait volontiers qu'il était un passager fort peu civil : il avait passé le plus clair de son temps claquemuré dans la cabine mise à sa disposition, goûtant avec délectation ces précieux moments de solitude. Et puis les ordres lui étaient parvenus :

« ... de prendre dans les plus brefs délais, dès réception de la présente, le commandement de l'*Hyperion*, navire de Sa Majesté britannique. »

Il sourit avec une tristesse rêveuse : ce vieil *Hyperion* ! Jadis, une figure de légende au sein de la flotte. Mais après tant d'années, combien de lieues n'avait-il pas parcourues au service du roi ?

Bolitho se demanda s'il n'était pas déçu. N'aurait-il pas préféré se voir confier une frégate ? Il se mordit la lèvre. Des bateaux de pêche espagnols au mouillage se reflétaient sur les eaux calmes.

Non ! Là n'était pas la question. Bolitho avait encore présents à l'esprit ses mois de convalescence, puis les démarches quotidiennes effectuées à l'Amirauté dans l'espoir d'obtenir un commandement, n'importe quel commandement, quelque bateau qu'on voulût bien condescendre à lui confier. Encore une fois, là n'était pas la question. Alors ? Où était l'échec ? Peut-être craignait-il d'abriter quelque faiblesse cachée. Peut-être était-ce le souvenir de cette fièvre dévorante qu'il avait pour ainsi dire anéantie lui-même, comme on tue un ennemi d'une balle ou d'un coup de sabre.

Un muscle de sa joue tressaillit quand retentit le premier coup de canon de la salve d'honneur : la frégate saluait la garnison. Chaque explosion secouait la coque comme un coup de poing en pleine poitrine. Coup pour coup, Bolitho entendit une batterie du Rocher répondre au salut de la frégate. Pourquoi n'était-il pas monté plus tôt sur la dunette ? Il aurait pu chercher des yeux, parmi les nombreux navires au mouillage à l'abri immémorial du Rocher, celui qui lui était destiné.

Il fit quelques pas en direction du miroir suspendu à la cloison, au-dessus d'un de ses coffres de mer, et s'absorba dans son image, sans parti pris, comme s'il avait devant lui un nouveau subordonné. Son habit d'uniforme, avec ses larges revers blancs, ses boutons, parements et épaulettes dorés, inspirait confiance au premier regard. De cuisantes expériences le lui avaient appris : quelque commandement qu'on lui confiât à présent, l'équipage qui l'attendait avait plus de raisons de redouter leur nouveau maître qu'il n'en avait lui-même de s'inquiéter à leur sujet. Néanmoins, c'était l'inconnu.

Il repensa à sa dernière mission, et de nouveau le doute le saisit : cette tâche ingrate, qui consistait à recruter des matelots dans le Nore, la lui avait-on vraiment confiée sans arrière-pensée ? Lord Marcuard n'avait peut-être jeté son dévolu sur lui qu'afin de pouvoir, ensuite, le charger de l'autre mission, subsidiaire en apparence mais tellement plus délicate en réalité. À ce moment-là, Bolitho était au désespoir : il ne pouvait se montrer regardant. Le talonnait le besoin impérieux de retrouver la vie qu'il aimait et dont il avait besoin, plus que jamais, après la disparition de Viola. Il ne saurait peut-être jamais.

Bien souvent, il se surprenait à songer à Paice. « Cet homme d'honneur, ce grand marin. » Ses propres termes, tels qu'ils figuraient dans son rapport à l'Amirauté. Des centaines de marins allaient tomber pendant cette guerre, sinon des milliers, avant que tout ne fût terminé. Victoire ou défaite. Les noms et les visages de ces hommes seraient à jamais effacés. En revanche, demeurerait le souvenir de ces solitaires d'exception du gabarit de Paice.

Il revoyait aussi le vice-amiral Brennier. C'était tout juste s'il avait trouvé mention de son nom dans les bulletins d'information de la Marine : la main puissante de Marcuard. Brennier serait peut-être un jour amené à prendre part à quelque contre-révolution.

Le dernier coup de canon de la salve résonna. Des ordres retentirent. Les servants écouvillonnaient le fût du canon. La frégate se préparait à parcourir la dernière encablure de sa traversée. Nombreux étaient les regards qui, à terre ou sur les autres navires, suivaient sa progression : elle apportait des lettres du pays, de nouveaux ordres. Tout simplement, elle était la confirmation que l'Angleterre n'avait pas oublié Gibraltar.

Allday traversa la cabine, la vieille épée de son maître à la main :

– Prêt, Commandant ?

Et il ajouta avec un sourire :

– Ils vous attendent sur le pont.

Bolitho écarta les bras et se laissa ceindre par Allday qui lui accrocha son baudrier à la ceinture.

– On ne peut pas dire que vous soyez encore très replet, Commandant.

– Maudit insolent !

Allday se recula et retint un sourire : la braise rougeoyait encore, il suffisait de souffler dessus.

Il ne se lassait pas d'admirer la svelte silhouette de Bolitho. Un portrait, un tableau. Seuls les os de ses pommettes, légèrement saillants, et les rides accentuées autour de sa bouche révélaient la profondeur de son deuil et la gravité de sa maladie.

Bolitho ramassa son bicorne et le regarda sans le voir.

Comme c'était curieux. Le trésor français avait été débarqué à Douvres, remis aux autorités ; et jamais son existence n'avait été ébruitée ! Marcuard, sinon le premier ministre lui-même, devaient avoir leur idée sur la meilleure façon de l'utiliser.

Les choses avaient changé : exactement comme il l'avait prévu, exactement comme Hoblyn l'avait prévu. Surtout en ce qui concernait Pitt. Naguère, on avait entendu ce ministre dénoncer les contrebandiers avec véhémence, il avait lancé les dragons à leurs trousses et recouru sans hésitation au gibet pour limiter, sinon éradiquer, leurs activités ; désormais il ne tarissait plus d'éloges sur ces hors-la-loi : « Ce sont les yeux de l'Angleterre ! Sans eux, nous ne savons rien de l'ennemi ! » C'était si incroyable ! Si insupportable !

Bolitho se rappela une observation de Queely : « Si Delaval avait vécu, il aurait peut-être empoché une lettre de marque des mains du roi ! »

Queely. Encore un visage qui émergeait de ses souvenirs : il avait obtenu le commandement d'un robuste petit brick à Plymouth. Est-ce que le jeune lieutenant allait faire suivre sa bibliothèque sur tous les navires qu'il commanderait, quelles que fussent les batailles à livrer ?

Il revint à Allday, qui arborait un habit bleu et des pantalons blancs bouffants. Avec à la main son suroît huilé, il aurait fait battre le cœur de n'importe quel patriote, homme ou femme. Bolitho se rappela le chant qu'ils avaient entendu au moment d'embarquer sur le *Harvester*, à Portsmouth : *Britons to arms*.[1] Ce pauvre Hoblyn aurait bien ri, s'il avait été là.

Un cri retentit sur la dunette, puis leur parvint le grincement de l'appareil à gouverner : le timonier avait reçu ordre de mettre la barre au vent. Bolitho voyait la scène comme s'il avait été sur le pont : le groupe de matelots rassemblés près du bossoir, prêts à laisser filer la chaîne d'ancre, les fusiliers marins alignés à la poupe en belles rangées écarlates, et le commandant Leach, fier de sa rapide traversée depuis le Spithead, soucieux d'effectuer une prise de mouillage parfaite, par ce joli matin de juin.

Bolitho haussa les épaules et dit doucement :

– Jamais je ne trouverai assez de mots pour te remercier, vieux frère.

Leurs regards se croisèrent.

– Du fond du cœur, en vérité.

Puis il franchit la porte de la cloison, salua la sentinelle d'un coup de menton et sortit au grand soleil. L'équipage au complet

---

1. Chant patriotique britannique. *(NdT)*

était à son poste pour carguer toutes les voiles en quelques secondes, dès que l'ancre aurait fait son trou dans l'eau.

Leach se tourna pour le saluer, il semblait inquiet.

— Vous avez un superbe bateau, commandant Leach, dit Bolitho. Je vous envie.

Stupéfait, Leach le regarda traverser l'embelle jusque devant les filets de bastingage. De quoi donc Bolitho pouvait-il manquer ?

C'était un officier supérieur distingué, qui ne manquerait pas d'obtenir ses galons d'amiral avant la fin de la guerre, sauf s'il tombait en disgrâce ou mourait au cours d'une bataille.

— Quand vous voudrez, Commandant !

Leach leva le bras :

— Envoyez !

Au plongeon de l'ancre, la gerbe rejaillit jusqu'au-dessus de l'étrave, mais Bolitho ne s'en souciait guère.

« Je *suis* commandant d'une frégate. »

Il se rappela, non sans un pincement au cœur, la remarque de l'amiral : « Vous *étiez* commandant d'une frégate. »

Se décidant enfin à balayer ces souvenirs, il regarda les puissants vaisseaux de ligne mouillés les uns derrière les autres. Le premier de la file arborait au mât de misaine la marque d'un vice-amiral.

« L'un d'eux est pour moi. »

Il se tourna vers Allday et, pour la première fois, sourit franchement :

— Ce ne sera pas une petite frégate, cette fois, vieux frère. Nous en avons, des choses à apprendre !

Satisfait, Allday hocha la tête. De nouveau, la lumière d'un sourire éclairait les yeux gris. Tout était là, décida-t-il : conserver l'espoir, la détermination et la force nouvelle que la mort de Viola lui avait un moment retirés.

Il vida lentement ses poumons. « Le vieil *Hyperion !* A Dieu Vat ! »

TABLE

*Cet ouvrage
réalisé pour le compte des Éditions Phébus
a été décodé et mis en page par In Folio,
reproduit et achevé d'imprimer
en mai 1993
dans les ateliers de Normandie Roto Impression s.a.
61250 Lonrai
Nº d'imprimeur : I3-1012
Dépôt légal : juin 1993*

ISBN : 2-85940-287-X
ISSN : 1157-3899